Bernard LENTERIC

LA FEMME SECRÈTE

Roman

Olivier Orban

ISBN : 2-85565-477-7

Le 23 avril 1897, à Mati, les troupes grecques, épuisées, lâchèrent pied devant l'armée turque. Elles amorcèrent un mouvement de retraite vers Tyrvano. On crut d'abord qu'elles s'y tiendraient. Elles y seraient peut-être parvenues si le prince héritier n'avait donné l'ordre d'abandonner la ville et de se replier sur Larissa. Cette désastreuse décision devait sceller le sort de l'armée grecque sur le front de Thessalie.

Partout, sur le chemin de Larissa, fermes et villages brûlaient, et les lueurs rougeâtres des incendies éclairaient le troupeau lamentable des fuyards, soldats et civils confondus. Malgré les embouteillages qui mêlaient les attelages militaires, fourgons, pièces d'artillerie et caissons, et les chariots sur lesquels les villageois avaient entassé meubles et matelas, on avançait lentement mais sans trop de désordre jusqu'à la jonction des routes de Tyrnavo et de Boughazi. Là, une masse d'hommes fuyant une autre colonne turque vint se jeter dans le flot humain. Le tumulte grandit. Des cris de colère retentirent dans la nuit. Des disputes éclatèrent. On échangea des menaces et bientôt des coups : la retraite se transformait en débâcle.

Les officiers avaient perdu toute autorité sur leurs troupes. Les soldats les haïssaient, réaction naturelle de qui a vu la mort frapper autour de lui, et qui comprend enfin la vanité de ce sacrifice.

— Dégagez, c'est un ordre ! hurlait un lieutenant juché

sur un caisson de munitions tiré par deux chevaux exténués.

— Dégage toi-même, lui répondit le conducteur d'une carriole découverte sur laquelle gisaient quelques blessés. Si tu méritais tes galons, on n'en serait pas là !

L'officier pâlit. Portant sa main à sa ceinture, il fit mine de dégainer son revolver.

Le soldat leva son fouet.

— Camarades ! beugla-t-il à l'adresse d'autres soldats qui se frayaient péniblement un chemin entre les attelages, ces chiens ne pensent qu'à sauver leur peau ! Ils piétineraient nos blessés pour s'enfuir plus vite !

Fou de rage, l'officier acheva de dégager son arme de l'étui.

Un coup de feu claqua. Sans réfléchir, dans l'exaspération qui l'avait submergé, un evzone avait épaulé et tiré. Le lieutenant poussa un cri de douleur et tomba du caisson.

— Merci, mon frère, lança l'homme sur la carriole. Dégage-moi ce foutu caisson qui bloque le passage... Et achève cette ordure ! S'il s'en tire, on est bons pour le conseil de guerre !

L'evzone hocha la tête et réarma son fusil. Il se pencha sur le blessé pour lui donner le coup de grâce. Une jeune femme se détacha de la foule et s'accrocha à son bras.

— Arrêtez ! Vous êtes fou ! C'est un meurtre, un meurtre !

L'evzone se dégagea d'un mouvement brusque.

— Et alors ? Il y en a eu des milliers, depuis ce matin... Une boucherie que c'était à Mati ! Par la faute de ces officiers de malheur ! Ne vous mêlez pas de ça !

Diane Sophronikou ne lâchait pas prise. Sous le fichu qui lui couvrait la tête, ses yeux brillaient de compassion.

— Je vous en supplie, épargnez-le ! Vous êtes hors de vous... Si vous le tuez, vous le regretterez demain.

— Mais s'il me dénonce...

— Il faudrait d'abord qu'il vous reconnaisse. Il fait nuit et vous avez les joues noires de poussière... Laissez-le, fichez le camp !

L'autre hésitait. Du haut de sa charrette, l'homme au fouet s'impatientait.

— Alors, tu dégages le caisson ou quoi ?

A ce moment, colportée de bouche en bouche depuis l'arrière de la colonne, une rumeur leur parvint : « Les Turcs arrivent ! » Aussitôt, un vent de panique emporta la foule. Une douzaine d'hommes, soldats et paysans au coude à coude, poussèrent le caisson hors du chemin, dételèrent les chevaux, se battirent pour s'en emparer. Bousculé, injurié, l'evzone, saisi de panique à son tour, prit la fuite.

La charrette s'ébranla. Sous les yeux horrifiés de Diane une de ses roues cerclées de fer passa sur le corps du lieutenant dans un bruit atroce d'os brisés et de viscères écrasés.

Elle attrapa un fuyard par le bras.

— Aidez-moi à le porter sur le talus, sinon il va être piétiné... Je vous en prie !

L'homme grogna, voulut se dégager, finit par céder. Il prit à bras-le-corps le lieutenant inanimé, fit quelques pas et le lâcha comme un colis sur le talus herbeux, puis, sans lui accorder un regard, il reprit sa route. La jeune femme s'agenouilla près de l'officier et lui souleva la tête. Il geignait, à demi inconscient. Elle ferma les yeux et le berça longtemps, indifférente au drame effroyable qui se jouait sur la route. Soldats, paysans, femmes, vieillards, enfants s'étaient précipités en avant dans une fuite désespérée. Les chevaux, affolés, se cabraient et ruaient dans la foule, tuant ou blessant les malheureux qui se trouvaient à portée de sabot. Sans qu'on sût pourquoi, des coups de fusil éclataient en rafales furieuses. Des véhicules se renversaient, jetant à bas des grappes humaines, des chargements entiers de blessés ensanglantés sur lesquels on marchait sans même y prendre garde, au milieu des ballots de vêtements, des matelas, des ustensiles de cuisine et des meubles éventrés qui jonchaient la route. Des bagarres féroces éclataient entre fuyards, pour un cheval, pour un âne, pour une place à bord des fourgons. Du haut des plates-formes, des hommes valides frappaient à coups de crosse ceux qui essayaient d'y monter. Des enfants perdus, quelques-uns très jeunes, erraient en larmes dans la cohue. Hébétés, des vieillards chancelaient, tombaient, se traînaient à plat ventre jusqu'au talus salvateur. Irrésistiblement, le fleuve humain rejetait sur cette berge les faibles et les traînards. Incapables de se prendre en charge, les laissés-pour-compte, la peur au ventre, attendaient les Turcs, c'est-à-dire la mort.

Les Turcs, en réalité, se souciaient peu de rattraper cette horde affolée. L'armée victorieuse d'Osman pacha avançait en bon ordre. Tout drame aurait pu être évité si les fuyards avaient réfléchi aux objectifs des troupes ottomanes. Elles convoitaient Larissa, la capitale provinciale, le verrou qui défendait l'arrière-pays et Volo. Mais si l'on coupait le pont sur le Penée, Larissa pouvait leur opposer une âpre résistance. Il eût été imprudent de s'attaquer sans préparation aux forts qui dominaient la plaine et la tenaient sous le feu de leur artillerie lourde.

Diane s'éveilla, transie par le froid du petit matin, avant que les détachements les plus avancés de l'armée d'Osman pacha aient atteint le carrefour tragique. Harassée, elle avait fini par s'endormir dans l'herbe rêche, quand le tumulte du passage des réfugiés et des troupes en déroute s'était apaisé.

Elle se dressa et ne put réprimer un mouvement d'horreur. L'officier qu'elle avait tenté de secourir était mort dans la nuit. Elle lui ferma les yeux.

Un soleil rouge se levait lentement sur le théâtre des atrocités de la nuit. Le lieutenant n'était pas le seul à y avoir trouvé la mort. De nombreux cadavres d'hommes et de chevaux jonchaient le sol. Les gémissements des blessés montaient vers le ciel livide. Non loin de Diane, un petit garçon de sept ans, bleu de froid, pleurnichait en suçant son pouce. Elle se dirigea vers lui, essuya avec un pan de sa robe le mélange de terre, de larmes et de morve qui lui barbouillait le visage et tenta de le réconforter.

— Comment t'appelles-tu ?

— Niko, lui répondit-il entre deux reniflements.

— Où sont tes parents, Niko ?

Il n'en savait rien. Il les avait perdus dans la cohue. Il s'était blotti au fond du fossé. Il y avait passé la nuit en pleurant et en les appelant en vain.

— Eh bien, Niko, tu vas venir avec moi à Larissa. Là-bas, avec un peu de chance, on les retrouvera.

Elle le prit par la main et commença à marcher. Au début, chaque pas lui arrachait une grimace ; ses membres encore endoloris par la folle course de la veille lui obéissaient à peine. Elle avait le ventre vide depuis Tyrnavo, et des crampes la torturaient. Le petit se laissait guider, confiant, rassuré. Elle soupira. Un enfant... Elle avait tant souhaité en avoir un ! Et voilà que le sort lui jetait celui-là dans les bras !

Elle se mordit les lèvres. Cet enfant ne serait jamais le sien. Elle s'efforcerait de le tirer de là, voilà tout. A Larissa peut-être découvrirait-il sa mère, ou un membre de sa famille.

Le soleil était déjà haut quand Diane vit une ferme en bordure de la route. Après le goulot d'étranglement de la jonction Tyrnavo-Boughazi, le trafic s'était sans doute amélioré car elle n'avait plus aperçu qu'un cadavre de loin en loin. Depuis des heures, ils cheminaient à peu près seuls. Parfois, un cavalier couvert de sang et de poussière les dépassait, ou bien c'était eux qui rattrapaient un éclopé. Ils n'échangeaient guère plus de quelques mots. Chacun économisait son souffle et ses forces.

La ferme paraissait intacte. Une bouffée d'espoir lui fit presser le pas. Il y avait sûrement un puits. Depuis des heures, la soif asséchait sa gorge, et le soleil tapait de plus en plus fort. Elle obliqua sur la gauche et s'engagea sur le chemin de terre qui menait à la ferme.

Le puits se dressait au centre de la cour. Ils parcoururent les derniers mètres en courant.

Saisissant la corde à deux mains, elle remonta le seau. Il lui semblait déjà sentir sur ses lèvres la merveilleuse fraîcheur de l'eau. A côté d'elle, Niko trépignait d'impatience.

— Oui, oui, attends une seconde, tu vas boire...

Le seau, bringuebalant contre les parois, se détacha enfin du gouffre ténébreux. Elle le hissa sur la margelle. Elle se penchait pour y tremper son visage quand un haut-le-corps la jeta en arrière. L'eau était rouge !

— Non, ce n'est pas possible ! balbutia-t-elle.

On aurait dit du vin coupé d'eau. Avec un cri de rage

et d'horreur, elle repoussa le seau dans le puits. Elle se pencha à nouveau. Quand ses yeux se furent accoutumés à l'obscurité, elle discerna une forme sombre à la surface de l'eau, et crut reconnaître le gros drap dans lequel était coupée la tunique des soldats grecs. Accablée, elle se laissa glisser le long du fût de pierraille du puits.

— Pourquoi t'as fait ça ? lui demanda Niko d'une voix plaintive. Pourquoi t'as jeté l'eau ?

— Il n'y a pas d'eau, lui dit-elle d'une voix lasse. Rien que du sang... On ne peut pas boire ça, Niko... On ne peut pas !

Elle se ressaisit. Boire, non, c'était impossible... Mais se rafraîchir, s'humecter le visage, se laver les mains ?

Elle remonta le seau. Il était à mi-hauteur quand Niko poussa un cri d'angoisse. L'instant d'après, deux bras puissants la saisirent par la taille et la renversèrent sur le sol. Elle voulut se relever. Elle n'eut que le temps d'entr'apercevoir un visage basané, mal rasé, grimaçant, sous un bonnet de police imbibé de sueur et maculé de poussière. Un coup de poing l'atteignit à la pointe du menton.

Ils étaient trois. Deux soldats et un sous-officier des troupes de choc turques, une patrouille d'éclaireurs de l'armée d'Osman pacha. Deux d'entre eux portèrent la jeune femme à l'intérieur de la ferme. Quand elle reprit conscience, elle était allongée sur une table. Une vive discussion s'était engagée entre le caporal et un des soldats, un très jeune homme, presque un adolescent, aux traits réguliers encadrés de cheveux bouclés d'un noir de jais. Le troisième, plus âgé, se tenait en retrait et ricanait.

De son enfance à Salonique, Diane n'avait conservé que le souvenir de quelques bribes de turc, mais il était clair que son sort était en train de se jouer. Entre deux tirades à l'adresse du jeune soldat, le sous-officier lançait dans sa direction des regards égrillards. Il voulait la violer. Le vieux aussi en mourait d'envie. Le jeune homme, lui, plaidait la cause de la captive, d'une voix douce et obstinée. Le caporal se mit en colère. Il haussa le ton, et frappa du plat de la main sur l'étui de son revolver. L'éphèbe haussa les épaules et sortit en claquant la porte.

Le caporal lui lança une dernière moquerie, et adressa un clin d'œil à son compère. Tous deux éclatèrent d'un rire gras et s'approchèrent de la table.

Diane s'était redressée. Dans son turc très approximatif, elle les supplia de la laisser en paix. Ils lui répondirent par des obscénités. Ils étaient tout près d'elle, à présent. Le premier, le caporal tendit la main vers son corsage. Elle se détourna. Le soldat la saisit par les épaules et l'immobilisa. Le caporal revint à la charge. Elle sentit sa main aux ongles noirs de crasse se poser sur le doux renflement de sa poitrine. Un sourire torve se peignit sur le visage de l'homme, retroussant ses lèvres sur ses dents jaunies de tabac. Lui pétrissant les seins, il remonta jusqu'au col. Il tira brusquement sur le tissu, déchirant tout, arrachant les boutons, meurtrissant les chairs. Les seins, d'une blancheur laiteuse, avaient jailli. Malgré eux, les deux hommes retinrent leur souffle. Ils n'avaient connu que des paysannes, des filles à soldats, des noiraudes. La pâleur de cette peau de blonde, les aréoles d'un rose tendre les rendaient fous. Le soldat dégagea une de ses mains, pour toucher à son tour ces merveilles. Submergée de dégoût, Diane ferma les yeux et tenta de toute son âme de s'abstraire de la situation. Mais c'était impossible. Ces hommes puaient, et lui soufflaient au visage, d'une haleine lourde de vin, des obscénités en turc. Heureusement, ce fut bref. Ils n'avaient jamais possédé de femme aussi belle. Éperdus de désir, ils n'arrivaient pas à se contrôler et à faire durer leur plaisir. Très vite, l'un après l'autre, ils se vidèrent en elle et se laissèrent retomber sur le côté, à demi assouvis, grognant à son adresse des insultes machinales.

Ce fut sans doute cette frustration inavouée qui inspira au caporal l'idée d'un autre jeu. Après s'être rajusté, il sortit et ramena de force le jeune soldat. Il lui désigna la victime, et lui ordonna de la prendre à son tour. Le garçon secoua la tête.

— Non, je veux pas, c'est pas bien ! dit-il dans son turc rocailleux de berger arraché à sa lointaine Anatolie.

— T'as rien dans le pantalon, alors ? T'es pas un homme, c'est ça ? Avec ta peau de fille et tes yeux de biche, tu dois être pédé !

— Je veux pas, c'est tout ! Regardez : elle pleure. J'aime pas embrasser les femmes qui pleurent...

— On te dit pas de l'embrasser, connard, mais de la baiser ! On te demande pas ton avis ! Allez, tu vas y passer, j'veux pas de puceau dans mon escouade !

Le caporal dégaina son revolver et le braqua sur l'adolescent.

— Vas-y... Montre-nous un peu comment tu t'y prends ! Allez, mon p'tit gars, au cul, comme les grands ! Tu vas voir, elle est bonne, et puis des chattes de blonde comme ça, faut en profiter, t'en verras pas souvent dans ta vie !

Tout en parlant et en brandissant son arme, le caporal s'échauffait. Le gamin eut beau protester et argumenter, il lui fallait s'exécuter. Mais il ne pouvait s'y résoudre en présence des autres.

— J'veux bien, mais faut que vous sortiez...

Il mentit :

— ... C'est la première fois, vous comprenez ? J'y arriverai pas, si vous restez là à me lorgner ! J'y arriverai pas, c'est sûr !

Le caporal éclata d'un gros rire.

— Tu vois qu'j'avais raison : puceau ! Bon, on va te laisser tout seul. Mais attention, après, on vérifiera ! Et gare à toi si ton engin n'a pas servi !

Sur ces mots, tout en s'esclaffant, le caporal entraîna l'autre soldat vers la porte.

L'adolescent se tourna vers Diane.

— Ils vont regarder par le trou de la serrure, lui dit-il à voix basse.

Elle ne répondit pas. Elle avait rabattu sa robe sur son ventre. Il pouvait faire ce qu'il voulait, il pouvait même la tuer, tout lui était égal.

— Il faut pas m'en vouloir, madame... Je dois le faire, reprit-il. Moi je vous ficherais bien la paix, mais il serait capable de me tuer, et vous aussi... C'est un méchant homme !

De l'autre côté de la porte entrebâillée, les brutes ricanaient.

— Alors, Ismet, tu trouves ton chemin ? Crains rien, ça mord pas !

— Quand t'y seras, perd pas le rythme, Ismet, c'est ça qui compte : le rythme !

Il s'allongea sur elle. Il n'était sans doute plus vierge, mais il était encore gauche, attendrissant. Tout d'abord, il eut quelque difficulté. Mais elle était si belle ! Son désir s'éveilla. Il la caressait doucement, comme pour se faire pardonner. A l'instant de la pénétrer, il lui demanda pardon. Haletant, balbutiant, il se délivra en elle. Puis sa tête retomba sur l'épaule de Diane.

La voix odieuse du caporal retentit :

— Sacré Ismet ! Tu apprends vite, pour un puceau ! Allez, assez rigolé, ferme ta braguette, faut mettre les bouts, à présent...

Le jeune homme se redressa et sauta à bas de la table. Tout en se rajustant, il ne put s'empêcher de se retourner vers la jeune femme avec sur le visage une expression de gratitude.

— Et elle ?

— Quoi, elle ? Tu crois pas qu'on va l'emmener, non ?

— Non, bien sûr...

— Alors t'inquiète pas. Ali va s'en occuper !

— Comment ça ?

Le caporal eut un rire sinistre.

— On voit que t'es qu'un bleu ; tu connais pas les petites manies d'Ali... Allez, filons devant, il nous rejoindra ! D'une bourrade, le sous-officier poussa Ismet vers la porte.

— Avance, je te dis ! Faut pas traîner, maintenant. Le capitaine Férid attend notre rapport pour faire avancer la colonne...

— Mais la dame, qu'est-ce qu'il va lui faire, Ali ?...

Leurs voix se perdirent. A l'intérieur de la ferme, Diane s'était redressée sur ses coudes et observait Ali. Elle avait compris. Il allait la tuer. Les journaux d'Athènes étaient pleins du récit des atrocités turques en Crète et ailleurs. Après s'être amusés d'elles, les violeurs éventraient leurs victimes.

Elle avait peur, mais attendait cette mort affreuse comme une délivrance. Elle se sentait salie, souillée à jamais. C'était donc cela, la vie, les hommes ? Pourtant celui qu'elle avait aimé et épousé était d'une autre sorte.

Il s'était toujours montré délicat et attentionné dans l'amour. Si elle l'avait fui, c'était parce qu'elle se jugeait indigne de lui, faute d'avoir pu lui donner une descendance. Une larme coula le long de sa joue. Malgré sa résignation, elle ne pouvait s'empêcher de comparer son sort à ce qu'il était à peine quelques semaines auparavant. La belle, la brillante, l'élégante Diane Sophronikou, l'épouse du plus jeune ministre du gouvernement grec, la perle des salons athéniens, allait périr de la main d'un soudard turc, le ventre poissé de sperme, dans une ferme misérable.

En un éclair, elle revit défiler sa trop brève existence, son enfance à Salonique en compagnie de trois chenapans des quartiers pauvres, Démosthène, Basile, Périclès, son départ pour Athènes après la mort de celui qu'elle avait cru être son père, son adolescence dorée dans le palais de son oncle Démétrios Mascoulis, son mariage avec le poète Démosthène Sophronikou, un de ses trois amis d'enfance... Enfin la révélation, à Londres, de sa stérilité, et la honte irrépressible qui l'avait amenée à quitter son mari pour s'engager sous un faux nom dans le corps des infirmières de l'armée royale.

Ali avait dégainé sa baïonnette et en contemplait la lame d'un air songeur. Il observa Diane. Un sourire cruel déformait son visage. Elle frémit. Pour lui, le véritable plaisir était là : tuer. Fascinée, elle ne pouvait détacher son regard du sien. Dans son esprit enfiévré, une idée se fit jour. Si elle baissait les yeux, il la tuerait à l'instant même. Elle n'avait pas vraiment peur de mourir. Elle était désormais au-delà de la peur. Mais autre chose la poussait à ne pas céder : l'orgueil.

Intrigué d'abord, puis furieux, il voulut voir jusqu'où elle irait. Il accepta l'affrontement. Il était un soldat, un mâle, il venait de le prouver. Il la materait du regard, pour affirmer sa virilité à ses propres yeux, puis il la tuerait.

Elle ne bronchait pas. Ses immenses prunelles d'un bleu très pur le défiaient de tout leur éclat. Au coin de sa bouche, un pli de mépris se dessinait, s'accentuait. Il se vit alors tel qu'il était : un rustre mal lavé, affublé d'un uniforme trop grand pour lui. Un bon soldat et un pauvre type. Confusément, il devina qu'elle avait toujours vécu dans un univers infiniment éloigné du sien. Hormis les écorchures et la saleté inévitables dans cette débâcle, ses mains étaient douces et soignées. Même s'il la tuait, elle mourrait en le méprisant.

Il sentit qu'il perdait contenance. Cela, jamais ! Il assura sa prise sur la poignée de la baïonnette, et leva l'arme au-dessus de la gorge palpitante de Diane. Il allait la clouer sur la table quand un coup de feu claqua au-dehors. Il retint son geste et se retourna vers la porte qui s'ouvrit avec violence. Ismet apparut sur le seuil, le fusil à la main. Son visage, pourtant basané, était d'une pâleur extraordinaire.

— Qu'est-ce qui se passe ?... Ismet ! Fais pas le con !

Ismet tira sans épauler. La balle atteignit Ali en dessous de l'œil et fracassa la pommette. Sous le choc, Ali fut projeté en arrière et s'écroula, tel un pantin désarticulé. Ismet fit jouer la culasse de son arme, puis s'approcha du corps.

— Il est mort, dit-il d'une voix blanche. Lève-toi, madame ! Il ne faut pas rester ici !

Diane obéit. Ismet avait posé son fusil contre le mur. Il revint jusqu'au cadavre, le traîna par les pieds au centre de la pièce, puis le souleva en le prenant sous les aisselles.

— Qu'allez-vous faire ? demanda Diane.

— Les jeter dans le puits, tous les deux.

— Tous les deux ?

— J'ai tué l'autre aussi... Je vais tâcher de rejoindre les lignes turques. Je dirai qu'on est tombés dans une embuscade, qu'ils ont été tués par les Grecs. Toi, madame, sauve-toi. Quand les miens découvriront les corps dans le puits ils tueront tous les Grecs qu'ils rencontreront.

Parvenu au puits avec le cadavre, il le fit basculer par-dessus la margelle. Une gerbe d'eau rougeâtre vint éclabousser la pierre. Ismet revint sur ses pas. Le corps sans vie du caporal gisait à quelques mètres de là. Il subit le même sort.

— Et Niko... L'enfant ! Qu'est-ce que vous avez fait de lui ?

— L'enfant ?...

Un sourire éclaira le visage emperlé de sueur d'Ismet.

Il fit mine de chasser quelqu'un d'un coup de pied aux fesses et désigna d'un geste vague la campagne environnante.

— Il ne doit pas être bien loin !... Je m'en vais. Quoi qu'il arrive, je ne regretterai pas ! acheva-t-il en montrant le puits.

Puis il ajouta :

— Il faut nous en aller. Je vais à Tyrnavo. Vous, rejoignez Larissa... Ne perdez pas de temps !

Il ramassa son fusil, adressa à Diane un petit signe d'encouragement et s'éloigna à grands pas.

A peine eut-il disparu que Niko sortit des fourrés où il s'était caché, et se précipita dans les bras de Diane.

— J'ai eu peur !... J'ai cru... Mais pourquoi il a tué les deux autres ?

— Ils se sont disputés. Viens, il faut partir. Nous sommes encore loin de Larissa, tu crois ?

Le petit n'en savait rien, il ne s'était jamais éloigné à ce point de sa ferme natale. Ils se mirent en route. Diane pressait le pas. Elle se serait mise à courir si Niko avait été capable de la suivre. Elle lui avait pris la main, et elle le traînait derrière elle. Il trébucha, lâcha prise, tomba sur la route caillouteuse. Elle s'arrêta, revint s'agenouiller près de lui. Il s'était écorché les genoux.

— Tu as mal ? Excuse-moi...

Il leva vers elle un visage trop grave pour son âge.

— C'est rien... Je comprends, tu sais. Tu voudrais être loin, loin d'ici, de la ferme... Mais à ce train, avec ce soleil, même toi, tu ne tiendras pas longtemps.

Elle éclata en sanglots.

— Tu as raison, dit-elle à travers ses larmes. On va marcher plus lentement, d'accord ?

— D'accord.

Ils se relevèrent et repartirent d'un pas plus raisonnable. Le soleil était maintenant au zénith. Dans l'air torride, les mouches commençaient à s'agglutiner sur les cadavres.

Le soleil disparaissait quand Diane et Niko atteignirent Larissa. Ils avaient espéré y trouver secours et réconfort. Ils découvrirent une ville à peu près déserte, dont les accès n'étaient plus gardés que par une poignée de prisonniers de droit commun tirés de leur cachot et armés à la hâte par les autorités affolées.

Pendant la nuit, le prince Constantin avait rassemblé un conseil de guerre. Devait-on défendre Larissa, ou l'abandonner pour se concentrer plus au sud ?

La situation de l'armée grecque était précaire.

Le conseil de guerre avait décidé d'abandonner immédiatement Larissa, de reformer l'armée dans la plaine d'Ak-Séraï et de se retirer ensuite sur Pharsale. Le 24 au matin, les ordres avaient été donnés à la troupe exténuée, et l'armée grecque, scindée en deux colonnes, avait entamé une nouvelle retraite. Peu soucieuse d'attendre l'arrivée des Turcs, la foule des réfugiés, encore grossie par la population de Larissa, avait suivi le mouvement.

Diane et l'enfant errèrent un moment par les rues silencieuses avant de se rendre à l'évidence : Larissa était une ville morte. Quand la décision du diadoque avait été connue des habitants, un vent de panique avait soufflé de rue en rue, de maison en maison. Beaucoup, en partant, n'avaient même pas pris le temps de fermer leur porte avant de se joindre au cortège des fuyards.

Diane s'affola sur une borne de pierre, au croisement de deux ruelles. Elle n'en pouvait plus. Cette longue marche, l'estomac vide et la gorge desséchée, avait achevé de la briser. Sans Niko, elle se serait allongée sur le bord de la route, et elle y aurait attendu la mort.

— Ne bouge pas d'ici, dit-il. Je vais chercher quelque chose à manger... Regarde ! Une boutique d'épicier ! Je parie qu'il n'a pas emmené son fonds en détalant...

— Mais c'est fermé, dit Diane d'une voix faible.

— Non, il y a une petite fenêtre, là, sur le côté !

— Tu ne vas tout de même pas...

— Je vais me gêner !

Le gamin s'approcha de la fenêtre. Elle était un peu haute pour lui, mais il prit son élan, et, avec une agilité de chat, parvint à s'agripper au volet de bois retenu contre le mur par un solide crochet. Il effectua un rétablissement et se glissa à l'intérieur du magasin.

Tout d'abord, Diane lança des regards inquiets à droite et à gauche. Ce qu'était en train de faire Niko s'appelait du pillage, et on était en guerre. Si une patrouille passait... Mais bientôt, la fatigue eut raison de la peur. Rien n'avait plus d'importance. Elle haussa les épaules et s'assit par terre en s'appuyant contre la borne afin de soulager son dos. Le bruit d'une voiture lui fit lever la tête. C'était un invraisemblable véhicule, une sorte de sulky découvert, une voiture de dame aux lignes élégantes, tiré par un cheval de labour dont la puissance contrastait avec le gracile attelage.

Sur le siège, un jeune homme brun, vêtu d'un costume de voyage à carreaux verts, tenait les rênes d'une main experte, négociant les virages avec adresse entre les épaves et les débris de toutes sortes qui encombraient la voie. Il ralentit en arrivant à la hauteur de Diane. Quelque chose l'avait intrigué dans cette silhouette avachie, adossée à une borne de pierre.

Il arrêta la voiture et mit pied à terre.

— Pardonnez-moi... Ne seriez-vous pas...

Diane baissa la tête. Déjà, elle avait mis un nom sur le visage de l'homme. Jean-Maurice de Cadensac, homme de lettres et journaliste français, correspondant en Grèce du *Temps*, le grand quotidien parisien. Ils s'étaient croisés à plusieurs reprises dans les salons d'Athènes, notamment chez Ghélissa Tricoupis, la nièce de l'ancien président du Conseil, et la meilleure amie de Diane.

— ... Madame Diane Sophronikou ! acheva-t-il d'une voix incrédule. Souvenez-vous de moi : Jean-Maurice de Cadensac, du *Temps*... Mais que faites-vous ici ?

— La même chose que toute l'armée grecque, dit-elle en relevant la tête et en montrant du doigt l'insigne du corps des infirmières agrafé à son col. Je bats en retraite. Je croyais trouver un refuge à Larissa, mais il semble bien que la débâcle ne fasse que commencer.

— J'en ai peur, soupira-t-il. Le diadoque a confié à quelques dizaines de bagnards libérés la mission de retarder l'avance des Turcs... Autant dire qu'ils entreront dans Larissa sans peine... Je suis arrivé ici au milieu de la nuit. Je n'avais pas dormi depuis quarante-huit heures. Quand je me suis réveillé, j'ai trouvé la ville déserte. J'ai erré dans les faubourgs, et j'ai eu la chance de pouvoir... « emprunter » cet attelage ! Il ne faut pas rester ici ; montez ! Nous sommes à quarante kilomètres de Pharsale, la nouvelle ligne de défense grecque.

— Je ne suis pas seule... Un enfant m'accompagne.

— Un enfant ? Où est-il ?

D'un signe de tête, Diane montra l'épicerie à Cadensac.

— Ah ! Je vois... Excellente initiative ! Je meurs de faim, moi aussi...

Pendant ce temps, non sans peine, Niko avait réussi à ouvrir la porte de la boutique de l'intérieur. A la vue de l'inconnu, il esquissa un mouvement de recul. Diane le rassura.

— Ne crains rien... C'est un ami !

— Alors, gamin, qu'as-tu trouvé ?

— Des dattes, m'sieur, et des noix, et des galettes ! dit Niko en montrant son butin d'un air triomphant.

— Parfait ! Ne perdons pas de temps. Une mauvaise rencontre est toujours possible, croyez-en mon expérience de correspondant de guerre ! Remplis un couffin de galettes et de dattes, et fichons le camp... As-tu déniché quelque chose à boire ?

— Du vin, m'sieur. Du retsina... Y en a plus que vous ne pourrez en boire dans toute votre vie !

— Tu ignores que tu t'adresses à un Français, gamin !

Après s'être abondamment pourvus de provisions, les fuyards prirent la route de Pharsale.

Jean-Maurice de Cadensac était à la fois ravi et intrigué de cette rencontre.

— Tandis que le ministre de l'Urbanisme combat sur le front de Crète, sa jeune épouse soigne les soldats blessés en Thessalie. C'est beau comme l'antique ! Avec une pareille histoire, je suis sûr de faire pleurer les lecteurs du *Temps* !

— Avez-vous des nouvelles de mon mari, monsieur de Cadensac ?

— Il a rejoint le colonel Vassos à Candie, c'est tout ce que je sais. Mais peut-être l'a-t-on déjà rappelé à Athènes ?

Tout en parlant et en conduisant le sulky, Cadensac demeurait vigilant et ne cessait de scruter la route qui sinuait au milieu de la plaine. Derrière l'attelage, des volutes de fumée noire signalaient des incendies. Au pas lent mais régulier du cheval, on dépassait de temps en temps d'autres fuyards moins bien lotis, parmi lesquels certaines faces patibulaires trahissaient des droits communs de Larissa qui avaient déserté plutôt que d'attendre le déferlement des troupes d'Ehmed pacha. Cadensac se méfiait de cette lie, et portait ostensiblement un revolver passé dans sa ceinture.

— Monsieur de Cadensac...

— Oui ?

— J'aimerais... que vous évitiez de mentionner mon nom dans votre journal.

Cadensac la dévisagea avec curiosité.

— Il n'y a rien dont vous puissiez rougir, bien au contraire !

— Je vous le demande comme une grâce.

Cadensac s'inclina à regret.

— Dans ce cas... Je me contenterai de raconter la chose sans vous citer nommément.

— Je vous remercie. A présent, pardonnez-moi, mais je vais essayer de dormir un peu.

— Bien sûr, vous devez être épuisée... Enveloppez-vous dans mon manteau. La nuit tombe et il va faire frais.

Quelques instants plus tard, malgré l'exiguïté et l'inconfort du véhicule, Diane sombrait dans un profond sommeil.

Le jeune journaliste conversa un moment encore avec Niko. Il aurait aimé en savoir plus sur les circonstances de sa rencontre avec Diane Sophronikou et sur les péripéties de leur voyage jusqu'à Larissa, mais le gosse resta étrangement discret. D'ailleurs, il ne tarda pas à s'endormir lui aussi. Les sens en éveil, Jean-Maurice de Cadensac conduisit toute la nuit. La présence de l'épouse du ministre de l'Urbanisme sur le front lui semblait étrange. Qu'elle eût tenu à prendre sa part dans l'effort de guerre en soignant les blessés, soit. Mais elle eût été aussi utile, et sans doute plus à sa place dans un des hôpitaux de l'arrière. Il subodora quelque dispute, un drame conjugal peut-être... Machinalement, il lissa du bout des doigts sa fine moustache. Il s'y connaissait en femmes, et celle-là était une des plus séduisantes de la bonne société athénienne. Il y avait peut-être là une chance à saisir. Elle paraissait secouée, mais qui sait ? demain, quand elle serait reposée de ses fatigues... De doux fantasmes occupèrent agréablement le journaliste tout au long de la nuit.

La nouvelle de la panique de Mati, de l'évacuation de Larissa et de la retraite de l'armée sur Pharsale éclata comme un coup de tonnerre dans le ciel paisible d'Athènes. A la stupeur succéda bientôt la colère. L'opinion s'en prit aux chefs militaires, au président du Conseil Théodore Déliyannis qui avait osé parler de paix après avoir cédé aux manœuvres bellicistes de la Société nationale, au ministre de la Marine, dont les navires n'avaient pu s'emparer des îles de l'Archipel, enfin aux princes et au roi lui-même.

Le 26 avril, l'état-major de l'armée de Thessalie au grand complet fut rappelé à Athènes, et le colonel Smolénitz, le défenseur du col de Révéni, fut chargé d'en constituer un nouveau.

Le 27 et le 28, la foule, dont l'exaltation croissait sans cesse, pilla quelques boutiques d'armuriers à Athènes et au Pirée. Craignant de voir l'agitation populaire prendre des proportions dangereuses, les grandes puissances envoyèrent en rade de Phalère quelques-uns des navires de guerre qui croisaient dans les eaux crétoises depuis le début de la crise.

Le 29, le roi obtint la démission du président du Conseil et chargea M. Rhallys, politicien chevronné, de former un cabinet.

La chute de Déliyannis et les premières mesures du nouveau gouvernement pour continuer la lutte contre l'envahisseur ottoman calmèrent l'effervescence populaire.

Le 9 mai, le chef du corps expéditionnaire en Crète, le colonel Timoléon Vassos et vingt-sept de ses officiers débarquaient au Pirée. Les parlementaires conduits par Démosthène Sophronikou avaient été rappelés en même temps qu'eux.

Celui qui avait été le plus jeune ministre de Grèce n'était plus rien. Il avait perdu avec son poste ministériel la dispense qui lui permettait de siéger à l'Assemblée. Mais surtout, il avait perdu sa femme. Il ne s'était résolu à s'embarquer pour la Crète, comme il en avait sollicité l'honneur devant les députés, que sur l'injonction pressante de son ami Basile Apostolidès.

— Si tu n'es pas à l'heure à l'embarcadère, tu es un homme fini ! lui avait dit Basile.

— Mais Diane... Je ne peux pas partir sans savoir ce qu'il lui est arrivé !

— Elle a dû avoir un coup de cafard. Elle ne peut pas être bien loin... Je m'occupe de la chercher. Quant à toi, tu dois absolument partir pour la Crète ; ton avenir politique en dépend.

— Je me fous de mon avenir politique ! Je ne pense qu'à Diane ! Tout ce qui arrive est ma faute ; je lui ai menti, comprends-tu ? Je lui ai laissé croire qu'elle ne pouvait pas avoir d'enfant, alors que...

Il avait dû faire effort sur lui-même pour avouer la vérité à Basile.

— ... alors que c'était moi ! acheva-t-il d'une voix altérée.

L'amitié des deux hommes remontait à leur plus tendre enfance. Elle était solide et sincère : un pacte d'acier qui s'était conclu avec Diane et Périclès Hespéra au temps heureux où ils couraient ensemble les rues de Salonique. Cependant, Diane avait choisi d'épouser Démosthène. La loyauté de Basile était sans faille, mais elle prendrait fin le jour où Diane se tournerait vers lui, si ce jour arrivait jamais. Il enregistra la nouvelle en silence, comme un atout qui vous tombe au moment où l'on s'y attend le moins. Il n'avait pas l'intention de s'en servir pour l'instant.

Il s'était montré rassurant.

— Tout cela s'arrangera... Diane s'est enfuie sur un coup de tête. Je me charge de la retrouver. Pendant ce temps, file en Crète te couvrir de gloire... En restant, tu passerais pour un lâche. Tu ne peux que t'exécuter.

La mort dans l'âme, Démosthène s'était embarqué pour la Crète. Il y avait rongé son frein, entre d'assommantes visites sur un front dont le calme désespérant ne lui offrait aucune occasion d'oublier son tourment, et les banquets réunissant députés et officiers. Pour tromper son angoisse, il s'était mis à boire. Depuis des années — en fait, depuis qu'il avait commencé à trahir à la fois son pays et ses idéaux de jeunesse pour satisfaire aux exigences des services secrets turcs qui le tenaient —, il vivait secrètement dans une tension nerveuse devenue insupportable.

Il avait presque accueilli avec soulagement la défaite des armées hellènes en Thessalie et son rappel à Athènes. Il y perdait son portefeuille ministériel, mais il lui serait enfin possible de se lancer lui-même à la recherche de Diane.

Le matin de son arrivée dans la capitale, il se précipita au domicile de Basile. Poursuivant son irrésistible ascension sociale, le jeune marchand d'armes avait renoncé au luxueux appartement qu'il louait jusqu'alors pour acheter un hôtel particulier au cœur d'Athènes.

Il avoua à Démosthène l'échec de ses investigations.

— J'ai pourtant remué ciel et terre ! J'ai fait appel aux meilleurs détectives privés de la ville... Diane est introuvable. Son oncle Démétrios et sa mère sont fous d'inquiétude. Il n'a pas été possible de tenir la police à l'écart. On enquête à présent sur tout le territoire.

Démosthène s'effondra.

— Mon Dieu, où est-elle ? Et si elle s'était...

Basile secoua la tête.

— ... Si elle s'était suicidée ? Impossible ! Ça ne lui ressemble pas. Trop courageuse. Trop orgueilleuse. Non, les femmes de sa trempe savent souffrir. Elle doit se terrer quelque part. A mon avis, elle a quitté Athènes. Peut-être même a-t-elle quitté la Grèce ? J'ai des contacts dans toute l'Europe... Nous la retrouverons, j'en suis sûr.

Les deux hommes allèrent déjeuner dans un grand restaurant près de la place de la Constitution.

— Tu devrais faire attention, lui dit Basile en montrant la bouteille de Château-Lafite 1861 largement entamée.

Démosthène haussa les épaules.

— Qu'est-ce que ça peut faire ? Je n'aurai pas de discours à prononcer avant longtemps. Je suis au chômage, figure-toi ! Rhallys a viré toute l'ancienne équipe gouvernementale... Et au train où vont les choses, les Turcs pourraient bien entrer dans Athènes un de ces jours !

Ce fut au tour de Basile de hausser les épaules.

— Tu dis des sottises. Les grandes puissances arrêteront la danse avant que les choses n'aillent trop loin. La Grèce est virtuellement vaincue, c'est certain, et elle va y perdre des plumes, mais pas à ce point-là !

A ce moment, un homme entra dans la salle accompagné d'une très élégante jeune femme. Il s'arrêta au passage pour saluer les deux hommes attablés.

— Monsieur le Ministre, monsieur Apostolidès, mes respects !

— Ah ! Monsieur de Cadensac ! Ravi de vous voir. Je vous croyais toujours en reportage sur le front... A Candie, nous nous arrachions *Le Temps* pour lire vos articles. Même avec le retard qu'il mettait à nous parvenir, nous étions sûrs au moins d'échapper au bourrage de crâne de la presse grecque !

— Vous êtes trop bon, monsieur le Ministre...

— Ah ! Laissez ce titre, je ne suis plus ministre, vous le savez bien !

— Vous le redeviendrez un jour ou l'autre, et en France l'usage est de continuer à donner leur titre aux hommes éminents, même quand ils ne sont plus en exercice. Comment va Mme Sophronikou ?

Démosthène pâlit et bredouilla :

— Mon épouse ? Eh bien je... Très bien, très bien !...

— J'en suis ravi, car j'étais un peu inquiet à son sujet.

— Inquiet ? Pourquoi ?

— Nous nous sommes perdus de vue à Pharsale, il y a quelques jours de cela, dans des conditions bizarres... Elle vous l'a peut-être raconté. Mais pardonnez-moi, Mlle Alexakis et moi-même sommes attendus. Enchanté de vous avoir rencontrés ! conclut le journaliste en s'inclinant devant les deux hommes.

Démosthène était blême. Il fit mine de retenir Cadensac par le bras. Basile, d'un regard impérieux, l'en dissuada.

— Mon cher Cadensac, pourrais-je vous entretenir un instant après le déjeuner ? J'ai quelques petites informations qui pourraient vous intéresser...

L'œil du reporter s'alluma. Il le savait, Apostolidès bénéficiait d'une formidable réussite dans le commerce des armes en Europe. Ses relations dans tous les milieux lui valaient sans aucun doute des informations inédites.

— Je suis à votre disposition, monsieur Apostolidès. Voulez-vous que nous nous retrouvions seul à seul pour le café ?

— Excellente idée ! A tout à l'heure, donc !

— Ainsi, Diane était à Pharsale il y a quelques jours ! dit Basile quand le Français se fut éloigné en compagnie de la jeune femme.

— A Pharsale ! Mais qu'est-ce qu'elle pouvait bien faire si près de la zone des combats ? C'est à Pharsale que le diadoque a réorganisé les débris de l'armée.

— Nous en saurons plus tout à l'heure. Il n'est pas nécessaire que ce journaliste apprenne qu'elle s'y trouvait à ton insu. Je vais lui tirer les vers du nez. Fais-moi confiance.

— Niko ! Tu es vivant ! Mon pauvre petit !

— Héléna !

La paysanne avait pâli en reconnaissant Niko, le fils de ses voisins, les Hexakis. Avec d'autres habitants du même village minuscule, ils avaient fui devant l'avance des Turcs. Et puis, en pleine nuit, entre Mati et Larissa, le gosse était descendu de la carriole pour faire pipi. Au même moment, à l'arrière de la colonne, un cri avait retenti : « Les Turcs ! Les Turcs ! » Repris de proche en proche, il avait provoqué une panique meurtrière, et dans la confusion Niko s'était perdu.

— Où sont mes parents, Héléna ?

— Ils sont... Tu les verras plus tard ! Ils ont été évacués sur Kharditsa...

Héléna mentait mal, et ses bras pansés inquiétaient l'enfant.

— Qu'est-ce qui t'a fait ça ? Pourquoi vous n'êtes pas restés ensemble ? Où est Michel ?

Au nom de son neveu, Héléna éclata en sanglots.

— Il est mort !... Et tes parents aussi ! A quoi bon mentir ? Il aurait bien fallu que tu l'apprennes un jour. Ton père a reçu un coup de sabot, dans la pagaille. Et ta mère et mon pauvre petit Michel... Un obus est tombé sur la carriole ! Regarde mes bras ! J'ai eu de la chance ! Trop de chance, tiens ! J'aurais mieux fait d'y rester... Qu'est-ce que je dirai à ma sœur quand elle me demandera où est son fils ? Mais qu'est-ce que tu fais, Niko ? Où tu vas ? Niko !...

Les yeux agrandis d'horreur, l'enfant s'éloignait à reculons de la messagère du malheur.

— Reste avec moi, Niko, je t'en prie, j'ai plus que toi !

Sourd aux supplications d'Héléna, Niko tourna les talons et se perdit dans la foule qui stationnait devant l'hôpital. Les larmes ruisselaient sur son visage. Il se heurtait aux passants, piétinait sans y prendre garde les réfugiés allongés à même le pavé entre leurs ballots de hardes. Inconsciemment, il était revenu sur ses pas, vers l'école désaffectée dans laquelle Diane et le journaliste français s'étaient installés en arrivant à Pharsale. Il les y avait laissés, Cadensac profondément endormi et Diane enfermée dans le silence dont elle ne sortait plus guère depuis quelques heures, pour partir à la recherche de ses parents. A présent il savait. Il était orphelin.

— Niko ? Qu'est-il arrivé ?

La voix de Diane était lasse et morne. Si elle avait affronté avec courage les épreuves des derniers jours, quelque chose semblait s'être brisé en elle. Son regard avait perdu son éclat, son teint hier encore éblouissant malgré la poussière des routes s'était terni. Elle se tenait voûtée, comme une vieille femme. Ce matin, malgré les encouragements de Niko, elle avait refusé de se laver. Il avait alors décidé de s'enquérir de ses parents, et aussi, si l'occasion s'en présentait, de chaparder quelques fruits pour les rapporter à Diane.

Surmontant son apathie, elle l'attira contre elle.

— Tu pleures ! Pourquoi ?

— J'ai rencontré Héléna, une femme de mon village... Mes parents sont morts... Mon père, ma mère ! balbutia-t-il entre ses larmes.

Elle le serra plus fort.

— Pauvre, pauvre Niko ! répétait-elle en lui caressant les cheveux.

Il pleura longtemps, puis, soudain il prit sa décision : Il fallait réagir, lutter, survivre. Il se dégagea doucement.

— Que vas-tu faire, maintenant ? lui demanda-t-elle de sa voix de morte vivante. Tu vas rejoindre cette femme ?

— Non. Elle n'est pas de ma famille. Je vais aller à

Patras chez mon oncle Nicomède, le frère de mon père. Il m'accueillera, j'en suis sûr.

A mesure qu'il parlait, sa voix s'affermissait.

— Patras ? C'est loin !

Il fronça les sourcils. Il n'avait aucune idée de la distance qui séparait Patras de Pharsale. Il n'avait vu son oncle que trois fois, à l'occasion de fêtes de famille. Mais son père, qui se livrait à la contrebande du tabac, lui avait toujours dit : « S'il m'arrive quelque chose, va voir mon frère Nicomède à Patras ! Les autres, les voisins, les cousins de Mati, ils seraient juste bons à te voler ton héritage. Pas Nicomède ! »

— C'est loin comment ?

Diane réfléchit.

— Tu n'y es jamais allé ? C'est dans le Péloponnèse, sur le golfe de Corinthe... Voyons... Deux cents kilomètres, à peu près. Tu connais l'adresse de ton oncle, au moins ?

— Non. Mais c'est facile, il tient un restaurant : La Poule Rousse. Papa disait que c'était le meilleur restaurant de la ville... Je n'aurai qu'à demander.

— Alors c'est bien, dit Diane en hochant la tête. Va à Patras. L'important, c'est que tu retrouves quelqu'un de ta famille...

Elle fouilla dans la poche de sa veste et en sortit une petite bourse de satin.

— Tiens, dit-elle en la lui tendant. Tu en auras besoin.

Il hésita.

— Et toi ?

— Oh, moi !... Je n'ai besoin de rien.

— Mais qu'est-ce que tu vas faire ? Tu vas partir avec le Français ?

Elle regarda le journaliste, endormi sur un matelas de fortune.

— Cadensac ? Non, non... Il doit faire son métier. Ne t'inquiète pas pour moi !

Elle le força à prendre la bourse.

— Ne l'ouvre pas devant n'importe qui : ce sont des pièces d'or.

— Mais toi !

— Ne t'inquiète pas, je te dis. Adieu, Niko, tu es un brave garçon, je suis contente de t'avoir rencontré.

Elle l'embrassa. Il s'aperçut alors qu'elle était brûlante.

— Tu es malade ?

— Qu'est-ce que ça peut faire ? Va-t'en, maintenant, je t'en prie !

Elle le repoussa. Il sortit à reculons, la bourse à la main. Il avait scrupule à l'abandonner ainsi, épuisée et fiévreuse. Mais que pouvait-il faire ? Il n'était qu'un enfant !

Dehors, le grand soleil de midi l'éblouit. Il se frotta les yeux. Quand il les rouvrit, il ne put retenir un cri de joie. Le sulky était là, au coin de la rue, tout attelé, avec son gros cheval de labour somnolant entre les brancards, à l'endroit exact où ce matin Cadensac, mort de fatigue, l'avait garé. Une inspiration le traversa. Il fit demi-tour et rejoignit Diane.

— Toi ? Que veux-tu ?

— Viens ! Lève-toi !

— Laisse-moi, je suis fatiguée !

— La voiture est encore là ! Viens !

— Laisse-moi, je t'en prie !

— Je ne peux pas aller à Patras tout seul. Et toi...

— Quoi, moi ?

— Tu ne sais pas où aller.

La tirant, la secouant, il parvint à la faire se lever. Il la conduisit au-dehors en la soutenant par la taille.

— Mon père me disait : « Quelquefois on est très malheureux dans la vie. Mais quoi qu'il arrive, il faut continuer. Il faut faire quelque chose. Aller quelque part. Sinon, on meurt. » Tu viens à Patras avec moi !

Il dénoua les rênes hâtivement attachées à un anneau scellé au mur, sauta sur le siège, s'empara du fouet, et houspilla le cheval. L'attelage s'ébranla lourdement.

Il leur fallut trois jours pour rallier Patras en empruntant d'étroites routes de montagne engorgées par le flot des réfugiés qui se heurtait aux colonnes militaires montant en ligne en sens inverse. Ce voyage fut pour Diane un calvaire. Prostrée sous une couverture à l'arrière du sulky, elle grelottait de fièvre depuis leur départ de Pharsale.

Niko n'avait pas tardé à comprendre qu'elle était vraiment malade. Il voulut la conduire dans un hôpital. Elle avait refusé. Dans son esprit égaré par la fièvre, atteindre Patras était devenu une obsession. Elle parlait de La Poule Rousse comme d'un havre de grâce, et de l'oncle Nicomède, qu'elle n'avait jamais vu, comme d'un sauveur. Parfois, dans son délire, elle mentionnait d'autres noms. Il était question de Démosthène, de Basile, de Périclès. Elle s'adressait à chacun d'eux avec la même tendresse hallucinée.

Au matin du troisième jour, ils atteignirent Lépante, à la jonction des golfes de Patras et de Corinthe. Là, l'or contenu dans la bourse de satin de Diane permit à Niko de louer une place sur le bac qui assurait le service Lépante-Aegion. En fin d'après-midi, ils firent leur entrée dans Patras. Pitoyable arrivée ! En dépit de sa robustesse, le cheval était épuisé et tirait la patte ; ses fers usés le blessaient, et il ne serait sans doute pas allé beaucoup plus loin. Couvert de poussière, à demi mort de faim, Niko lui-même ne valait guère mieux. Mais le pire était le désolant spectacle qu'offrait Diane, recroquevillée au fond du sulky, son visage cireux et amaigri émergeant à peine des plis de sa couverture.

Patras, qui comptait quarante mille habitants à l'époque, était une ville prospère, vivant du commerce du vin et des raisins secs. A quelque deux cents kilomètres du front, elle n'avait pas été touchée par la guerre ; le misérable attelage ne passa pas inaperçu en entrant dans la ville. Un grand homme brun, au visage avenant, fit signe à Niko de s'arrêter.

— Ho, petit ! D'où viens-tu comme ça ?

— De Pharsale !

— Pharsale ? Mais c'est la guerre, là-bas !

Niko hocha la tête.

— Dis donc, elle n'a pas l'air bien, la dame !

— Elle est malade. Est-ce que vous connaissez La Poule Rousse ? C'est le restaurant de mon oncle, Nicomède Hexakis.

— Si je connais Nicomède Hexakis ? Je lui livre du vin de Corinthe toutes les semaines... Parce qu'à La Poule Rousse, ça débite, tu peux me croire ! Alors comme ça t'es le neveu de Nicomède ?

— Ben oui, puisque c'est mon oncle !

L'homme éclata de rire.

— T'as raison, gamin. C'est logique ! Ton père, c'est l'Hexakis de Mati, celui qu'a une ferme ?

Niko sentit une grosse boule se nouer dans sa gorge.

— Oui. Mais il est mort... Et ma mère aussi.

Le sourire du livreur se dissipa, faisant place à une expression attristée.

— Pauvre gosse ! Attends, je vais te conduire.

Il se hissa sur le siège du sulky.

— Passe-moi les rênes ; les rues sont étroites, dans la vieille ville...

En apprenant la mort de son frère Constantin et de sa belle-sœur, Hexakis baissa la tête, assommé par la douleur. Quand il fit face à nouveau à son neveu, des larmes brillaient dans ses yeux, sa voix était altérée, mais il avait repris le contrôle de lui-même.

— Désormais, tu seras mon fils. Tu aideras au restaurant, et plus tard, quand la guerre sera finie, on verra pour la ferme. Maria va te montrer ta chambre. Tu vas manger, te laver, dormir...

— Merci, mon oncle.

Le gamin eut un signe de tête en direction de l'attelage.

— Et Diane ?

— Qui est-ce ?

— Je ne sais pas, mais c'est une dame... Elle m'a aidé après Mati. Elle souffre, et elle est malade.

— On va s'occuper d'elle, dit l'oncle Nicomède. Marco, poursuivit-il à l'adresse du livreur qui avait conduit Niko jusqu'à La Poule Rousse, donne-moi un coup de main pour la coucher ; Philippina dormira dans la réserve pendant quelques jours... Et puis tu iras chercher le docteur Vélakion.

Marco acquiesça. Ensemble, ils descendirent Diane de la voiture et la portèrent à l'intérieur de la maison.

— Et le cheval ? Qu'est-ce que tu vas faire du cheval ? demanda Marco qui songeait à s'établir livreur à son compte.

— On verra plus tard, bougonna Nicomède. Attention à la dame, là, qu'on lui cogne pas la tête contre le mur...

— Dis donc, elle est pas bien, hein ? C'est pas le choléra, j'espère, parce que...

— Non. Des cas de choléra, j'en ai vu à Missolonghi quand j'étais jeune. C'est pas comme ça... Mais elle est mal en point, c'est sûr !

Ils déposèrent la jeune femme inconsciente sur le lit de Philippina. Au moment de sortir, sur le pas de la porte, Marco se retourna pour la regarder. Malgré son extrême pâleur, ses joues émaciées, ses lèvres et ses narines pincées par la douleur, il eut conscience de sa beauté.

Nicomède le poussa dans le couloir.

— Rêve pas, va, des femmes comme ça, c'est pas fait pour toi !

— Eh ! Ça n'empêche pas d'admirer !

— Tu l'admireras plus tard, si elle s'en sort. Va chercher le médecin.

— Et le cheval ? Il faudrait le nourrir, le bouchonner.

— Le médecin d'abord. Après, tu t'occuperas du cheval.

En quittant le bâtiment, Marco croisa Philippina, la cuisinière. Elle maugréait.

— Qu'est-ce qui se passe, Philippina ? Tu râles ?

Elle lui lança un regard mauvais.

— Y a qu'on me chasse de ma chambre pour y mettre une roulure... Une roulure qu'a la crève, par-dessus le marché ! Et qu'est-ce qu'elle a, tu peux me le dire ? La chtouille, je parie ! Une saloperie de truc contagieux !

— Rassure-toi, c'est une dame. Les dames, ça n'attrape pas la vérole, c'est connu !

— Tu crois ça ! On voit bien que t'en as pas connu beaucoup !

Marco haussa les épaules et passa son chemin. Philippina était une carne hargneuse, méchante. Mais elle était la meilleure cuisinière de Patras, et Nicomède ne pouvait pas se passer d'elle : Philippina faisait tourner le restaurant. Il traversa la salle, déserte à cette heure-là, et déboucha sur la place Tautamellonta. Il s'arrêta un instant pour contempler d'un œil intéressé le cheval qu'on n'avait pas encore dételé du sulky. Il s'en occuperait tout à l'heure. « D'abord prévenir le médecin », avait dit Nicomède. Le docteur Vélakion n'habitait pas loin. Quelques minutes plus tard, Marco sonnait à sa porte.

En bon médecin, Angelos Vélakion savait que les périodes troublées, les guerres, par la dégradation des conditions d'hygiène, sont propices aux épidémies. La jeune femme au chevet de laquelle on l'avait appelé présentait tous les signes d'une affection microbienne hautement contagieuse. Quand il eut fini de l'examiner, il ne fut qu'à demi rassuré même s'il pouvait écarter les deux diagnostics les plus catastrophiques, c'est-à-dire le choléra et la peste. Il fit claquer ses lèvres, ce qui était chez lui signe d'inquiétude et de contrariété. Puis il descendit à la salle commune, s'assit à une table et rédigea une ordonnance qu'il tendit à Nicomède.

— Outre ces remèdes, il faut absolument tenir cette jeune femme isolée, dit-il.

Nicomède se rembrunit.

— Qu'est-ce qu'elle a donc ?

— Une typhoïde, probablement. Ou alors...

— Ou alors ?

— Ou alors le typhus, dit le médecin à mi-voix. J'en saurai plus dans quelques jours.

— Vous ne pensez pas que l'hôpital...

Angelos Vélakion hésita.

— Les hôpitaux sont pleins de blessés. Si elle a le typhus, je prends une grave responsabilité en lui permettant de les contaminer... Non, je préfère que vous la gardiez ici, enfermée dans cette chambre. Je passerai tous les jours. Si c'est le typhus, elle mourra bientôt. On brûlera son corps, sa literie, ses affaires, on désinfectera les lieux. Si c'est la typhoïde, elle a une chance de guérir, mais ce sera long. Qui l'a touchée ?

— Moi, Marco, et mon neveu Niko... Ils sont venus ensemble de Pharsale.

Vélakion fit à nouveau claquer ses lèvres.

— Prenez un bain immédiatement, tous les trois. Lavez-vous les mains à l'alcool. Changez-vous de pied en cap, et priez !

L'hôtel Craven était à la fois le plus vieux (il avait été construit au début des années 70, alors que l'essentiel de la ville était encore composé de tentes rapiécées et de baraquements innombrables) et le plus élégant établissement public de Kimberley.

Assis à son bar, face aux alignements de bouteilles d'alcools divers importés à grands frais du monde entier, Périclès Hespéra aurait pu se croire dans un club de Londres ou un café parisien, à condition toutefois de ne pas regarder par la fenêtre. Froid en hiver, torride en été et pluvieux toute l'année, même hors de la saison des pluies proprement dite, le site de Kimberley était un des plus lugubres du continent africain. Mais les milliers d'hommes qui y vivaient, qui y peinaient, et qui, pour nombre d'entre eux, y mouraient avant l'âge, ne se souciaient ni du climat détestable ni du paysage ingrat. Ils n'avaient qu'une idée en tête, et ils étaient prêts à tout lui sacrifier : le diamant.

Le premier diamant sud-africain avait été trouvé en 1867 par un enfant, dans la ferme de Kalk, au bord du fleuve Orange, à quelques lieues au nord de la ville de Hope Town. Emporté par un chasseur d'autruches et acheté cent vingt-cinq mille francs par le gouverneur du Cap, il figura la même année à l'Exposition Universelle de Paris.

Le bruit de la découverte s'étant répandu, les chercheurs affluèrent au risque de mourir de faim et de soif, à travers le désert désolé du Karoo, qui s'étend sur mille deux cents kilomètres depuis Le Cap jusqu'aux alluvions de l'Orange. En 1868, on découvrit la fameuse Étoile de l'Afrique du Sud, de 83,5 carats, que des joailliers de Londres payèrent deux cent quatre-vingt-sept mille francs.

Ces premiers gisements sud-africains, comme auparavant aux Indes et au Brésil, se composaient de quantités limitées de graviers dans le lit d'une rivière, souvent au-dessous du niveau des eaux. Une véritable révolution se produisit quand, en décembre 1870, on observa la présence de diamants, non plus dans des alluvions, mais dans des filons profondément enfouis dans un sol stérile et disséminés dans une zone de deux cents kilomètres de long sur quinze de large autour de Kimberley.

Les diamants étaient éparpillés de tous côtés en quantité assez faible mais constante, au milieu d'une roche éruptive bleu verdâtre.

Une telle découverte attira toute une population d'aventuriers. Dès 1871, il s'établit là un immense campement qui se mua bientôt en une véritable ville. A la fin du siècle, l'agglomération comptait déjà trente mille habitants. L'homme qui lui avait donné sa physionomie actuelle était Cecil Rhodes, fondateur de la Compagnie De Beers et Premier ministre de la colonie. On l'appelait le « roi des Diamants », et puisqu'il était roi on voyait son portrait partout. On conduisait le visiteur dans ses écuries pour lui faire admirer les zèbres et le superbe cheval arabe de Sa Majesté. On avait donné son nom à une mine et à un diamant célèbre. La mine s'appelait The Premier et le diamant Porter Rhodes.

Quelques années auparavant, l'industrie du diamant avait traversé une crise très grave. Une concurrence effrénée avait fait tomber les cours si bas qu'ils ne pouvaient plus rémunérer l'exploitation. De plus, à la suite d'éboulements, l'extraction à ciel ouvert avait dû être abandonnée dans plusieurs mines. Deux mesures s'imposaient pour rétablir la prospérité : la fusion des compagnies et la limitation de la production.

Cecil Rhodes arriva à dix-huit ans à Kimberley et plaça son petit pécule dans la mine De Beers. Quand vinrent les temps difficiles, il trouva un remède à la crise et, à trente-six ans, il pesait plus de deux millions de livres sterling. De Beers acheta secrètement la plupart des mines concurrentes, jusqu'à les contrôler en presque totalité. Elle prit alors le nom de De Beers Consolidated et regroupa toutes les mines en un vaste syndicat qui exerça un véritable monopole sur l'industrie des diamants. Grâce à ce syndicat surnommé « le Colosse de Rhodes », le cours du diamant remonta de cinquante pour cent, le chiffre d'affaires s'éleva à quatre millions de livres sterling, et les actionnaires se partagèrent chaque année de fabuleux dividendes : l'équivalent de cent millions de francs-or.

Périclès but une gorgée de cognac, et laissa errer son regard sur les habitués du bar du Craven. La majorité d'entre eux étaient de hauts administrateurs de la De Beers. Eux seuls étaient capables de payer sans sourciller la somme respectable que coûtait une tournée de whisky écossais ou de genièvre hollandais. Tous étaient bien mis, et exsudaient la confiance en soi et la morgue, preuves d'un pouvoir exercé sur une multitude d'inférieurs. Actionnaires, administrateurs, ingénieurs, ils étaient les barons du roi Cecil. Tout le monde pliait devant eux comme devant leur maître. A l'exception de quelques originaux, quelques entêtés d'ailleurs aux abois. Périclès, arrivé quelques mois plus tôt pour prendre la direction technique d'une petite exploitation minière indépendante, était un de ceux-là.

Ce jour-là, il avait rendez-vous avec le représentant d'une compagnie de charbonnages du Transvaal, la Van Drift Mine. Le rendez-vous de la dernière chance. Cecil Rhodes était en train d'étrangler ses ultimes concurrents en abaissant, à son seul profit, le prix de revient du charbon indispensable au fonctionnement des pompes et des élévateurs, et donc à l'exploitation des mines.

On avait longtemps utilisé le charbon du pays de Galles, dont le transport par mer, puis en train depuis Port Elizabeth, coûtait terriblement cher. Les compagnies minières s'étaient alors rabattues sur un combustible extrait en Afrique même, le cyphergat, moins énergétique mais moins coûteux. Enfin, Cecil Rhodes avait frappé un grand coup en s'assurant une participation de un million huit cent cinquante mille francs dans une mine de charbon nommée Indwe, située près de Kingswilliamstown. En cette année 1897, le chemin de fer reliant Indwe à Kimberley était achevé. Les mines contrôlées par la De Beers commençaient à recevoir, pour un prix à peu près égal à celui du cyphergat, un combustible d'une bien meilleure qualité. Cecil Rhodes comptait économiser ainsi trois cent vingt-cinq mille francs par an sur les frais énergétiques de ses mines. Il n'y avait aucune chance que les indépendants surmontent un tel handicap en continuant à brûler du cyphergat. Périclès plaçait son dernier espoir dans le charbon de la Van Drift Mine. D'une piètre valeur calorique par rapport à celui de l'Indwe et plus encore du charbon gallois, il était aussi beaucoup moins cher.

Périclès consulta sa montre. L'envoyé des charbonnages Van Drift était légèrement en retard. Le Grec vida son verre de cognac et alluma un fin cigarillo. Il n'était pas inquiet. Pour les actionnaires de la Van Drift Mine aussi, l'expansionnisme de Cecil Rhodes constituait une menace. Sans doute ne seraient-ils pas mécontents de trouver en Périclès un nouveau client, en ces temps difficiles pour toutes les compagnies concurrentes d'Indwe...

Enfin, un homme pénétra dans le bar et s'approcha de Périclès.

— Monsieur Périclès Hespéra ?

Périclès acquiesça de la tête.

— En effet. Vous êtes monsieur John Lammerton, des charbonnages Van Drift ?

— C'est cela même.

— Enchanté ! Installons-nous dans un salon privé... Nous y serons plus à l'aise pour parler.

A la surprise de Périclès, l'homme déclina cette invitation.

— Ce ne sera pas nécessaire, monsieur Hespéra... Notre conversation sera assez brève pour que nous l'ayons debout. Ce que j'ai à vous dire tient en peu de mots : nous ne vous vendrons pas de charbon.

Périclès sursauta. Dans son visage ordinairement serein,

ses yeux gris, le plus souvent rêveurs, brillaient d'un feu inaccoutumé.

— Que dites-vous ?

— C'est très clair, il me semble : pas de charbon !

— Mais... l'argent de mes actionnaires est aussi bon que celui de n'importe lequel de vos clients !

— Pas tout à fait, monsieur Hespéra. Pas aussi bon que celui de M. Cecil Rhodes.

— Si vous croyez que la De Beers va vous acheter du Van Drift à 4,41 d'indice alors que l'Indwe fait 7,09...

— La De Beers va certes utiliser l'Indwe pour faire tourner ses chaudières... Mais le Van Drift sera bien assez bon pour chauffer les compounds des ouvriers indigènes. M. Rhodes signe avec nous un contrat d'exclusivité, pour une durée de quinze ans. Combien de temps espériez-vous tenir contre la De Beers en nous achetant du charbon ? Un an ? Deux ans ? Je suis désolé, monsieur Hespéra, croyez-le bien !

Périclès serra les poings.

— Vous n'êtes pas désolé, vous êtes très satisfait, au contraire ! Combien touchez-vous dans cette affaire ?

John Lammerton rougit.

— Je ne vous permets pas !

— Vous pouvez refuser de me vendre du charbon, mais non m'empêcher de dire ce que je pense. En signant votre contrat, vous vous mettez à la merci de Cecil Rhodes. Aujourd'hui c'est moi qu'il étrangle ; demain ce sera vous. N'importe quel gestionnaire honnête le comprendrait et refuserait de signer un tel contrat. Vous n'êtes pas un imbécile, alors vous êtes une canaille !

Périclès avait haussé la voix. Le visage décomposé, Lammerton le menaça d'une voix sifflante :

— Prenez garde, monsieur le métèque ! Nous sommes au pays des pionniers... Chez nous, les affronts se lavent dans le sang !

— Qu'à cela ne tienne ! s'écria Périclès.

Son bras puissant se détendit, et son poing atteignit Lammerton en plein visage. L'homme alla rouler au pied d'une table d'ingénieurs de la De Beers. Ils l'avaient reconnu, mais ignoraient tout des accords entre leur syndicat et la Van Drift Mine. Ils le relevèrent, non sans se moquer de lui.

— Vous voilà bien pressé de nous tomber dans les bras, Lammerton ! Patience, mon vieux, patience, votre tour viendra !

Dans la pénombre, Anoka scrutait les traits las de Périclès. Elle était sa servante, mais dès son installation à Kimberley il avait été séduit par sa beauté altière et par sa réserve de princesse cafre. Une mission protestante l'avait élevée après l'extermination de sa famille par les pionniers afrikaners. Longue, mince, souvent silencieuse, elle avait plongé son regard dans le sien, puis elle s'était donnée à lui sans hésiter, malgré son orgueil de fille de chef, comme si un savoir ancestral lui avait permis de juger les hommes au premier regard. Elle en avait la conviction, Périclès était l'homme que le destin lui avait dévolu. Le destin, ou les esprits, car l'enseignement des austères pasteurs de la mission ne l'avait détournée qu'en apparence des croyances de son enfance.

Ils abritaient leurs amours dans le vaste bungalow alloué à Périclès en sa qualité de directeur technique de Sonnenfontein, la mine rachetée sur ses conseils par la famille Karvallos, d'Athènes. Si les Blancs de la colonie avaient connu cette liaison, le scandale eût été énorme. Périclès tenait les théories racistes en vigueur en Afrique du Sud pour un tissu d'âneries, mais il préférait ne pas affronter ouvertement la communauté blanche tout entière, aussi gardait-il le secret. Anoka était officiellement une domestique chargée de son ménage, et rien de plus. Mais chaque nuit, il partageait sa couche et étreignait son corps superbe.

— Tu es soucieux, lui dit-elle. Que s'est-il passé ?

— C'est fini, répondit Périclès. La Drift Mine refuse de me vendre du charbon. C'était le seul moyen de survivre face à la De Beers. Ce sera la faillite dans quelques mois. La De Beers rachètera Sonnenfontein...

— Qui a décidé cela ?

— Lammerton. Il a sûrement été acheté par Cecil Rhodes. Mais lui ou un autre, qu'est-ce que ça peut faire ? L'argent de la De Beers peut tout acheter. J'ai perdu, c'est tout.

— Peut-être pas... Lammerton peut changer d'avis.

— Il faudrait lui proposer beaucoup d'argent, et je n'en ai plus. Face au syndicat, mes commanditaires grecs ne pèsent rien. Mais rassure-toi, la mine ne fermera pas. La De Beers poursuivra l'exploitation.

— Je sais comment on traite mes frères dans les compounds de la De Beers... C'est l'esclavage !

— Ici aussi, hélas ! Comment lutter contre le vol et l'alcoolisme ? J'ai adouci, j'ai amélioré leur existence à Sonnenfontein, mais je n'ai pas pu modifier les principes établis.

— Tu considères les travailleurs noirs comme des êtres humains. Ils l'ont compris, ils te l'ont montré.

Périclès hocha la tête. La confiance qu'il accordait à la main-d'œuvre indigène portait ses fruits. La productivité de Sonnenfontein augmentait sans cesse.

— Avec quelques années de plus, je serais peut-être arrivé à humaniser le travail dans les mines... Mais c'est fini : sans charbon à bas prix pour les pompes, je ne peux pas lutter. N'y pensons plus ! J'ai cassé la figure à Lammerton... C'est une consolation !

Anoka éteignit la lampe à pétrole, puis elle appuya sa joue sur la poitrine puissante de Périclès. Ils restèrent silencieux dans l'obscurité. Peu à peu, le souffle de Périclès se fit plus régulier, et il sombra dans le sommeil. Alors Anoka se leva. Elle enfila sa robe de cotonnade et sortit sans bruit de la chambre.

Dans le vestibule, elle passa un imperméable informe, chaussa des caoutchoucs, et appela Ofra, le vieux Noir qui servait de maître d'hôtel à Périclès.

Le vieil homme s'inclina. Pour les Blancs, tous les Noirs se valaient : de la main-d'œuvre taillable et corvéable à merci. Mais la jeune femme était de la même ethnie qu'Ofra, et à ses yeux, elle était toujours fille de chef.

— Tu as besoin de moi, Anoka ?

— Oui. Conduis-moi auprès de M'lélé.

— Maintenant ? Il fait nuit, il pleut...

— Maintenant, Ofra.

Ofra s'inclina à nouveau.

— Attends-moi ici, je vais atteler la voiture.

Une demi-heure plus tard, sous une pluie battante, ils entrèrent dans le village de tentes et de cabanes branlantes qui s'était constitué près de Sonnenfontein, comme autour de toutes les exploitations minières. Malgré la redoutable police organisée par Cecil Rhodes depuis son accession au pouvoir, ces bidonvilles abritaient une faune interlope : parents de mineurs enfermés dans les compounds, mais aussi mauvais sujets chassés des exploitations, voleurs et assassins en fuite, trafiquants d'alcool et de drogue, vendeurs de gris-gris et chamans mal vus des autorités. On y trouvait aussi les bêtes noires de la colonie, les I.D.B., *illicit diamond buyers*, les acheteurs de diamants volés, auxquels la police livrait une guerre sans pitié.

S'il lui arrivait de trafiquer avec les I.D.B., l'homme qu'Anoka allait rencontrer était bien plus qu'un simple intermédiaire à la solde des charognards attirés à Kimberley par le mirage du diamant. Il était aussi un des chefs de la Confrérie. Déracinés, exploités à bas prix dans les mines, les Cafres avaient formé une organisation clandestine. S'il était impossible de chasser les Afrikaners tout-puissants, la Confrérie intervenait secrètement pour contrecarrer l'arbitraire blanc chaque fois que l'occasion s'en présentait. Consciente de sa faiblesse, elle répugnait à l'action de masse. Sa méthode était plus sournoise, et souvent plus efficace. Par l'intimidation, et parfois par l'assassinat, elle obtenait d'appréciables résultats.

Ofra et Anoka laissèrent la voiture à la garde d'un adolescent qu'ils connaissaient, et partirent à la recherche de M'lélé. Sans doute ne l'auraient-ils jamais trouvé si Ofra n'avait montré patte blanche à chacun de ses interlocuteurs successifs, sous la forme d'un tatouage en spirale dans le creux de son aisselle droite.

Enfin, un homme au visage grêlé de petite vérole les introduisit dans une baraque en planches. Là, autour d'un brasero se tenaient quatre hommes, assis sur des tabourets. Le grêlé fit signe à Ofra et à Anoka de l'attendre, et il alla dire quelques mots à l'oreille du plus âgé.

M'lélé tourna son regard vers les nouveaux arrivants. D'un signe de tête, il les invita à s'approcher. C'était un homme d'une soixantaine d'années, puissamment bâti, aux joues barrées de scarifications rituelles. Sa réputation était terrifiante. On lui obéissait, dans le bidonville comme à l'intérieur de l'enceinte barbelée du compound, où il n'avait jamais pénétré. Pourtant, Anoka savait qu'elle n'avait rien à craindre de lui. M'lélé avait été un des meilleurs guerriers de son père. Les Afrikaners l'avaient laissé pour mort après l'écrasement de la tribu.

Anoka s'avança, tandis qu'Ofra demeurait en retrait.

M'lélé congédia ses compagnons, et indiqua un tabouret à Anoka.

— Viens t'asseoir près du feu, fille de mon maître.

— Merci, M'lélé, dit Anoka en prenant place devant le brasero.

— Quel vent t'amène, Anoka ?

— Le Blanc de Sonnenfontein a des ennuis, M'lélé.

— Vraiment ?...

M'lélé se pencha pour saisir dans le foyer, à l'aide d'une petite pince, une braise dont il se servit pour rallumer sa pipe.

— Le Blanc de Sonnenfontein n'est pas un mauvais Blanc, reprit-il, mais il est blanc !

Sur ces mots, il cracha dans le brasier. Sa salive s'évapora en un grésillement rageur.

— Les choses vont mieux à la mine, depuis son arrivée.

— C'est vrai.

— S'il part, la De Beers reprendra l'exploitation. Tu sais ce que cela signifie ?

M'lélé resta un instant silencieux.

— Oui, dit-il enfin. Je sais ce que cela signifie. Mais que pouvons-nous y faire ?

— Tout dépend de la volonté d'un homme : John Lammerton, l'agent de la Van Drift Mine. S'il refuse de vendre son charbon au Blanc de Sonnenfontein, la De Beers s'installera ici, comme partout ailleurs.

— Il est à Kimberley ?

— Oui. Il faut le convaincre de changer d'avis, et vite ! Peux-tu faire cela ?

— Je peux lui montrer où est son intérêt.

— Mais il gagnera beaucoup d'argent s'il choisit la De Beers...

— De l'argent... Qu'en fera-t-il, si les esprits du plateau déchaînent leur colère contre lui ?

— Je peux compter sur toi, M'lélé ?

— Qu'est-ce qui te pousse à agir, fille de mon maître ? Le souci du sort de tes frères, ou l'amour du Blanc de Sonnenfontein ?

Anoka plongea son regard dans celui de M'lélé.

— Le soleil bienfaisant ne réchauffe pas qu'un homme à la fois... Il brille pour tous en même temps, dit-elle.

M'lélé acquiesça.

— Je ferai de mon mieux. Retourne à Sonnenfontein maintenant, et ne dis rien au Blanc.

En fin d'après-midi, Basile retrouva Démosthène à la terrasse d'un café près de l'Assemblée. Il compta les sous-tasses empilées devant son ami. Il y en avait huit. Démosthène avait passé l'après-midi à boire ! De plus il n'avait pas jugé nécessaire de régler ses consommations. L'ex-ministre ne se souciait plus du qu'en-dira-t-on.

Basile s'assit devant son ami.

— Ah ! Basile ! Alors, que t'a dit Cadensac ? lui demanda Démosthène d'une voix légèrement pâteuse.

Basile prit le temps de commander un vermouth et de l'eau de Selz.

— Alors ? s'impatienta Démosthène. Qu'est-ce qu'il t'a raconté ?

Basile lui rapporta en peu de mots le récit que lui avait fait Cadensac de sa rencontre avec Diane, et la façon dont elle s'était achevée à Pharsale. En s'éveillant dans l'école transformée en centre d'accueil pour les réfugiés, le journaliste s'était aperçu que Diane et son petit compagnon avaient disparu en même temps que le sulky. Il s'en était inquiété, bien entendu, mais ses recherches avaient été vaines, et d'ailleurs il pensait que la femme du ministre avait sans doute été rapatriée sur Athènes dès qu'elle s'était fait connaître des autorités.

— Voilà où nous en sommes, conclut Basile : Diane était à Pharsale le 25 avril. Elle portait l'insigne du corps des infirmières volontaires, elle avait fait la retraite de

Mati et de Larissa et elle était épuisée. Nous savons à présent où la chercher.

— Pauvre Diane ! s'exclama Démosthène. Ma princesse confrontée aux horreurs de la guerre, à la boue, aux plaies, à la saleté. Je pars sur-le-champ. Je la ramènerai chez nous. Mon Dieu, comment ai-je pu lui mentir ? Je suis un misérable !

Basile eut un geste apaisant.

— Tu es surtout un homme brisé d'émotion... et qui a un peu trop bu aujourd'hui ! Je te déconseille vivement de partir ainsi le nez en l'air. Renseigne-toi auprès des bureaux de l'armée. Ils la localiseront aisément, et tu sauras où aller.

— Tu as raison. Tu as toujours raison, Basile ! Tu es mon ami. Toi et Périclès, vous êtes mes seuls amis ! Je lui ai envoyé un télégramme. C'est loin Kimberley, mais je sais qu'il viendra. Il faut que nous soyons tous ensemble, comme autrefois, pour retrouver Diane.

— Mais oui, mais oui...

Basile consulta discrètement sa montre. Il était à peu près rassuré sur le sort de Diane, à présent, et il avait rendez-vous avec le nouveau ministre de la Guerre. En outre, ces effusions d'ivrogne le gênaient. Malgré l'amitié qu'il lui portait, pour la première fois de sa vie il ne pouvait s'empêcher de mépriser un peu Démosthène.

— Tu devrais rentrer chez toi, lui dit-il en lançant un regard éloquent à la pile de sous-tasses.

— Non, non, je vais aller au ministère, au service des infirmeries militaires...

— Dans cet état, il n'en est pas question ! N'oublie pas que tu as été ministre et que tu le redeviendras. Je m'occupe de tout ça, et je te fais porter un message. Où est ta voiture ?

— Ma voiture ? Attends...

Démosthène fronça les sourcils. Il ne savait plus où il l'avait laissée.

— M'en souviens pas, bredouilla-t-il.

— Je vais te faire raccompagner. J'irai à pied au ministère.

Il régla la copieuse addition de Démosthène, appela son

cocher et garde du corps, et lui confia le soin de ramener Démosthène à sa villa du Lycabète.

— Allez, mon vieux, repose-toi, et ne t'inquiète pas : nous aurons bientôt des nouvelles de Diane !

— Tu es un frère, Basile ! J'irai la chercher jusqu'au bout du monde, s'il le faut !

— C'est ça, c'est ça !

Basile prit sa canne de jonc à pommeau d'or, et s'en fut à son important rendez-vous. La guerre ne durerait sans doute plus très longtemps, et chaque jour comptait pour vendre des armes au gouvernement. Affolé par les graves revers de l'armée grecque, l'armée achetait n'importe quoi les yeux fermés.

Le ministère Rhallys, qui avait succédé le 29 avril au cabinet Déliyannis, avait résolu de continuer la lutte. Mais M. Rhallys avait laissé entendre que si le gouvernement grec ne voulait pas demander l'intervention des Puissances, il serait heureux de se la voir offrir.

Les Puissances s'étaient mises d'accord le 3 mai pour proposer leur médiation, « en faisant comprendre à la Grèce la nécessité de répondre à leur généreuse initiative en acceptant sans réserves leurs recommandations ». En clair, cela s'appelle un diktat. La Grèce devait retirer ses troupes de Crète et adhérer au principe de l'autonomie de l'île. Elle avait déjà fait un pas vers la conciliation en rappelant à Athènes le colonel Timoléon Vassos et vingt-cinq de ses officiers ; Démosthène et sa délégation parlementaire avaient voyagé sur le même bateau.

Le 8 mai, le nouveau ministre des Affaires étrangères, M. Scouloudis, remit aux représentants des Puissances une note indiquant que « son gouvernement avait la résolution de rappeler dans un court délai les troupes grecques qui se trouvaient en Crète ».

Le 10 mai, la Grèce cédait sur le premier point et s'engageait officiellement à reconnaître l'autonomie de la Crète.

Le 12, les ambassadeurs à Stamboul adressèrent un mémorandum à la Sublime Porte, faisant appel aux sentiments pacifiques du sultan, et le priant de suspendre les hostilités, d'envisager les bases d'un armistice et d'aborder le plus tôt possible les négociations pour la conclusion d'une paix définitive. Mais le même jour, la division grecque d'Épire franchit l'Arta ; le lendemain, elle attaqua les Turcs à Gribovo. L'histoire contemporaine a donné maints exemples de ces combats de dernière minute : il s'agit de ne pas s'asseoir en mauvaise position à la table de négociation. Beaucoup d'hommes allaient encore mourir pour permettre au gouvernement grec de sauver la face. Le plus triste fut que leur sacrifice demeura vain. Dès qu'il eut connaissance de cette attaque, le sultan ordonna à Ehmed pacha de reprendre l'offensive sur le front de Thessalie, contre la position de Domokos où le diadoque, fidèle à sa désastreuse stratégie, s'était retiré avec ses troupes après avoir abandonné Pharsale.

Le 10 mai, le prince héritier adressait à l'armée un ronflant ordre du jour.

Les actes, eux, furent moins glorieux. Quand l'armistice fut signé, le 20 mai, Cadensac, qui avait quitté Athènes pour couvrir la bataille pour le public français, put écrire dans *Le Temps :* « Cet armistice tombe à pic ! Si l'on avait tardé à le conclure, les Turcs nous auraient poursuivis jusqu'au Parthénon ! »

Comme d'habitude, ce ne fut pas la troupe qui démérita, mais le commandement. Les régiments d'evzones et les volontaires étrangers.

Le 17 mai, dès cinq heures du matin, les colonnes ottomanes, fortes de six divisions, s'ébranlèrent, tandis que l'artillerie ouvrait le feu. Des heures durant, les batteries turques et grecques furent aux prises. Puis, vers midi, la route de Pharsale se couvrit de troupes musulmanes. A deux heures seulement, l'attaque commença, très violente, contre l'aile droite de l'armée grecque. La parole n'était plus aux canons, c'était l'infanterie qui donnait.

A la tête de cent vingt hommes, le fameux révolutionnaire Cipriani reçut une balle dans le genou mais n'en continua pas moins à commander le feu. Non loin, les garibaldiens et la légion philhellénique se battaient comme des lions. Le député italien Fratti tomba frappé d'une balle en plein cœur, tandis que le député français Antide Boyer tirait sans discontinuer.

Quand la nuit tomba, la fusillade cessa peu à peu et les canons se turent. La bataille s'achevait et Domokos restait aux mains des Grecs. Mais le diadoque, celui-là-même qui avait lancé quelques jours auparavant sa fière proclamation, prit vers onze heures du soir la décision de se replier. De nouveau, ce fut la retraite, bientôt la débâcle, enfin la panique. On assista sur la route de Lamia aux scènes effroyables et humiliantes qu'on avait déjà vues à Tyrnavo et à Larissa.

Cette fois, la défaite était complète, irrémédiable. L'armée se retira jusqu'aux Thermopyles, qu'elle n'était plus en état de défendre.

Dans l'armée comme dans la population, les mots de lâcheté et de trahison couraient sur toutes les lèvres. La discipline n'existait plus, le diadoque n'avait plus la moindre autorité, son entourage était tenu en suspicion par les officiers de métier, les structures de l'État menaçaient de s'effondrer. Dans les rues d'Athènes, on déclamait des vers injurieux pour le roi et pour sa famille, aux vifs applaudissements de la foule. On priait la reine et les princesses de s'abstenir de visiter les blessés, tant on craignait qu'ils ne les insultent et ne leur crachent au visage. Si l'opposition avait été prête à prendre le pouvoir des mains d'une monarchie exténuée et déconsidérée, la république eût été proclamée d'un instant à l'autre. Mais il manquait un homme, et le temps n'était pas venu.

Angelos Vélakion poussa la porte de La Poule Rousse comme il le faisait chaque jour depuis deux semaines. Les Hexakis étaient au marché. Niko, qui s'affairait à balayer, l'aperçut du fond de la salle et le salua joyeusement.

— Bonjour, docteur !

— Bonjour, gamin ! Alors, comment te sens-tu, aujourd'hui ?

— Je me sens un peu faible, docteur ! Je n'ai mangé que trois *souvlaki* et deux parts de *baklava* hier soir !

Vélakion rit de bon cœur.

— C'est très grave, mais j'ai ce qu'il te faut !

Il sortit de sa poche un gros loukoum enveloppé dans un morceau de papier journal, et le tendit au gosse.

— Merci, docteur ! Voilà une bonne médecine !

— Et Diane ? Comment a-t-elle passé la nuit ?

— Plutôt bien... enfin, comparé à ce que ça a été ! Elle n'a pas toussé.

— Et la fièvre ?

Niko fit la grimace.

— Ah, la fièvre, elle n'a pas baissé, ça non !

— Eh bien tant mieux !

Niko dévisagea le médecin d'un œil incrédule.

— Tant mieux ?

— Eh oui ! Dans cette maladie-là, vois-tu, il vaut mieux que la fièvre ne tombe pas trop vite.

— Ça alors, c'est une maladie drôlement compliquée !

— Il y en a de pires, crois-moi !... Il y en a même de trop compliquées pour moi !

Vélakion laissa Niko à ses occupations, lesquelles consistaient en priorité à engloutir le loukoum qu'il lui avait apporté, et s'engagea dans l'escalier qui menait aux pièces d'habitation. Il s'était pris d'attachement pour sa patiente, et la nouvelle que la fièvre n'avait pas baissé le rassurait. Si elle avait brutalement fléchi, il aurait fallu craindre une cascade de complications intestinales, hémorragie, perforation, voire péritonite, devant lesquelles il se serait trouvé à peu près impuissant. Il avait déjà eu du mal à maîtriser la pneumonie qui s'était installée quelques jours plus tôt et qui paraissait céder du terrain !

Dans le couloir, il croisa Philippina, la cuisinière. Elle le reconnut dans la pénombre et l'arrêta.

— Dites, docteur, qu'elle guérisse ou qu'elle crève, l'autre, je veux retourner dans ma chambre ! J'en ai plein le dos de dormir sur un lit de camp dans la cuisine !

— Prends ton mal en patience, Philippina ! Si ça peut te consoler, dis-toi qu'il est moins douloureux que le sien, lui répondit-il sèchement.

Elle poursuivit son chemin en bougonnant. Il haussa les épaules. Décidément, cette femme était odieuse !

Au bout d'un couloir, il monta un petit escalier en colimaçon. La chambre de Diane était là, sous le toit. Elle y avait passé ces quinze derniers jours entre la vie et la mort, soignée avec abnégation par Nicomède et Maria Hexakis, et par lui, Angelos Vélakion, qui avait pris le pari hasardeux de sauver cette jeune vie.

Il entra sans frapper. Avec ses continuels 40,5° de fièvre, elle n'avait plus sa tête. Elle passait de longues heures dans un état d'hébétude ou de somnolence, entrecoupé de phases de délire.

Il s'approcha du lit. Elle dormait. Il la considéra en silence, sans la réveiller. Comme Marco et Nicomède, il avait été frappé d'emblée par la grâce et l'harmonie de ses traits. Elle n'avait livré d'elle-même et de son passé que quelques bribes incohérentes, mais son langage, le soin qu'elle avait toujours pris de ses mains et la qualité de ses vêtements trahissaient son appartenance à une classe sociale élevée.

Il lui prit le pouls, et consulta la feuille sur laquelle Maria notait ses écarts de température, 40° tout rond ce matin au réveil. Une très légère baisse par rapport aux jours précédents. Rien d'inquiétant, au contraire : c'était le petit bourgeon d'espoir dont il avait longtemps guetté en vain l'apparition.

Elle ouvrit les yeux et le reconnut.

— Bonjour, docteur... dit-elle d'une voix faible.

Cela aussi, c'était bon signe. La plupart du temps, elle était incapable de parler, ou bien elle croyait avoir affaire à ses familiers, son mari, des amis, son oncle...

— Bonjour ! répondit-il d'une voix joviale. Comment vous sentez-vous aujourd'hui ?

— Mal, dit-elle, si mal ! J'ai mal à la tête, dans les jambes, dans les côtes, partout !

Il hocha la tête.

— Nous ne sommes pas encore tirés d'affaire, mais il me semble discerner un petit mieux... Voyons, montrez-moi cette langue, je vous prie. Là, oui,...

Puis, avec douceur, il écarta la chemise de nuit de la jeune femme, et examina les points roses qui constellaient son tronc et son abdomen. Ils lui parurent plus pâles qu'hier.

— Bien ! Bien !

Il la recouvrit et remonta les draps jusque sous son menton.

— Tout cela me semble en bonne voie. Mais pas d'imprudences, surtout ! On ne quitte pas le lit, hein ?

Elle eut un sourire de dérision.

— Je n'irais pas bien loin !...

— Même un pas pourrait vous être fatal. Le pire est passé, alors ce serait dommage.

Elle ne répondit pas. Il se mordit les lèvres. A plusieurs reprises, dans ses délires, il avait discerné un renoncement délibéré à la vie qui l'avait inquiété. Cette femme si belle ne souffrait pas seulement d'une fièvre typhoïde. Peut-être un remords ? Un deuil ? Ce n'était pas le moment de lui demander. Il fallait laisser agir en elle l'instinct de vie, la force brute qui était en train de la sauver, car il n'en doutait plus à présent, elle guérissait presque malgré elle. Le médecin ne se faisait pas d'illusions. Dans quelques heures, elle délirerait à nouveau, ruisselante de sueur et les yeux exorbités. Mais demain matin, elle irait un peu mieux, et après-demain encore un peu mieux, et ainsi elle gagnerait son combat contre la mort.

Il hésita. Il n'était pas bon de la ramener trop tôt à ses préoccupations antérieures à sa maladie, mais elle avait des parents, un mari, des enfants, peut-être, et ils devaient être fous d'inquiétude.

— Puisque vous allez mieux... nous devrions prévenir votre famille. Oh, il n'est pas question que vous rentriez chez vous, on n'en est pas là. Mais nous pourrions lui donner des nouvelles, la rassurer.

A ces mots, Diane tourna la tête vers le mur. Son visage déjà très pâle avait encore blêmi.

— Vous ne voulez rien dire ?

Elle demeura obstinément silencieuse.

Il poussa un soupir. Il ne s'était pas trompé. La jeune femme avait vécu un drame. Il n'était pas temps de l'interroger à ce sujet. « D'abord sauver son corps, pensa-t-il. Pour son âme, on verra plus tard. Et puis ce n'est pas mon métier... » Pourtant, il ne désespérait pas de convaincre Diane à se confier à lui. Ils menaient ensemble une lutte longue et acharnée pour qu'elle survive. Lui avec son savoir, son expérience et son dévouement, elle avec son instinct vital, âpre et fort en dépit des épreuves qu'elle avait dû traverser. Il en resterait quand elle serait guérie, une fraternité d'armes. Il en avait la conviction.

— Reposez-vous, dit-il à voix basse. Je passerai vous voir ce soir, si mes visites à l'hôpital m'en laissent le temps. Sinon, demain matin sans faute.

Il se leva et se dirigea vers la porte. Il allait la franchir quand Diane murmura dans un souffle :

— Merci pour tout, docteur.

La convalescence de Diane fut longue. Il fallut plus d'un mois pour qu'elle puisse faire quelques pas dans sa chambre. Par prudence, Vélakion attendit encore une dizaine de jours pour l'autoriser à descendre dans le jardinet. Quand elle pénétra pour la première fois dans cet enclos exigu, planté de quelques arbres fruitiers, d'une glycine odorante et d'innombrables fleurs, les larmes lui montèrent aux yeux. Elle s'appuya au bras de Vélakion. C'était la vie qui lui était restituée, à travers cette profusion de couleurs et d'odeurs.

Vélakion observait son trouble. Un sourire éclaira son visage.

— Eh oui, mon enfant, toutes ces choses-là, on les oublie dans le malheur, mais elles vous attendent, prêtes à s'offrir de nouveau...

Elle se tourna vers lui et posa sa main sur la sienne.

— Docteur, je voudrais vous dire... Je ne voulais plus vivre, c'est vrai. Sans vous, sans Nicomède et Maria, sans Niko, je me serais laissée mourir. Merci du fond du cœur.

Vélakion masqua son émotion d'un petit toussotement.

— Se laisser mourir... Quand on a votre constitution, c'est plus facile à dire qu'à faire ! J'ai aidé la nature dans la mesure de mes moyens. Le moindre refroidissement pouvait vous faire basculer du mauvais côté. Mais l'essentiel provient de vous, de vos propres ressources physiques et mentales. Vous avez l'âme chevillée au corps, et je m'y connais. Mais parlons de choses plus matérielles. Qu'allez-vous faire, maintenant ? Vous êtes mariée... Où est votre mari ?

Diane se détourna, et s'assit, la tête baissée, sur un petit banc de bois placé sous la glycine.

— Mon mari... Docteur, je vous en prie, laissez-moi encore du temps !

Vélakion la regarda avec une infinie tendresse. Il n'avait pas d'enfants et aurait aimé protéger Diane comme si elle eût été sa propre fille.

— Rien ne vous presse, comprenez-le bien ! Mais il faut songer à retrouver vos proches, à vivre par vous-même, pour vous-même... A assurer votre subsistance, aussi.

— Je travaillerai !

— Travailler ? Je sais faire la différence entre des mains de femme de charge et des mains d'aristocrate. Vous n'avez jamais travaillé. Je me trompe ?

Diane secoua la tête.

— Non. Mais j'apprendrai. Je ferai n'importe quoi !

— Ce serait dommage ! Ah ! voilà Nicomède et Maria tout réjouis de vous voir debout... Nous reparlerons de cela plus tard.

Ce soir-là, il y eut une grande fête à La Poule Rousse pour fêter le rétablissement de Diane. Outre Vélakion, Nicomède y avait convié Marco. A force de le tarabuster, le livreur avait fini par le convaincre de lui vendre le cheval ramené de Larissa par Niko et Diane, et il rayonnait de bonheur. Il allait enfin pouvoir s'établir à son compte. Très gai lui aussi, Nicomède leva son verre à la prospérité de l'entreprise de Marco.

— Me voici revendeur de chevaux volés, maintenant !

Le repas avait lieu dans une petite pièce isolée de la salle du restaurant, mais Maria lança vers la porte un regard effarouché.

— Moins fort, malheureux ! Et d'abord, qu'est-ce que tu racontes ? Ce n'est pas un cheval volé !

Nicomède éclata de rire.

— S'il n'est pas un cheval volé, je m'engage à ne plus vendre que de l'eau à mes soiffards de clients ! Mais peu importe ! Maintenant, la guerre est finie. J'irai à Mati, voir dans quel état les Turcs ont laissé la ferme de mon pauvre frère... Je ne m'attends à rien de bon ! L'argent que Marco a donné pour le cheval ne compensera sans doute pas les dégâts.

— Que comptez-vous faire de cette ferme ? demanda Vélakion.

— J'y mettrai un fermier, tiens ! Avec les revenus du fermage j'ouvrirai un compte en banque pour Niko. Il ira au collège de Patras. Plus tard, il choisira entre la ferme, le restaurant, et la boutique de Maria... De toute façon les deux lui reviendront, puisque Maria et moi n'avons pas d'enfants.

Le docteur Vélakion vida son verre de vin et s'essuya les lèvres.

— Il choisira la ferme ou le restaurant... Ou autre chose ! Professeur, fonctionnaire, médecin même !

— Il fera ce qu'il voudra ! En tout cas, il aura du bien.

Une servante entra, et déposa sur la table un large plat de poivrons farcis au riz et de viande rôtie. Nicomède, qui la suivait du regard, fronça les sourcils à la vue de ses mains noires de crasse. Il explosa :

— Jasmina, espèce de souillon, combien de fois je te l'ai dit ! Lave-toi les mains avant de servir ! Tu veux couler le restaurant, ou quoi ?

Et Vélakion, l'hygiéniste, approuva et renchérit :

— Nicomède, vous avez raison ! Avec des mains pareilles, Jasmina risque d'envoyer toute votre clientèle à l'hôpital !

— Elle est sale, et bête à manger du foin en plus ! gronda Nicomède quand la servante se fut retirée en grommelant. Elle se trompe dans les additions, elle ne sait pas rendre la monnaie correctement... C'est tout de même malheureux ! Avec Philippina qui cuisine bien, tout marche parfaitement. Mais il faut que cette idiote de Jasmina dégoûte les clients... Cette fois, je la renvoie ! Mais qui va la remplacer ? Ah, si Maria était libre !...

Maria tenait une petite épicerie qu'elle avait héritée de ses parents.

— Tu sais bien..., commença-t-elle.

Il la coupa.

— Je sais, je sais ! Vous n'auriez pas une idée, docteur ? Une jeune femme courageuse, propre et sérieuse ?

— Ça devrait se trouver. Laissez-moi réfléchir...

— Moi, si vous vouliez, je pourrais remplacer Jasmina.

Il y eut un instant de silence. Tout le monde s'était tourné vers Diane. Assise entre le docteur Vélakion et Niko, elle était restée jusque-là silencieuse. Mais en entendant l'oncle Nicomède envisager d'embaucher quelqu'un, elle avait pris son courage à deux mains et s'était proposée.

— Vous ? Mais...

— Vous n'avez pas confiance en moi ?

— Si, bien sûr ! La question n'est pas là, voyons !

— Alors où est-elle ?

— Eh bien... Vous êtes une dame !

Diane eut un pâle sourire.

— Les dames savent compter, et elles sont propres... enfin, la plupart.

Nicomède sourit, appréciant cette façon de parler de propreté sans accabler Jasmina. Autour de la table, tout le monde dévisageait Diane avec curiosité.

— Vous ne voulez pas retrouver votre famille ? dit Maria.

Diane baissa les yeux.

— Je n'ai plus de famille. Pour dire la vérité, je ne sais pas où aller. Vous avez déjà fait beaucoup pour moi, tous ! Je vous dois la vie. Je me sens bien avec vous, et si vous acceptiez de me garder comme fille de salle, au moins quelque temps, je vous en serais éternellement reconnaissante.

Nicomède se gratta le menton. Diane en fille de salle ! Cette idée ne l'aurait pas effleuré. Mais à mesure qu'il l'examinait, il entrevoyait les avantages d'une telle situation. Pourtant, il hésitait.

— Ce n'est pas un travail facile. Il y a la presse, les plats sont lourds et brûlent les mains, les clients sont parfois mal embouchés... Et puis vous êtes... très jolie, et mes clients ne sont pas la crème. Certains se montreront entreprenants, grossiers même.

— Je saurai les remettre à leur place. Et le travail, je m'y ferai. J'ai été infirmière sur le front ; ce n'était pas une partie de plaisir non plus. J'aidais les chirurgiens. Je ne m'en tirais pas si mal. Mais c'est à vous de décider...

Elle se tut.

Nicomède réfléchissait. En commerçant avisé, il savait parfaitement que deux atouts assurent le succès d'un restaurant : un bon cuisinier... et une belle serveuse. Côté cuisine, il était paré. Malgré son caractère de chien, Philippina était une excellente professionnelle, et l'on venait de loin pour déguster ses plats. Il se représenta la réaction de ses habitués quand ces merveilles culinaires leur seraient servies, en plus, par une véritable beauté, et il conclut que sa fortune était faite. Certes, Diane n'avait pas exactement le profil de l'accorte servante aux hanches larges, aux seins lourds et au corsage généreusement échancré. Sa beauté était plus discrète. Mais n'était-ce pas le moyen d'attirer peu à peu une autre clientèle plus relevée et plus fortunée, comme il en rêvait souvent ? Il faisait salle comble. On mangeait mieux chez lui que nulle part ailleurs à Patras, cependant la bonne bourgeoisie de la ville ne considérait encore La Poule Rousse que comme un excellent bistrot. Il était possible, avec l'aide de Diane, de modifier cette image.

Nicomède s'aperçut que son silence avait duré trop longtemps, et que la gêne s'était installée autour de la table.

— Eh bien, je ne dis pas non ! Je vais y penser. Pour l'instant, amusons-nous, fêtons la guérison de Diane et la compétence du docteur Vélakion, qui a accompli ce miracle, et aussi le succès de l'entreprise de Marco ! Docteur, puisque la bouteille vous tend les bras, servez-nous un peu de vin de Patras, le meilleur du monde, quoi qu'en disent les Français !

Lors de ses passages à Kimberley, John Lammerton descendait à l'hôtel Kazoo, un établissement de second ordre. Il n'était pas encore assez riche pour s'installer au Craven, mais il avait bon espoir de le devenir. La substantielle commission qu'il attendait du contrat avec la De Beers allait changer sa vie. C'en serait fini des hôtels minables, des restaurants bon marché et des prostituées de bas étage dont il achetait les complaisances.

Dans son demi-sommeil, il se promettait mille délices tout en se massant distraitement la mâchoire, ce qui lui rappela le coup de poing de Périclès. Ce sacré Grec avait un punch impressionnant. Mais il serait bientôt ruiné, et il quitterait Kimberley comme un rat, tandis que Lammerton poursuivrait son irrésistible ascension. Cecil Rhodes payait grassement ceux qui le servaient. Le contrat Van Drift n'était qu'un début. Lammerton entrerait directement au service de la De Beers dans un avenir proche. Alors, il deviendrait un « monsieur », comme les aristocrates du Craven... Lammerton laissa retomber sa main sur le drap. Il sursauta. Sous sa paume, au lieu de l'étoffe sèche et lisse, il sentit quelque chose de gluant et de rugueux. Intrigué et vaguement effrayé, il retira sa main et se redressa. Le peu de lumière qui pénétrait dans la chambre par les interstices des volets n'était pas suffisant pour lui permettre d'y voir clair. Il ne distingua qu'une masse informe posée près de lui dans le fouillis des draps. Il tendit la main à nouveau. Ce pelage poisseux !... Il jura et bondit hors du lit. Frénétiquement, il courut à la fenêtre, l'ouvrit et envoya les volets cogner contre le mur.

Il se retourna vers le lit, et ses poils se hérissèrent. Un haut-le-cœur le plia en deux. Dans la lumière qui entrait à flots par la fenêtre, il vit sur le lit, au centre d'une large tache de sang, l'objet dont le contact répugnant l'avait réveillé : c'était le cadavre d'un chien éventré et éviscéré. Les entrailles étaient posées au-dessus de l'animal. Horrifié, Lammerton considéra sa main tachée de sang. Réprimant un hoquet, il se regarda dans la glace du lavabo. Son front et sa mâchoire en étaient maculées, elles aussi. Sans doute s'en était-il barbouillé dans son sommeil. Il vomit dans la cuvette du lavabo. Il se lava à grande eau les mains et le visage, puis arracha, plus qu'il ne l'enleva, sa chemise de nuit rougie au flanc et à la cuisse par le contact de la dépouille. Enfin il sonna le boy et lui ordonna d'enlever la charogne et de changer les draps. A la vue du chien, le Noir manifesta une frayeur que Lammerton jugea non feinte. Sans doute avait-il fourni le double de la clé à l'homme qui avait déposé le macabre colis cette nuit, sans connaître ses intentions. Lammerton haussa les épaules, et renonça à l'interroger. Il vivait depuis assez longtemps dans la colonie pour savoir qu'il ne servait à rien d'alerter la police. Ce genre de découverte annonçait un message. Une fois le message reçu et tant qu'on ne lui avait pas donné de réponse satisfaisante, on s'enfonçait graduellement dans l'horreur, parfois jusqu'à la mort. Les enquêtes se heurtaient à la loi du silence et n'aboutissaient jamais.

Lammerton tendit un pourboire au boy, et lui intima l'ordre de ne rien dire au directeur de l'hôtel. Si le bruit que la Confrérie en avait après lui se répandait en ville, Lammerton deviendrait un pestiféré, même auprès des Blancs. Il n'avait aucune idée de ce qu'on lui voulait ; mais s'il voulait demeurer vivant et sain d'esprit, il lui fallait attendre le message, et s'y conformer.

Il n'eut pas longtemps à attendre. Il faisait cirer ses chaussures sous la véranda de la poste centrale, où il était allé retirer son courrier, quand un Noir tapa sur l'épaule de Bilanka, le jeune cireur. Bilanka dévisagea l'homme, et s'éclipsa sans un mot. L'homme prit sa place. Le cœur de Lammerton se mit à battre à toute vitesse. Était-ce le message, ou déjà...

L'homme s'empara des brosses de Bilanka et poursuivit sa tâche. Il travaillait vite et bien. Sous ses mains expertes, la boue des rues de Kimberley disparut bientôt des chaussures de Lammerton, et le cuir se mit à briller. L'agent de la Van Drift s'éclaircit la gorge et engagea la conversation.

— Tu es adroit... C'est toi qui a appris le métier à Bilanka ? C'est ton fils, peut-être ?

L'homme lui lança un regard ironique.

— Non, non... Mais le petit était fatigué et j'aime rendre service, voilà tout ! Toi aussi, tu as les traits tirés, homme blanc ! Une mauvaise nuit, ou un mauvais réveil, peut-être ?

— C'est ça, un mauvais réveil...

— Le sommeil vaut ce que vaut la conscience. Chaque jour qui se lève est radieux pour l'homme juste.

— Et... que devrais-je faire, à ton avis, pour jouir d'un sommeil paisible et de matins éclatants ?

Avant de répondre, l'inconnu paracheva son œuvre en donnant aux souliers de Lammerton un dernier coup de chiffon.

— Pas de charbon pour la De Beers, homme blanc !

— Comment ? Mais...

— Regarde !

Lammerton baissa les yeux. Un rasoir effilé était apparu dans la main droite de l'homme. Avec une dextérité foudroyante, il fendit le dessus des deux souliers qu'il venait de cirer. Sous le cuir, les chaussettes crevées elles aussi laissaient voir la peau blanche et les grosses veines du cou-de-pied, intactes.

— Souviens-toi : pas de charbon pour la De Beers, sinon...

Le Noir rangea prestement le rasoir et tendit à Lammerton sa paume ouverte. Terrifié, le Blanc y laissa tomber la pièce de monnaie qu'il donnait d'habitude à Bilanka. L'inconnu la jeta négligemment dans la boîte de conserve rouillée qui servait de tiroir-caisse au jeune garçon, puis il se leva, et, sans se retourner, se perdit dans la foule.

Lammerton resta un moment à contempler d'un œil incrédule ses souliers parfaitement cirés, mais éventrés comme deux poissons fraîchement pêchés. Il se pencha et écarta les lèvres des fentes d'une main peureuse. Souliers et chaussettes étaient bons à jeter, mais par miracle, ses pieds n'avaient pas été effleurés par la terrible lame : pas de sang, pas la moindre coupure, pas même une égratignure !

Lammerton se leva à son tour et reprit en titubant le chemin de l'hôtel Kazoo pour y changer de chaussures. Un peu plus tard dans la matinée sa décision était prise. Il ne lui restait plus qu'à se soumettre et attendre le retour de Périclès, le temps qu'il faudrait.

Souvent désert, le bar du Kazoo était beaucoup moins confortable, mais beaucoup plus discret que celui du Craven. En tout cas, il ne risquait pas de s'y trouver un des élégants gentlemen qui avaient vu Périclès corriger Lammerton.

— J'ai trouvé votre message à mon arrivée, dit le Grec. Vous me surprenez !

Lammerton dévisagea son interlocuteur sans aucune aménité. Périclès n'avait même pas l'air de se foutre de lui. Se pouvait-il que la Confrérie ait agi à son insu ? Cette hypothèse impliquait une véritable indépendance de l'organisation, et aurait intéressé au plus haut point Cecil Rhodes. Lammerton haussa les épaules. Que Cecil Rhodes se débrouille ! Lui, Lammerton allait sauver sa peau en signant avec Périclès Hespéra un contrat qui ferait de lui un paria aux yeux de la De Beers. Dans quelques instants, il serait un homme fini, mais vivant, et raisonnablement assuré de le rester encore quelques années.

— Ne vous souciez pas de mes motivations, grinça-t-il. J'ai changé d'avis, je vous vends mon charbon, c'est tout ce qui vous importe !

— A quatre-vingt-quatre livres sterling la tonne rendue à Sonnenfontein ?

— C'est cela.

— Sans aucune limitation de quantité ni de temps ?

— Sans limitation, dit Lammerton, la rage au cœur.

— Les contrats sont prêts ?

Lammerton fouilla dans sa sacoche et en retira une liasse de feuillets qu'il jeta sur la table.

— Vous n'avez qu'à signer.

— Permettez, je lis toujours très attentivement un contrat avant de le signer.

— Faites, faites... Ah, pendant que j'y pense, il est entendu que vous avertirez qui de droit de la signature de cet accord !

— Qui de droit ? Eh bien... J'en informerai mon conseil d'administration, cela va de soi !

— Et aussi... la Confrérie ! souffla Lammerton en baissant les yeux.

Il était tard quand Périclès regagna Sonnenfontein, le contrat en poche, indifférent à l'orage qui s'abattait sur Kimberley. Anoka, qui l'attendait dans la vaste salle de séjour du bungalow directorial, reconnut son pas sur le sol de la véranda.

Il entra, ruisselant d'eau mais triomphant. D'un geste théâtral, il ôta son chapeau à larges bords, accrocha sa veste sur un portemanteau, et brandit les contrats.

— C'est un miracle, Anoka ! Il a signé ! Ce jean-foutre a renoncé à quinze ans d'exclusivité avec la De Beers pour signer avec nous !

Anoka se jeta dans ses bras.

— Alors Sonnenfontein est sauvée ?

— Pour cette fois, en tout cas... Mais au diable si je comprends l'attitude de Lammerton. Non seulement la proposition de Rhodes lui aurait rapporté beaucoup plus d'argent, mais encore il a préféré s'entendre avec un homme qui l'a boxé ! Il a bredouillé je ne sais quoi, à l'instant où je signais, qu'il fallait prévenir la Confrérie... ça te dit quelque chose ? demanda Périclès en observant Anoka du coin de l'œil.

La jeune fille resta imperturbable.

— La Confrérie ? Oh, ce sont des histoires à dormir debout ! Oublie tout ça, murmura-t-elle en se collant à lui, l'approvisionnement de Sonnenfontein est assuré, c'est tout ce qui compte !

Et elle l'attira vers sa chambre.

Il s'apprêtait à la suivre quand il aperçut le télégramme

posé en évidence sur son bureau. Il l'ouvrit et le lut. Anoka le vit changer d'expression.

— Une mauvaise nouvelle ?

— Peut-être. Une de mes amies a disparu, là-bas, en Europe... Une amie très chère ! Il faut que je rentre en Grèce. J'en profiterai pour rendre compte de la situation aux Karvallos et au conseil d'administration de Sonnenfontein.

— Mais tu reviendras ?

Il hocha la tête.

— Ma vie est ici.

Dans un petit salon de son hôtel particulier, Démétrios Mascoulis, l'oncle de Diane, s'impatientait. Il y avait là Cassandre, la mère de la jeune femme, et ses amis d'enfance, Basile Apostolidès et Périclès Hespéra. Périclès venait d'arriver à Athènes après avoir traversé l'Afrique de part en part. L'époux de Cassandre en secondes noces, Bohumil bey, qui était aussi le véritable père de Diane, n'était pas à Athènes. Ambassadeur de Turquie en Grèce, il avait regagné Stamboul au premier jour de la guerre. Les hostilités avaient cessé, mais les relations diplomatiques n'étaient pas encore rétablies, et il y avait peu de chances que Bohumil réintègre son poste.

Démétrios consultait fréquemment sa montre de gousset et manifestait tous les signes d'un agacement considérable : Démosthène était en retard au rendez-vous.

— Mais qu'est-ce qu'il fabrique, à la fin ? Diane est sa femme, et il sait très bien que j'ai organisé cette rencontre pour unir nos efforts afin de la retrouver !

— Il ne va pas tarder, dit Basile sur un ton apaisant. Il est passé à l'ambassade de France consulter les listes des réfugiés et des disparus.

Démétrios Mascoulis haussa les épaules.

— Je ne l'ai pas attendu pour m'y rendre. Diane ne figure pas sur ces listes, malheureusement !

— Démosthène l'ignorait, voilà tout, dit Basile.

— C'est justement pour éviter de tels doublons qu'il faut nous concerter. Je suis très inquiet. Nous sommes le

1er juin. Nous savons que Diane était à Pharsale vers le 26 avril, juste après la débâcle. Elle a probablement quitté Pharsale avant le repli de l'armée grecque et l'arrivée des troupes ottomanes. Elle ne se trouvait donc plus dans la zone des combats. Cependant nous n'avons aucune nouvelle d'elle. Elle s'est volatilisée !...

Cassandre luttait pour ne pas pleurer.

— Pardonnez-moi, Cassandre, dit Démétrios en se tournant vers sa belle-sœur.

Périclès Hespéra prit la parole. Il était arrivé quelques jours auparavant d'Afrique du Sud.

— Si j'ai bien compris, Diane s'est engagée à l'insu de tous ?

D'un signe de tête, Démétrios acquiesça.

— En effet, Dieu sait ce qui a pu lui passer par la tête ! Je suis son oncle, je l'aime comme ma fille, mais je ne l'ai jamais vraiment comprise... C'est une personnalité complexe, impulsive, romantique ! Tout le contraire de moi. Il a dû se produire quelque chose de grave ; elle s'est enfuie d'Athènes quelques jours avant la déclaration de guerre, mais je n'ai rien pu tirer de Démosthène. L'un de vous saurait-il quelque chose ?

Nul ne répondit. Basile était le seul à détenir quelque information, mais il resta muet.

— Non ? Tant pis ! Eh bien, nous allons remuer ciel et terre pour tenter de la retrouver ! J'ai alerté le ministre de l'Intérieur, et j'ai donné des consignes à mes correspondants implantés dans les territoires touchés par le conflit. Avez-vous des suggestions, monsieur Apostolidès ?

Démétrios écouta Basile avec attention. Après avoir été un de ses « petits pauvres », comme d'ailleurs Périclès et Démosthène, puis son employé aux arsenaux de Kavalla, Basile était en train de se tailler un empire commercial qui, un jour ou l'autre, entrerait en conflit ouvert avec le sien. Le vieux lion s'apprêtait à faire front, mais la disparition de Diane renvoyait cette bataille à plus tard. Pour l'instant, les deux hommes étaient décidés à faire cause commune...

— Chacun des employés de ma compagnie est sur le pied de guerre, dit Basile. Nous pourrions envoyer des agents sur place, afin de recueillir des indices de son passage, à partir de Pharsale...

— Mais les troupes turques n'ont pas encore quitté la région...

Basile balaya l'objection d'un geste de la main.

— Nous paierons, voilà tout. Si vous voulez, je me charge de cet aspect des recherches. Je connais quelques hommes sûrs, qui n'hésiteront pas à franchir les lignes turques.

— Vous avez mon accord, et mon appui financier, déclara Démétrios.

A ce moment, on frappa à la porte, et Démosthène fit son entrée. Le regard trouble, le visage congestionné, il s'avança d'une démarche incertaine.

— Vous voilà enfin ! Ce n'est pas trop tôt, dit Démétrios.

— Excusez-moi, mon oncle... bredouilla Démosthène. J'ai été retardé !

Il fit encore quelques pas, se prit les pieds dans l'épais tapis de Perse, et s'écroula sous les regards consternés de l'assistance. Dans sa chute, il entraîna un petit guéridon sur lequel était posé un service à thé en argent.

— Mais il est ivre !

Indigné, Démétrios s'était levé de son fauteuil. Basile et Périclès se précipitèrent au secours de leur ami.

— Mets-toi debout, bon dieu ! lui souffla Basile.

— ... C'est rien, j'ai trébuché...

Basile et Périclès l'aidèrent à s'asseoir dans un fauteuil. Démétrios, resté debout, le foudroya du regard.

— Vous vivez une pénible épreuve, mais j'attendais de vous plus de dignité !

— Ma dignité... est intacte ! Je suis seulement un peu fatigué ! dit Démosthène d'une voix pâteuse.

— Allons donc ! gronda Démétrios. Vous puez l'alcool. Vous êtes soûl comme un cochon !

Le vieil homme eut un geste de colère. L'attitude de celui qu'il considérait comme son gendre le révoltait. Après avoir tenté d'empêcher Diane d'épouser ce jeune homme brillant, mais pauvre, il avait été séduit par son entregent, son habileté à rentabiliser sa gloire littéraire et son aura d'activiste. Il avait facilité sa carrière politique, le faisant nommer ministre à vingt-sept ans. Mais le lamentable spectacle qu'offrait aujourd'hui Démosthène révoltait sa fibre de patricien orgueilleux, et ravivait ses anciennes préventions.

— Messieurs, dit-il en s'adressant à Basile et à Périclès, tâchez de le dessoûler, et reconduisez-le chez lui !

— C'est ce qu'il y a de mieux à faire, dit Périclès.

— A vous revoir, messieurs ! Venez, Cassandre.

— Mais tu es fou ? Qu'est-ce qui t'a pris ?

Dans la voiture qui emmenait les trois amis vers la somptueuse villa que Démosthène avait fait construire quelques années plus tôt sur les pentes du Lycabète, Basile ne décolérait pas.

— Tu veux briser ta carrière, c'est ça ? Démétrios est l'homme le plus puissant d'Athènes, et tu arrives ivre mort le jour où il organise un conseil de guerre pour retrouver ta femme !

Entre un Basile furieux et un Périclès préoccupé, Démosthène commençait à récupérer. Il haussa les épaules.

— Oh, ma carrière ! Si tu savais comme je m'en fous. La politique, la poésie, tout ça c'était pour Diane... Je voulais gagner, je voulais être le premier, le plus célèbre, le plus riche, le plus puissant ! Mais sans elle, cela ne signifie plus rien...

— Idiot ! Diane n'est pas morte ! Et tu auras l'air fin, si tu t'es déconsidéré aux yeux de tous.

Périclès, qui était resté silencieux depuis leur départ de chez Démétrios, prit la défense de Démosthène.

— Allons, Basile, ne l'accable pas... Ce n'est qu'un passage à vide ; il va se reprendre, j'en suis sûr !

— Un passage à vide, c'est bon pour les perdants ! Diane a disparu ? Il faut la retrouver ! Démosthène a perdu son poste lors de la constitution du nouveau gouvernement ? Il faut qu'il en décroche un autre dans le prochain... Les états d'âme ne l'y aideront pas, croyez-moi !

— Je me demande si tu es tout à fait un être humain, dit Périclès. Il souffre ! Est-ce que tu t'en rends compte ?

— La souffrance, ça se domine. C'est la seule façon d'être un homme. On serre les dents, et on retourne à l'assaut, qu'il s'agisse d'une femme, d'un fauteuil ministériel, ou de n'importe quoi d'autre !

Basile se tut. Périclès lui lança un regard aigu. Il se souvint du jour où Démosthène et lui avaient découvert leur ami à Kanly-Koula, la sinistre prison de Salonique. Basile n'avait pas dix ans, alors, et un souteneur turc venait d'égorger son père sous ses yeux. S'il n'avait pas décidé de se venger du monde entier, il serait mort ou devenu fou. Ce jour-là, dans son esprit d'enfant confronté à l'horreur, il avait décrété qu'il n'aurait plus jamais pitié, ni de lui-même ni des autres. Vingt ans après, Périclès et Démosthène le constataient : un cœur de lion, un cœur de pierre.

Périclès posa sa main sur l'épaule de Démosthène.

— Fous-lui la paix avec tes discours, dit-il à Basile. Il va dormir et cuver un bon coup, et ensuite tout ira mieux. Demain est un autre jour !

Diane poussa un cri de douleur et lâcha le plat brûlant que Philippina lui avait mis entre les mains. Le plat se fracassa sur le sol carrelé de la cuisine. Une giclée de sauce tomate éclaboussa le tablier immaculé que Diane avait passé quelques instants plus tôt. Un sourire mauvais retroussa les lèvres de la cuisinière.

— Ah ça, c'est chaud, ma petite ! Il faudra t'y faire, et vite !

Diane se mordit les lèvres pour ne pas laisser éclater sa colère.

— Si vous me l'aviez dit...

Philippina la coupa d'une voix acerbe :

— On est en cuisine, pas au bal ! Si tu ne sais pas distinguer un plat bouillant d'une assiette de radis, occupe-toi d'autre chose.

Alerté par le bruit, Nicomède apparut.

— Eh bien, qu'est-ce qui se passe ?

— Cette gourde a flanqué un plat par terre, dit Philippina. Huit portions ! Ça commence bien !

— Je suis désolée, balbutia Diane. C'était trop chaud. Cela ne se reproduira plus, je vous le promets !

Nicomède connaissait bien Philippina. Il lui lança un regard fâché.

— Elle débute, Philippina. Il faut l'aider !

— J'ai déjà bien assez de travail comme ça !

Nicomède ignora la remarque et se tourna vers Diane :

— Ne vous tracassez pas, ça arrive à tout le monde, au

début ! Ayez toujours une serviette sous la main pour ne pas vous brûler... Bon ! Allez prendre la commande du 4 ; je vais nettoyer.

— Non ! Je vais nettoyer, moi !

Nicomède avait déjà empoigné une serpillière, Diane la lui prit des mains.

— Laissez-moi faire, je vous en prie, souffla-t-elle.

Il capitula.

— Ne traînez pas, bougonna-t-il pour le principe. Il ne faut pas faire attendre le 4. C'est la table de maître Anguellos, le notaire, un de mes bons clients... Il va vous chuchoter des bêtises. Ne vous formalisez pas ; avec lui ça ne va jamais plus loin... Et toi, Philippina, donne-moi huit autres portions de bœuf à la tomate, et plus vite que ça ! C'était pour la 6 ?

— Oui, dit Diane.

— Si c'est pour faire le service vous-même, pourquoi avoir embauché cette mijaurée ? maugréa Philippina.

Cette fois, Nicomède vit rouge. Il redoutait les querelles de femmes en cuisine. Rien de tel pour mettre le désordre.

— Ne m'échauffe pas les oreilles, espèce de teigne, ou ça ira mal !

Philippina se le tint pour dit, au moins pour l'instant et emplit un plat de bœuf à la tomate, non sans ronchonner à voix basse.

Diane, agenouillée sur le sol, nettoyait de son mieux.

— Passez un autre tablier avant de retourner en salle, lui dit Nicomède au moment de sortir.

Diane hocha la tête. Quand elle eut terminé, elle s'approcha de Philippina.

— Pourquoi me persécutez-vous ?

La cuisinière la toisa d'un œil méprisant.

— Tu délires ? Ta fièvre n'est pas encore tombée, ma parole !

— Vous ne m'aimez pas, ça crève les yeux ! Pourtant je ne vous ai fait aucun mal...

— Sauf que j'ai dormi ici pendant un mois, alors que tu te prélassais dans ma chambre ! Dans mon lit !

Diane la considéra, incrédule.

— Je me prélassais ! J'étais malade... J'ai failli mourir !

— Ça n'aurait pas été une grosse perte ! Tu n'es qu'une

fille de bourgeois qu'a des vapeurs... Qu'est-ce que tu fiches ici, hein ? Avec tes mains blanches et tes airs prétentiards, t'es qu'une bonne à rien. La preuve : pas foutue de porter un malheureux plat de bœuf sans le flanquer par terre...

La cuisinière se tut, Nicomède venait de pousser la porte.

— Diane, le 6 ! Maître Anguellos s'impatiente !

— Oui, oui, tout de suite !

Diane prit une serviette pour saisir le plat que Philippina, la bouche tordue par un rictus ironique, avait posé devant elle. Leurs regards se croisèrent, comme deux épées. Jusqu'alors, même au temps de son enfance à Salonique, Diane ne s'était jamais trouvée en butte à une telle hostilité. Cette femme la haïssait, et Diane avait été trop aimée pour soupçonner qu'on pût la haïr. La jalouser, oui, bien sûr, mais elle avait toujours su conquérir les cœurs et désarmer l'envie... Elle comprit que Philippina ne se laisserait pas amadouer. Chez elle, la haine n'était pas un hôte de passage. Elle l'habitait tout entière, et à temps plein. Diane haussa les épaules. Elle n'avait pas cherché l'affrontement. Il lui paraissait dérisoire. Mais elle ne s'y déroberait pas. Lentement, elle dévisagea Philippina, détaillant avec une attention blessante les traits ingrats de la cuisinière, son nez en pied de marmite, ses yeux globuleux, sa peau terne et grasse... Et elle sourit d'un air apitoyé. Folle de rage, Philippina blêmit sous ce regard qui lui signifiait son irrémédiable laideur.

— Mais elle se fout de moi, cette salope ! Dégage feignasse ! Hors de ma cuisine ! Au boulot, bonne à rien !

Diane lui tourna le dos et sortit d'une démarche aérienne.

Nicomède avait vu juste. Diane commettait de petites maladresses, cassait un verre ou renversait de la sauce en passant les plats, mais ces broutilles ne comptaient pas à côté de l'effet prodigieux qu'exerçait sa beauté sur la clientèle masculine de La Poule Rousse. Maître Anguellos aurait accepté d'être éclaboussé de jus de viande des pieds à la tête pour le plaisir de voir la jeune femme s'affairer autour de lui, un chiffon à la main. Les premiers à admirer la remplaçante de l'ancienne souillon en avaient parlé autour d'eux, et de nouvelles têtes apparaissaient tous les jours : le restaurant ne désemplissait pas. Nicomède refusait du monde, et envisageait déjà de s'agrandir. Ses affaires n'avaient jamais été plus florissantes.

Diane exerçait sans déplaisir ce métier auquel rien ne l'avait préparée. Sans doute n'envisageait-elle pas de demeurer serveuse toute sa vie ! Mais pour l'instant, cette activité, en occupant son esprit, l'empêchait de trop penser à ce qu'elle avait abandonné derrière elle, et dont le regret la tourmentait parfois. Et puis, à l'exception de Philippina, tout le monde l'appréciait à La Poule Rousse. Niko l'adorait, et Nicomède la dorlotait. Maria, sa femme, aurait pu s'agacer de sa présence et de l'importance qu'elle prenait jour après jour. Mais elle avait vite jugé la nouvelle venue et s'était convaincue qu'elle n'avait rien à craindre. Diane était trop belle, tout simplement, pour songer à la supplanter dans le cœur et dans le lit de Nicomède. S'il s'était agi d'une intrigante, pourquoi aurait-elle jeté son dévolu sur ce brave homme de restaurateur, quand le riche notaire Anguellos et bien d'autres notables n'avaient plus d'yeux que pour elle ? Et Diane avait le don, par sa réserve et la modestie de sa tenue, de ne permettre aucun doute sur ses intentions. L'alliance qui brillait à son doigt constituait un message assez clair : elle n'était pas disponible.

Tout, ou presque, allait donc pour le mieux. La faveur dont jouissait Diane auprès de Nicomède et de sa famille lui servait de bouclier contre la haine vigilante de Philippina. Nicomède lui versait des gages honnêtes et la logeait désormais dans une petite maison située au fond du jardin et jusqu'alors inoccupée. Marco, qui n'avait rien à refuser à Nicomède depuis l'achat du cheval à un prix avantageux, s'était chargé de passer les murs à la chaux et de rafistoler le toit. Diane était enchantée de ce logement ; tous les matins, en sortant de chez elle, elle retrouvait l'émerveillement qui l'avait saisie lors de sa première sortie de convalescente. Ce jardin petit, mais admirablement fleuri, était l'asile d'une multitude d'oiseaux dont le chant la charmait durant ses heures de loisir. Elle lisait ou brodait, assise sous une tonnelle odorante. Elle repensait alors à son parc du Lycabète, et s'avouait qu'elle n'y avait jamais goûté, malgré les essences rares dont il était planté, cette félicité paisible, cet oubli bienheureux de tout.

Elle songeait souvent à Démosthène, mais, le temps passant, il lui apparaissait comme à travers une brume. Les quelques mois qui s'étaient écoulés depuis qu'elle avait fui Athènes lui semblaient des années. Tout s'estompait, de cette vie brillante et superficielle qu'elle avait menée auprès de lui dans les salons de l'aristocratie et du monde politique. Les épreuves qu'elle avait traversées pendant la guerre et le long cauchemar de sa maladie avaient fait d'elle une autre femme. Elle renaissait ici, parmi les gens simples qui l'avaient recueillie. Elle n'était plus la même, et elle ne se souvenait pas sans malaise de celle qu'elle avait été, une jeune femme frivole, ingénument égoïste, qui ne se souciait que de ce qu'on portait à Paris et de ce qu'on jouerait à l'Opéra. Elle ne relevait pas seulement d'une maladie physique. Son âme, aussi, se régénérait. Elle accédait à une nouvelle vision de la vie et du monde. Elle aurait pu vieillir insensiblement, dans la vanité, sans même s'en apercevoir, si elle ne s'était pas enfuie de chez elle. Elle menait aujourd'hui une existence qui l'aurait fait frémir d'horreur quelques mois plus tôt. Elle travaillait. Elle affrontait la méchanceté de Philippina, les sous-entendus graveleux de maître Anguellos, parfois même les gestes déplacés de certains clients. Elle avait mal aux reins et aux pieds, le soir, après la fermeture. Mais elle était heureuse. Les raisons de ce bonheur étrange, elle les trouvait dans le chant des oiseaux, dans l'éclat des fleurs du jardinet miraculeux, dans le regard de Niko quand il venait la voir en rentrant de l'école, dans la bonne humeur de l'oncle Nicomède, dans la voix claire de Maria... Mais rien n'est jamais parfait sous le soleil, et sa santé recommençait à lui jouer des tours. Sans doute la typhoïde qui avait failli la tuer l'avait-elle rendue fragile ? Et puis... Oh, c'était horriblement gênant, mais il fallait bien en avoir le cœur net ! Un matin, elle prit le chemin du cabinet de consultation du docteur Vélakion.

Angelos Vélakion habitait une grosse bâtisse bourgeoise dans le centre, à l'angle de deux des rues les plus animées de la ville. Il exerçait là depuis toujours. Son humanité et sa compétence faisaient de lui le médecin le plus estimé de Patras.

Quand Diane entra dans la salle d'attente, la pièce était bondée, et elle ne trouva pas où s'asseoir. Elle s'adossa au mur et prit son mal en patience. Elle ne se souvenait pas d'avoir jamais attendu. Partout, chez le tailleur ou chez les médecins réputés qu'elle avait consultés à Athènes et à Londres, on prenait rendez-vous pour elle, et elle était reçue immédiatement. Mais elle n'était plus désormais qu'une serveuse de restaurant...

Vélakion entrouvrit la porte pour appeler la personne suivante. Il vit Diane, et un sourire éclaira son visage fatigué. Il introduisit dans son cabinet un jeune homme, sans doute un vigneron des environs, à en juger par son vêtement, et adressa un signe discret à Diane. Un quart d'heure plus tard, la servante de la maison vint chercher Diane sous prétexte de lui confier une commission pour Nicomède, et la fit entrer dans le cabinet de Vélakion par une autre porte.

— Entrez, mon enfant, dit le médecin. Je suis bien content de vous voir ! A cette heure-ci, il fallait inventer quelque chose pour vous faire passer en priorité, sinon vous auriez attendu jusqu'à ce soir !

— Je pouvais attendre, docteur ; Nicomède m'a donné ma journée...

— Autant que vous la passiez à autre chose qu'à vous morfondre dans ma salle d'attente ! Eh bien, qu'est-ce qui vous amène ? Pas de fièvre ni de maux de tête, j'espère ?

— Non, de ce côté tout va bien...

— A la bonne heure ! D'ailleurs, vous avez bonne mine. Le moment des rechutes est passé. Alors, qu'est-ce qui ne va pas ?

Diane rougit, hésita et prit son courage à deux mains.

— Je n'ai plus mes règles, docteur.

— Hum ! Depuis votre maladie, c'est ça ?

Diane hocha la tête.

— D'abord, je ne me suis pas inquiétée... J'étais si mal ! Je n'y ai même pas fait attention. Ensuite, j'ai pensé que c'était normal, que j'étais fatiguée...

— Oh, une aussi longue interruption n'est jamais tout à fait normale, mais il arrive qu'un état de fatigue produise cet effet. Cela va faire trois mois, non ?

— C'est cela, docteur.

— Pas d'autres symptômes ?

Diane hésita un instant.

— Des vertiges, de temps en temps... Des nausées, aussi. Ah ! Il faut que je vous dise... Je ne peux pas avoir d'enfants.

Vélakion la regarda, étonné :

— Vraiment ?

— J'ai consulté d'éminents spécialistes, en Grèce et à l'étranger. Ils sont formels.

— C'est fort dommage, dit Vélakion. Une belle jeune femme comme vous... Mais avant votre maladie, vous étiez normalement réglée ?

— Oui, oui...

— Bon. Je vais vous examiner.

Diane passa derrière le paravent. En l'attendant, Vélakion lui demanda des nouvelles de La Poule Rousse. Comment allait ce chenapan de Niko ? Et Nicomède ? Et Maria ? Bien ? Allons tant mieux, c'étaient de braves gens ! Et son travail de serveuse ? Elle s'y faisait ? Il faudrait qu'il aille souper au restaurant, un soir, pour la voir dans l'exercice de ses fonctions...

Ce bavardage avait pour but de tranquilliser Diane, et il y parvint parfaitement. Quand elle ressortit nue de derrière le paravent, elle poursuivit tout naturellement la conversation en prenant place sur la table d'examen.

— Vous pouvez vous rhabiller, mon enfant.

Quand elle revint s'asseoir face à Vélakion, Diane s'attendait à le trouver plongé dans un de ses ouvrages de référence, mais il n'en était rien. Il avait allumé un petit cigare, et il l'observait tranquillement, environné de volutes de fumée bleutée qui lui donnaient un air de mage prêt à rendre son oracle.

— Dites-moi, commença-t-il, quels sont ces éminents spécialistes que vous êtes allée consulter ?

— Eh bien... le professeur Wilkinson, à Londres... C'est le gynécologue attitré de la cour...

— Moui. Et puis ?

— Le professeur Makaryos, à Athènes.

— Je le connais. Nous avons fait nos études ensemble !... Savez-vous pourquoi je fume ?

— Pardon ?

— Je fume très peu... Un cigare de temps en temps ; pour fêter un événement réjouissant, en général...

— Alors, je n'ai rien de grave ? demanda Diane de plus en plus intriguée.

— Je vais vous dire pourquoi je fume : nous autres, « humbles généralistes », nous sommes toujours ravis quand nos éminents confrères spécialistes se fourrent le doigt dans l'œil.

— Que voulez-vous dire ?

— ... Que Wilkinson et Makaryos sont des ânes. Je me demande sur quoi ils se sont basés pour diagnostiquer votre prétendue stérilité. Non seulement vous êtes enceinte, mais vous êtes faite pour cela ! Vous en êtes au troisième mois de grossesse, et tout va pour le mieux... Ce qui n'était pas évident après votre maladie.

Diane crut défaillir. La vérité lui apparut dans toute son horreur. Démosthène ne pouvait être le père de l'enfant qu'elle portait.

— Diane ! Mon petit, qu'avez-vous ?

— C'est affreux ! dit Diane dans un sanglot.

Le médecin se tut. Cette nouvelle qu'il croyait heureuse pouvait revêtir une tout autre signification pour la jeune femme. Si cet enfant n'était pas le fruit d'amours licites...

— Dites-moi tout, Diane ! Sinon, je ne peux vous aider.

— M'aider ? Et comment, mon Dieu ?

Vélakion éluda la question. Il se souvenait des mots que Niko avait prononcés lors de leur arrivée à Patras. « Elle a beaucoup souffert », avait-il dit en parlant de Diane. Quelles avaient été ces souffrances ? Vélakion commençait à en avoir idée. Une femme aussi belle prise dans le tourbillon d'une débâcle militaire...

— Racontez-moi tout, reprit-il. Je peux tout entendre ; je suis médecin... Cet enfant, qui en est le père ? Votre mari ?

Diane secoua la tête.

— Est-ce... quelqu'un que vous connaissez bien ?

— Non, dit-elle en relevant brusquement la tête et en regardant le médecin droit dans les yeux. J'ai été violée par des soldats turcs, pendant la retraite.

Vélakion écrasa nerveusement son cigare dans un petit mortier de fonte posé sur son bureau.

— Je vois...

Diane resta un moment silencieuse.

— Tout cela est si inattendu ! dit-elle enfin. J'étais persuadée d'être stérile ! On m'aurait annoncé cette nouvelle voilà quelques mois, j'aurais été la femme la plus heureuse du monde... J'aurais pleuré de joie ! Comment les médecins ont-ils pu se tromper à ce point ?

Vélakion eut un geste évasif. Il avait bien son idée, mais il ne lui appartenait pas de mettre en doute devant Diane la sincérité de ses confrères.

— Les médecins sont des hommes comme les autres, voilà tout ! D'ailleurs le problème n'est pas là. Qu'allez-vous faire de cet enfant ? Parlons clair. Trois solutions s'offrent à vous. La première consisterait à...

Il marqua un temps, et baissa la voix.

— ... à avorter. Ce serait un crime. Je ne m'y associerai en aucun cas ! La deuxième serait d'aller au bout de votre grossesse, et de confier cet innocent à un orphelinat. Nul ne pourrait vous en tenir rigueur... Troisième solution enfin, le garder et l'élever. Mais je crois deviner que ce viol n'est pas étranger à votre décision de ne pas rentrer chez vous. C'est bien ça, n'est-ce pas ? Vous avez honte, vous vous estimez souillée ?

Diane inclina la tête sans dire un mot. La vérité était plus complexe, mais elle n'était pas sûre que Vélakion pût la comprendre. Il s'éclaircit la gorge avant de poursuivre :

— Je ne connais pas votre époux. Mais vous n'êtes pas fautive, il devrait l'admettre ! Et après tout, cet enfant... N'avez-vous jamais songé à en adopter un ?

— Si, mais...

Diane se tut. Démosthène avait pensé adopter un enfant, c'était elle qui n'avait pas voulu.

— Croyez-vous que votre époux accepterait ?...

— L'enfant d'un Turc ? D'un violeur turc ? Jamais ! Il l'aurait en horreur.

Vélakion eut une moue désolée.

— Dans ce cas, ce sera l'abandon ! C'est dommage... Comprenez-moi bien : Tout me porte à croire que l'erreur commise par mes confrères vous a attribué ce qui était le fait de votre mari. C'est votre mari qui est stérile, et non vous. Le soldat qui vous a violentée en a administré une preuve irréfutable. En conséquence, vous risquez de n'avoir jamais d'autre enfant, si vous abandonnez celui-là.

A l'automne 1897, Basile Apostolidès se porta acquéreur de quelques centaines d'actions de la société Maüsenfeldt, une firme autrichienne spécialisée dans la fabrication de matériel de guerre. Fort mal gérée par l'ingénieur Gunnart von Hasenbow, qui occupait ce poste de direction par la seule grâce de la tendre amitié que lui portait Martha Maüsenfeldt, la veuve du fondateur Gert Maüsenfeldt, l'entreprise battait de l'aile. Hasenbow n'avait pas su prendre à temps les décisions dictées par les profondes mutations technologiques et politiques que subissait alors l'Europe. Ses concurrents allemands, tchèques, britanniques, français, l'avaient distancé dans tous les domaines et sur tous les marchés. Maüsenfeldt n'était plus qu'un nain confronté à des géants. Cependant, pour un homme imaginatif et entreprenant comme l'était Basile, les actifs demeuraient alléchants. Les armements Maüsenfeldt représentaient encore trois vastes usines, des milliers d'ouvriers, des dizaines d'ingénieurs détenteurs d'un savoir-faire mal employé mais incontestable, un réseau commercial assoupi mais étendu. En bref, tout ce dont Basile avait besoin s'il voulait entrer dans la cour des grands.

Il ne manquait pas d'argent. La guerre gréco-turque lui avait été profitable. Si le vieux Démétrios Mascoulis s'était comme d'habitude taillé la part du lion en vendant aux deux belligérants, Basile n'était pas resté inactif. Entre les achats en catastrophe du gouvernement grec et ceux que lui avait valu l'inquiétude des autres États balkaniques devant cette flambée de violence, son carnet de commandes était plein. La production des entreprises qui travaillaient déjà pour lui, en Angleterre et ailleurs, suffirait à peine. Il était temps de passer au stade suivant ; le négociant devait se transformer en industriel à part entière.

Le 12 octobre 1897 eut lieu à Vienne la réunion annuelle du conseil d'administration de la société Maüsenfeldt, et la première à laquelle Basile assista, en qualité de représentant des petits porteurs. Toute leur vie, Martha Maüsenfeldt et Gunnart von Hasenbow devaient se souvenir de cette date, car s'ils entrèrent en maîtres dans la salle du conseil, ils en sortirent en vaincus. Précisons à leur décharge qu'ils ignoraient tout simplement qu'on leur faisait la guerre. Quand ils s'en avisèrent, il était déjà trop tard.

Autour de la vaste table ovale d'acajou patiné, tendue de velours vert, outre Martha et Gunnart, six hommes avaient pris place. Il y avait là Theodor Henduïjk, un des compagnons de la première heure du fondateur Gert Maüsenfeldt. Ce Hollandais placide avait jadis fourni une partie de l'argent nécessaire à la création de la première usine. Maüsenfeldt l'avait peu à peu réduit à un rôle de bailleur de fonds sans influence sur les orientations de l'entreprise. Pendant trente ans, Henduïjk avait touché ses dividendes quand les affaires marchaient bien et craché au bassinet quand elles allaient mal, sans jamais prononcer un mot plus haut que l'autre. Sans doute Martha Maüsenfeldt aurait-elle dû prendre garde à la mauvaise humeur qu'il manifestait depuis quelque temps, mais elle n'avait d'yeux que pour Gunnart. L'ingénieur, de quinze ans son cadet, avait rallumé en elle des feux que Gert avait laissé s'éteindre. De part et d'autre d'Henduïjk se tenaient Andreas Meyer et Kurt Loftonski-Ballea. Tous deux étaient également d'anciennes créatures du défunt. A ce titre, Martha les considérait comme des potiches. Ils avaient toujours siégé au conseil, et ils avaient toujours entériné les décisions de Gert, puis celles de Gunnart puisque la veuve de Gert le voulait ainsi.

De son regard gris clair, qui évoquait les tonalités

éteintes de la Baltique, Martha dévisagea tour à tour chacun des trois autres administrateurs. Le plus jeune et le plus remuant était Adolf Haussermann, l'héritier des aciéries Haussermann. Martha ne l'aimait pas, parce qu'il n'aimait pas Gunnart. Ce petit jeune homme n'était pas satisfait de la politique menée par l'amant de Martha, ce n'était un secret pour personne. Mais il n'était pas en mesure de s'y opposer, sa famille ne détenant dans le capital Maüsenfeldt qu'une modeste participation. Aussi rongeait-il son frein à chaque réunion, impuissant à faire prévaloir son avis devant la coalition majoritaire contrôlée par Martha. Ensuite venait Hans-Varlam Holtzius. Un fils de famille, lui aussi, mais très différent d'Haussermann, ce blanc-bec tout juste sorti des écoles et qui avait des idées sur tout. Holtzius, lui, n'en avait sur rien, sinon sur la beauté des petits mendiants arabes du Caire ou sur les mérites comparés de l'opium des hauts plateaux indochinois et de celui des Indes. Un drogué, un inverti, une merde humaine, selon le vocabulaire brutal de Martha. Du moins n'était-il pas gênant. Il flottait, perdu dans des rêveries d'esthète débauché dont il ne s'éveillait que pour lutiner les petits huissiers de la compagnie. Martha savait y faire avec lui : elle prenait soin d'engager un serveur à la démarche dansante pour apporter le thé et les petits gâteaux au début de chaque réunion. Holtzius, tout émoustillé, signait n'importe quoi sans regarder.

Le sixième homme était le délégué des petits porteurs. Martha avait à peine retenu son nom. Basile Apolidès, ou quelque chose comme ça. Un Grec, en tout cas. Un courtier qui avait investi ses quelques deniers, lui avait dit Gunnart. Elle lui accorda à peine un coup d'œil. Les petits porteurs ! Comme si ça comptait !

Martha ouvrit la séance par un bref discours dans lequel elle annonça l'ordre du jour. Il s'agissait d'écouter le rapport d'activité de Gunnart, d'approuver ses conclusions, et de le reconduire dans ses fonctions de directeur général pour le prochain exercice. Une formalité. Les affaires marchaient mal, mais Martha se flattait de tenir le conseil d'administration à sa botte.

Après avoir prononcé son petit speech, elle s'inclina sèchement, et donna la parole à son amant. Outre certains talents d'ordre intime, Gunnart avait le don de présenter sous un jour favorable les pitoyables résultats de sa gestion. Les plus avisés des actionnaires, c'est-à-dire Henduïjk et Andreas Meyer, n'étaient pas dupes de ses jongleries, mais ils avaient toujours reconduit Gunnart sous l'influence de Martha. L'ingénieur n'avait aucune raison de penser que les choses pussent se dérouler différemment cette fois-ci. Ce petit emmerdeur d'Haussermann ne pouvait rien contre lui avec ses 5 %. Loftonski-Ballea ne comprenait rien à rien, et Holtzius s'en fichait.

Gunnart von Hasenbow lut son rapport d'une voix grave et ferme, cette voix qui avait séduit Martha dès le premier jour. Quand il eut terminé, il observa l'un après l'autre ses auditeurs afin de juger de l'effet produit par ce qu'il venait de dire. Haussermann arborait son habituelle mine agacée. Gunnart haussa imperceptiblement les épaules. Il ne s'était pas attendu à convaincre le jeune homme. Il passa au suivant, et là, d'emblée, il tiqua. Holtzius le dévisageait ! C'était insolite : en règle générale, Holtzius contemplait la fenêtre, ou bien ses ongles. Croiser le regard de Gunnart ou de Martha semblait au-dessus de ses forces. Gunnart nota ce détail avec curiosité et poursuivit son tour de table. Le Grec avait une expression intense. On était loin, avec lui, des limaces dont se composait en majorité le conseil. Cet homme-là devait savoir ce qu'il voulait. Mais il ne représentait rien par lui-même, et à peine plus si l'on comptabilisait les quelque 3 % d'actions aux mains des petits porteurs qui l'avaient mandaté.

Gunnart se tourna vers les vrais actionnaires et retrouva sa sérénité. Henduïjk paraissait somnoler, comme à son habitude, Loftonski-Ballea bayait aux corneilles, et Meyer avait son air de second couteau obséquieux... Intelligent, Meyer, mais soumis. Celui-là, Martha le tenait par des lettres compromettantes, qu'il avait adressées à une petite danseuse de l'opéra de Vienne. L'affaire remontait à quelques années, mais elle était toujours vivante dans la mémoire d'un certain officier de police criminelle : la danseuse, sa jeune sœur, avait été assassinée. Un drame de la jalousie, sans doute...

— Messieurs, dit Gunnart, j'attends vos remarques.

Il y eut un instant de silence, qu'Haussermann rompit de sa voix gouailleuse de collégien millionnaire :

— Si j'ai bien compris, commença-t-il, M. le Directeur général vient de nous annoncer que tout va bien, puisqu'il nous reste nos yeux pour pleurer !

Gunnart leva les yeux au ciel d'un air excédé.

— Monsieur Haussermann, dit Martha d'un ton méprisant, il serait temps de vous rendre compte que votre comportement n'est pas de mise dans un conseil d'administration. Les armements Maüsenfeldt se trouvent face à une concurrence internationale redoutable, et si l'on analyse dans ces circonstances les résultats obtenus par M. von Hasenbow, ils apparaissent honorables, je n'hésite pas à le dire !

Adolf Haussermann éclata de rire.

— Honorables, vraiment ? Il est donc honorable de ne perdre que deux millions et demi de guldens ? Fort bien ! Nous pouvons dormir sur nos deux oreilles... J'espère simplement que M. von Hasenbow nous préviendra quand les résultats cesseront d'être « honorables ». Nous n'aurons plus qu'à nous pendre !

Martha Maüsenfeldt se mordit les lèvres. Ce jeune homme était décidément insupportable. Il claironnait ce que le rapport de Gunnart avait pour but de dissimuler sous un flot de considérations générales : la société avait bel et bien perdu deux millions et demi de guldens en un an.

— Jeune homme, vous n'êtes qu'un blanc-bec. Les hommes d'expérience qui composent ce conseil vous confirmeront que de tels déficits sont courants en périodes de crise...

Ce fut le moment que choisit le Hollandais pour sortir de son silence.

— Permettez, Martha, permettez... Jamais encore la société n'a enregistré de telles pertes. Deux millions et demi de guldens, c'est une somme qui devrait nous inciter à reconsidérer notre politique... Et notre encadrement !

Martha fusilla Henduïjk du regard. L'inquiétude commençait à la gagner. Haussermann, avec ses 5 %, n'était pas dangereux. Mais Henduïjk contrôlait à lui seul 32 % de la société. Pour sa part, elle détenait 34 % des actions.

Holtzius en possédait 6, Loftonski-Ballea 7, et Andreas Meyer 13 %. Martha régnait en maître, comme l'avait fait Gert, parce que son pouvoir sur ces trois-là avait toujours dissuadé Henduïjk de tenter de la supplanter. S'il faisait mine de se rebeller aujourd'hui, c'était que le rapport de force s'était modifié, et à son insu... Gunnart, lui aussi, soupçonnait quelque chose.

— La critique est aisée, commença-t-il d'une voix rauque, mais l'art est difficile ! Dans les circonstances présentes, j'estime avoir réduit au plus juste des pertes inévitables. Cependant le conseil est souverain, et je m'inclinerai s'il me retire sa confiance.

— Voilà une attitude méritoire, ironisa Henduïjk. Elle consiste à enfoncer des portes ouvertes, puisque vous ne pourriez que vous soumettre, mais passons ! Je propose que nous approuvions votre désastreux rapport, puisque nous ne pouvons nous en dispenser... Puis nous examinerons la question de votre reconduction, acheva le Hollandais d'un ton qui n'augurait rien de bon.

Comme un seul homme, Haussermann, Holtzius, Loftonski-Ballea et le Grec levèrent la main en signe d'assentiment. Martha et Andreas Meyer, abasourdis, ne purent que les imiter.

— Le rapport d'activité est donc adopté, dit Henduïjk. Voyons la suite. Le remplacement de M. Gunnart von Hasenbow à la tête de la société me paraît nécessaire... Et j'ai un candidat à proposer !

Le Hollandais sortit d'une sacoche de cuir une liasse de documents dont il fit passer un exemplaire à chacun. A l'air faussement curieux dont Haussermann, Holtzius et Loftonski-Ballea examinèrent ce dossier, Martha comprit qu'ils le connaissaient déjà. Le Grec posa les feuillets devant lui sans les lire. Seul Andreas Meyer se plongea dans la lecture du sien avec une curiosité non feinte. Aucun doute n'était plus possible ; il s'agissait d'un coup monté. Martha échangea un regard alarmé avec son amant. Elle savait compter : si l'on additionnait les parts d'Henduïjk, de Loftonski-Ballea, d'Haussermann et d'Holtzius, on aboutissait à 50 % du capital. Meyer, et pour cause, voterait avec Martha. Restait le Grec. Martha se mordit les lèvres. Connaissant la prudence d'Henduïjk, elle ne pouvait douter qu'il eût mis toutes les chances de son côté avant de s'associer à ce putsch.

Elle baissa les yeux, et lut à son tour le dossier du candidat présenté par le Hollandais. Elle y trouva la confirmation de ses craintes. Le poulain d'Henduïjk était Abel de Lancray, un Français, ancien directeur du département armements de Schneider, un ingénieur et un administrateur de tout premier ordre. On n'entre pas en pourparlers avec un homme de ce calibre sans un réel désir d'aboutir. C'était la preuve que l'opération d'Henduïjk avait été soigneusement préparée. Martha entrevit cependant une fugitive lueur d'espoir. Une vedette comme Lancray coûtait cher, très cher ! Il y avait matière à effrayer les éléments les plus timorés de la coalition conduite par Henduïjk.

Martha eut un rire ironique.

— Lancray ! Abel de Lancray ! Rien que ça ! On vous annonce que nous venons de perdre deux millions et demi de guldens, et vous voulez engager Lancray ? Mais vous perdez l'esprit, Henduïjk ! Savez-vous ce que nous coûterait une pareille diva ?

— Si vous aviez lu le dossier jusqu'au bout, chère Martha, vous auriez vu que le montant de ses émoluments y est inscrit en toutes lettres. Ce n'est pas donné, mais il faut savoir ce qu'on veut. J'ajouterai que M. von Hasenbow ne travaille pas pour rien, lui non plus... Et quand on voit le résultat de sa gestion, on se demande s'il n'est pas payé par un concurrent !...

Les yeux de Gunnart von Hasenbow flamboyèrent.

— Monsieur Henduïjk, je ne vous permets pas...

Le Hollandais, les sourcils froncés, lui coupa la parole.

— Monsieur Hasenbow, vous n'avez rien à me permettre ni à m'interdire. Vous êtes un employé, au même titre que le dernier graisseur de la firme... A cela près que le graisseur nous fait gagner de l'argent, tandis que vous nous en faites perdre !

Fou de rage, Gunnart allait répliquer. Martha l'en empêcha. D'une voix vibrante, elle apostropha Henduïjk :

— Savez-vous bien ce que vous êtes en train de faire, Theo ?...

Elle l'avait appelé par le diminutif de son prénom à

dessein. C'était une façon de lui rappeler le passé, et la soumission qu'il avait toujours manifestée à Gert Maüsenfeldt. Celui-ci ne l'appelait que Theo.

— ... Auriez-vous parlé ainsi devant Gert ? acheva-t-elle d'un ton méprisant.

Henduïjk haussa les épaules.

— Gert avait bien des défauts, dit-il. Mais de son temps, la boutique tournait. Il n'aurait jamais placé un tocard aux commandes, lui !

Gunnart serra les poings.

— Madame Maüsenfeldt, c'est plus que je n'en peux tolérer. Permettez-moi de me retirer !

— Non ! Restez, Gunnart, cria-t-elle. Êtes-vous un homme ? M. Henduïjk règle de vieux comptes... Soit ! Je veux que vous assistiez à cette séance jusqu'au bout. J'ai besoin de témoins ! Car mon opinion est faite, à présent. Henduïjk veut prendre le contrôle de la maison ! Il y a si longtemps qu'il attend ce moment, le fourbe, l'hypocrite !

A cet instant, le Grec prit la parole pour la première fois.

— Pardonnez-moi, chère madame... Les armements perdent de l'argent depuis des années, et ils continuent à en perdre à chaque seconde. Au nom des petits actionnaires qui m'ont mandaté, je propose que nous passions au vote.

Martha frissonna. Ces mots avaient été prononcés avec douceur, mais elle avait senti, sous les intonations légèrement chantantes, une détermination implacable. Comment n'y avait-elle pas songé plus tôt ? Seul, Henduïjk n'aurait jamais osé passer à l'acte. Il fallait que quelqu'un l'ait poussé à cette aventure. Haussermann, peut-être ?... Non, Haussermann était trop jeune ! Et les autres ne comptaient pas. C'était lui, le Grec, qui avait tout organisé ! Mais il était à peine plus âgé qu'Haussermann...

— Excusez-moi, monsieur, lui dit Martha d'une voix glaciale. Je crains de n'avoir pas bien retenu votre nom...

L'homme s'inclina.

— M. Apostolidès. Basile Apostolidès.

— Apostolidès... Cela ne me dit rien.

— Madame, répondit Basile d'une voix suave, vous saurez bientôt en épeler chaque lettre.

Malgré cette insolence, Martha tenta une dernière

manœuvre. Elle pesait lourd, avec ses 34 % de Maüsenfeldt, et ses participations dans d'innombrables firmes concernées par le commerce des armes. Si le Grec n'était pas à l'origine de la tentative de coup d'État d'Henduïjk, il était peut-être encore temps de se le concilier. Elle pouvait encore circonvenir un petit courtier levantin, que diable !

Elle déclara, d'une voix de miel :

— Monsieur Apostolidès ! Vous êtes courtier, je crois ? Je pourrais vous introduire auprès de personnes influentes, en Bulgarie, en Albanie, en...

Basile eut un mince sourire.

— Madame, dans ces pays, je traite directement avec les souverains.

— Si vous le souhaitez, joignez-vous à nous. Travaillez pour Maüsenfeldt !

— Mais, ma chère, M. Apostolidès en a bien l'intention ! répliqua Haussermann.

— En effet, approuva Basile. Je suis en mesure d'apporter à *notre* firme de nouveaux marchés. Mais il faudrait que la production s'améliore considérablement. C'est pourquoi j'appuie la candidature de M. Lancray.

— Moi aussi ! Et des deux mains ! lança Haussermann. Les yeux du jeune homme brillaient d'excitation à l'idée de sacquer le coquin de la mère Maüsenfeldt.

— Moi aussi, dit Holtzius d'une voix nonchalante, je vote pour Lancray. Deux millions et demi de pertes, c'est beaucoup trop... Le champagne et l'opium sont hors de prix, cette année ! ajouta-t-il avec un rire cynique.

Henduïjk se tourna vers Andreas Meyer.

— Meyer ?

— La conjoncture est seule responsable des résultats insuffisants de M. Hasenbow, dit Meyer d'une voix contrainte. Pour ma part, je lui renouvelle ma confiance.

Henduïjk hocha la tête, en homme qui ne s'était pas attendu à autre chose.

— A l'heure actuelle, Hasenbow totalise donc 47 %, et M. de Lancray 46 %. C'est Loftonski-Ballea qui va nous départager, dit-il. Votre décision, mon cher Kurt ?

Loftonski-Ballea ouvrait la bouche quand Martha explosa.

— Mascarade ! Bouffonnerie ! Vous êtes de mèche, tous ! Cet imbécile n'a pas une idée à lui dans la tête. Vous avez tout arrangé avant la réunion !

Henduïjk éclata de rire.

— Martha, il est au moins une chose dont on ne peut vous accuser, c'est la démagogie ! En l'insultant ainsi, vous ne risquez pas d'amener Kurt à voter pour Hasenbow... Parlez, Kurt, nous vous écoutons passionnément !

Kurt Loftonski-Ballea était effectivement un remarquable imbécile. Né pauvre, il n'aurait pas même été capable de tenir un porte-plume au dernier des guichets de son banquier de père.

— Mon idée est... Mon idée est que ça suffit !... les pertes, je veux dire ! Trop, c'est trop, hein ? Alors je vote pour le Français. Il faut que ça change ! Il faut que l'argent rentre !... Et n'importe quel idiot serait de mon avis, conclut-il avec un humour involontaire qui mit Henduïjk en joie.

— Voilà un avis judicieux ! C'est bien la preuve que vous sous-estimiez notre ami, ma chère Martha. Voyons, cela nous fait... 53 pour Lancray, contre 47 pour Hasenbow. Vous voilà chômeur, Hasenbow ! Je ne peux pas dire que cela m'afflige. Devenez marchand de marrons... Je n'ai jamais entendu parler d'un marchand de marrons qui aurait perdu deux millions et demi de guldens en un an.

— Salaud ! siffla Hasenbow.

Livide, il se leva, et se dirigea vers la porte.

— Attendez-moi ! lui cria Martha. Et venez, vous aussi, Meyer... Ou non, restez, plutôt... Vous me raconterez la fin de la délibération !

Et elle quitta la pièce à la suite de son amant.

Après leur départ, Henduïjk fit apporter du champagne.

— Messieurs, dit-il, nous avons pris là une décision nécessaire... Nécessaire, et douloureuse ! Enfin... douloureuse pour Hasenbow et Martha, pouffa-t-il. M. de Lancray prendra ses fonctions dès le mois prochain. Je bois aux futurs succès des armements Maüsenfeldt régénérés par l'apport d'un sang nouveau... et d'un carnet de commandes bien gonflé, acheva-t-il en s'adressant à Basile.

Ce dernier s'inclina.

— Messieurs, puisque la nouvelle direction de la firme laisse présager une productivité accrue, rien ne s'oppose à la conclusion du contrat dont j'ai parlé à certains d'entre vous. Sa Majesté le tsar de Russie souhaite moderniser son armée dans les délais les plus brefs. La commande initiale porte sur deux cent mille fusils et vingt millions de balles... Ce n'est évidemment qu'une première tranche. Nous pouvons d'ores et déjà en prévoir deux autres semblables, sans parler des pièces d'artillerie de campagne qui, en bonne logique, compléteront ce marché... Vous pourrez annoncer cela à Mme Maüsenfeldt, poursuivit-il à l'adresse d'Andreas Meyer. Je gage que cette nouvelle mettra du baume sur ses plaies !

— Monsieur, qui êtes-vous donc, pour conclure de tels marchés au nom du tsar de Russie ?

Basile eut un sourire d'une désarmante modestie.

— Mme Maüsenfeldt vous l'a laissé entendre : je ne suis qu'un petit courtier. Mais je travaille dur.

Quand il rentrait de l'école, Niko filait voir Diane. Sa tante Maria s'occupait tendrement de l'orphelin. Lui aussi avait de l'affection pour elle, mais avec Diane c'était autre chose. Une profonde complicité les liait depuis l'exode. Ils gardaient le souvenir de cette équipée durant laquelle ils s'étaient entraidés. Sans Diane, que serait-il devenu après avoir perdu ses parents dans la débâcle ? Et sans lui elle serait sans doute morte de la typhoïde, abandonnée comme un chien sur le bord de la route.

Il passait prendre un beignet à la cuisine, puis il rejoignait Diane dans le jardin. Il s'asseyait dans l'herbe, à ses pieds, pour engloutir son goûter à son aise tout en l'écoutant. Elle lui apprenait une infinité de choses. Elle lui parlait de Paris, de Londres, d'Athènes où il n'était jamais allé. Répondant inlassablement à ses questions, elle lui décrivait la cour, les uniformes chamarrés des officiers de la garde, les bals et les banquets, et ces récits faisaient rêver le petit provincial.

— Moi aussi, un jour j'irai à Athènes ! Tu crois qu'on me laissera entrer au palais, dis ? Il faudra que je sois bien habillé, c'est sûr...

— On ne te permettrait pas d'entrer comme ça, sans te connaître. Mais tu trouverais bien quelqu'un pour t'introduire auprès du colonel Hadji-Petro.

— Ah oui ! Hadji-Petro ! Parle-moi encore d'Hadji-Petro ! C'est vrai, qu'on ne peut pas regarder ses bottes plus de deux secondes tant elles brillent ?

— C'est... presque vrai ! Le colonel Hadji-Petro est un homme très grand, très beau, très bien habillé, très solennel, très snob... et très gentil ! Très courageux, aussi : il s'est couvert de gloire pendant l'autre guerre.

— Il finirait bien par me laisser entrer !

— Sûrement !

Et Niko imaginait longuement sa première rencontre avec ce héros aux bottes étincelantes.

Un soir, Niko trouva Diane assise comme à l'ordinaire sur une chaise cannée, à l'ombre des glycines. Mais son expression attristée l'inquiéta.

— Qu'est-ce que tu as, Diane ?

— Rien, rien...

— Il doit y avoir quelque chose... Tu n'es pas comme d'habitude ! Tu t'es disputée avec Philippina ?

— Non, pas spécialement... Elle est toujours aussi teigne, mais ça n'a pas d'importance.

— Si elle t'embête, je le dirai à oncle Nicomède... Il la foutra à la porte !

— Non, il ne la renverra pas, il a trop besoin d'elle. Mais peu importe !... Niko, il va falloir que je m'en aille.

Un remords la saisit à la vue de l'effet que ces mots produisirent sur l'enfant. Son visage s'était défait. Il avait du mal à retenir ses larmes.

— Tu vas partir... pour de bon ? Mais pourquoi ? Tu n'es pas bien, ici ?

Elle l'attira contre elle.

— Oh, si ! Je suis bien ici, avec toi et Nicomède et Maria ! Et les petites vacheries de Philippina ne comptent guère, je te le jure ! Mais...

— Mais quoi ?

Elle le dévisagea gravement.

— Tu es un grand, maintenant, n'est-ce pas ?

— Oui, oui, enfin je crois, balbutia-t-il entre ses larmes.

— Eh bien, regarde !

Elle se dégagea doucement, se leva, et se campa devant lui en écartant les bras.

— Qu'est-ce qu'il y a ?... Oh ! Mais... tu attends un bébé ?

Elle hocha la tête.

— Il n'y a qu'à toi que je puisse le dire, tu comprends ? Tu sais bien, toi !

— Les soldats ? Les Turcs ? C'est ça ?

— Oui. Les Turcs. Tu vois que je ne peux pas rester. Les gens jaseraient, on dirait n'importe quoi... des méchancetés, des horreurs ! Et ton oncle et ta tante seraient malheureux. Je ne le veux pas. Ils ont toujours été bons pour moi. Alors il faut que je m'en aille, voilà !

— Mais il suffirait d'expliquer...

Elle eut un sourire amer.

— Tu es un enfant... Tu ne connais pas les adultes, tu ne sais pas comme ils peuvent être cruels ! Non, ma décision est prise. Je voulais que tu saches, toi. Tu ne leur diras rien ; ce n'est pas la peine. Mais tu sauras que je suis partie parce que je ne pouvais pas faire autrement.

Diane était à présent enceinte de quatre mois, état de plus en plus difficile à cacher. En cuisine, Philippina l'observait d'un œil intrigué, et certains habitués de La Poule Rousse commençaient à la détailler avec curiosité. Il était temps de partir. Cette nouvelle plongée dans l'inconnu l'effrayait. Elle demanda conseil au docteur Vélakion. Le vieil homme voulut d'abord la retenir. Il lui proposa d'expliquer lui-même la situation aux Hexakis. Maria et Nicomède n'étaient pas des sauvages ; ils comprendraient. Diane ne se laissa pas fléchir. Ce n'était pas tant le jugement du couple qu'elle redoutait que l'attitude des clients du restaurant. On était en Grèce, et de plus, en province. Une femme enceinte, sans mari, serait toujours considérée comme une femme facile. Diane avait beau passer les plats et éluder les grivoiseries des hommes éméchés, comme n'importe quelle fille de salle, elle avait conservé son orgueil de grande dame.

Vélakion se gratta le front.

— Mais alors, qu'allez-vous faire ? Les mentalités sont les mêmes partout, en Grèce ! Sauf peut-être à Athènes... Avez-vous l'intention d'y retourner ?

— Non... Pas tout de suite. Peut-être connaîtriez-vous

quelqu'un qui voudrait bien m'accueillir pendant ma grossesse ? Je peux travailler. Je ferai n'importe quoi !

— Vous ne seriez nulle part à l'abri des ragots. A quoi bon partir ?

Diane secoua la tête d'un air obstiné.

— Comprenez-moi, docteur, l'essentiel est que personne ne me connaisse. Ici, les gens m'ont connue avant... Leurs regards me blessent. Ailleurs, je m'en moquerai. On me prendra pour une fille perdue, pour n'importe quelle fille perdue, et cela changera tout !

Vélakion réfléchit quelques instants.

— Il y a peut-être une solution, dit-il enfin. Un de mes confrères... Il vient de s'installer dans l'île de Leucade, dans un petit village de pêcheurs. Il cherchait une personne pour s'occuper de sa maison. Vous auriez moins de travail qu'ici ! Bien sûr, il faudrait qu'il accepte. Pour couper court à tout commérage, vous pourriez vous présenter comme une veuve. Une jeune veuve, après cette guerre, ça n'étonnerait personne... Voulez-vous que je lui écrive ?

Diane acquiesça. Cette idée la séduisait. A Leucade, elle pourrait mener sa grossesse à son terme en toute sécurité, puisque son employeur serait lui-même un médecin.

— Et ainsi j'aurai de vos nouvelles, dit Vélakion. Mais ne vendons pas la peau de l'ours ! J'écris dès ce soir à mon confrère. S'il n'a pas encore trouvé de gouvernante, tout s'arrangera rapidement. Il s'appelle Lysias Eudémion. C'est un jeune homme très sérieux. D'autant plus sérieux que...

Vélakion s'interrompit. Du regard, Diane l'encouragea à poursuivre.

— ... Eh bien, il est infirme. Bossu. C'est un handicap pour un médecin. Mais ses qualités humaines lui permettent de le surmonter. Cela ne vous gêne pas ?

— Absolument pas.

— Parfait. J'espère vous donner sa réponse bientôt !

Une dizaine de jours plus tard, Vélakion vint dîner à La Poule Rousse. Diane le plaça à sa meilleure table et prit sa commande.

— ... Avec cette fricassée de poulet, je prendrai une bouteille de retsina blanc bien frais, s'il vous plaît.

— Oui, docteur.

— Dites donc, votre taille s'arrondit sérieusement, reprit-il à voix basse.

— Je ne sais plus comment m'habiller, répondit-elle dans un souffle. Maria se doute de quelque chose. Elle n'arrête pas de me demander si tout va bien !

— J'ai de bonnes nouvelles pour vous... Mais on ne peut continuer ces messes basses ! Apportez-moi un ouzo et des olives au jardin... des *Ralamata*, hein ?

Quand Diane rejoignit Vélakion dans le jardin, les bras chargés d'un plateau sur lequel elle avait posé une bouteille d'ouzo, un verre, une carafe d'eau glacée et une assiette pleine de grosses olives noires et charnues, elle le trouva installé sous la tonnelle.

— Asseyez-vous un instant, lui dit-il en sortant une lettre de sa poche.

— Votre ami vous a répondu ?

— Oui. Lysias vous attend le plus tôt possible. Il viendra vous chercher en carriole à Leucade... Son village est situé à quelques kilomètres de la ville. Vous vous occuperez de son ménage, de son linge, de sa cuisine.

— De sa cuisine ?

— Vous ne savez pas faire cuire un œuf, je sais ! Eh bien, vous apprendrez. Vous recevrez sa clientèle, vous prendrez ses rendez-vous... Ça, ça ne sera pas le plus fatigant ! Dans ces îles, on attend d'être à demi mort pour consulter le médecin. J'ai dit à Lysias que vous étiez la veuve d'un de mes cousins, tué à Tyrnavo. Cela vous vaudra la considération de tous et surtout, la paix !

— Une fois de plus, vous me sauvez la vie... Merci, docteur !

— N'exagérons rien ! Et puis la médaille a son revers : avec ce que vous verse Nicomède et les pourboires, vous gagnez très honnêtement votre vie. Là-bas, ce sera différent. Lysias débute, et dans les îles, la main-d'œuvre féminine ne coûte rien. Il ne pourra vous donner que trente drachmes par mois... Mais vous serez nourrie, logée, blanchie ! Et puis ce n'est que pour quelques mois, n'est-ce pas ?

Diane baissa les yeux.

— Pour quelques mois, probablement.

— Vous ne savez toujours pas ce que vous allez faire de cet enfant ?

Elle poussa un soupir.

— Sincèrement, docteur, je n'en sais rien !

Au signal d'Abel de Lancray, Helmut Pfiszter ouvrit le feu sur les cibles disposées en éventail dans le champ de tir de l'usine Maüsenfeldt de Linz. Ancien sous-officier de l'armée autrichienne et plusieurs fois champion de tir toutes catégories, Pfiszter était assisté par un serveur nommé Langfus. Outre le directeur général Abel de Lancray, Basile Apostolidès, Theodor Henduïjk et Adolf Haussermann se tenaient légèrement en retrait de la pièce.

Ajustant soigneusement son tir, Pfiszter lâcha d'abord de courtes rafales. A cent cinquante mètres de là, les cibles accrochées à de forts piquets profondément fichés en terre se disloquaient sous les impacts.

— Cet engin est impressionnant ! dit Theodor Henduïjk.

— Attendez la suite, monsieur Henduïjk, lui répondit le Français. Cette cadence de tir ne reflète pas les véritables conditions d'utilisation en campagne. Imaginez que quelques centaines d'ennemis bourrés de schnaps se précipitent sur notre position en hurlant, baïonnette au canon ! Voilà ce que ça donnerait... Her Pfiszter !

Le chef tireur parut entrer en transe. Abandonnant une cadence modérée, il se mit à tirer comme un possédé, sans relâcher la détente. La mitrailleuse cracha le feu pendant quelques secondes, puis toussa à deux ou trois reprises avant de s'enrayer. Pfiszter et Langfus eurent beau s'escrimer et taper comme des sourds sur la culasse et sur l'extracteur, la pièce demeura obstinément muette.

Abel de Lancray se tourna vers les membres du conseil d'administration. Une grimace dégoûtée tordait ses traits aristocratiques.

— Et voilà le travail ! Messieurs, s'il ne s'agissait pas d'une démonstration, nous serions déjà tous morts : les assaillants nous auraient embrochés. Des servants aussi expérimentés que MM. Pfiszter et Langfus n'ont pu rien y changer ; cette mitrailleuse est une casserole ! Franchement, si j'avais une armée à équiper, je préférerais passer une commande massive de lance-pierres.

Henduïjk et Haussermann échangèrent des regards consternés.

— Et... combien de ces casseroles avons-nous déjà fabriqué ?

Lancray consulta pour la forme l'aide-mémoire qui ne le quittait jamais.

— Quinze mille unités, monsieur. Mon prédécesseur, M. von Hasenbow, en a livré deux mille cinq cents à divers acheteurs. Il nous en reste douze mille cinq cents sur les bras.

— Quel crétin cet Hasenbow ! Douze mille cinq cents mitrailleuses à mille deux cents guldens la pièce à la casse ! Ah, c'est du beau travail !

Basile intervint :

— Qui parle d'envoyer ces machines à la casse ? Elles ont fort belle allure ! Bien sûr, il sera difficile de les vendre au prix fort... Comptons sur cinq ou six mille guldens, déduction faite de certaines... ristournes ! Qu'en pensez-vous, monsieur Henduïjk ?

Un sourire malin éclaira la face rougeaude d'Henduïjk.

— Avec des ristournes, pourquoi pas ? Mais ces mitrailleuses ne seront jamais que des casseroles... on risque de décevoir nos clients.

— Qui sont nos clients ? Les troupiers qui se serviront de ces armes, ou les officiers d'état-major et les fonctionnaires qui en passeront commande et qui toucheront les ristournes ? Ne perdez jamais cela de vue, Henduïjk : le troupier n'est jamais content. Le grognard grogne, ça a toujours été comme ça !

— Donc, vous vous chargez d'écouler cette quincaillerie ?

— Je m'en charge. L'armée italienne a lancé un appel d'offres pour un renouvellement de son stock d'armes automatiques. Les tests auront lieu à La Spezia dans quelques semaines. Nous présenterons la Maüsenfeldt BK 3.

— BK 3 ? Mais c'est le modèle n° 2...

— M. de Lancray va nous bricoler un petit quelque chose, un nouveau guillochage permettant une meilleure prise en main, un guidon redessiné... Enfin, qu'il se débrouille : il faut que la BK 3 soit prête dans quinze jours.

— Au concours de La Spezia, dit Haussermann, nous lutterons contre Hiram Maxim. Sa mitrailleuse est la meilleure du monde. Nous allons être ridicules.

— Mon cher garçon, il n'est pas si aisé de me ridiculiser... Mais vous avez raison, l'arme de l'avenir, c'est la mitrailleuse Maxim. La BK 2, c'est fini. On arrête la fabrication, et on modifie les douze mille cinq cents pièces en stock. Pas d'objection, monsieur Henduïjk ?

— Mon cher Apostolidès, je n'ai aucune objection à formuler concernant la vente de nos douze mille cinq cents casseroles ; seulement quelques doutes. A vous de jouer !

Basile acquiesça.

— A La Spezia, j'aurai besoin d'un assistant. Haussermann, cela vous tente ?

— Et comment ! Je suis curieux de voir comment vous vous y prendrez.

— Vous ne verrez peut-être pas tout... Mais c'est convenu. Je dois aller d'abord en Russie. Rendez-vous à La Spezia au début du mois prochain. Quant à vous, monsieur de Lancray, au travail. Il me faut une BK 3 présentable dans les meilleurs délais.

Abel de Lancray s'inclina. Il avait vu beaucoup de choses dans sa carrière, mais jamais encore un modeste actionnaire forcer la main à un Theodor Henduïjk. Ce Basile Apostolidès l'impressionnait. Il réprima un frisson.

La mitrailleuse Maxim était alors la plus remarquable machine à tuer sur le marché. Légère, précise, d'un maniement aisé, elle pouvait tirer six cents coups à la minute, même après être demeurée trois jours dans l'eau de mer. Elle avait en outre le mérite de ne s'enrayer qu'exceptionnellement. Hiram Maxim, convaincu de l'emporter sur la pitoyable pétoire des armements Maüsenfeldt, négligea de se rendre en personne au concours présidé par le duc de Gênes. Il délégua en Italie deux de ses collaborateurs. Le premier, Allan Guillermin, avait été un des meilleurs tireurs de la flotte britannique. Le second, Thomas Jamieson avait contribué à mettre au point l'invention de Maxim. Il en connaissait les moindres particularités. La veille du concours, au bar de leur hôtel, les deux hommes firent la connaissance d'un commis voyageur turc. Jovial et chaleureux, Selim Mohrad entreprit de leur raconter sa vie devant un verre. Il pouvait avoir trente ans, mais il paraissait avoir déjà vécu pour quatre. A la deuxième bouteille de champagne, il n'en était encore qu'à son adolescence. Il devait avoir appris à lire dans les *Mille et Une Nuits* ; la moindre anecdote prenait dans sa bouche l'aspect d'un conte merveilleux, surprenant, cocasse... Les deux Anglais ne se firent pas prier quand il les invita à souper dans le meilleur restaurant de La Spezia. Pendant tout le repas, ce fut un feu d'artifice de bons mots et d'historiettes croustillantes. Au café, les envoyés d'Hiram Maxim étaient sérieusement échauffés, d'autant plus que Selim Mohrad avait été rejoint par trois jeunes femmes de sa connaissance, de riches Libanaises de passage. L'heure était encore raisonnable, et la petite bande suivit son amphitryon dans une boîte de nuit du port.

— Vous verrez, leur avait-il dit, c'est... très spécial ! Un peu canaille, mais il faut avoir connu ça au moins une fois dans sa vie, sinon on s'arrache les cheveux sur son lit de mort en se traitant d'imbécile !

C'était « très spécial », en effet. Et l'ambiance de cet établissement eut un effet surprenant — inespéré, à vrai dire — sur les trois Libanaises. Vers une heure du matin, Thomas Jamieson émergea un bref instant du tourbillon euphorique dans lequel l'avaient plongé d'abondantes libations. Fahrida, la plus jeune des amies de Selim, se livrait sur lui à des pratiques que la reine Victoria eût sans doute réprouvées. A la table voisine, la sœur de cette petite personne très enjouée chevauchait ce sacré Allan en poussant des cris stridents. Selim, qui prenait soin de la troisième fille du Cèdre, s'interrompit quelques secondes, le temps d'emplir à nouveau la coupe de Thomas.

— Qu'est-ce que je vous avais dit ? C'est spécial, non ? lui lança-t-il avec un clin d'œil.

— Pour être spécial, ça l'est, bredouilla le mécanicien.

Il baissa les yeux. Fâchée de sa distraction, Fahrida lui adressait de doux et muets reproches.

— *I'm awfully sorry, Fahrida dear! Never mind, girl, go on, go on, do it your way!*

Ensuite... Oh, ensuite, tout s'embrouilla dans l'esprit de Thomas. Il s'isola un moment avec la sœur de Fahrida, puis la compagne de Selim les rejoignit... Quand il s'éveilla, tout seul et nu comme un ver dans une chambre d'hôtel inconnue, il ne se souvenait de rien d'autre. D'ailleurs, le moindre effort de réflexion lui causait d'insupportables maux de tête. Il avait pourtant dû se passer encore des quantités de choses, puisqu'il était quatre heures de l'après-midi. A l'autre bout de la ville, tout aussi nu et tout aussi seul, Allan Guillermin dormait encore. Il était bien le plus heureux des deux : il ignorait encore qu'il avait perdu son emploi à la compagnie Hiram Maxim. Car à sept heures du matin, légèrement pâle mais bien d'aplomb sur ses jambes puissantes, Selim Mohrad alias Basile Apostolidès avait rejoint Adolf Haussermann, Helmut Pfiszter et Heinrich Langfus sur le champ de tir de la zone militaire de La Spezia. Là, les quatre hommes avaient procédé devant Son Altesse le duc de Gênes à une démonstration apparemment satisfaisante de la nouvelle mitrailleuse Maüsenfeldt BK 3. L'absence injustifiée et discourtoise des représentants de Maxim plongea le duc dans une belle colère. Son aide de camp, le *cavalliere* Benito della Torre-Toscana, se garda bien de l'apaiser. Au contraire, il abonda dans son sens. Il s'agissait d'un affront impardonnable. Le *cavalliere* toucha ultérieurement — et discrètement — une ristourne confortable sur les onze mille BK 3 que Basile Apostolidès avait vendues ce jour-là à l'armée italienne.

Le docteur Vélakion avait tenu à accompagner lui-même Diane à Leucade. Outre le souci qu'il avait de la voir arriver à bon port, il se faisait une joie de revoir le docteur Lysias. Il le considérait un peu comme son fils. Il avait autrefois contribué à payer ses études, car Lysias était le huitième enfant d'une famille pauvre de Patras.

Leucade, une des trois principales îles Ionniennes avec Zante et Céphalonie, est située à une centaine de kilomètres de Patras, à vol d'oiseau. Mais le trajet est en réalité beaucoup plus long. Il faut d'abord traverser le golfe de Patras pour gagner Missolonghi. Ensuite, on emprunte les routes sinueuses d'Étolie et d'Acarnie qui contournent les lacs Trikhonis et Amvrakia, avant de reprendre le bateau à Prevéza, sur le golfe d'Amvrakikos.

Un matin, Diane et Vélakion firent leurs adieux aux Hexakis et à un Niko en larmes. Ils ne parvinrent à Leucade que le lendemain soir. Vélakion avait loué les services d'un pêcheur de Prevéza, car il n'existait pas de service régulier entre la côte et l'île, si peu éloignée que le possesseur de la moindre barcasse vous y conduisait pour quelques drachmes.

— Vous verrez, Diane, avait dit Vélakion, c'est un incroyable trou. Ce n'est pas là que Lysias fera fortune... Mais il ne s'agit que d'une solution d'attente, car j'ai la ferme intention de lui laisser mon cabinet de Patras quand je me retirerai.

— Vous semblez l'aimer beaucoup ?

— C'est un brave garçon. Très intelligent, très sensible. Un monstre de travail, aussi ! Ce n'était pas facile pour un garçon né dans une famille aussi pauvre de décrocher son diplôme de médecin. Je sais de quoi je parle. Moi aussi, j'ai été pauvre et jeune en même temps... Mais il s'est jeté dans les études à corps perdu. A corps perdu, c'est bien le mot. Lysias est infirme, je vous l'ai dit. Il en souffre. Il faut le comprendre. Il a des coups de cafard... Et puis ça lui passe, il redevient charmant.

En fin d'après-midi, après une courte traversée sur une mer d'huile, ils débarquèrent à Leucade. Malgré les avertissements de Vélakion, Diane ne put dissimuler son sentiment à la vue de ce qui constituait la principale agglomération de l'île : quelques dizaines de maisons d'un blanc immaculé sous le ciel bleu, groupées autour d'un débarcadère réduit à sa plus simple expression.

Vélakion lui lança un coup d'œil à la fois amusé et inquiet.

— C'est petit, hein ? Tout petit, même ! Et Lysias n'habite pas ici, mais un peu plus loin sur la côte, dans un village de pêcheurs encore plus modeste... Vous ne regrettez pas ?

Diane surmonta rapidement sa déception.

— Non. C'est bien ainsi. La paix, voilà ce qu'il me faut !

— Alors vous serez servie... Cette silhouette, là-bas... C'est lui, c'est Lysias !

Vélakion régla le pêcheur et s'empara de la petite valise qui contenait les quelques affaires de Diane.

Un jeune homme s'était levé de la chaise branlante qu'il occupait devant la seule auberge du port et s'avançait vers eux. Cette première rencontre était d'autant plus importante pour Diane qu'elle allait vivre auprès de cet inconnu pendant de nombreux mois. Elle l'observa avec curiosité.

Lysias Eudémion avait vingt-cinq ans. Ses traits réguliers et plaisants auraient sans doute fait oublier la disgrâce de la bosse qui brisait sa silhouette s'ils n'avaient été empreints d'une amertume diffuse qui gâchait l'harmonie de son visage. Diane connaissait assez les êtres pour porter un diagnostic qui confirmait les paroles de Vélakion : Lysias souffrait de son infirmité, au point que cette souffrance influait sur sa conduite et sur sa vie entière ; le bossu était un écorché vif. Un nuage assombrit fugitivement l'esprit de la jeune femme.

Lysias Eudémion s'inclina devant elle. Sans doute n'aurait-il pas agi ainsi vis-à-vis d'une future employée ordinaire, mais la beauté et la distinction naturelle de Diane avaient causé sur lui une forte impression. Vélakion fit les présentations. Le nom de femme mariée de Diane était trop connu dans la Grèce entière pour qu'elle eût pris le risque de le révéler, même à l'excellent docteur. Elle avait préféré mentir sur son identité.

— Mon cher Lysias, dit-il, voici la personne dont je t'ai parlé, Mme Diane Solikou. Diane, voici mon confrère, le docteur Eudémion.

Diane s'inclina à son tour.

— Docteur, je tiens d'abord à vous remercier... Le docteur Vélakion vous a exposé ma situation...

Lysias rougit.

— Oui, oui... C'est tout naturel... Et puis j'avais besoin de quelqu'un...

Il y eut un instant de gêne que Vélakion s'empressa de dissiper.

— Alors, mon cher Lysias, comment se présente l'exercice de notre art, dans cette île bienheureuse ? Je compte sur toi pour me dresser un état sanitaire détaillé de la population de Leucade !

Lysias eut un geste fataliste.

— Ces bougres de pêcheurs se portent comme des charmes ! Quelques insolations et des blessures par hameçon, c'est tout ce que j'ai à me mettre sous la dent... De plus, ils cicatrisent avec une rapidité contrariante ! Ce doit être l'eau de mer...

Vélakion fit la grimace.

— Je te l'avais dit, bougre d'âne ! A-t-on idée de vouloir soigner des bien-portants ? C'est en ville, qu'il faut exercer ! Ah, les longues phtisies, les chloroses opiniâtres, les éthylismes chroniques, les anémies de confinement... Voilà ce qui remplit la bourse des médecins !

Lysias hocha la tête.

— Vous aviez raison. Mais comment aurais-je pu ouvrir un cabinet en ville ?

Vélakion eut un geste apaisant.

— Je sais, je sais ! Sois patient, je compte me retirer bientôt. Tu hériteras de mon cabinet, je te l'ai dit. Mais assez causé boutique ! Nous sommes rompus... Est-ce ta calèche que j'aperçois là-bas ?

— Calèche est un bien grand mot, dit Lysias en riant. Juste une carriole que j'ai empruntée à un voisin. Donnez-moi vos bagages. J'ai fait préparer le dîner par une voisine : des melons, une daurade au four, de la *féta,* des pâtisseries au miel... Et du retsina de l'île à peu près buvable.

— Il y a des vignes sur ce caillou ?

— Les îliens prétendent que c'est de la vigne...

Tout en conversant, le petit groupe était arrivé devant la voiture. On s'installa. Lysias prit les rênes et engagea l'attelage sur un chemin étroit et caillouteux.

— Avez-vous fait bon voyage, au moins ?

— Fatigant, mon fils, fatigant ! Ou bien c'est moi qui vieillis !

Lysias se retourna à demi vers Diane qui avait pris place à l'arrière, tandis que les deux hommes se tenaient sur l'étroite et inconfortable banquette de bois cru.

— Et pour vous, madame, ce voyage n'a pas été trop éprouvant ?... Le docteur m'a parlé de votre état, dans sa lettre.

— Alors, vous savez que je n'en suis qu'au quatrième mois... Tout s'est très bien passé !

— Je t'ai dit que Mme Solikou a été très malade récemment, intervint Vélakion. Fièvre typhoïde ! Ce trajet m'inquiétait un peu... Mais elle a une constitution de fer ; elle a parfaitement supporté les fatigues du voyage.

— Tant mieux, tant mieux !

Le soleil commençait à incliner sa course sur l'horizon. Au pas nonchalant du cheval, dans un grincement régulier des roues, la carriole s'acheminait vers le village de Lysias. La température commençait à baisser, et Diane boutonna le col de sa robe noire. Pour tous ici, elle serait une veuve. Veuve de guerre. D'autant plus digne de respect qu'elle était enceinte. Ce mensonge serait le prix de sa quiétude, dans un milieu clos où les langues sont avides de sujets de conversation.

— Vous verrez, dit Lysias comme s'il avait lu dans ses pensées, ici les gens sont durs, mais ils savent se tenir. Ils vous laisseront tranquille... J'ai déjà préparé le terrain.

Vélakion resta deux jours à Leucade, le temps d'installer sa protégée et de jouir lui-même d'un peu de repos, avant de reprendre le chemin de Patras. Diane le vit partir à regret. Elle appréhendait de se retrouver seule avec Lysias. Non qu'il fût d'un commerce désagréable, au contraire ! Il se montrait attentionné... Beaucoup trop pour un patron, tel était le sentiment de Diane. Elle aurait préféré qu'il la traite comme une simple employée. Il l'avait engagée pour tenir sa maison, et il se conduisait avec elle comme avec une invitée. La première fois qu'elle fit la lessive, il se précipita pour porter le panier de linge à sa place, et à table il se levait pour aller chercher les plats à la cuisine au lieu de les lui réclamer comme il eût été naturel. Une telle attitude ne pouvait que fausser leurs rapports. Vélakion le remarqua et parut en concevoir de l'inquiétude. Ces deux êtres étaient destinés à cohabiter pendant des mois dans une relative solitude. Il eût été plus sain de marquer d'emblée leur statut respectif : Lysias était le maître et Diane la servante. Malheureusement, la beauté de la servante exerçait sur le maître une fascination excessive. Vélakion pensa un moment mettre son jeune confrère en garde. Mais il savait par expérience qu'il était difficile d'aborder certains sujets avec lui. Comme tous les êtres tourmentés, Lysias se formalisait aisément. Vélakion renonça à son projet et compta sur le temps pour remettre à leur place les choses et les êtres.

Le jour de son départ, avant de monter à bord de la barque qui devait le ramener à Prevéza, il leur donna à tous deux l'accolade, et profita d'un instant d'inattention de Lysias pour glisser quelques mots à Diane.

— Mon jeune ami est déjà à votre merci, Diane... N'abusez pas de la situation.

— N'avez-vous pas confiance en moi ?

— Si, si, bien entendu ! Adieu, Diane, portez-vous bien ! Et ne me laissez pas sans nouvelles. Je reviendrai dans quelques mois, pour l'accouchement...

Il prit place dans l'embarcation et s'installa de son

mieux entre les ballots d'éponges destinés au comptoir commercial de Missolonghi. Le marin déhala et commença à souquer. Vélakion agita une dernière fois la main en direction des jeunes gens qui se tenaient sur le minuscule quai. Ils répondirent à son salut, puis revinrent à pas lents vers la carriole. Ce départ, bien que prévu, les laissait tous deux désorientés. Machinalement, Diane porta la main à sa taille alourdie.

A Athènes, toutes les recherches entreprises pour retrouver Diane étaient restées vaines. Devant l'échec de la police officielle et des enquêteurs privés dépêchés en Thessalie, Démosthène avait effectué lui-même le trajet supposé de Diane. Un mois durant, il avait battu les routes et les chemins. Il s'arrêtait dans les fermes et dans les auberges, montrait un daguerréotype de Diane, et promettait une prime substantielle à quiconque lui fournirait le moindre indice.

Il s'était heurté aux mêmes difficultés que les détectives mandatés par Démétrios et Basile. Le chaos qui avait résulté de la guerre commençait à peine à s'ordonner. Se conformant aux accords signés avec les grandes puissances, l'armée ottomane entamait sa retraite tandis que les troupes grecques, suivies de près par les civils, reprenaient possession des territoires abandonnés lors de la terrible débâcle du printemps. Ce mouvement de populations rendait toute enquête hasardeuse : la plupart des gens que Démosthène interrogeait avaient fui devant l'avance turque et venaient seulement de rentrer de leur bref exil. Souvent, ils avaient trouvé leur maison incendiée ou pillée, leurs champs dévastés, leurs animaux morts. Ils ne se souciaient que de rebâtir et n'avaient guère le temps d'écouter un éploré leur parler d'une inconnue. Certains tendaient pourtant l'oreille quand Démosthène faisait tinter ses pièces d'or. Quelques-uns, qui ne savaient rien, profitèrent de l'aubaine. Leurs mensonges coûtèrent à

Démosthène beaucoup d'argent et de fatigue. Après s'être laissé berner trois ou quatre fois, il perdit espoir. En un mois de recherches, il n'avait rencontré qu'une personne ayant véritablement côtoyé Diane durant la guerre, une infirmière qui avait servi dans la même unité qu'elle avant la rupture du front et la retraite. Cette femme s'appelait Héléna Misraki. Elle lui confirma ce que Démétrios avait déjà appris du ministère : Diane s'était engagée sous le nom de Solikou. Les deux femmes avaient soigné les premiers blessés dans un hôpital de campagne et elles s'étaient repliées ensemble après la bataille de Tyrnavo. Dans le désordre de la retraite, elles s'étaient perdues de vue. Héléna n'en savait pas plus. Ce témoignage avait bouleversé Démosthène sans lui être d'aucune utilité : le correspondant du *Temps* avait attesté que Diane se trouvait à Pharsale deux jours après cet épisode. La mort dans l'âme, Démosthène avait regagné Athènes.

Il s'était retiré dans sa grande maison sur la pente du Lycabète. Sans Diane, il ressemblait à un automate au mécanisme brisé. Lui, naguère si actif, toujours en mouvement, curieux de tout, capable de mener de front une carrière politique de premier plan et une autre de poète, il passait ses journées à somnoler et à boire. Les exhortations de ses amis n'y changeaient rien. Ils s'en rendaient compte et finissaient par prendre congé, désolés, impuissants, enragés de voir sombrer un esprit si brillant. Démosthène n'avait pas que des amis et déjà la rumeur courait : l'ex-ministre de l'Urbanisme était un homme fini. Alors que ses confrères de l'ancien gouvernement Déliyannis se consacraient à préparer leur retour aux affaires, il s'enfonçait dans la solitude. Pire encore, il paraissait avoir perdu toute dignité et toute estime de lui-même. Il se négligeait, ne se rasait et ne se lavait plus. Ses visiteurs, de plus en plus rares à mesure que le temps passait, il les recevait en robe de chambre défraîchie et en babouches, un mégot de cigare aux lèvres et l'haleine alourdie par l'excès de cognac.

Les services secrets turcs le tenaient à leur merci depuis l'affaire de Salonique au cours de laquelle Démosthène avait trahi son compagnon d'armes Hélianthios Coïmbras pour sauver sa propre vie. Ils avaient compris qu'il ne pouvait plus leur être d'aucune utilité, à présent qu'il avait perdu tout pouvoir. Les subsides qui lui étaient versés sous couvert de droits d'auteur par son éditeur à la solde des Turcs se tarirent. Or, même si son train de vie avait changé depuis sa disgrâce politique et la disparition de Diane, la maison du Lycabète coûtait cher, avec son parc immense, ses tennis, sa piscine et sa nombreuse domesticité. En financier averti, Démétrios Mascoulis ne laissait jamais rien au hasard. En raison de sa défiance initiale vis-à-vis de Démosthène, l'oncle de Diane avait assorti le contrat de mariage d'une clause prévoyant la mise sous séquestre des biens de sa nièce dans tous les cas où elle serait empêchée de les administrer elle-même. Telle était bien la situation, et la clause entra tout naturellement en vigueur. Les indemnités perçues par Démosthène au titre d'ancien ministre et député étaient insuffisantes pour couvrir l'entretien de sa fastueuse demeure, d'autant plus qu'une partie des travaux d'aménagement du parc restait à acquitter. Démosthène ne possédait en son nom que cette maison. Quand ses créanciers eurent vent de ses difficultés, ils exigèrent un remboursement immédiat. La famille de Diane tenait Démosthène pour responsable de la disparition de la jeune femme, et elle refusa de lui venir en aide. Six mois après la guerre, Démosthène se vit contraint de vendre la villa. En d'autres circonstances, il aurait lutté avec la dernière énergie pour éviter cette vente. La maison était pour le petit pauvre de Salonique le signe matériel de sa réussite. Mais son ardeur à se battre s'était éteinte. Que lui importait d'habiter ici ou là, à présent que Diane l'avait quitté ? La demeure fut vendue aux enchères. Durant plusieurs années, les Sophronikou avaient reçu dans leur petit palais tout ce qui comptait à Athènes, et une curiosité malsaine attira, outre les acheteurs potentiels, nombre de ceux qui avaient naguère valsé sous les lustres de M. le Ministre de l'Urbanisme. On venait assister au dernier acte d'une tragédie mondaine : la chute d'un homme qui, parti de rien, s'était hissé jusqu'aux plus hautes marches du pouvoir.

Les enchères s'ouvrirent à cinquante mille drachmes.

La maison en avait coûté trente-cinq mille cinq ans plus tôt. Après quelques enchères de principe, la vente se transforma en un affrontement personnel entre le vieux Lambdallos, l'ancien député de Corinthe, et la richissime et excentrique Ghélissa Tricoupis. Lambdallos poursuivait Démosthène d'une haine tenace depuis la mort en duel de son fils Evguéni, de la main d'Hélianthios Coïmbras, dont Démosthène avait été l'ami et le témoin. Ghélissa, quant à elle, désirait acheter la villa pour la restituer à Démosthène quand il serait sorti de cette passe difficile. La nièce de l'ancien président du Conseil était fidèle en amitié. Démosthène, à ses yeux, était toujours le compagnon de lutte du seul homme qu'elle eût jamais aimé, Hélianthios, assassiné par les Turcs à Salonique.

Quelques minutes après l'ouverture des enchères, Lambdallos et Ghélissa demeuraient seuls en lice. Ghélissa venait d'offrir quatre-vingt mille drachmes, et tous les regards s'étaient tournés vers le vieux « roi de Corinthe », comme on avait longtemps surnommé Lambdallos.

Il était riche, très riche. Corinthe avait été son fief pendant quarante-cinq années de vie politique. Le raisin et le vin : une des circonscriptions les plus prospères du pays. Lambdallos possédait des intérêts dans toutes les maisons de commerce de la région. Face à lui, Ghélissa Tricoupis avait les reins solides, mais on sentait que la détermination du vieux politicien était totale.

Dans un silence tendu, il laissa tomber sa surenchère :

— Cent mille.

Un murmure parcourut l'assistance. Ce n'était pas tant le chiffre, pourtant respectable, qui impressionnait, que l'écart avec la précédente enchère. Si l'on progressait désormais de vingt mille drachmes à chaque fois, on en arriverait vite à des sommes astronomiques. Ghélissa Tricoupis accusa le coup. Elle était décidée à empêcher que la villa du Lycabète échappe à tout jamais à Démosthène, mais certainement pas à se ruiner. Pourtant, elle joua le jeu crânement.

— Cent vingt mille, dit-elle d'un ton enjoué, comme s'il s'était agi d'une babiole de cent vingt drachmes dans une vente de charité.

Lambdallos resta imperturbable.

— Cent quarante mille, lança-t-il d'une voix indifférente.
— Cent quarante mille drachmes à M. Lambdallos, reprit le commissaire-priseur. Je dis bien cent quarante mille... drachmes... Mademoiselle Tricoupis, désirez-vous soutenir l'enchère ?
On sentit que Ghélissa hésitait. A ce prix-là, ses chances de revendre un jour la villa à Démosthène devenaient hautement improbables. Mais l'orgueilleuse Ghélissa n'entendait pas baisser pavillon devant ce politicien véreux sans un baroud d'honneur... Et puis, quoi qu'il arrive, l'argent de la transaction servirait aussi à mettre Démosthène à l'abri du besoin.
— Cent soixante mille, dit-elle enfin d'une voix chargée de défi.
La réponse de Lambdallos ne se fit pas attendre.
— Cent quatre-vingt mille !
— Cent quatre-vingt mille drachmes, répéta en écho la voix du commissaire-priseur. Cent quatre-vingt mille drachmes à M. Lambdallos ! Mademoiselle Tricoupis ?...
Vaincue, Ghélissa secoua la tête. Surenchérir encore eût été de la folie pure.
Le commissaire-priseur prit acte de l'abandon de Ghélissa.
— Cent quatre-vingt mille une fois... cent quatre-vingt mille deux fois... cent quatre-vingt mille...
— Deux cent cinquante mille drachmes !
L'assistance tout entière se tourna vers le fond de la salle. Un brouhaha de questions avait succédé au silence dans lequel s'était alors déroulé l'affrontement.
— J'ai bien entendu ? Deux cent cinquante mille drachmes ?
— Mais qui ?
— Qui est-ce ? Je ne vois rien.
Très excité, le commissaire-priseur, qui avait reconnu l'enchérisseur, demanda confirmation de l'enchère :
— Monsieur, ai-je bien entendu ?
Une voix calme et ferme lui répondit :
— Vous avez parfaitement entendu : j'offre deux cent cinquante mille drachmes.
Le commissaire-priseur s'inclina et s'adressa à Lambdallos :

— Nous disons donc une offre de deux cent cinquante mille drachmes de la part de M. Basile Apostolidès.

A ce nom, un tumulte formidable s'éleva dans la salle.

Le vieux Lambdallos ne put retenir un geste de colère. Il connaissait Apostolidès de réputation. L'étoile montante du commerce des armes en Europe. Un jeune homme impitoyable. Un ami de longue date de Sophronikou, comme le géologue Périclès Hespéra dont Mascoulis commanditait la nouvelle campagne de fouilles en Afrique australe. Décidément, ce petit clan macédonien était bien encombrant !

Mais ce jeune loup d'Apostolidès était encore un peu jeune. Il bluffait, peut-être ? Un bluff à deux cent cinquante mille drachmes, tout de même... Lambdallos réfléchit rapidement. Le marchand de canons avait enchéri de soixante-dix mille drachmes d'entrée de jeu. Lancer une enchère inférieure équivaudrait à perdre la face. Or ni la maison du Lycabète, ni aucune autre à Athènes ne valait trois cent vingt mille drachmes, sinon peut-être l'hôtel particulier des Mascoulis, et encore ! Mais en l'occurrence les chiffres avaient perdu leur sens habituel. Ils n'étaient plus que des défis qu'on se lançait au visage. Et Lambdallos haïssait ces parvenus, nés dans la crasse et la pouillerie de Salonique, et dont la venue à Athènes avait coïncidé avec la mort d'Evguéni, son seul fils !

Le commissaire-priseur connaissait son monde. Il avait suivi sur le visage du vieux politicien le cheminement de ses pensées.

— Monsieur Lambdallos ? Montez-vous sur l'enchère de M. Apostolidès ?

Lambdallos inclina lentement la tête.

— Je suis acquéreur à trois cent vingt mille drachmes, dit-il.

Un nouveau frisson parcourut la foule. Elle n'était composée que de riches négociants, d'industriels, d'hommes politiques et d'artistes célèbres, mais tous avaient conscience d'assister à un règlement de comptes personnel. Lambdallos voulait voir Démosthène Sophronikou à genoux, dépossédé de sa maison, renvoyé au ruisseau dont il était issu. Face à lui, Basile Apostolidès volait au secours de son ami d'enfance. Le tempérament grec, enclin à l'emphase et au pathos, raffolait de ces grandes scènes. On aurait payé sa place, on serait venu de très loin, pour assister à cet affrontement !

Tous les regards se braquèrent sur Basile.

Un léger rictus découvrit ses dents parfaites. Les spectateurs retenaient leur souffle.

— Quatre cent mille drachmes, dit-il sans hausser le ton.

Après ces mots, le silence s'établit, comme si l'assistance se donnait le temps de réaliser l'énormité de la somme. Puis les exclamations et les commentaires fusèrent.

Apostolidès aurait craché au visage de Lambdallos que ce n'eût pas été pire : chacune des dix mille drachmes supplémentaires constituait un affront délibéré. L'ancien « roi de Corinthe » eut un haut-le-corps, puis, se contrôlant avec peine, il se tourna vers le commissaire-priseur et lui signifia d'un mouvement de menton hautain qu'il se retirait, comme d'une joute trop vulgaire et indigne de lui. Une seconde, les yeux de Basile Apostolidès pétillèrent d'une joie narquoise. Il n'était pas dupe : sous ces nobles simagrées, Lambdallos bouillait de rage.

— Quatre cent mille drachmes à M. Apostolidès une fois... Quatre cent mille deux fois... Quatre cent mille... trois fois ! J'adjuge la villa de M. Démosthène Sophronikou sise sur la pente du Lycabète, avec son parc et ses dépendances, à M. Basile Apostolidès ! Monsieur, toutes mes félicitations !

Démosthène était affalé sur un sofa. Une barbe de quatre jours lui mangeait le visage. Au bout de ses longs doigts minces, aux ongles naguère si soignés mais aujourd'hui d'une propreté douteuse, une cigarette achevait de se consumer. Autour de lui, sur le sol, sur le guéridon, traînait un fouillis de journaux froissés, de livres, de manuscrits inachevés, de verres sales, de cendriers pleins à ras bord, de bouteilles de cognac et de gin vides ou entamées. Il leva la tête et tourna vers son visiteur des yeux éteints et injectés de sang.

Un pâle sourire éclaira un instant son visage.

— Basile ! Quelle bonne surprise ! Je te croyais en Russie... Entre, viens t'asseoir ! Excuse-moi si je ne me lève pas...

Son élocution était lente et empâtée. D'un geste négligent, il désigna les journaux et les feuillets qui recouvraient son ventre et ses jambes.

Basile saisit une chaise et la posa près du sofa.

— Je te dérange en plein travail, à ce que je vois, dit-il en s'asseyant.

— Jamais ! Tu ne me déranges jamais ! Tiens, prends un verre quelque part, on va fêter ton retour... Gin ? Cognac ? Sers-toi...

Basile hocha la tête.

— Plus tard, plus tard... Eh bien, quelles sont les nouvelles ?

— Rien de particulier... Calme plat, c'est ça, calme plat ! Il ne se passe rien d'intéressant à Athènes.

— Vraiment ? Je m'étais laissé dire que ça bougeait dans l'immobilier, dit Basile d'un ton insinuant.

Démosthène lui lança un regard aigu.

— Ah !... Alors tu es au courant ? Eh bien oui, j'ai mis la maison en vente. Trop grand !... Qu'ai-je à faire de vingt pièces, maintenant ?

Il consulta sa montre.

— A cette heure-ci, la vente devrait être terminée...

— J'en viens. La maison est vendue !

— J'espère qu'on en a tiré un bon prix. Il faudra que je rembourse quelques créanciers... Et aussi que je trouve un autre logis. Il devrait bien me rester de quoi acheter un petit appartement à Athènes !

— Ne t'inquiète pas.

— Oh, je ne m'inquiète pas ! Je m'en fous. Qui a enlevé l'affaire ?

— C'est moi.

Démosthène pâlit.

— Mais tu possèdes déjà un hôtel à Athènes !

— Et je n'ai pas l'intention d'en bouger. Mais je ne pouvais envisager une seule seconde d'abandonner la maison de Diane, ta maison, à ce charognard de Lambdallos. Tu restes ici, tu deviens mon locataire... à titre gratuit, bien entendu ! Et dès que tes affaires vont mieux, tu me rachètes la villa...

— Combien l'as-tu payée ?

— Cher. Tu vas devoir travailler dur !

— Combien ?

Basile sourit.

— Je me suis payé le luxe d'humilier Lambdallos... Ces plaisirs-là n'ont pas de prix.

— Combien ?

— Quatre cent mille.

— Quatre cent mille drachmes ! Tu es fou ! Comment veux-tu que je te rembourse quatre cent mille drachmes ?

Basile éclata de rire.

— Ce sera facile, tu verras. Tu deviens ministre des Armées, tu me passes de grosses commandes, et je te verse des commissions exorbitantes !

Démosthène se leva d'un bond, jetant à terre les liasses de journaux qui encombraient le sofa. Il se dressa devant Basile. Il semblait hors de lui.

— Tu n'as pas compris, malheureux ? Ma carrière est terminée ! Je suis mort, tu m'entends ? Les membres du cabinet Déliyannis sont brûlés à jamais. Nous avons mené le pays au désastre, et le peuple n'est pas près de l'oublier...

Basile eut un sourire ironique.

— Le peuple n'a pas de mémoire, dis-toi bien ça. Le peuple est une putain sans cervelle : son amant peut la tromper cent fois, elle lui reviendra toujours. Il suffit de lui parler de son âme avec de jolies phrases ! Laisse passer un peu de temps, choisis une circonscription, travaille-la en profondeur, patiemment, soigneusement, caresse les uns, rends-toi utile à quelques autres, sympathique à tous, joue les carnivores auprès du boucher et les végétariens auprès du marchand de légumes, et tu verras, ils viendront tous te manger dans la main !

Démosthène secoua la tête.

— Tu rêves, Basile ! Je n'ai plus de crédit, plus d'argent, plus rien !

— Tu as de l'argent. Tu viens de vendre ta maison quatre cent mille drachmes, et il t'en restera bien assez pour préparer ta campagne. Quant au crédit, en ce moment précis tout Athènes sait que Basile Apostolidès croit assez en ton avenir pour défier Lambdallos en ton nom. Et ça, ça vaut beaucoup plus que toutes les alliances politiciennes !

Démosthène haussa les épaules. Il s'approcha du guéridon, et se servit un verre de cognac qu'il avala d'un trait.

— Basile ! Mon cher vieux Basile ! Je suis très sensible à tout ce que tu fais pour moi... Mais tu perds ton temps ! Je suis bon à jeter ! Regarde-moi : je bois comme un trou ; le matin, avant mon premier verre de cognac, mes mains tremblent. J'ai mal à l'estomac, je perds la mémoire. Bientôt j'aurai mes premières crises de delirium tremens... Quelle importance, puisque Diane m'a quitté ! Sans elle, je vais m'enfoncer toujours plus bas, jusqu'au silence définitif !

Il fit mine de se servir un autre verre. Basile se leva et lui arracha la bouteille des mains.

— Qu'est-ce qui te prend ?

— C'est fini ! rugit Basile. Tu m'entends, tête de lard ? L'alcool, le désespoir, le poète maudit, c'est fini, fini !

Le bras puissant de Basile se détendit, et la bouteille de cognac alla s'écraser contre le mur, des éclats de verre se répandirent à travers la pièce.

— T'es fou ou quoi ?

Basile se retourna vers Démosthène et le prit au collet.

— Écoute-moi bien ! A compter de cette minute, tu ne bois plus que de l'eau ! J'ai besoin de toi, tu comprends ? J'ai besoin du beau Démosthène, poète adulé ! L'homme de Salonique ! L'homme de La Canée ! L'ancien ministre qui, seul contre tous a dénoncé au souverain l'impréparation militaire du pays ! Le héros national ! Alors tu ne vas pas me claquer entre les mains ! Tu vas marcher droit ! Tu vas m'obéir, et un jour je te rendrai Diane !

En entendant le nom de Diane, Démosthène parut sortir de son ivresse. A son tour, il agrippa Basile par le col de sa chemise.

— Tu sais quelque chose à propos de Diane ! Où est-elle ? Où est-elle, nom de Dieu !

Basile se dégagea.

— J'ai retrouvé sa trace... Je ne peux rien te dire pour l'instant. Mais j'ai bon espoir. Un jour, elle te reviendra, j'en suis sûr. Alors il ne faut rien compromettre. Si elle trouvait un alcoolique, un pauvre type, à son retour, elle te mépriserait et tu la perdrais à jamais.

D'un regard à la fois implorant et méfiant, Démosthène dévisageait son ami. Celui-ci soutint ce regard sans ciller.

— Si tu mens...

Basile haussa les épaules.

— Tu as le choix : tu te laisses couler et tu perds tout, ou bien tu te reprends, tu cesses de boire, tu entres en campagne, et Diane te revient !

Démosthène serra les poings.

— Basile, tu es le diable !

Le marchand de canons eut un petit rire guilleret.

— Tu as mis du temps à me reconnaître !

Diane aurait préféré un employeur entreprenant et peloteur. Au moins, elle aurait pu le rembarrer, et leurs rapports auraient gagné en naturel et en simplicité. Car le docteur Lysias Eudémion exaspérait sa gouvernante.

Sans doute n'avait-il même pas conscience de ce que sa conduite pouvait avoir de gênant. Il se comportait avec sa domestique comme avec une dame, et cette attitude plaçait continuellement Diane en porte à faux. Lysias interprétait comme un reproche la moindre allusion à ce sujet. Il était extrêmement susceptible. Il se troublait, devenait cassant et mettait fin à l'entretien. Ensuite, il boudait comme un enfant. Plus tard, toujours comme un enfant, il tentait de se faire pardonner sa bouderie, et il fallait des jours et des jours pour que tout s'apaisât.

La vie sur l'île aurait pu être si simple pour eux deux ! Diane ne souhaitait pas de traitement de faveur. Elle voulait simplement travailler, et jouir en retour d'une totale tranquillité d'esprit. Sa tâche l'absorbait tout entière. Non qu'elle fût très compliquée : le ménage d'une maison exiguë, le linge et la table d'un célibataire peu exigeant, quelques courses. N'importe quelle femme de charge expérimentée aurait expédié tout ça en quelques heures. Mais Diane avait plus fréquenté les salons que les lavoirs, et plus manipulé d'ombrelles que de balais. Le point noir était la cuisine. On ne s'improvise pas cuisinière. Elle avait acheté à Patras un petit manuel de cuisine, mais elle n'était pas douée. Elle maîtrisait difficilement les temps de cuisson. Les poissons du golfe, dont elle s'approvisionnait auprès des pêcheurs de l'île, aboutissaient en piètre état sur la table de Lysias : tantôt à demi crus, et tantôt franchement carbonisés. C'était d'autant plus regrettable que le poisson constituait la base de l'alimentation avec de temps en temps un poulet plus ou moins squelettique. Heureusement, les jours où le résultat des efforts de Diane était par trop immangeable, il restait les salades de tomates, d'oignons, de poivrons et de *féta* arrosées d'huile d'olive. Là, il suffisait de savoir se servir d'un couteau, et Diane s'en tirait honorablement.

En dehors de la préparation des repas, le repassage lui posait aussi quelques problèmes. Toute sa vie, à Salonique puis à Athènes, elle avait vu Loutra, sa vieille servante, repasser, sans s'aviser que sa dextérité était le fruit de quarante années de pratique assidue. Entre les mains de Loutra, le fer glissait sur les tissus, effleurait les gaufrages et les cols de dentelle, feuilletait les plis innombrables et délicats des robes de chez Lafleur comme les pages d'un livre... Entre celles de Diane, il butait à chaque instant contre un obstacle invisible, s'accrochait à un bouton mal recousu qu'il arrachait sur sa lancée, s'attardait indûment sur un col, le jaunissait, et parfois le brûlait irrémédiablement. Souvent, devant le désastre né de sa maladresse, Diane fondait en larmes. Puis la jeune patricienne envoyait tout balader, le fer, la pattemouille et l'amidon, la chemise roussie ou le caleçon sinistré. Un instant, elle redevenait Diane Sophronikou, née Mascoulis, fille naturelle d'un ministre plénipotentiaire de Turquie, nièce d'un richissime capitaine d'industrie, et épouse d'un ministre grec. Elle tapait du pied, seule dans l'humble buanderie de l'humble maison de Lysias, et elle le vouait aux gémonies avec ses foutues chemises et ses satanés caleçons. Puis le souvenir de sa situation lui revenait. Elle était enceinte d'un soudard turc, et elle gagnait par mois le prix d'un de ses pots de fard d'autrefois. Alors elle ramassait le fer, la pattemouille et l'amidon, et elle s'évertuait à sauver la chemise sinistrée.

Lysias s'accommodait avec philosophie des daurades immangeables et du linge endommagé. Au contraire, les bévues de Diane le confortaient dans l'opinion qu'il avait d'elle. Bien qu'il ignorât sa réelle identité, il avait deviné qu'elle avait appartenu à la haute bourgeoisie sinon à l'aristocratie. C'était une « dame », et, dans son esprit d'ancien étudiant méritant mais pauvre et d'infirme complexé, cette qualité avait quelque chose de magique, d'irrésistiblement érotique. Ses quelques expériences charnelles, il les avait eues à Patras dans les bras de filles faciles, petites putains gouailleuses, volontiers brutales, toujours triviales, souvent peu soignées. Diane était autrement délicate et féminine. Même réduite au rôle de servante, elle prenait soin de sa beauté, et passait chaque jour beaucoup de temps à sa toilette. Malgré la rudesse de ses tâches, la lessive ou le lavage des sols, elle protégeait ses mains. Quand elle le servait à table, il les contemplait et s'émerveillait de la perfection lisse des ongles, de la finesse du poignet et des doigts, de la blancheur satinée du dos et de la paume, évocatrices d'autres grâces plus intimes. Il rougissait. Il était jeune et ardent. Sa solitude lui imposait une chasteté difficilement supportable. Dans une grande ville, il aurait pu recourir aux prostituées, mais Leucade ne semblait peuplée que de femmes honnêtes ou prudentes. Dans les îles, où tout se sait fatalement, on ne plaisante pas avec ces choses-là ! Au demeurant, sa timidité maladive, qui lui compliquait déjà la tâche avec ses patientes, lui interdisait d'esquisser la moindre idylle avec l'une d'entre elles.

Le temps passait, et Diane s'acheminait doucement vers la délivrance. Son état était parfaitement apparent désormais, et lui valait la sollicitude des matrones du village. On s'inquiétait de ses nausées, de ses vertiges, de son appétit, de ses fameuses « envies » de femmes enceintes auxquelles la superstition populaire attribue des sens cachés souvent loufoques. On avait des attentions gentilles : c'était un panier de fruits ou une langouste, ou un loup qu'on ne lui comptait pas, et qui viendraient améliorer l'ordinaire du docteur, et donc le sien. Les gens de l'île, qui lui auraient sans doute rendu la vie impossible si sa grossesse avait été réputée illégitime, s'évertuaient au contraire à lui être agréable, en sa prétendue qualité de veuve de guerre. Ainsi le malentendu était-il total.

L'enfant que Diane portait en elle, fruit d'un viol collectif perpétré par trois soldats ennemis, devenait un symbole hautement patriotique.

Diane laissait dire. Au fil du temps, son état d'esprit envers cet enfant évoluait. Passé le premier instant de surprise et de bonheur en découvrant qu'elle n'était pas stérile, elle avait eu ensuite horreur de lui. Mille fois elle avait revu en esprit les trois hommes qui avaient abusé d'elle. Elle avait revécu ces moments humiliants, les ricanements obscènes du caporal et de son complice, mais aussi la maladresse et la gêne du plus jeune, les excuses qu'il balbutiait à son oreille à l'instant même où il la pénétrait. L'enfant naîtrait de la semence d'un de ces hommes et selon qu'elle pensait à l'adolescent ou aux deux autres, des sentiments contradictoires s'agitaient en elle.

Son choix était fait : elle abandonnerait l'enfant dès sa naissance. A cette condition, elle pourrait regagner Athènes et reprendre auprès de Démosthène son ancienne vie... Non, même pas l'ancienne ! Ce serait une vie nouvelle qui commencerait, puisque la preuve était faite qu'elle pouvait être mère. Elle la garderait secrète, bien sûr, comme elle tairait ce viol. Elle ne pouvait imaginer qu'un médecin aussi respectable que Wilkinson ait menti délibérément en lui affirmant qu'elle ne pouvait avoir d'enfants. Il s'était trompé, voilà tout. Du coup, elle pouvait espérer que de nouveaux examens, suivis de traitements appropriés permettraient enfin à Démosthène de lui faire un enfant.

Parfois, elle songeait au jeune soldat, et un regret s'emparait d'elle à l'idée d'abandonner le futur bébé. Dans d'autres circonstances, elle aurait pu aimer ce jeune homme.

Tout en réfléchissant, dans un geste devenu familier, elle passait la main sur son ventre arrondi, en une caresse machinale, inconsciente. Si cet enfant était celui du jeune homme... Après tout, dans son autre vie, dans sa vraie vie d'Athénienne puissante et adulée, elle était riche ! Pourquoi ne s'occuperait-elle pas en secret de ce bébé ?

— Notre ami traverse une passe difficile, dit Basile. Nous devons tous l'aider. Un homme de sa valeur ne doit pas sombrer dans le désespoir et l'alcoolisme ! Ce serait une perte irréparable. Pour nous, et pour la Grèce.

— ... Et pour tes projets, fieffé manipulateur ! murmura Georges Bousphoron.

Il ajouta à haute voix :

— Je suis pessimiste. Je connais Démosthène depuis des années, depuis son arrivée à Athènes. J'ai été son chef de cabinet au ministère de l'Urbanisme, son suppléant à l'Assemblée, son directeur de campagne... La disparition de sa femme lui a porté un coup fatal. Il n'a plus de ressort. C'est terrible à dire, mais c'est un homme fini.

— Je ne suis pas d'accord. Un homme n'est pas fini tant qu'il a des amis influents, et il n'en manque pas : vous, moi, Périclès Hespéra, Ghélissa Tricoupis...

— Sans doute, mais beaucoup d'autres lui ont déjà tourné le dos. Des bruits fâcheux ont couru sur lui vers la fin de la guerre. Les déliyannistes se défient de lui, désormais.

— Mon cher, les déliyannistes ne comptent plus ! L'avenir est à Théotokis. La disgrâce de Démosthène auprès de Déliyannis constitue plutôt un atout... Qu'il s'agira de faire valoir !... Reprenez un peu de chablis ! Il est excellent.

Les deux hommes déjeunaient en tête-à-tête dans la luxueuse salle à manger de l'hôtel particulier de Basile

Apostolidès. En acceptant cette invitation, Georges Bousphoron se doutait bien que la conversation concernerait Démosthène, leur ami commun. A présent, il commençait à voir où le richissime marchand d'armes voulait en venir.

Georges Bousphoron prit le verre qu'un valet en perruque poudrée venait d'emplir à nouveau, et but une gorgée de vin.

— Une pure merveille !

— N'est-ce pas ? Voyons, vous avez assisté Démosthène dans la campagne de sa réélection à la boulê. Les récents événements, le brusque effondrement de son moral ont tout interrompu. Combien de temps vous faudrait-il pour tout relancer... Je précise que vous disposeriez de moyens considérables.

— J'entends bien. Mais cela n'est pas la seule question. Il y a aussi les alliances, l'affiliation à un parti. Les déliyannistes ont perdu tout crédit depuis la défaite. Et je doute qu'ils donnent leur aval à Démosthène !

Basile eut un geste d'insouciance.

— Nous nous en passerons ! Démosthène se présentera sous les couleurs de la nouvelle coalition gouvernementale.

Georges Bousphoron fronça les sourcils.

— Démosthène n'est pas précisément en odeur de sainteté auprès des tricoupistes, dont Georges-Nicolas Théotokis est le fils spirituel...

— Oui, oui, le fils spirituel... Mais ne mélangeons pas le spirituel et le politique. Vous oubliez l'influence de Ghélissa, la nièce de Charilaos Tricoupis ! Démosthène aura l'investiture des théotokistes, j'en fais mon affaire.

— Dans ce cas.

Bousphoron réfléchissait tout en mastiquant un délicieux morceau de turbot poché.

— Dans ce cas, reprit-il, tout pourrait s'arranger très vite. En quelques mois, Démosthène pourrait revenir en force sur la scène politique. Mais il faudrait bénéficier du travail déjà effectué dans la circonscription initialement choisie. Ainsi, nous ne partirions pas de zéro. Or, j'imagine qu'il s'y trouve déjà un théotokiste patenté !

— Nous le convaincrons de se retirer...

Malgré lui, Georges Bousphoron frissonna. Cette phrase paisiblement prononcée prenait dans la bouche de Basile

Apostolidès des allures de condamnation à mort. Basile dut s'en aviser, car il éclata d'un rire bon enfant.

— Ne vous méprenez pas, mon cher Bousphoron ! Nous expliquerons à ce monsieur qu'il rendra un grand service à son parti en renonçant à se présenter... Et il n'aura pas à se repentir de sa magnanimité ! Je peux compter sur vous ? Vous m'aiderez à remettre Démosthène en selle ? Vous l'assisterez dans sa prochaine campagne électorale ?

— Je ne demande pas mieux, si les problèmes que nous venons d'évoquer sont résolus. Mais un homme pourrait compromettre vos projets.

— Et lequel, s'il vous plaît ?

— Démosthène lui-même. Il n'a plus envie de vivre, de lutter.

Basile hocha la tête.

— Il faut lui proposer de bonnes raisons de le faire. Je saurai le motiver. Il acceptera de se battre à nouveau, croyez-moi.

En janvier 1898, alors qu'à Athènes des ouvriers engagés par Bousphoron repeignaient de frais la permanence électorale de Démosthène, Basile était à Leningrad. Un télégramme de sa correspondante sur place, la comtesse Kostroïevna, avait jeté le conseil d'administration de la compagnie d'armements Maüsenfeldt dans la plus vive inquiétude. Les contrats complémentaires de la première commande russe de deux cent mille fusils étaient remis en question. Les représentants du Creusot n'entendaient pas laisser à Maüsenfeldt la totalité du fabuleux marché que représentait la modernisation de l'armée russe. Les Français avaient pour eux les excellentes relations nouées depuis longtemps entre leurs administrateurs et quelques grands-ducs familiers du *gai Paris*... Boire ensemble dans la bottine de la même demoiselle favorise les négociations commerciales les plus délicates. Le réseau secret des fêtards avait fonctionné et Le Creusot était sur le point d'emporter les contrats promis jusqu'alors à Basile Apostolidès.

Le Grec ne se laissa pas faire. Trois jours après avoir reçu le télégramme de la Kostroïevna, il arrivait à Leningrad.

La comtesse l'attendait sur le quai de la gare. C'était une femme d'une quarantaine d'années, d'une exceptionnelle beauté et d'une intelligence aiguë. Ces deux atouts, joints à sa haute naissance, avaient fait d'elle une des personnalités les plus influentes de la cour de Russie. Basile l'avait rencontrée à l'occasion d'un bal, quelques années plus tôt. Entre ces deux êtres également pétris de dons et dénués de scrupules, l'entente avait été immédiate. Elle était devenue sa maîtresse et l'avait bientôt introduit dans les milieux les plus aptes à favoriser ses projets. Basile lui devait tout ce qu'il avait de crédit en Russie. Elle était trop fine pour s'aveugler sur les sentiments qu'il lui portait. Un homme comme lui aimait chaque fois que cela lui était utile. Pour sa part, elle l'aimait assez pour accepter de n'être pas la seule femme dans sa vie.

— Basile ! Vous voilà enfin !...

— J'arrive d'Athènes, ce n'est pas la porte à côté ! dit Basile en s'inclinant pour baiser la main de Nastassia.

— Imaginez mon inquiétude. L'affaire peut se conclure d'un instant à l'autre, dit-elle à voix basse.

— Rien n'est signé, au moins ?

— Non, mais cela ne saurait tarder !

— Si les Français n'ont pas le contrat en poche, rien n'est perdu ! Avez-vous pu m'obtenir un rendez-vous ?

Nastassia Kostroïevna acquiesça.

— Non sans peine ! En si peu de temps...

Basile poussa un soupir de soulagement.

— Vous seule pouviez l'obtenir aussi rapidement !

— Le général vous recevra cet après-midi. Vous avez juste le temps de déjeuner et de vous changer... Venez, ma voiture nous attend devant la gare.

Basile, qui faisait tout très vite et très bien, trouva le temps de remercier la comtesse à sa façon. A trois heures, la laissant rompue et heureuse dans son boudoir du palais Kostroïev, il se rendit au ministère de la Guerre. Il fut introduit auprès de l'ingénieur général Grïoudine, chef des Achats de matériel de l'armée impériale. Les deux hommes se connaissaient de longue date et se saluèrent avec cordialité. Rien dans leur attitude n'aurait pu faire deviner que Grïoudine venait de jouer à Basile un tour pendable. Il avait touché une confortable commission sur le premier marché conclu avec les armements Maüsenfeldt, étant entendu qu'il leur réserverait un droit de suite sur les marchés à venir. Or, il n'avait rien fait pour contrecarrer l'offensive du Creusot, appuyée par les grands-ducs. Au poste qu'il occupait, Grïoudine ne pouvait pas tout, mais il pouvait beaucoup. Gagner du temps, par exemple, afin de permettre à Basile de se retourner, lui aurait été relativement facile. Il n'avait pas bougé le petit doigt, et la comtesse Kostroïevna n'avait appris l'affaire que fort tard, et par d'autres sources. Dans d'autres milieux, ces choses-là se règlent à coups de poing, quand ce n'est pas à coups de revolver. Mais Basile Apostolidès semblait se soucier comme d'une guigne du préjudice que Grïoudine risquait de lui causer. Affable et souriant, il commença par s'enquérir de la santé de son interlocuteur, puis de celle de son épouse et de ses enfants.

— Je me souviens fort bien de votre aîné, Fédor... Un garçon remarquable ! Il est toujours cadet de la marine ?

— En effet ; il devrait décrocher bientôt son diplôme et son premier poste à la mer...

— La mer est une passion, chez lui. Quoi de plus beau ! Moi qui vous parle, j'ai un bateau !

— Vraiment ? demanda Grïoudine intrigué. Mais avec vos occupations...

— Voilà ! Vous avez deviné ! J'ai un bateau, d'ailleurs superbe, un yacht de trente mètres, magnifiquement gréé et aménagé... Et je ne monte pas à bord trois fois l'an ! Pas le temps, et cela me désole !

L'ingénieur général se carra plus confortablement dans son fauteuil. Basile Apostolidès n'avait pas fait le voyage d'Athènes à Leningrad pour bavarder de choses et d'autres. Tout ce que cet homme-là disait avait un sens. La raison de cette digression maritime se révélerait en son temps. Il suffisait de se montrer patient.

— Je ne peux pas me permettre de partir en croisière, reprit Basile. Dans mon métier, la situation évolue d'un jour à l'autre, d'une heure à l'autre ! On ne peut pas me joindre en mer, et si je ne suis pas prévenu à temps, c'est une catastrophe. Les marchés m'échappent alors que les fabrications sont déjà lancées, je perds des sommes énormes ! Ça vient encore de m'arriver. Il va me falloir renoncer à la plaisance !

Grïoudine se tenait coi. Il n'était pas sûr de comprendre quel message le Grec voulait lui faire passer. Basile s'était tu. L'ingénieur général ne pouvait rester silencieux plus longtemps.

— Comme c'est dommage ! dit-il prudemment.

— Oui, car j'aime la mer. Je suis né à Salonique, voyez-vous... Là-bas, on ne peut faire un pas sans apercevoir des mâtures par-dessus la ligne des toits, et mon enfance a été bercée par les récits des gens de mer... c'est la vie ! Vous ne connaîtriez pas un amateur susceptible d'acheter mon yacht ? Mais j'y pense !... Votre fils ! Bien sûr, il va naviguer sur un bateau de guerre, mais enfin, pour un jeune et brillant officier, posséder un bateau de plaisance... Cela vous donne du poids. Sa carrière serait grandement facilitée s'il pouvait inviter ses camarades ou même ses supérieurs à faire une croisière à bord...

Grïoudine leva les yeux au ciel.

— Comme vous y allez, monsieur Apostolidès ! Fédor n'est encore que cadet. Pour l'instant, son éducation me coûte une fortune : les cours, les uniformes, l'argent de poche...

— J'entends bien, général, mais mon yacht n'est pas cher.

— Pas cher ? Un yacht de trente mètres ?

— Trente et un mètres, très exactement. Et pour une personne sympathique, je serais disposé à le céder pour trente et un roubles.

Grïoudine faillit s'étrangler de saisissement. Cette fois, il avait compris.

— Mais... qu'appelez-vous une personne sympathique ?

Basile eut un geste vague.

— ... Une personne arrangeante, voilà, arrangeante, c'est le mot ! Supposons que je me trouve dans un grand embarras, et que cette personne m'aide à m'en tirer. Eh bien, je n'hésiterais pas à lui donner la préférence à l'instant de mettre mon yacht en vente !

Grïoudine se triturait le nez à l'arracher. L'ingénieur général avait une faiblesse, c'était un père aimant et tendre. Il imaginait son Fédor, son aîné, la prunelle de ses yeux, paradant en tenue d'été sur son yacht personnel au large de la Crimée, entouré de camarades choisis parmi les cadets des meilleures familles et de délicieuses jeunes filles richement dotées... C'est qu'il faudrait songer un de ces jours à le marier ! Et les belles-mères potentielles sont mieux disposées vis-à-vis du propriétaire d'un yacht de trente et un mètres.

Grïoudine secoua la tête avec embarras.

— Mon pouvoir n'est pas illimité... Dans une affaire récente, par exemple, j'ai dû m'incliner devant la volonté de certaines personnes proches de Sa Majesté !

Basile se fit apaisant.

— Bien entendu ! Mais parfois, il suffit tout simplement de disposer d'un peu de temps.

— Combien de temps ?

— Une dizaine de jours m'aideraient à rétablir une situation compromise.

Grïoudine ouvrit un tiroir de son bureau et en sortit un épais dossier. Il le consulta, et poussa un soupir.

— Je pourrais envisager de rédiger très vite un rapport dans lequel je réclamerais une nouvelle batterie de tests, dit-il à mi-voix.

— Voilà une excellente idée ! On n'est jamais assez prudent, dans ce genre d'affaire. Il s'agit de la sécurité de l'Empire !

Grïoudine haussa les épaules.

— Ne vous méprenez pas, monsieur Apostolidès. Ces tests n'auront jamais lieu : on me rappellera à l'ordre, et mon rapport ira tout droit à la poubelle.

— Ça prendra bien dix jours ?

— Sans doute.

— Dix jours ! Je mettrai mon yacht en vente dans dix jours... Et selon l'évolution de cette affaire, il vaudra trente et un roubles, ou il en vaudra trente et un mille. J'ai été heureux de m'entretenir avec vous, général. Veuillez transmettre mes hommages à votre femme. Et saluez de ma part votre fils Fédor. Il m'a fait l'impression d'un jeune homme remarquable !

Trois jours plus tard, au cours d'un dîner, le grand-duc Youri apprit une triste nouvelle. Un voyageur arrivant de

Paris lui parla de la petite Odette. Elle allait très mal. La petite Odette exerçait chez Mme Lambert, rue de Provence, le plus vieux métier du monde. Elle était brune, potelée, avec de grands yeux noisette et un joli petit nez retroussé. Surtout, elle était *rigolote,* comme disent les Français. Son entrain et sa joyeuse audace avaient fait la joie du prince lors de son dernier séjour à Paris. Il fronça les sourcils, et prit le voyageur à part pour lui demander des précisions sur la santé d'Odette. Elle était à la Salpêtrière. On la traitait aux sels de mercure. Youri blêmit. Les sels mercuriques étaient alors un des seuls remèdes, d'ailleurs bien illusoires, dont on disposât contre la syphilis. Ce soir-là, il prit congé plus tôt qu'à l'ordinaire, et le lendemain, à la première heure, il faisait mander son médecin qui s'efforça de le rassurer : aucun chancre n'était détectable sur ses nobles muqueuses, aucun symptôme décelable pour l'instant. Cependant, l'homme de l'art prit ses précautions ; le chancre syphilitique apparaît généralement après quinze à trente jours d'incubation, et cicatrise de lui-même en six semaines environ. L'ennemi était peut-être dans la place.

Le grand-duc, fort inquiet, voua Mme Lambert, Odette et tous ses compagnons de plaisir parisiens aux flammes de l'enfer. Le soir même, au Cercle impérial, il rencontra Jacques de Maussignon, un des fondés de pouvoir du Creusot à Leningrad, et il lui battit froid. C'était ce foutu Français qui l'avait entraîné rue de Provence. C'était à lui qu'il devait d'avoir rencontré Odette, et peut-être d'avoir contracté l'horrible maladie. Quand arriva sur son bureau le rapport de l'ingénieur général Grïoudine demandant complément d'informations avant la conclusion des contrats en attente, il l'approuva d'une plume rageuse. Il aurait dû se méfier de ces Français dissolus et sournois, pourris jusqu'à la moelle ! Et quand la comtesse Kostroïevna sollicita de lui une entrevue pour Basile Apostolidès, il la lui accorda volontiers.

Le chargé d'affaires des armements Maüsenfeldt, vieille et respectable firme autrichienne, entra dans le bureau de Youri à onze heures du matin et en ressortit à midi et demi. Les deux hommes avaient abondamment parlé. D'armes et de munitions, de garanties et de tarifs, bien sûr, puisqu'ils étaient là pour ça. Mais aussi, et fort librement, de femmes et de plaisirs. Car le sujet était venu sur le tapis tout naturellement, et ce Basile Apostolidès paraissait s'y entendre au moins autant que Youri lui-même. Ne connaissait-il pas certaines adresses, à Paris, à Londres, à Rome, à Berlin, où l'on pouvait, moyennant finances, rencontrer d'authentiques jeunes filles ? Pas des demis, ou des quarts de vierges ravaudées à coup d'aiguilles ou de lotions astringentes, mais de vraies innocentes, présentant toutes les garanties de parfaite santé. Bien sûr, ce n'était pas donné ; ces petites se constituaient leur dot en une nuit. Mais quelle sécurité, quelle tranquillité d'esprit ! Ces choses-là n'avaient pas de prix. Ledit Apostolidès, d'ailleurs impeccable homme du monde bien que grec, poussa l'amabilité jusqu'à communiquer à Youri ces adresses, accompagnées des mots de passe sans lesquels il n'aurait servi à rien de les connaître.

Un tel service en valait bien un autre, et Youri n'eut aucun scrupule à oublier, au profit de Basile, les promesses faites naguère à Maussignon. Les armements Maüsenfeldt héritèrent de trois commandes fermes, portant au total sur quatre cent mille fusils et trois cents pièces d'artillerie de divers calibres, le tout assorti des munitions correspondantes.

Cette histoire trouva son épilogue quelques mois plus tard à Paris, chez Maxim's. Dînant dans le célèbre restaurant en compagnie de l'ambassadeur de Russie et d'un représentant du Quai d'Orsay, Youri aperçut Odette à une table voisine. Tendrement penchée vers l'héritier d'un grand nom britannique, la jeune femme paraissait en excellente forme. Sa beauté avait même quelque chose d'éclatant qu'elle n'avait pas naguère.

Youri se pencha vers le ministre plénipotentiaire de Russie.

— Dites-moi, mon cher, je ne rêve pas, c'est bien Odette ? On m'avait dit qu'elle était malade...

— Odette, malade ? Pensez-vous ! Elle vient de rentrer d'Angleterre, où elle a passé un an. Savez-vous qu'elle a décroché le gros lot ? Elle a épousé ce jeune rosbif, outrageusement titré et millionnaire en livres sterling. Tant mieux pour elle, c'est une brave gosse... Et puis le bougre ne doit pas s'ennuyer !

A la surprise de son interlocuteur, Youri éclata de rire. Ainsi, il n'y avait jamais eu de Salpêtrière ni de sels mercuriques. Il connaissait mieux Basile Apostolidès et devinait que le Grec avait monté toute cette histoire. Le coup était joliment joué, et Youri était rassuré sur sa propre santé. Et puis les adresses de Basile n'étaient pas en trompe-l'œil, elles. Youri avait passé une nuit charmante, en compagnie d'une vraie jeune fille dans une totale tranquillité d'esprit.

A la mi-décembre 1897, Lysias ordonna à Diane de cesser tout travail domestique et de s'aliter, afin d'attendre sa délivrance dans les meilleures conditions de sécurité. Dans le même temps, il écrivit à Vélakion. Selon toute probabilité, Diane accoucherait vers le milieu de janvier. Il était convenu que le vieux médecin viendrait l'assister lui-même. Il serait bon qu'il fût à Leucade dans la première semaine du mois, afin de parer à toute éventualité.

Cela faisait maintenant près de cinq mois que Diane était entrée au service de Lysias. Le temps n'avait pas dissipé la gêne qui s'était instaurée entre eux dès le début. Au contraire, les choses n'avaient fait qu'empirer. Les attentions embarrassantes de Lysias à son égard, les regards insistants qu'il lui coulait, ses bouderies puériles, tout en lui horripilait la jeune femme. Il avait beau se montrer d'une correction irréprochable, elle devinait son trouble, et son attitude lui était plus pénible que s'il l'avait accablée d'invites explicites. Depuis qu'elle gardait la chambre, il la tenait à sa merci. A toute heure du jour, il entrait chez elle pour lui demander si tout allait bien, lui proposer de l'eau fraîche, ou de la lecture, ou un oreiller supplémentaire. Il veillait sur elle comme ne l'aurait pas fait un véritable époux, et cette sollicitude excessive, déplacée, plongeait Diane dans des fureurs muettes. Sans même s'en rendre compte, il se posait en père adoptif de l'enfant à naître. Elle se retenait à grand-peine de l'envoyer au diable, mais une telle attitude aurait rendu la situation encore plus épineuse. Pour le tenir à distance, elle avait trouvé un subterfuge. Quand elle entendait son pas dans le couloir, elle se dépêchait de poser son livre ou son tricot, elle s'enfouissait sous les draps et feignait de dormir. Elle entendait le grincement de la porte, les pas de Lysias sur le plancher de la chambre. Il s'immobilisait à proximité du lit, et restait là, longtemps parfois, à la regarder dormir. Enfin, il se retirait sur la pointe des pieds. Ouf ! Elle émergeait de son abri étouffant, aspirait un bon bol d'air, et reprenait ses occupations.

Dans la modeste bibliothèque de Lysias, elle avait trouvé un recueil de poèmes de Démosthène. Elle l'avait relu une première fois, très émue. Puis elle y était revenue de temps à autre, et peu à peu son jugement sur le talent de son mari s'était modifié. Bien entendu, la technique de Démosthène était éblouissante, il avait l'art de renouveler les images les plus convenues. Mais c'était l'usage qu'il faisait de ces dons éclatants qui laissait Diane de plus en plus perplexe. Il chantait la cause de son peuple, il dénonçait le joug turc, appelait à la renaissance d'une culture plusieurs fois millénaire, mais il n'y avait rien, ou presque rien de personnel dans ses vers splendidement rythmés. Une évidence s'imposa à elle : Démosthène était un poète académique. La moindre chanson des rues renfermait plus de vraie poésie que ses tirades enfiévrées. Cette découverte l'attrista. Mais elle se dit qu'après leurs retrouvailles, elle le pousserait à créer enfin l'œuvre originale et forte qu'il portait en lui. Il en avait les moyens.

Le 10 janvier, en fin de soirée, Diane fut prise des premières douleurs. Un sentiment de panique s'empara d'elle. Une lettre de Vélakion annonçait son arrivée à Leucade le 12. Or, Diane ne voulait pas être accouchée par un autre que lui. Elle ressentait une véritable affection pour ce bon génie, ce père bienveillant. Lysias était médecin lui aussi, mais l'idée qu'il assistât à l'accouchement, qu'il portât ses mains sur elle, révulsait Diane. Elle aurait préféré se livrer à Malvina, la matrone de l'île, dont les doigts noirs de crasse avaient dû, avant l'installation de

Lysias, tuer à peu près autant de jeunes mères qu'ils en avaient délivré.

Dans la solitude de sa chambre, Diane serra les dents et résolut d'attendre Vélakion. D'après ce qu'elle savait, un laps de temps assez long pouvait s'écouler entre les premières douleurs et l'accouchement.

Le temps était à l'orage. La mer, que Diane apercevait de sa fenêtre, déferlait déjà en rouleaux rageurs sur le rivage. Une tempête se préparait. Tous les pêcheurs étaient rentrés en début d'après-midi, et ils avaient tiré sur le rivage les embarcations dont la taille le permettait. Profitant d'une accalmie de la tempête qui se préparait dans ses flancs, Diane se leva et alla jusqu'à la fenêtre. Dans le village, on commençait à fermer les volets, à rentrer les chaises de paille qu'on laissait d'habitude dehors pour la nuit. Les mères appelaient les gosses au logis et houspillaient les retardataires. Leucade faisait le gros dos à l'approche de la tourmente.

Diane regagna son lit. L'heure du dîner approchait. Depuis quelques semaines, c'était Lysias qui le préparait. Il avait d'abord prétendu l'apporter à Diane dans sa chambre, mais elle avait refusé, et tenait à descendre manger dans la salle commune. L'inaction lui pesait. Elle aurait encore pu se rendre utile malgré sa grossesse avancée, mais il lui interdisait de toucher à un balai ou à une casserole. Ce repos forcé avait au moins un avantage : ils mangeaient mieux. Lysias était bien meilleur cuisinier que sa cuisinière !

Elle lut encore quelques pages d'un roman de Balzac, distraitement, attentive surtout aux mouvements de l'enfant dans son ventre, et à la réapparition inéluctable des contractions. Elle ne se faisait guère d'illusions. Il y avait de grandes chances pour que Vélakion arrivât trop tard. Il ne débarquerait sur l'île qu'après-demain matin ! Elle calcula le nombre d'heures qu'il restait à attendre, et cette échéance lui parut désespérément éloignée, inaccessible. Elle se mordit les lèvres. Elle allait devoir accoucher avec l'aide de Lysias... Ou bien, si l'enfant se présentait cette nuit ou la prochaine, elle essaierait de se passer de l'infirme. A cette idée, elle reprit espoir. Oui, elle accoucherait seule ! Comment font les animaux ? Les femelles se débrouillent, non ? Oui, mais l'instinct les guide, tandis que les femmes, depuis toujours, attendent leur salut d'un médecin, ou d'une sage-femme. Eh bien elle essaierait, elle ferait de son mieux, et si vraiment le besoin s'en faisait sentir, alors seulement, elle appellerait Lysias.

Elle consulta sa montre. L'heure du repas était venue. Elle se leva. Elle se sentait lourde. Elle fit quelques pas. Ça allait encore. Pour combien de temps ? Elle sortit de sa chambre et s'engagea avec précaution dans l'escalier.

— Ah, Diane ! Vous voilà. Comment vous sentez-vous ?

Lysias se tenait dans la salle à manger. Il avait disposé le couvert. Sur la table, entre une miche de pain et une bouteille de vin, un ragoût de mouton et d'aubergines fumait dans la cocotte.

— Bien, bien... dit-elle.

— Peut-être avons-nous calculé large, avec l'ami Vélakion. Le 12, finalement, c'est un peu loin ! Mais ne vous inquiétez pas, je suis là !

— Je ne m'inquiète pas.

— Parfait ! Toujours pas de contractions ? Si vous perdiez les eaux, il faudrait m'appeler immédiatement, n'est-ce pas ?

— Vous me l'avez dit au moins cent fois en trois jours, docteur.

— C'est vrai, je radote ! Mais il faut me comprendre... Des enfants, j'en ai vu naître quelques-uns, pendant mes études à Athènes, et ici ! Mais celui-là, c'est autre chose ; il va naître dans ma maison, et puis c'est le vôtre, et ça change tout !... Ça va me faire tout drôle !... Un peu comme si c'était le mien, acheva-t-il à mi-voix.

Diane feignit de ne pas entendre ces derniers mots.

— Ça sent bon ! dit-elle en désignant la cocotte.

— Vous avez faim ? Tant mieux ! Allons, prenez place. J'ai aussi préparé quelques feuilles de vigne farcies, et la mère Théangoulis m'a apporté des pâtisseries au miel, comme vous les aimez.

Il lui présenta une chaise. Au moment où elle s'asseyait, elle faillit crier. Un spasme, plus violent que ceux de tout à l'heure, la plia en deux.

— Diane ! Que se passe-t-il ?

Elle se laissa tomber sur la chaise.

— Cela n'est rien, docteur.

Elle se força à manger, de peur d'éveiller les soupçons de Lysias. Pour sa part, il dévorait, sans cesser de la couver des yeux. C'était le plus pénible, pour elle, cette adoration, d'ailleurs ombrageuse, qu'elle lisait dans son regard.

Elle vint à bout de son assiettée de ragoût. Il voulut la servir à nouveau. Elle eut toutes les peines du monde à l'en dissuader.

— Ce n'était pas bon ? Trop salé, peut-être ? Ou trop gras ?

— Non, non, c'était excellent, je vous assure... Simplement je n'ai plus faim, avoua-t-elle.

— Et ces gâteaux au miel... Vous les adorez ! Vous allez bien en manger un.

— Non, merci, vraiment.

— Un petit, pour me faire plaisir...

Tout à coup, la Diane hautaine et capricieuse de naguère se réveilla.

— Mais fichez-moi la paix, avec vos pâtisseries ! Ce n'est tout de même pas difficile à comprendre : je n'en ai pas envie !

Le visage de Lysias se ferma.

— Pardonnez-moi, dit-il sur un ton glacial. Je ne voulais pas... Je voulais seulement...

Prise de remords, elle s'excusa à son tour.

— Je sais, docteur... C'est à vous de me pardonner. Je suis nerveuse. C'est le temps, sans doute, cette tempête qui se prépare...

— Bien sûr, vous ne voulez pas de gâteaux, c'est clair. J'ai été stupide d'insister.

Il avait pris sa voix des mauvais jours, boudeuse, amère. Diane se retint de lever les yeux au ciel. Parti comme il était, ce n'était pas la peine d'en rajouter.

Il tendit la main vers l'assiette de gâteaux et en prit un gros, dégouttant de miel et de graisse. Il le plaqua rageusement sur son assiette, et entreprit de l'émietter du bout de sa fourchette.

— Je comprends, lança-t-il, c'est une nourriture grossière, pas de la pâtisserie fine. Ça ne fait rien, c'est bien assez bon pour moi ! Quand j'étais gosse, à Patras, on aurait été contents d'en manger des comme ça... Mais pour une dame, évidemment, c'est autre chose.

— Ce n'est pas la question... Vous l'avez dit vous-même, d'habitude, je me rue dessus ! Mais ce soir...

— Quoi, ce soir ? Qu'est-ce qu'il y a ce soir ?

Diane s'arma de patience.

— Ce soir je n'ai pas très faim, dit-elle d'une voix douce.

— Bon, bon, j'ai compris, vous n'avez pas faim, on ne va pas en faire un plat !

La patience de Diane vola en éclats.

— Mais c'est vous qui en faites un plat !

— Moi, j'en fais un plat ? C'est la meilleure !

En un éclair, tout le ridicule et l'odieux de la situation apparurent à Diane. Ce type, ce minable petit médecin de cambrousse qui n'avait aucun droit sur elle, lui faisait une scène de ménage.

Elle se leva, et s'inclina brièvement, avec dans les yeux une lueur d'ironie meurtrière.

— Pardonnez-moi, docteur, je me sens un peu lasse. Je vais me retirer. Bonsoir !

Lysias avait saisi l'expression de son regard. Ses joues s'empourprèrent. Il se sentit misérable, humilié jusqu'au fond de l'âme.

— Bonsoir, balbutia-t-il. N'hésitez pas à m'appeler si...

Sans répondre, elle se détourna et quitta la pièce, le laissant désemparé et furieux contre lui-même.

Après son départ, il resta immobile devant son gâteau au miel massacré et poussa un profond soupir. Il se traita de rustre, d'imbécile et de pauvre type. Il aimait cette femme, il aurait tout donné pour qu'elle lui rendît son amour, et il ne parvenait qu'à l'ennuyer, à l'agacer, à lui gâcher la vie à force de petites querelles mesquines. Mais qui était-il, aussi, pour prétendre lui plaire ? Un médecin qu'on payait en courgettes et en poissons ! Ah, le beau parti. Son vieux complexe d'infériorité, né de son infirmité, revenait à la surface. Comment Diane aurait-elle pu s'intéresser à un bossu ? Les belles femmes s'allient aux hommes beaux, c'est une loi de la nature, une loi biologique, et il faut, pour qu'une femme consente à l'enfreindre, qu'elle pressente dans un homme laid une puissance sexuelle ou intellectuelle hors du commun, ou une exceptionnelle aptitude à se tailler une place au soleil. Mais lui, non content de sa bosse et de sa médiocrité, il fallait encore qu'il se montre désagréable !

Il attira à lui la bouteille de vin. Négligeant de se servir d'un verre, il but une longue rasade au goulot. Le vin ! Dans ses moments de dépression et de découragement, il s'assommait de vin. Celui de l'île n'était pas fameux, mais il soûlait aussi bien qu'un autre. Avant l'arrivée de Diane à Leucade, Lysias Eudémion se soûlait à mort de temps en temps, tout seul, au retsina. Transfiguré par la présence de la jeune femme dans sa maison, il était sobre depuis des mois. Eh bien, il allait rattraper le temps perdu !

D'un revers de la main, il repoussa les couverts et les plats afin de faire place nette devant lui, ne laissant que la bouteille et son verre. La bouteille était loin d'être vide, pourtant il se leva pour aller en chercher une autre, qu'il déboucha à l'avance et posa sur la table. Puis il s'assit, et entreprit de régler son compte à la première.

Dans l'obscurité, Diane se redressa, s'adossa à la tête du lit, et tendit une main tremblante vers la boîte d'allumettes posée à côté du bougeoir sur la table de nuit.

Elle craqua une allumette et alluma la bougie. Haletante, indécise, elle contemplait la flamme dansante. Elle avait mal, et elle avait peur. Des vagues de fond se levaient en elle. La douleur naissait, s'affirmait, l'envahissait, montait en un crescendo rapide, et s'apaisait, laissant Diane le cœur battant, trempée de sueur entre ses draps. Elle n'en doutait plus : le travail avait commencé. Elle comprit que cette souffrance atroce n'était rien à côté de ce qui allait venir, et toutes ses belles résolutions s'effondrèrent. Accoucher seule ? Affronter seule cette terrifiante marée qui l'envahissait ? Sottise ! Enfantillages ! Car la douleur n'était pas tout. D'horribles souvenirs de conversations entre femmes lui revenaient en mémoire. Un accouchement pouvait être mortel, surtout la première fois... Qui donc lui avait parlé de cette jeune femme qui s'était littéralement, inexorablement vidée de son sang ? Ghélissa ? Non, la bienheureuse Ghélissa avait accouché « comme une fleur », aimait-elle répéter. Ghélissa avait des hanches de jument ! Forte de son expérience, elle considérait qu'un accouchement n'était rien, que seules des petites natures en faisaient une affaire. Non, c'était Moussa, Moussa Karvallos, née Béryllakis, une des plus jolies femmes d'Athènes. Après la difficile naissance de son fils, elle s'était plu à épouvanter toutes ses amies avec des anecdotes glanées à la clinique : hémorragies incontrôlables, accouchements par le siège, bébés monstrueux qu'il fallait découper en morceaux à l'intérieur du corps de la mère... Diane s'efforça de chasser ces histoires de son esprit. Elle y parvint d'abord à la faveur d'une accalmie. Mais à la première annonce d'une série de contractions, elles s'imposèrent à elle de nouveau. Et même si tout se passait bien — bien, c'est-à-dire dans d'abominables souffrances ! —, il resterait le bébé. Qu'est-ce qu'il fallait lui faire, au bébé ? Elle n'en avait qu'une très vague idée. On leur claquait les fesses, pour qu'ils crient. Et si l'on tapait trop fort ? Et s'il refusait de crier ? S'il s'étranglait ? S'il étouffait ? Et puis il y avait le cordon ombilical... Le couper, mais à quelle longueur ? Tout ça lui paraissait terrible. Elle chercha sous son oreiller son mouchoir déjà trempé, et essuya la sueur qui coulait sur son front, ses joues et son cou. Quand la contraction toucha à son point culminant, elle serra entre ses dents cette boule de tissu humide pour ne pas crier. Enfin, la douleur décrût, et elle ouvrit la bouche. Le mouchoir tomba sur sa poitrine. Elle secoua la tête. C'était trop dur. Des paysannes, des sauvageonnes pouvaient sans doute accoucher seules, mais pas elle. Cette constatation l'humilia, fugitivement, puis elle haussa les épaules. Qui le lui demandait ? Il y avait un médecin dans la maison. Elle allait mettre son orgueil dans sa poche et faire appel à lui. Il la verrait nue, ouverte, empoissée de sang, et alors ? Toutes les femmes, les femmes des pêcheurs de Leucade comme les aristocrates athéniennes, sont faites de la même manière.

Elle quitta son lit, enfila des mules, et marcha avec peine jusqu'à la porte qu'elle ouvrit. La chambre de Lysias donnait sur le même couloir que la sienne. Une grimace déforma son visage : une nouvelle contraction s'annonçait. Elle parcourut quelques mètres et frappa à la porte du médecin.

— Docteur ?

Depuis quelques instants, Diane frappait en vain à la porte de la chambre de Lysias. Pourtant, à cette heure-ci, il aurait dû être couché... La jeune femme se tourna vers l'extrémité du couloir. Un rai de lumière filtrait au-dessous de la porte de l'escalier. Lysias devait être en bas, dans la salle commune. Diane s'y rendit.

— Docteur ?

Un ronflement sonore répondit à son appel. Lysias dormait, assis à sa place à table, le buste penché en avant, la tête dans les bras. Il n'avait pas débarrassé les reliefs du repas, et trois bouteilles vides trônaient devant lui. Diane remarqua qu'il avait répandu du vin en buvant. L'inquiétude s'empara d'elle. Elle s'approcha et posa la main sur l'épaule du dormeur.

— Docteur... Réveillez-vous, je vous en prie.

Lysias ne broncha pas. Sa respiration était lourde. Diane accentua la pression de sa main, et éleva la voix.

— Docteur ! Docteur ! Il faut vous réveiller !

Il eut un brusque mouvement d'épaule, comme pour chasser une mouche importune, puis il se cala mieux sa tête entre ses bras. Sa bouche laissa échapper un bredouillement inintelligible. Il n'avait même pas ouvert un œil.

— Docteur !

Cette fois, Diane avait crié. Un spasme brutal lui tordait les entrailles. Si elle ne s'était pas retenue, elle aurait frappé Lysias. Elle allait accoucher, elle souffrait, elle mourait de peur devant le travail mystérieux qui s'accomplissait en elle, et le seul homme de l'île capable de lui venir en aide avait choisi ce moment-là pour se soûler !

Elle resserra son étreinte, et lui secoua frénétiquement l'épaule.

— Réveillez-vous !

Il grogna, se redressa, et ouvrit les yeux.

— Hein ? Quoi ?

— Je crois que c'est commencé, dit-elle.

Il la dévisagea d'un air stupide.

— Qu'est-ce qui est commencé ?

Elle maîtrisa à grand-peine son envie de le gifler.

— L'accouchement, docteur, mon accouchement ! J'ai des contractions de plus en plus douloureuses...

— Vous vous faites des idées... Pas avant après-demain... Et d'abord, Vélakion n'est pas là !

Il balbutiait et avalait les mots. En dépit de ses efforts pour garder les yeux ouverts, ses paupières retombaient irrésistiblement.

— Vélakion arrive après-demain, je sais ! Mais l'enfant est là, ou presque ! lui cria-t-elle dans l'oreille.

Il sursauta, se frotta les yeux, tendit la main vers la seule bouteille qui ne fût pas encore tout à fait vide, et avala une grande lampée de vin.

— ... Faites des idées ! grogna-t-il après avoir éructé. Toutes les mêmes ! Premier petit bobo, hop, elles s'imaginent que ça y est ! Feriez mieux d'aller vous coucher ! Ça viendra quand ça viendra.

Il saisit la bouteille à nouveau. Diane la lui arracha des mains.

— Vous avez assez bu comme ça ! Et ce ne sont pas des petits bobos ! Je souffre ! Je le sens, ça commence ! C'est pour de bon !

Dans la cervelle de l'infirme, la sourde rancune qui s'était accumulée au fil des mois devant la froideur, ou tout au moins la réserve de Diane, ne trouvait plus aucun frein. L'alcool avait anesthésié sa dignité. Il repoussa Diane d'une bourrade et récupéra la bouteille.

— Elle va pas m'emmerder, celle-là, hein ? Parce que

le marmot a bougé un orteil, j'aurais pas le droit de boire un petit coup ? Non mais ! Qu'est-ce qu'elle croit ?

Il porta le goulot à sa bouche, et avala d'un trait ce qui restait de vin. Puis il reposa brutalement la bouteille sur la table et s'essuya les lèvres du revers de la main.

— Allez vous coucher, j'ai dit ! C'est pas encore pour maintenant... Et puis vous avez insisté pour que Vélakion revienne exprès de Patras pour vous accoucher. Moi, Lysias Eudémion, j'étais pas assez bien pour vous ! Un docteur de quatre sous... Juste bon pour les femmes du peuple, hein ? Pas assez titré pour porter ses mains sur vous ! Alors, vous attendrez Vélakion.

Il se leva avec peine et, une fois debout, dut se cramponner à la table pour ne pas tomber.

— Je vais m'en déboucher une petite... Ou tiens, non, c'est vous qui devriez y aller ! Vous êtes ma servante, après tout !... J'avais fini par l'oublier ! Je suis le maître et vous la servante... Faudrait pas confondre ! Alors allez me chercher une bouteille au cellier !

Diane tenta de le raisonner.

— Vous avez assez bu, docteur. Vous n'êtes pas dans votre état normal... Je vous en supplie, passez-vous la tête sous l'eau, reprenez vos esprits, et examinez-moi ! Les douleurs sont de plus en plus précises...

— On va voir ça... Mais d'abord, un petit coup !

Il était beaucoup plus ivre qu'elle ne le pensait. Elle en eut la démonstration quand il lâcha la table et tenta de faire quelques pas. Ses jambes se dérobèrent, et il tomba de tout son long en jurant.

— Merde !... J'ai glissé !

— Vous n'avez pas glissé, lui lança Diane d'une voix dure. Vous êtes ivre !

Il leva vers elle des yeux injectés de sang. A la vue de ce regard, l'angoisse l'étreignit. Il était ivre mort, soûl perdu, bon à rien ! Dans cet état, il n'aurait pas été capable de soigner un genou écorché... Alors procéder à un accouchement ! Pourtant, elle n'avait pas encore perdu espoir de le dégriser.

— Eh ! Un peu de respect, s'il vous plaît ! se rebiffa l'ivrogne. Je ne sais pas ce que vous faisiez dans la vie avant d'entrer à mon service, madame Solikou ! Mais maintenant vous êtes ma servante, et vous me devez le respect !

Diane attendit que la contraction qui lui coupait le souffle eût disparu pour lui répondre.

— C'est vrai, docteur, veuillez m'excuser, dit-elle en ravalant sa colère et son orgueil blessé. Mais vous êtes... fatigué, et... et j'ai besoin de vous. Je vais accoucher ; il faut que vous m'aidiez. Je vais aller chercher un linge humide, pour vous humecter les tempes, et puis vous boirez un café très fort... Mais faites un effort, je vous en supplie !

Elle l'aida à se relever et à s'asseoir. Il se laissa faire. Satisfait de la reddition de Diane, il s'était momentanément calmé. Mais il dodelinait et paraissait sur le point de replonger dans son sommeil d'alcoolique.

— Ne dormez pas, je vous en prie !... Je reviens tout de suite !

Elle se hâta vers la cuisine. Son ventre la gênait, et elle redoutait l'apparition d'un nouveau spasme. Elle mit du café à chauffer, trempa une serviette dans un seau d'eau, et revint à Lysias. Il avait repris la posture dans laquelle elle l'avait trouvé en descendant et il ronflait.

Diane lui jeta le linge mouillé à la tête et le manqua. Elle s'écroula sur une chaise. Elle resta un moment prostrée, le dos rond, les mains entre les cuisses. Enfin, surmontant sa lassitude, elle se releva, retourna au fourneau, et remplaça la cafetière par une bassine pleine d'eau. Ensuite, elle ouvrit l'armoire à linge et se munit d'une brassée de serviettes propres qu'elle remonta dans sa chambre. Un peu plus tard, elle redescendit chercher la bassine.

Cette fois-ci, elle faillit s'évanouir en chemin. Il n'était que temps pour elle de se coucher et d'entamer sa bataille solitaire. Elle eut encore une pensée méprisante pour Lysias, puis elle l'oublia. Dehors, le vent hurlait, les vagues déferlaient sur la plage. Diane était au pied du mur, et elle n'avait plus peur.

Tard dans la matinée, Lysias souleva les paupières. Il les referma aussitôt en gémissant, incommodé par le mince rayon de soleil qui pénétrait dans la salle. Il jura, se racla la gorge, et se décida enfin à rouvrir les yeux en se faisant une visière de la main. Il aperçut les trois bouteilles vides, et il grimaça.

Il se mit debout et alla pousser les volets. Quand il fut accoutumé à la lumière, il laissa errer son regard autour de la pièce. La pendule marquait onze heures. La table n'avait pas été débarrassée. C'était une des dernières tâches qu'il laissait Diane accomplir. Elle n'était donc pas levée.

Ce fut à ce moment-là que les événements de la nuit lui revinrent en mémoire. Diane s'était plainte de douleurs. Mais il était trop tôt, et il ne l'avait pas prise au sérieux... Une vague inquiétude se fit jour dans son esprit. Pourquoi n'était-elle pas encore descendue ? Et si le travail avait vraiment commencé ? Il tenta de chasser cette pensée. Allons ! Vélakion avait lui-même calculé la date probable de l'accouchement, et prévu sa venue en conséquence ! Il haussa les épaules. Il avait déjà un patient à soigner : lui-même. Il tenait une de ces gueules de bois !

Il tituba jusqu'à la cuisine. Par chance, il restait du café. Il tisonna les braises du foyer, y ajouta quelques bûchettes et posa la cafetière sur le trépied de fonte. Comme il se redressait pour prendre un bol, son regard s'arrêta sur l'armoire à linge. Elle était ouverte, et l'étagère réservée aux serviettes était vide. Diane avait pris des serviettes... En pleine nuit !

En un éclair, il comprit la signification de ce geste. Il lâcha le bol et instantanément dessoulé, se précipita vers l'escalier dont il grimpa les marches quatre à quatre en criant le nom de Diane.

Le cœur de Lysias battait à se rompre. Un instant, il craignit le pire à la vue des linges ensanglantés et de la bassine d'eau rougeâtre qui traînaient au pied du lit. Seul, du fouillis des draps, émergeait le visage de Diane, un visage pâle, aux traits tirés, aux yeux clos.

Le jeune homme étouffa un gémissement d'animal blessé. Elle était morte, morte toute seule, par sa faute à lui, à cause de sa négligence d'ivrogne !

Il contourna la bassine et se pencha sur elle. Un mouvement d'espoir fou gonfla sa poitrine. Elle vivait ! Elle respirait ! Et, blotti contre elle, le nouveau-né respirait, lui aussi ! Ils dormaient tous les deux, brisés par cette double épreuve affrontée en commun : donner la vie, la recevoir.

Les jambes coupées, Lysias s'écroula sur une chaise près du lit. Il se signa, puis hésita à réveiller Diane. Comment allait-elle l'accueillir ? Cette nuit, il s'était conduit comme un misérable. Il avait failli au serment d'Hippocrate... Pire encore, il n'avait été d'aucun secours à cette femme qu'il aimait pourtant de toute son âme ! Mais il fallait qu'il sache comment s'était déroulé l'accouchement. Il fallait qu'il l'examine, pour estimer quels étaient les risques d'infection puerpérale. Il fallait aussi qu'il examine l'enfant, qu'il vérifie la ligature du cordon ombilical...

Il avança vers la joue de la jeune femme une main tremblante, sans oser la toucher.

— Diane ? Diane ?

Elle broncha dans son sommeil.

— Diane, c'est moi, Lysias... Réveillez-vous !

Elle ouvrit les yeux, le reconnut, le dévisagea sans lui sourire.

— Tiens ? C'est vous ? Bien dormi ? J'espère que la tempête ne vous a pas dérangé...

Il baissa les yeux. Chaque mot qu'elle prononçait d'une

voix faible et pourtant tranchante l'humiliait profondément.

— Il faut me pardonner, Diane... J'étais... soûl ! Abominablement soûl !

— Ce n'est rien. Nous nous sommes passés de vous, lui et moi !

— C'est un garçon ?

— Oui, dit-elle dans un souffle.

Par orgueil, elle omit délibérément de lui dire ce qu'avait été cette nuit. La douleur, la peur, l'affolement sans nom quand l'enfant s'était présenté, le sang qui poissait son ventre et ses mains et qu'elle ne parvenait plus à étancher, la bassine d'eau qui se renversait, et toujours la souffrance physique et l'angoisse de ne pas comprendre exactement ce qui se passait, à quel stade elle en était, la crainte de mal faire, de compromettre par un geste maladroit la vie de l'enfant et la sienne...

— Est-ce que vous avez coupé le...

— J'ai fait de mon mieux. Il fallait bien que je me débrouille !

— Je regrette... Je ne me rendais pas compte... Je croyais que vous en aviez encore pour deux jours de...

— N'en parlons plus ! coupa-t-elle. Je veux que vous l'examiniez, que vous regardiez si tout va bien.

Il hocha la tête.

— Tout de suite...

Très doucement, il dégagea l'enfant et le prit dans ses bras. Soulagé de renouer avec des gestes professionnels, il eut soin de lui maintenir la nuque en le posant sur la table, sur la dernière serviette intacte du lot que Diane avait monté.

Le nouveau-né était nu, et très imparfaitement lavé, mais il n'en était pas moins beau et sain. Lysias estima son poids à huit livres et quelques : un bébé magnifique, auquel rien ne manquait. Le cordon avait été correctement noué, Diane s'en était très bien tirée.

— Il est superbe ! Dites-moi, il a crié, à la naissance ?

— Avant même que j'aie eu le temps de lui claquer les fesses ! Et je vous jure qu'il a de la voix ! Il fallait vraiment que...

Diane n'acheva pas sa phrase. A quoi bon accabler

Lysias ? Il avait compris, d'ailleurs : il fallait qu'il ait été vraiment soûl pour ne rien entendre...

— Je vais le laver, dit-il. Et puis ce sera à votre tour.

— Je suis assez grande pour me laver toute seule !

— Excusez-moi, mais c'est absolument nécessaire. Accoucher n'est rien, en un sens... C'est ensuite, que le plus périlleux commence. Vous avez déjà entendu parler des fièvres puerpérales ?

— Bien sûr, mais...

Il retrouva son autorité professionnelle :

— Je vous le répète, c'est indispensable... A moins que cela ne vous soit égal de mourir d'ici quelques jours dans des souffrances atroces ! Tenez, reprenez le bébé... Je vais chercher mes instruments et préparer un bain antiseptique. Au fait, comment allez-vous l'appeler ?

Diane effleura de la bouche les lèvres du bébé endormi.

— Je... Je n'y ai pas encore pensé ! Il va falloir que j'y réfléchisse.

— Comme il est brun ! Alors que vous êtes blonde...

— Son père... Son père était très brun, dit-elle en détournant la tête.

Il toussota, et maudit en lui-même sa maladresse. Bien entendu, ce gosse devait être le portrait craché de son père mort à la guerre neuf mois plus tôt !

— Excusez-moi, dit-il avant de s'éclipser.

Le lendemain, vers dix heures du matin, Vélakion débarqua à Leucade. Lysias l'attendait sur le quai. Les deux hommes s'embrassèrent, puis Vélakion demanda des nouvelles de la future mère à son jeune confrère.

— La mère et l'enfant vont bien, dit Lysias.

— Comment ? C'est fait ? s'exclama Vélakion.

— C'est fait, et bien fait ! Un garçon magnifique, qui pesait plus de huit livres à la naissance... et qui est en passe de doubler ce poids !

— Un garçon ? Et quand est-il né ?

— Dans la nuit de jeudi à vendredi.

— Je croyais avoir calculé large !... Et tout s'est bien passé ?

— A merveille ! mentit Lysias.

Il avait supplié Diane de ne rien dire à Vélakion des

circonstances de l'accouchement. Il serait mort de honte si son vieux maître avait eu vent de son attitude. Elle avait accepté sans difficulté.

— Et tout va bien ? Pas de trace d'infection, pas de fièvre suspecte ?

Lysias se signa machinalement.

— Rien du tout. Elle se porte comme un charme. Mais ne vendons pas la peau de l'ours ; il est encore tôt.

— Tu as raison, l'approuva Vélakion. Il faut surveiller ça de près. L'enfant est baptisé ?

— Pas encore. Diane a tenu à vous attendre : elle veut que vous soyez le parrain.

— C'est gentil de sa part, mais c'est toi qui l'as accouchée. Il serait normal qu'il soit ton filleul...

— Elle le veut ainsi. Mais venez, le pope nous attend à la maison.

— Eh bien soit ! Allons-y !

Pendant le trajet, Lysias demeura silencieux. Vélakion n'y prit pas garde, plongé dans ses réflexions. Le fait qu'elle l'eût choisi pour être le parrain laissait présager qu'elle garderait l'enfant. Il était très croyant, et elle le savait. Elle ne lui aurait pas demandé de s'engager ainsi si elle avait eu l'intention de l'abandonner.

Il rompit le silence pour demander à Lysias quel prénom Diane avait choisi pour l'enfant.

Un seul : Alexandre. Elle prétend, avec humour, que ça l'aidera à avoir un destin !

Vélakion ne douta plus qu'elle eût résolu de garder le bébé et il s'en réjouit.

— Diane ! Ma chère enfant ! J'ai honte de mon pronostic erroné ! Heureusement, vous étiez en de bonnes mains... Tout s'est bien passé, m'a dit Lysias.

— Oui, oui...

Diane était couchée dans sa chambre. Tout près du lit, le bébé reposait dans un berceau d'osier que Lysias avait emprunté à une voisine. Le visage de la jeune femme s'était illuminé à la vue de Vélakion. Il se pencha sur elle, et l'embrassa paternellement.

— Vous avez bonne mine ! Pas de douleurs sourdes,

pas de fièvre ? Alors tout va bien ! Voyons ce petit chenapan...

Le vieux Vélakion aimait les bébés. Il prit Alexandre dans ses bras, le câlina et le tripota avec dextérité, non sans le jauger, entre deux caresses, de l'œil expérimenté du praticien. Quand enfin il le reposa, il était enchanté.

— Dieu sait si j'ai vu des chiards dans ma vie ! dit-il. Eh bien j'en ai rarement vu d'aussi bien bâtis... ni de plus sympathiques. Diane, toutes mes félicitations : vous avez là un fameux gaillard ! Qu'en pensez-vous, mon père ?

Le père Athanase, le pope de l'île, était un géant rigolard et malpropre. Les mauvaises langues prétendaient qu'il se lavait la figure les jours de baptême, les pieds les jours de mariage, et le reste les jours d'enterrement. Et le fait est qu'il avait les joues bien propres, aujourd'hui.

— Un fameux gaillard, je pense bien ! Presque aussi gros que moi à son âge ! Mais puisque le parrain est arrivé, allons-y !

Après la cérémonie, les assistants, auxquels s'étaient joints quelques voisins, déjeunèrent dans le jardin de Lysias. Le pope raconta plusieurs histoires, dont toutes n'étaient pas très édifiantes, mais qui firent beaucoup rire. Au milieu de cette joie, Vélakion observa que Diane paraissait avoir l'esprit ailleurs — spécialement quand Lysias lui adressait la parole. Des heurts s'étaient-ils produits entre eux pendant sa longue absence ? Il saisit la première occasion de prendre la jeune femme à part.

— Ce n'est pas le moment, mais il faudra que nous parlions de votre avenir.

Diane hocha la tête.

— Quand vous voudrez, docteur.

— Oh, rien ne presse. Je compte passer quelques jours ici.

Il se pencha sur le bébé et lui caressa la joue.

Martha Maüsenfeldt ouvrit un tiroir de son bureau et en tira une liasse de billets de banque. Elle la tendit à l'homme qui lui faisait face.

L'homme prit la liasse et l'enfouit dans la poche de son veston. Il se faisait appeler Albert Meulen. Il était né quarante ans plus tôt à Uxelles, en Belgique. Si on avait reconstitué son itinéraire au long de ces quarante années, on aurait buté sur de nombreux cadavres. Albert Meulen exerçait — avec talent — la délicate profession de tueur à gages.

— Le solde vous sera réglé après, comme convenu, dit Martha Maüsenfeldt. La personne en question ne se déplace jamais sans son garde du corps. Comptez-vous agir seul ?

Albert Meulen eut un geste évasif.

— Madame, ces détails-là me regardent.

— Excusez-moi... Eh bien, il me semble que nous avons fait le tour de la question. J'attends de vos nouvelles.

— Je vous en donnerai dans une quinzaine de jours, vers la fin de février, dit Albert Meulen en se levant pour prendre congé.

Un majordome le raccompagna à travers le parc. La propriété, située à une trentaine de kilomètres de Vienne, occupait une immense superficie. Une demi-douzaine d'exploitations alentour appartenaient aussi à Martha Maüsenfeldt.

Meulen gagna sans hâte le fiacre de location qui

l'attendait en bordure du haut mur d'enceinte hérissé de tessons de bouteilles. Le cocher l'aperçut, et sauta à bas de son siège.

— T'en as mis, un temps ! C'est réglé, au moins ?

— C'est réglé ! dit Meulen en tâtant la poche de sa veste.

— Alors, ça va !

Le cocher jeta le mégot de son cigare et ouvrit la portière du fiacre. Meulen prit place à l'intérieur.

— Où on va ?

— Retour à Vienne. On rend le fiacre, on passe à l'hôtel boucler nos valises et régler la note. Ensuite, direction Zurich.

Le cocher ne fit aucun commentaire. Il se hissa sur son siège. Aussitôt, l'attelage s'ébranla. Meulen se carra confortablement sur la banquette de cuir. Dans sa carrière, il avait fait équipe avec plusieurs types avant de rencontrer celui-là. Mais aucun n'avait réuni autant de qualités. Non content d'avoir des nerfs d'acier, une détermination et un courage physique à toute épreuve, il possédait le don rarissime de ne poser que des questions utiles. Les autres étaient toujours trop curieux. Ils voulaient savoir qui ils allaient assassiner, combien ça rapporterait, parfois même qui commanditait l'affaire et pourquoi. Tout ça, l'actuel compagnon de Meulen s'en fichait, du moment qu'il touchait sa part. Il suffisait de lui montrer le sujet à abattre et de lui dire exactement où, quand et comment il devait agir.

Les deux hommes avaient établi leur base à Paris. De là, ils sillonnaient le continent au hasard des contrats. Ils avaient des correspondants dans toutes les grandes villes d'Europe. Leur affaire était prospère. On ne rechignait pas à l'assassinat, en cette fin de siècle : règlements de comptes politiques et économiques, vengeances amoureuses, successions difficiles, ce n'étaient pas les raisons de tuer qui manquaient, et s'ils étaient chers les deux compères offraient de solides garanties d'efficacité et de discrétion.

L'associé de Meulen s'appelait Euripide Sporidès. Il s'agissait évidemment d'un nom d'emprunt, sans doute d'origine grecque. Meulen était grand et lourd, avec des bras de bûcheron et des épaules de lutteur, des cheveux blonds coupés court, un teint rougeaud. Sporidès, au contraire, était petit, sec, nerveux — il tuait avec ses nerfs plus qu'avec ses muscles. Il avait le teint mat, et ses cheveux noirs et bouclés, qu'il s'obstinait à porter trop longs, blanchissaient près des tempes. Meulen le soupçonnait d'être juif : qu'est-ce qu'un Grec qui ne se signe pas sinon un juif ? Mais juif ou pas, Albert Meulen s'en moquait ; c'était un plaisir de travailler avec lui.

Deux jours plus tard, le 14 février, ils étaient à Zurich. Ils descendirent dans un hôtel modeste, au bord de la Limmat. L'homme qu'ils devaient assassiner arriverait à Zurich le 16 et descendrait au Palace du Lac, d'après Martha Maüsenfeldt. Il n'en apprit pas davantage à Sporidès. L'attente joue un grand rôle dans la vie des tueurs à gages : attente d'un contrat, attente de la victime, attente du moment favorable... Ce n'est pas un métier pour les impatients !

Meulen faisait des réussites. Il aurait préféré des jeux de cartes moins innocents et moins solitaires, car c'était un flambeur acharné, mais sécurité oblige ! Sporidès, lui, aimait dessiner. Il avait toujours sur lui un carnet de croquis et une infinité de crayons qu'il taillait avec un soin maniaque, à l'aide du long couteau à la lame terriblement affûtée qui ne le quittait jamais. Il dessinait fort bien, d'un trait instinctif, et pouvait, au hasard d'une promenade, croquer n'importe quoi, un pont, un lavoir, un profil saisi dans la foule... Cependant il avait une prédilection marquée pour les monstres qu'il tirait de sa propre imagination : tout un bestiaire fantastique, une humanité de cauchemar qui faisait se dresser les cheveux sur la tête de Meulen.

— Qu'est-ce que t'as encore inventé ? Fais voir... Nom de Dieu, c'est dégueulasse ! T'es un vrai malade !

Euripide riait franchement.

— Ben quoi, c'est une femme-serpent qui se fait baiser par un homme-lion... C'est marrant, non ?

— Marrant... pour un foutu malade dans ton genre peut-être ! Si tu dessinais des belles poules bandantes, je pourrais comprendre...

— Bon, bon, je vais t'en dessiner une, attends !

Le Grec dessinait une femme nue, mais c'était plus fort que lui, sa « belle poule » avait un air sournois et des pieds de bouc du plus inquiétant effet.

— Mais c'est une diablesse ! s'écriait Meulen. Qu'est-ce que t'as donc dans la tête ?

— Ça m'amuse, c'est tout !

Le 16, après souper, Meulen se rendit seul à la gare. Le train du soir en provenance de Munich était annoncé. Le Belge alluma un havane, qu'il savoura à la terrasse de la buvette en sirotant un bock de bière. Il régla sa consommation immédiatement, de façon à n'être pas retardé quand le train entrerait en gare.

Depuis quelque temps déjà, Basile Apostolidès louait un pullman entier pour effectuer ses déplacements sur de longues distances. Parfois aussi il voyageait plus discrètement, mais il avait pris goût au confort de ces luxueuses voitures tapissées de bois vernis et tendues de velours de Gênes. Il s'installait là avec sa suite composée en général du jeune Adolf Haussermann, devenu son principal assistant, d'un garde du corps napolitain nommé Renzo Spumante, d'une secrétaire et d'un valet de chambre. De gare en gare, des télégrammes adressés aux quatre coins de l'Europe lui permettaient de continuer à traiter ses affaires et à gérer son empire naissant comme il l'aurait fait depuis le siège des armements Maüsenfeldt.

Son audacieuse politique commerciale portait des fruits assez juteux pour que le conseil d'administration de la firme lui laissât la bride sur le cou. Basile décrochait les marchés, le directeur technique Abel de Lancray avait redressé la productivité, et l'argent rentrait à flots dans les caisses. Déjà, le Grec avait racheté les parts de Hans-Varlam Holtzius, qui venait de se découvrir une phtisie galopante et n'entendait pas perdre en ennuyeuses séances de délibérations une seule seconde du peu de temps qu'il lui restait à vivre. Il s'était fixé à Tanger et dilapidait sa fortune en opium et en haschisch, en fêtes décadentes avec des gamins peu farouches.

Theodor Henduïjk, lui, n'avait qu'une religion : l'argent. Basile Apostolidès en rapportait des brassées, Basile

Apostolidès était béni ! Martha Maüsenfeldt et son féal Andreas Meyer touchaient jetons de présence et dividendes, et n'en pensaient pas moins. Basile ne se faisait aucune illusion : la veuve du fondateur n'avait rien oublié, rien pardonné. Elle essaierait un jour ou l'autre de venger l'affront infligé à son amant et de reprendre le contrôle de la firme. Basile s'attendait à cette confrontation, et s'y était préparé en fouillant dans le passé de Martha et de Meyer. Les premiers résultats de son enquête étaient prometteurs. A Vienne, quelques années plus tôt, une jeune danseuse de l'opéra, qu'Andreas Meyer fréquentait assidûment, était morte dans des circonstances mal éclaircies. C'était de ce côté-là qu'il fallait chercher.

Le 16 février 1898, Basile et son clan arrivèrent à Zurich en provenance de Munich. Un homme avait la haute main sur le commerce des armes dans le golfe Persique. Il s'appelait Paolo Andréani. Comme tous les grands trafiquants d'armes, c'était un oiseau migrateur. Il était de passage à Zurich, et Basile avait saisi cette occasion de le rencontrer et de tenter d'obtenir sa clientèle. Andréani travaillait depuis longtemps pour Démétrios Mascoulis. Une des ambitions secrètes de Basile consistait à déloger l'oncle de Diane de son trône de roi des armes dans les Balkans. Déjà, les deux hommes se trouvaient en concurrence ouverte sur ce terrain. Basile jugeait qu'il était temps de s'attaquer aux « dominions » de Démétrios. Son entrevue avec Andréani devait marquer le début d'une extension du conflit sur les théâtres extérieurs.

Le train s'arrêta. Dans le salon-fumoir du pullman, Renzo Spumante se leva, dépliant sa longue silhouette élastique.

— Je vais voir à quoi ressemble le quai, dit-il à Haussermann.

Celui-ci l'approuva d'un mouvement de tête. Renzo connaissait son métier : jamais Basile ne descendait d'un train en même temps que les autres voyageurs. Rien n'est plus propice à un attentat que la cohue d'un quai de gare. Bien à l'abri dans le wagon, il laissait donc le flot humain se déverser avant de sortir à son tour sur un quai désert, où la moindre présence hostile était aisément repérable.

Par un surcroît de précaution, le Napolitain tenait à examiner les lieux à l'avance.

— Par la même occasion, vérifiez que les voitures de louage sont bien là, lui lança Haussermann avant de refermer la porte à clé derrière lui.

Dissimulé derrière un pilier métallique, Albert Meulen assista du quai voisin au débarquement de Basile et de ses compagnons.

Il observa en connaisseur le manège du costaud qui, selon toutes probabilités, devait être le garde du corps de l'industriel, et nota avec soin la composition de son entourage. Puis de loin, il suivit le petit groupe jusqu'à la station où l'attendaient deux confortables voitures de louage. Elles disparurent dans la nuit en direction du Palace du Lac. Alors, Meulen se dirigea vers l'arrêt de l'omnibus à cheval qui le ramènerait à son hôtel. La veille, il avait reconnu la disposition des lieux. Le Grec occuperait sans aucun doute une des deux suites de grand luxe de l'établissement. Situées à deux étages différents, elles étaient exactement semblables. Qu'Apostolidès eût réservé l'une ou l'autre, l'opération ne présentait aux yeux de Meulen aucune difficulté majeure. Simplement, il était nécessaire d'agir vite, car il ne séjournerait pas longtemps à Zurich. Deux jours, pas plus.

Meulen et Euripide Sporidès avaient déjà exercé leur art dans de grands hôtels. Ces endroits leur étaient propices, en raison du passage incessant qu'entraîne la présence d'une multitude de clients, d'employés et de fournisseurs. Le stratagème le plus simple, comme le plus efficace, consistait d'ailleurs à se faire passer pour des livreurs. Par le passé, les deux hommes l'avaient utilisé à plusieurs reprises. Ils avaient déjà donné la mort en livrant des fleurs, des chocolats, et même une pièce montée. Pour cette fois, Meulen avait choisi l'objet le plus léger qu'on puisse imaginer : un carton à chapeau — vide, bien entendu. L'alibi choisi n'avait d'ailleurs aucune importance ; il s'agissait d'entrer dans la place en donnant le change à la réception.

Restait le problème du garde du corps. Mais ce point ne faisait que conférer plus de saveur à l'entreprise. D'habitude, ses victimes étaient sans défense. Là, il y aurait un gardien de but — un vrai professionnel, compte tenu de l'importance de son employeur. En montant dans l'omnibus, Meulen se promit de se réserver l'homme de main et d'abandonner l'autre à Euripide. Ces gens qui se laissaient égorger les yeux ronds, sans même esquisser un geste, c'était d'un ennui !

Le lendemain, Basile déjeuna en compagnie de Paolo Andréani dans une auberge discrète des environs de Zurich. Andréani avait une cinquantaine d'années. C'était un très bel homme. La légende voulait qu'il eût vendu des femmes avant de vendre des armes. Il était d'ailleurs accompagné d'une superbe créature, une Antillaise dont la voix haut perchée rappelait le chant des oiseaux des îles. Cependant, il suffisait de l'observer et de l'écouter attentivement pendant quelques minutes pour se rendre compte qu'elle était bien autre chose qu'une ravissante écervelée. Derrière les trilles et les roucoulades se cachait une redoutable négociatrice. Andréani avait trouvé en elle une partenaire de sa force.

Il fut bientôt clair aux yeux de Basile que le Corse et sa compagne n'étaient pas hostiles à reconsidérer leur entente commerciale avec Démétrios Mascoulis. Ce n'était qu'une question d'argent et de garanties. Démétrios était dur en affaires, mais fiable. Si Basile savait se montrer un peu moins dur et tout aussi fiable, il l'emporterait.

— Pensez-y, mon Paolo, chantonnait l'Antillaise. Avec Démétrios, tu es sûr de livrer le jour dit... Malgré tous ses défauts — sa pingrerie, par exemple —, il ne t'a jamais laissé en carafe ! Il dit : « Vingt mille mousquetons le 16 », et le 16, tu reçois tes vingt mille mousquetons ! C'est comme ça qu'on garde sa clientèle...

— C'est vrai, ce qu'elle dit, lâcha le Corse en lissant sa petite moustache de bellâtre. Avec Démétrios je suis tranquille, il a les reins solides. Quand il promet, il fournit. C'est très important, ça ! Mes clients à moi sont des Bédouins, ils ont le sang chaud... Prêts à vous couper une phalange par jour de retard, et les couilles en cas de tromperie sur la marchandise !

— Mon Paolo ! Quelle horreur ! Qu'est-ce que je deviendrais, moi, si une pareille chose t'arrivait ?

— Ne crains rien, mon colibri, elles sont bien accrochées, grâce à Démétrios, dont le sérieux commercial me tient à l'abri d'un tel malheur !

— Je comprends vos hésitations, dit Basile. Mais dites-vous bien qu'avec moi vos attributs ne courraient pas le moindre risque. Le groupe que je représente a les reins largement aussi solides que Mascoulis. Et puis, la qualité autrichienne, c'est autre chose que la pacotille balkanique ! Songez que le tsar de Russie se fournit chez nous, qu'il nous a préféré aux meilleurs fabricants anglo-saxons...

— Eh oui, mais la qualité, ça se paye ! Mes Bédouins ne roulent pas sur l'or... Tiens, je vous dis ça, mais ça reste entre nous, hein ? Parfois ils me payent en esclaves !

— En esclaves ?

— Oui ! Mes correspondants prennent livraison d'un lot de jeunes filles qu'ils revendent en Mauritanie... Alors un coup ça va, je rentre dans mes fonds, et un autre coup la caravane est attaquée, ou une épidémie se déclare pendant le voyage, et je perds tout ! Croyez-moi, j'ai un monopole, c'est sûr, mais je mérite mon argent !

— Je n'en doute pas ! Mais la façon dont vous êtes payé ne regarde que vous... Ma proposition est simple : Démétrios Mascoulis vous laisse 10 % de commission. Moi, j'irai jusqu'à 15.

— Mais les prix de base...

— J'aligne mes prix de base sur ceux de Mascoulis pour une marchandise d'une qualité bien supérieure. Réfléchissez : quand vos Bédouins verront mes mousquetons, ils n'en voudront plus d'autres. Libre à vous d'augmenter vos prix dans la proportion qu'il vous plaira...

Vous gagnerez ainsi sur les deux tableaux : à l'achat et à la revente.

Les yeux du Corse se mirent à briller de convoitise. Les Bédouins n'étaient pas riches, mais ils feraient un effort. Il les connaissait bien : les armes, les chameaux et les femmes, mais en premier lieu les armes, il n'y avait que ça qui comptait pour eux.

— Vu sous cet angle...

— Bien sûr ! Mascoulis se moque de vous, il vous refile ses rogatons...

Basile faillit ajouter qu'il le savait pour en avoir lui-même vendu, à ses débuts, en Éthiopie et ailleurs pour le compte de Mascoulis. Il se retint. Cette confidence eût été inutile. Depuis longtemps, il ne disait plus rien qui ne lui fût utile.

— Il me faut une réponse rapide, reprit-il. Je dois organiser la production en fonction des commandes, vous comprenez ! Je ne vous vends pas des fonds de tiroir, moi !

Andréani échangea un regard avec l'oiseau des îles.

— Tout de même, Démétrios ne serait pas content, s'il apprenait que Paolo cesse de travailler avec lui ! Il pourrait se mettre en colère.

— Pensez-vous ! Il est à bout de souffle ! Il n'investit plus depuis longtemps... C'est l'âge ! Il est malade. La prostate. Il ne peut plus pisser, paraît-il...

Basile distillait ses mensonges avec un doux sourire. Démétrios était en pleine forme. Il l'avait croisé lors d'un bal au palais royal d'Athènes, une quinzaine de jours auparavant. Mais Andréani ne pourrait s'empêcher de répandre la nouvelle en l'agrémentant de détails de son cru : Mascoulis était au plus mal, la prostate, plus pour longtemps... et la crédibilité du maître de forges s'en trouverait affaiblie.

— Vraiment ? Déjà qu'il pissait froid depuis longtemps !

L'oiseau des îles lança une trille.

— Mon Paolo ! Tu es si drôle !

Basile rit avec complaisance.

— Elle est bien bonne !

— Trêve de plaisanterie, reprit le Corse. Vous aurez ma réponse demain matin.

— Sans faute ? Je repars après-demain.

— Vous avez ma parole.

— Dans ce cas...

Basile n'aurait pas donné une drachme de la parole de son interlocuteur, mais il feignit la confiance. En réalité, il n'avait confiance que dans les 5 % supplémentaires qu'il offrait.

— Envoyez-moi un mot au Palace du Lac. Le chiffre, la date et le lieu.

Andréani s'inclina.

— C'est entendu... Quelle heure est-il ? Nous avions projeté de visiter quelques joailliers cet après-midi, le colibri et moi.

— Vous aurez le temps, il est à peine trois heures. Passez donc chez Van Loÿters, ils ont d'assez jolies choses...

— Tiens, je ne connaissais pas ce bijoutier-là, dit l'Antillaise.

— Présentez-vous de ma part, lui répondit Basile, vous ne le regretterez pas.

De retour au Palace du Lac, Basile passa le reste de l'après-midi à dépouiller les télégrammes arrivés en son absence. Trois d'entre eux retinrent son attention. Le premier, signé Heinz Zwickam, était daté de Vienne, Zwickam était le détective privé chargé par Basile d'enquêter sur le passé d'Andreas Meyer et sur les liens qu'il avait entretenus avec Sissi Hunzinger, cette petite danseuse retrouvée morte chez elle quelques années plus tôt. Zwickam était entré en contact avec son frère, Norbert Hunzinger. Celui-ci, officier de police criminelle, était persuadé de la culpabilité d'Andreas Meyer, mais n'avait jamais pu réunir des preuves suffisantes pour entraîner une inculpation. Zwickam se proposait de reprendre l'enquête à zéro. Basile dicta à Adolf Haussermann un télégramme donnant son accord à Zwickam.

Le deuxième télégramme émanait de l'homme à qui Basile avait confié le soin de rechercher Diane. Philippos Papandréou avait fini par dénicher une piste. Un commerçant de Lépante, sur le golfe de Patras, avait vendu du lait et des fruits à une jeune femme accompagnée d'un enfant, quelques jours après la chute de Pharsale. La jeune femme blonde et belle paraissait très malade. Son petit compagnon s'occupait d'elle avec beaucoup de sollicitude. Ils avaient fait boire leur cheval, puis s'étaient enquis d'un bac pour Patras.

Basile entrevit une lueur d'espoir. Une inquiétude sourde le rongeait depuis la disparition de Diane. Depuis que Démosthène lui avait avoué sa stérilité et son mensonge, il imaginait que Diane lui appartenait, ou lui appartiendrait un jour — question de temps. Il saurait se montrer patient. Démosthène l'avait possédée le premier. Pourtant, Basile soupçonnait une mésentente sexuelle entre les deux époux. Diane se croyait stérile, mais cette disgrâce ne pouvait, à elle seule, expliquer sa fugue. Il y avait autre chose de plus grave, dont elle n'avait peut-être même pas conscience. Il donna l'ordre à Haussermann de mettre à la disposition de Papandréou une somme suffisante pour lui permettre de poursuivre ses investigations autour de Patras.

Le troisième télégramme apportait également une bonne nouvelle. Les premiers résultats des travaux de prospection auxquels Périclès se livrait en Afrique australe étaient prometteurs. Bien sûr, et ce point-là était moins réjouissant, Périclès travaillait là-bas pour le compte de Démétrios Mascoulis. L'empire financier de l'adversaire de Basile risquait de s'en trouver consolidé. Mais ce n'était pas sur ce terrain-là qu'il porterait ses premiers assauts. Malgré sa fulgurante ascension, Basile devait attendre. Mascoulis était à l'apogée de sa carrière. La fabrication et le commerce des armes ne constituaient qu'une de ses activités. Basile n'en était pas encore au stade de la diversification. Pourtant, selon Périclès, il semblait qu'il y eût d'énormes richesses à exploiter en Afrique... Pourquoi ne pas y investir, lui aussi ? Deux fers au feu valent mieux qu'un ! Il s'informerait auprès de Périclès qui avait annoncé son prochain passage à Athènes. Il lui fallait des fonds, encore et toujours des fonds, pour poursuivre sa prospection et pour acheter des concessions.

Ce dernier télégramme n'appelait pas de réponse ; Périclès était déjà en route. Basile consulta son emploi du temps pour les trois prochaines semaines. Il aurait le temps de rencontrer son ami d'enfance et s'en réjouissait au-delà de possibles affaires. Périclès était sacré. Comme Diane, comme... à l'instant où il allait évoquer Démosthène, Basile se mordit les lèvres. Déchu, déjà manipulé, Démosthène était-il encore sacré à ses yeux ? Quelque chose entre eux s'était brisé... Démosthène avait démérité. Un des éléments du pacte tacite qui les liait tous les quatre depuis l'enfance était l'estime qu'ils se portaient réciproquement. Or, Démosthène n'était plus digne de cette estime. Même si on l'aimait encore, on ne pouvait plus l'admirer ; il n'était plus un chevalier blanc. Il avait menti à la femme qu'il aimait. Basile chassa ces pensées importunes, et donna congé à Adolf Haussermann.

— Je ne ressortirai pas ce soir, lui dit-il. Disposez de votre soirée à votre guise.

— Merci, dit le jeune homme. Cela vaut-il pour Mlle Abakoumova ?

Mlle Abakoumova était la secrétaire qui suivait Basile dans tous ses déplacements. Comme beaucoup de Slaves, elle avait le don des langues, et elle en parlait couramment six. Elle rendait à Basile d'inestimables services.

— Je n'aurai pas besoin d'elle ce soir... Vous pouvez l'emmener danser !

Adolf Haussermann rougit. Ce jeune homme, si audacieux en bien des domaines et notamment en affaires, était avec les femmes d'une timidité touchante. Amoureux de Mlle Abakoumova, il s'était enfin décidé à l'inviter.

La suite de Basile occupait un bon tiers du troisième étage de l'hôtel. Elle se composait d'un grand salon, d'un cabinet de travail, d'une immense chambre et d'une autre plus petite pour Renzo Spumante. Haussermann, Mlle Abakoumova, et Philotikos, le valet de chambre, étaient logés dans des chambres individuelles situées au quatrième étage.

Il était cinq heures et demie. Basile avait décidé de ne pas descendre pour le dîner. Son déjeuner avec Paolo Andréani avait été copieusement arrosé ; il se contenterait ce soir de quelque chose de plus léger. Il appela Philotikos et lui donna ses instructions.

— Je dînerai ici. Fais-moi monter un aspic de saumon et un entremets, vers 7 heures. Demande à Renzo ce qu'il veut manger. Ensuite, tu as quartier libre jusqu'à 11 heures.

Basile passa dans sa chambre. Il prit place dans un fauteuil et s'absorba dans la lecture de la presse internationale. Il consacrait chaque jour plusieurs heures à cet exercice. Les articles de politique étrangère le passionnaient. A travers un écho apparemment anodin faisant état de troubles dans telle ou telle partie du monde, il lisait l'aboutissement d'un contrat ou la préfiguration d'un autre. On réprimait une révolte populaire en Tunisie ? Là-bas, un jour prochain, des hommes auraient besoin d'armes pour se venger. Le chef d'une ethnie particulière venait de prendre le pouvoir dans un lointain royaume asiatique ? L'ethnie rivale ne tarderait pas à s'équiper. Le monde était un immense échiquier sur lequel Basile voyait des pièces bouger, s'affronter, et parfois disparaître. C'était ainsi depuis le commencement des temps, et cela n'aurait jamais de fin.

On frappa à la porte du grand salon. Basile n'attendait personne. Peut-être n'y avait-il plus d'aspics de saumon en cuisine ? Cet idiot de Philotikos aurait pu commander autre chose de sa propre initiative au lieu de remonter !

Il entendit Renzo se lever du canapé et aller ouvrir. Il y eut un échange de paroles inaudibles, puis un cri étouffé et le bruit d'une porte claquée. Basile lâcha son journal et se leva d'un bond. Où qu'il se trouvât, il gardait toujours un revolver chargé dans sa table de nuit. Il s'élança. Il portait des mules de cuir dont les semelles glissèrent sur la portion de parquet ciré qui n'était pas recouverte par l'épais tapis chinois. Il se heurta à son lit et perdit plusieurs précieuses secondes à se relever. Il entendit la porte de sa chambre s'ouvrir. Sans se retourner, il plongea, la main tendue vers la table de nuit. Il n'eut pas le temps d'ouvrir le tiroir. Un violent coup de matraque l'atteignit à la nuque. Il tomba sur le tapis. Mais il était d'une robustesse et d'une puissance nerveuse exceptionnelles. Dans un brouillard sanglant, il saisit les pieds torsadés de la table de nuit, et se retourna en projetant le meuble en direction de son adversaire. Celui-ci, un petit homme grisonnant aux traits taillés à coups de serpe, jura. Esquivant le meuble, il bondit sur Basile, et, lui appuyant un genou sur le plexus solaire, le martela de son arme. Sans cesser de se défendre avec l'énergie du désespoir, Basile se demanda où il avait déjà vu ce visage osseux, au nez accusé, aux yeux noirs luisant d'un éclat implacable. Un coup de matraque lui ouvrit l'arcade sourcilière, un autre lui fendit la lèvre. Il cracha un peu de sang. Rien de grave. C'était le front, le haut du crâne, qu'il fallait protéger. Cet homme était venu pour le tuer. S'il avait usé d'une matraque, c'était pour l'assommer sans bruit avant de l'achever. Renzo devait être déjà mort... Mais où donc avait-il déjà vu ce visage ? Et soudain son esprit, gommant les boucles grises des tempes et les rides qui creusaient les joues glabres, le même visage, plus jeune, s'inscrivit dans sa mémoire. Un nom lui monta aux lèvres, qu'il prononça dans un cri :

— Eliaki ! Eliaki Moenim !

L'homme ne cilla pas. La matraque s'abattit à nouveau, en plein front, cette fois. Une douleur atroce irradia à travers tout le crâne de Basile. Sa vision s'obscurcit, et il perdit conscience quelques secondes. Quand il rouvrit les yeux, il vit que son adversaire avait délaissé sa matraque pour un long couteau et qu'il s'apprêtait à lui trancher les carotides. Il allait donc mourir ! Il n'avait pas peur. Il n'était même pas triste. Il ressentait une immense déception. C'était trop tôt : il avait à peine commencé. Il aurait pu faire plier le monde entier. Au lieu de cela, il allait mourir assassiné avant d'avoir vraiment donné sa mesure, de la main d'un fantôme surgi par hasard de son propre passé. Il ferma les yeux.

— Le monde est petit ! dit-il entre ses dents, dans le patois de Salonique. Tue-moi, fantôme, puisque c'est mon destin.

L'homme suspendit son geste.

— Qui es-tu ?

Basile rouvrit les yeux.

— Tu ne m'as pas reconnu, Eliaki Moenim ? A Salonique, il y a vingt ans, j'étais là quand tu as tué le sergent Moussad, dans l'entrepôt, sur le quai !

Le faux Euripide Sporidès le dévisagea.

— Tu es...

— Basile ! Basile Apostolidès ! Tu te souviens, tu m'as donné le revolver de ce gros porc de Moussad !...

— Oui, oui, je me souviens !

Derrière Eliaki, une silhouette se découpa dans l'encadrement de la porte.

— Qu'est-ce que tu fais ? Tu le confesses ? demanda une voix en anglais.

— Écoute, c'est incroyable, j'ai connu ce type quand il était tout gosse... Il est de chez moi !

Meulen haussa les épaules.

— Ah ouais ? C'est marrant... Bon, tue-le proprement, sans douleur, en souvenir du passé !

Eliaki se retourna à demi.

— Tu comprends pas... Je l'ai rencontré le jour où mon frère est mort.

— Et alors ?

— Et alors... Je peux pas le tuer, c'est tout, je peux pas !

Le Belge eut un mouvement d'humeur.

— Tu fais chier !... Bon, dégage, je m'en charge !

— Tu comprends pas...

Eliaki lâcha Basile et se releva. Son couteau à la main, il paraissait un enfant pris en faute. Il aurait tant voulu que Meulen comprenne... Ce n'était pas dans ses habitudes de faire des embarras, mais là, vraiment...

— Tu comprends pas, répéta-t-il. Je ne peux pas non plus te laisser le tuer.

— Qu'est-ce que tu racontes ?

Eliaki ouvrit les bras en un geste d'impuissance, tel un homme en butte à la fatalité.

— Écoute, Meulen, on ne peut pas le tuer, ni toi, ni moi ! Il fait partie du passé. C'est sacré, le passé ! Allez, viens, tirons-nous...

— Mais tu déconnes ! On est payés pour descendre ce mec, et on va le faire, je t'en fiche mon billet !

Eliaki secoua la tête.

— Pas question d'y toucher !

Un instant, le Belge resta sans voix. Si Sporidès était devenu fou, c'était très embêtant. Il allait devoir trouver un autre complice. Dommage ! Ils s'étaient bien entendus jusque-là.

— Pousse-toi, gronda-t-il en sortant son couteau.

— Non, Meulen, non... Laisse tomber, je te dis ! On s'en

va, et puis c'est tout. Au fond, qu'est-ce que ça peut te foutre qu'il vive ou non ?

— Ça me fout qu'on est payés pour le tuer !

Profitant de l'inattention des deux hommes, Basile avait glissé sa main sous le lit où le revolver, éjecté du tiroir, avait atterri. Il referma la main sur la crosse d'acier guilloché, et attendit la suite des événements, prêt à foudroyer les deux tueurs si le besoin s'en faisait sentir.

Meulen commençait à s'énerver. Il avait égorgé le garde du corps sans peine ; le cadavre du Napolitain gisait dans le salon au milieu d'une mare de sang. Cela faisait bien cinq minutes qu'ils étaient entrés. Si quelqu'un faisait irruption dans la suite et donnait l'alerte, ils risquaient d'être pris.

— On perd du temps, connard ! On va se faire piquer, si tu continues... Allez, tire-toi de là !

— Laisse tomber ! Si tu veux, je te rembourserai ma part...

— Tu vas dégager, oui ?

D'une bourrade, le Belge envoya son interlocuteur bouler sur le lit, puis il se précipita sur Basile. Basile n'eut pas le temps de pointer son revolver sur lui : comme un chat sauvage bondissant toutes griffes dehors, Eliaki s'était déjà relevé. A trois reprises, sa lame s'enfonça profondément dans la poitrine et dans le ventre de Meulen. Le Belge poussa un cri déchirant et tomba à la renverse, en vomissant des flots de sang.

Eliaki avait reculé de deux pas pour contempler l'agonie de sa victime, qui expira quelques secondes plus tard.

— Il aurait dû comprendre, c'était pourtant pas compliqué ! dit-il enfin.

Basile se leva, posa le revolver sur une table et étancha à l'aide d'un mouchoir le sang qui coulait de ses blessures. Il alla jeter un coup d'œil au salon, où il découvrit le corps de Renzo Spumante.

— Alors c'était un contrat ? demanda-t-il en revenant.

Eliaki hocha la tête.

— Qui était le commanditaire ?

— J'en sais rien ! C'est lui qui s'occupait de tout ça. Moi, j'exécutais...

— Je vois ! Où ça s'est passé ?

— Dans les environs de Vienne... Une grande propriété.

— Ça va, j'ai compris ! Nous sommes dans de beaux draps, toi et moi !

— Comment ça ?

— Il y a deux cadavres dans cet appartement.

Eliaki eut un geste insouciant.

— Et alors ? J'ouvre la porte et je m'en vais...

— Et tu me laisses avec deux cadavres sur les bras ? Qu'est-ce que je vais raconter à la police ?

— Meulen a tué ton garde du corps... Et tu as tué Meulen. Tu es riche : On te croira.

— On me croira peut-être... après une longue enquête ! Tandis que si je prouve qu'il y avait un deuxième agresseur, si je peux produire des témoins, tout ira beaucoup plus vite.

Eliaki fronça les sourcils.

— Alors ça devient quoi, tout ça ? Qui a tué qui ?

— On intervertit les cadavres : Renzo sur mon lit, et Meulen dans le salon. Renzo a tué Meulen, et tu as tué Renzo. Moi, je sors de la salle de bains, je ramasse le revolver, tu as juste le temps de t'enfuir. Je tire deux coups de revolver sur toi dans le couloir. Bien entendu, je te manque ! Tu dévales l'escalier, tu traverses le hall, tu disparais.

— C'est compliqué... Et c'est risqué ! Pourquoi ce cirque ?

Basile se dirigea vers un petit secrétaire. Il ouvrit un tiroir et en sorit une liasse de billets de banque suisses.

— Pour ma tranquillité ! Je n'ai pas l'intention de répondre pendant des semaines aux interrogatoires d'un flic suisse ! Le temps, c'est de l'argent. Et pour un homme comme moi, c'est beaucoup d'argent. Disons qu'il s'agit de ton premier contrat pour moi ! Tu es sans emploi, non ? Moi, je n'ai plus de garde du corps. Tu as fait tes preuves ; on pourrait s'entendre.

— Je suis cher.

— Je suis riche, répondit Basile en lui tendant la liasse de billets. Et puis nous serons en famille, toi et moi... Il y a si longtemps qu'on se connaît !

Un sourire s'esquissa sur le maigre visage d'Eliaki.

— Ça marche !

— Bien ! Tu me rejoindras le 22, à Athènes. Tu demanderas l'hôtel particulier de Basile Apostolidès... Et maintenant, intervertissons les cadavres !

Quelques instants plus tard, Basile hurla à l'assassin. Eliaki se rua au-dehors. Basile le poursuivit dans le couloir, et tira deux coups de revolver en ayant soin de le rater. Eliaki s'engouffra dans l'escalier. Basile le suivit jusqu'à l'étage inférieur, puis s'arrêta et s'adossa au mur en portant une main à son cœur et en grimaçant comme un homme au bord de l'infarctus. C'est dans cette posture que les premiers témoins, une comtesse roumaine et un banquier suisse, le découvrirent. Pendant ce temps, Eliaki avait traversé le hall comme une bombe devant une vingtaine de personnes médusées. Il avait sauté les haies en pots qui délimitaient l'entrée de l'hôtel et s'était volatilisé dans la nuit à la faveur de la brume qui s'exhalait du lac.

L'intendant de police, appelé de toute urgence par la direction du Palace du Lac, arriva avec son équipe vingt minutes plus tard. Le riche industriel Basile Apostolidès était à peu près remis de son malaise, mais point encore de ses émotions, et ce fut d'une voix entrecoupée qu'il raconta aux enquêteurs l'attentat dont il avait été la cible, et dont son courageux garde du corps avait été la victime. L'intendant fit procéder à toutes les constatations d'usage, et recueillit de nombreux témoignages concordants. Il organisa sans trop d'illusions une chasse à l'homme sur la rive du lac, puis ordonna l'enlèvement des cadavres. La personnalité de Basile Apostolidès et la nature de ses activités ne laissaient guère de doutes. On se trouvait devant une tentative d'assassinat perpétrée par des tueurs à gages.

— Vous exercez un métier dangereux, monsieur Apostolidès !

— C'est vrai, reconnut l'industriel.

— Auriez-vous une idée concernant le ou les commanditaires de cet attentat ?

— Je dérange tant de gens...

Le policier acquiesça.

— Eh bien, tout me semble clair dans cette affaire... Combien de temps pensez-vous séjourner à Zurich ?

— Je comptais repartir demain pour Athènes. Mais bien entendu, je me tiens à votre entière disposition !

— C'est très aimable à vous, monsieur Apostolidès. Votre présence ne sera pas nécessaire plus d'un jour ou deux... Pourriez-vous passer à mon bureau demain dans la matinée ?

— En début d'après-midi, plutôt, si c'était possible. Le matin, j'ai rendez-vous avec M. Ziegel, au siège de l'Union des Banques Zurichoises.

Le policier rentra la tête dans les épaules.

— En début d'après-midi alors, monsieur Apostolidès.

Toutes les mères contemplent amoureusement leur bébé, mais Diane avait une raison supplémentaire de scruter ses traits. Ce qu'elle guettait sur le visage de l'enfant, c'était le souvenir du troisième soldat, ce tout jeune homme que ses aînés avaient contraint à la violer à son tour. Lui seul, en dépit des circonstances, s'était conduit comme un être humain.

Dans les premiers instants de la vie, un nouveau-né est semblable à une épreuve photographique à peine plongée dans le bain de révélateur. Il lui reste encore à apparaître, à se préciser au fil des jours. La révélation eut lieu un matin, dans le jardinet de Lysias. Un rayon de soleil vint effleurer le visage de l'enfant, et une certitude soudaine envahit le cœur de Diane : elle reconnut le profil du jeune homme, sa pommette un peu haute, sa lèvre ourlée, le dessin encore enfantin de son menton. Son cœur se mit à battre, et elle serra le nourrisson contre sa poitrine en remerciant le ciel. Cette ressemblance levait ses dernières réticences : elle pourrait l'aimer sans arrière-pensées.

Vélakion avait assisté à la scène. Il adressa à la jeune femme un sourire complice.

— Eh bien, Diane, l'amour maternel a parlé, je crois !

Les larmes aux yeux, trop émue pour articuler un mot, Diane lui rendit son sourire.

— Cet enfant vous a réconciliée avec vous-même... Je me trompe ?

— Vous ne vous trompez pas ! répondit-elle. Il est à

moi, je l'aime... Mais le problème reste entier. Jamais mon mari n'acceptera cet enfant né d'un viol !

— Qu'allez-vous faire ?

— On peut mentir par amour... Je crois même qu'on le doit, parfois. Je vais regagner Athènes. Si mon mari veut encore de moi, nous reprendrons la vie commune. Je lui cacherai l'existence du bébé... Je le placerai en nourrice et je subviendrai seule à ses besoins.

Vélakion réfléchit un bref instant.

— Si vous pensez qu'il n'accepterait pas, c'est effectivement la meilleure solution ! Hélas, Athènes est loin de Patras... Je ne verrai pas souvent mon filleul !

— Je m'arrangerai. Mon mari est un homme très occupé. Il est souvent absent ; il donne des conférences en province, il participe à des missions gouvernementales...

Le visage de Vélakion s'éclaira.

— Vous me rassurez ! Alors vous pourrez venir me voir avec le petit, de temps en temps. Je vieillis, et la solitude commence à m'effrayer un peu ! Une chose me chiffonne... Je me demande comment Lysias va prendre votre départ. Il a eu le temps de s'attacher à vous.

Diane détourna son regard.

— Un peu trop, je le crains, dit-elle d'une voix froide.

— Vous ne l'aimez guère. Vous aurait-il manqué de respect ?

Diane secoua la tête.

— Jamais... Mais ce n'est pas nécessaire pour qu'une femme se sente mal à l'aise avec un homme.

— Je me doute bien de ce qu'il peut avoir dans la tête, soupira Vélakion. Je le connais depuis toujours. C'est un écorché vif. Son infirmité, bien sûr. Et puis, pendant des années il n'a pensé qu'à ses études. Il aurait dû travailler un peu moins et courir les filles un peu plus. Il serait plus équilibré, aujourd'hui ! Mais courir les filles avec une bosse, ça n'est pas facile. A vivre auprès de vous, il a dû... imaginer des choses. Nous vous avons présenté à lui comme une veuve de guerre. Une femme seule, avec un enfant. Un garçon comme lui ne pouvait que rêver !

Diane dévisagea Vélakion avec inquiétude.

— Il vous a parlé ?

Vélakion se racla la gorge.

— Oui. Il m'a confié certains espoirs, ou plutôt certaines craintes. Vous vous êtes disputés, ces derniers temps ?

— Écoutez, docteur, je lui suis très reconnaissante de m'avoir accueillie et hébergée pendant plusieurs mois...

— Vous avez travaillé pour lui. Vous avez tenu sa maison.

— Plutôt mal que bien ! Dès que j'aurai regagné Athènes et retrouvé ma situation, je lui prouverai qu'il n'a pas eu affaire à une ingrate.

— Vous envisagez de lui donner de l'argent ? Gardez-vous-en bien, il en serait ulcéré !

— Je ne pensais pas forcément à de l'argent ! J'ai quelque influence dans les milieux gouvernementaux... Et sans parler de mon mari, puisque tout cela doit rester un secret pour lui, mon oncle en a plus encore. Si le docteur Lysias voulait un poste dans un hôpital ou quelque chose comme ça, il me serait facile de le faire nommer.

— Ce serait un mauvais service à lui rendre, dit Vélakion. Trop cabochard ! Ses problèmes personnels l'empêcheraient d'avoir des rapports harmonieux avec ses collègues et ses supérieurs. Je compte me retirer bientôt et lui laisser ma clientèle. Il est sérieux, compétent, il aime soigner... Tout se passera bien pour lui à Patras, d'autant plus que je le préparerai à mes pratiques avant de passer la main. Je l'aime bien, vous savez. Un peu comme s'il était mon fils !

— Je sais, docteur.

— Quand pensez-vous quitter Leucade ?

— Il me tarde de revoir mon mari, à présent, je vous l'avoue. Mais Alexandre est encore petit pour affronter ce voyage et je me sens encore un peu faible.

— Vous avez raison, il est trop tôt. Et puis, vis-à-vis de Lysias... Patientez une quinzaine de jours. Je vais prolonger un peu mon séjour. Après tout, je savoure ici un avant-goût de retraite qui ne me déplaît pas du tout ! Quant à ma clientèle... elle ne s'en portera que mieux ! acheva le vieux médecin dans un petit rire chevrotant.

— C'est une excellente idée ! s'écria Diane, qui appréciait autant sa compagnie qu'elle redoutait ces quinze jours tête à tête avec Lysias.

Vélakion lui lança un coup d'œil entendu.

— Eh bien, c'est décidé : nous ferons route ensemble, vous pourrez vous arrêtez un jour ou deux à La Poule Rousse, où Niko et les Hexakis se languissent de vous, et puis je vous mettrai au train à Patras... En attendant, que diriez-vous d'un loup aux raisins ? Je cuisine très bien le loup aux raisins et comme la cuisine ne semble pas être votre fort...

Les deux semaines prévues se réduisirent à une dizaine de jours, tant la perspective du départ de Diane avait assombri le caractère déjà ombrageux de Lysias. Malgré la présence de son vieux maître et ami, il ne desserrait plus les dents que pour lancer à Diane des réflexions blessantes et injustes. A plusieurs reprises, Vélakion dut intervenir et rappeler son élève à la simple courtoisie. En ces occasions, Lysias, honteux, s'excusait, pour recommencer quelques heures plus tard. L'ambiance devint telle que Vélakion décida de hâter son départ. Quant à Diane, elle ne se contenait qu'à grand-peine, par égard pour le vieil homme. Elle ne demeurerait pas sur l'île une seconde de plus que lui.

La veille du départ, Vélakion s'étant absenté pour aller faire quelques emplettes au village, Diane et Lysias se trouvèrent seuls à la maison. L'enfant dormait dans son berceau. Diane lisait dans le jardin. Lysias, qui tournait depuis l'aube comme un fauve en cage, la rejoignit.

A son approche, elle leva un instant les yeux, puis revint à sa lecture.

Il tira une chaise et s'assit à côté d'elle.

— Je... J'ai bien gâché ces derniers jours, n'est-ce pas ?

Elle ne répondit pas.

— J'ai été odieux, je le reconnais... Vous m'en voulez ?

— Un peu, soupira-t-elle. Mais ça n'a pas d'importance. C'est bientôt fini. Nous partons.

Le visage de Lysias se crispa comme s'il allait pleurer. Il fit un effort sur lui-même et parvint à se ressaisir.

— Je voulais vous dire... Je regrette. Je regrette sincèrement. Je n'ai qu'une excuse, c'est...

Il se tut, hésita, avoua enfin :

— C'est la peine que je ressens à vous voir partir ! Si vous vouliez... Oh, je sais que je me suis mal conduit envers vous ! Surtout à la naissance du bébé et ces derniers jours ! J'ai toujours été maladroit, mais il ne faut pas me juger sur ces apparences. J'ai aussi des qualités.

— Je n'en doute pas.

— Et je me disais... Vous êtes seule au monde avec l'enfant, n'est-ce pas ?

Diane resta muette. Elle n'avait pas jugé utile de dire la vérité à Lysias. Pour lui, elle était toujours une veuve de guerre. Il prit son silence pour une confirmation.

— Moi aussi, je suis seul ! Enfin, j'ai des frères et sœurs, mais je ne me suis jamais senti proche d'eux. Si ce n'était l'amitié de Vélakion, je me sentirais absolument seul au monde. Et je me suis dit... Enfin, depuis le temps que vous vivez ici, j'ai eu le temps de vous apprécier, et plus encore !...

Sa voix se brisa. Il se leva de sa chaise, et se jeta maladroitement aux pieds de Diane.

— Je vous aime, balbutia-t-il. Je veux vous épouser ! Vous, vous ne m'aimez pas... Pas encore, c'est naturel ! Mais vous apprendrez à m'apprécier. Seule avec le petit, qu'allez-vous devenir ? Vous partez à l'aventure, c'est de la folie ! Vous verrez, pour vous, je changerai ; je ne peux pas gommer ma bosse, mais je changerai. Pour l'instant, ce que j'ai à vous proposer n'est pas très brillant, c'est vrai, mais bientôt Vélakion me laissera son cabinet. Alors vous redeviendrez une dame, Mme Eudémion, la femme du médecin de Patras ! Vous aurez des robes, des bijoux, une domestique...

Diane était atterrée. Elle redoutait cette scène depuis le début. Elle détestait cet homme à genoux, qui s'humiliait devant elle. Elle avait l'habitude des déclarations d'amour. Des jeunes gens de la bonne société, des amis de son oncle plus âgés et même de hauts dignitaires de la cour, des collègues de Démosthène au gouvernement, lui avaient fait des avances plus ou moins discrètes. Mais aucun ne s'y était pris comme Lysias, et surtout, aucun ne s'était enivré en sa présence alors qu'elle accouchait et qu'elle réclamait de l'aide. Elle lui tenait rigueur de l'épouvantable nuit qu'elle avait passée à souffrir seule par sa faute, du harcèlement mesquin et dérisoire auquel il se livrait depuis des jours. La petite Diane de Salonique, effrontée et moqueuse parfois jusqu'à la cruauté, faillit se réveiller en elle. Elle aurait pu écraser Lysias d'un mot, d'un geste, d'un rire, mais une telle attitude était indigne d'elle. Écraser cet infirme éperdu d'amour ? C'était trop facile ! Elle eut pitié de lui, une pitié d'adulte vis-à-vis d'un enfant mal élevé mais irresponsable, qu'on se retient de gifler. Elle chercha les mots les moins blessants, les intonations susceptibles de panser la plaie d'amour-propre du malheureux.

— Docteur, je suis très touchée, très émue, commença-t-elle. Toute femme accepterait, à ma place... Et moi-même, si la situation était différente, mais...

— Mais la situation est claire, vous êtes veuve !

Lysias avait élevé la voix. Il était bien comme un enfant buté, impossible à raisonner. Fallait-il lui dire la vérité, lui révéler que Démosthène était bien vivant, qu'elle lui avait menti depuis le premier jour ? Elle résolut de ne pas s'engager dans cette voie.

— Docteur, je vous en prie, soyez raisonnable... Je ne peux pas vous épouser, je ne peux pas !

— Mais pourquoi ? A cause de mon infirmité ? C'est ça ? Je vous dégoûte !

— C'est faux !

— Alors, épousez-moi !

— Je ne peux pas !

— Vous voyez bien, je vous dégoûte !

Lysias avait crié. Tous ses tourments d'adolescent humilié lui revenaient en mémoire et obscurcissaient son esprit. Excédée, Diane se mit à crier à son tour.

— Non ! Mais que connaissez-vous donc des femmes et de l'amour ? S'il m'était possible de vous épouser, si j'en avais le désir, vous pourriez bien être difforme ou lépreux, cela n'y changerait rien !

Ricanant et amer, Lysias exulta :

— Vous voyez ! Vous ne l'avez pas, ce désir, alors toutes vos belles phrases...

— Je ne peux pas vous épouser parce que je ne suis pas libre ! Mon mari n'est pas mort. Il vit à Athènes, et il m'attend !

Lysias blêmit.

— Que dites-vous ? demanda-t-il d'une voix basse et rauque.

— La vérité. Je vous ai menti... Pour des raisons trop longues à expliquer... C'était plus simple, voilà tout.

— Plus simple !

Lysias bafouillait. Le sol venait de s'ouvrir sous ses pieds. Tous les espoirs qu'il avait nourris s'évanouissaient. Il s'était fourvoyé, et il n'avait rien à espérer. Son visage prit une expression effrayante. Diane tendit la main vers lui. Il l'écarta.

— Non. Laissez-moi. Je ne vous importunerai plus, je vous le jure.

Le dernier soir, Diane et Vélakion dînèrent seul. Lysias avait prétexté une visite à l'autre bout de l'île.

Elle n'avait pas parlé de l'incident à Vélakion. Celui-ci fut un peu peiné de l'absence de Lysias, mais il était médecin et connaissait les servitudes de ce métier.

Ils bouclèrent leurs bagages, dînèrent en tête-à-tête et se couchèrent tôt.

En se coiffant comme chaque soir devant le modeste miroir posé sur une petite table de bois cru, Diane était heureuse. Elle allait quitter Leucade et l'étouffante compagnie de Lysias, et il lui semblait revivre. Pourtant, l'avenir était incertain. Elle avait fui le domicile conjugal dix mois auparavant. Quels avaient pu être les sentiments de Démosthène pendant ces dix mois ? L'inquiétude d'abord, une folle inquiétude ! Puis le doute, la colère, l'amertume. Il avait dû alerter la police, se livrer lui-même à une enquête et découvrir son engagement dans le corps sanitaire de l'armée. Cela devait avoir écarté de son esprit l'hypothèse d'une banale fugue amoureuse, d'un quelconque adultère.

Son cœur se serrait de remords, quand elle pensait à Démosthène. Elle l'avait quitté dans un moment critique de sa vie professionnelle. Pendant sa convalescence à Patras, elle avait appris la chute du gouvernement Déliyannis. Démosthène n'était plus ministre. Ce nouveau coup lui avait sans doute été cruel. Mais quand on est aussi talentueux, et qu'on possède autant d'atouts, rien n'est irrémédiable. Avec l'aide de Démétrios, il se remettrait en selle. Et elle contribuerait de toutes ses forces à son rétablissement politique.

Cependant, son premier souci restait le sort de son fils. Dès son retour à Athènes, et avant même d'avoir revu Démosthène, elle confierait le petit à une nourrice, aussi près de chez elle que possible. Elle avait encore assez d'argent pour choisir une personne de confiance. Ensuite, rien ne serait trop beau pour lui. Qu'était-ce que l'entretien d'un enfant pour la femme de Démosthène Sophronikou, pour la nièce de Démétrios Mascoulis, un des hommes les plus riches de Grèce ! Elle avait jusqu'alors dissipé des fortunes en toilettes, en robes de bal... Elle réduirait ses dépenses voilà tout ! Elle constituerait un trousseau magnifique au bambin jusqu'alors vêtu d'oripeaux offerts par les femmes des pêcheurs de l'île. Plus tard, elle l'inscrirait dans les meilleures écoles. Il ferait des études à l'étranger, dans les collèges les plus cotés. Un bâtard, certes, mais un bâtard riche. Diane révélerait l'existence de l'enfant à Démétrios. Le vieil homme souffrait que Diane n'eût pas encore d'héritier. Démétrios Mascoulis le considérerait comme son fils !

Cet examen de la situation rendit à Diane sa confiance en son étoile. Elle ne regrettait rien des épreuves endurées et ne redoutait rien de l'avenir. Si elle comparait son existence présente à ce qu'elle était dix mois plus tôt, elle devait convenir qu'elle s'était enrichie. Elle avait gagné en expérience, en sagesse peut-être, mais surtout elle avait désormais une raison de vivre : cet enfant à défendre et à chérir. Elle caressa la main du petit qui dormait dans son berceau tout près de son lit, et ferma les yeux.

A 7 heures du matin, un hurlement la réveilla en sursaut. Elle se dressa sur son lit, et regarda le berceau. Alexandre dormait comme un ange. Elle se leva, enfila sa robe de chambre à la hâte, et sortit de sa chambre. Le cri provenait de la pièce du bas. Elle descendit l'escalier quatre à quatre, et s'arrêta, saisie d'horreur, devant le spectacle qu'elle découvrit.

Debout au centre de la pièce, Vélakion, hébété de

douleur, se tordait les mains. A la hauteur de sa poitrine oscillaient les jambes d'un pendu.

— Mon Dieu, balbutia Vélakion en apercevant Diane, il l'a fait, le fou, l'insensé !

Le cœur serré, la jeune femme s'avança. Elle avait beau s'attendre à une vision d'horreur, elle ne put réprimer un cri à la vue de Lysias, le visage violacé, les yeux exorbités. Autour de la langue noire qui pendait sur son menton, des mouches, omniprésentes dans l'île, s'affairaient déjà. Le vieil homme tremblait de tout son corps.

— Je craignais qu'il ne fasse une folie... gémit-il. Je n'aurais pas dû le quitter d'une semelle. J'aurais dû... Mais on se dit qu'on exagère, qu'on divague ! On ne peut rien, rien ! On ne sert à rien ! Mon Dieu !

Le visage baigné de larmes, il se laissa tomber sur une chaise et prit sa tête dans ses mains.

Diane s'approcha de lui et posa une main sur son épaule.

— Vous n'avez rien à vous reprocher... Vous l'avez dit vous-même : on ne peut rien. C'est... C'est la fatalité !

Vélakion releva la tête.

— La fatalité... C'est le nom que nous donnons à notre égoïsme...

Diane se mordit les lèvres. Nul besoin d'être grand clerc pour deviner la raison du suicide de Lysias. Il n'avait pas supporté l'idée du départ de Diane, son refus de l'épouser. Elle maudit sa légèreté, son inconscience. Lysias n'était pas un de ces hommes du monde qu'une rebuffade laisse décontenancés, un peu amers au pire, mais qui s'en tirent par une pirouette ou un trait d'esprit et qui s'en vont panser leur amour-propre blessé au cercle ou chez les putains. Il était de ceux qui meurent, bêtement, loyalement, parce qu'ils ne jouent pas sur les mots. Ils mettent vraiment leur vie en jeu. L'amour, pour eux, n'est pas un sport comme un autre.

Sur la table, devant Vélakion, elle aperçut deux lettres. La première lui était adressée. La seconde était pour Vélakion. Elle prit la sienne, l'enfouit dans la poche de sa robe de chambre, et tendit l'autre à Vélakion.

Il la décacheta et la lut. Elle n'était pas longue. Une dizaine de lignes.

— Que dit-il ? demanda Diane.

— Que peut-il dire ? Que peut-on dire dans ces moments-là ? Il s'excuse, surtout. Il s'explique... à demi-mots. Je suppose que les vraies raisons de son acte sont dans votre lettre. Vous ne la lisez pas ?

Diane soupira.

— Pas encore... Je n'ose pas, avoua-t-elle en baissant la tête.

— Je comprends. Mais vous n'avez rien à vous reprocher. Il vous aimait, vous ne l'aimiez pas... Ces choses-là arrivent tous les jours, partout dans le monde. Les gens ne se tuent pas pour ça !

Diane resta silencieuse.

— Il faut le descendre de là, dit Vélakion d'une voix lasse. Vous allez m'aider. Montez sur une chaise et coupez la corde pendant que je lui tiendrai les jambes.

Diane alla chercher un couteau à la cuisine et trancha la corde. Après quoi, ensemble, ahanant et ployant sous la charge, ils l'allongèrent sur la table.

— Nous n'arriverons pas à le porter jusqu'à sa chambre dit Vélakion. Il faut aller chercher quelqu'un... Et puis il faut prévenir le maire. Je vais m'en occuper, attendez-moi chez la voisine. Pour les autorités, la lettre qu'il m'a laissée suffira à établir les faits... Vous me comprenez ?

Diane acquiesça en silence. Elle alla s'habiller, prit Alexandre dans ses bras, et rejoignit le médecin devant la maison. Il semblait infiniment vieux et las, en cet instant.

Il leur faudrait s'occuper des formalités et assister aux obsèques. Elle contempla le moutonnement paisible des vagues. Si Lysias avait vu la mer ce matin, peut-être aurait-il renoncé à son projet ? Mais il était rentré soûl de l'unique cabaret de Leucade, en pleine nuit. Soûl et désespéré, par sa faute à elle. Elle échangea un signe de tête avec Vélakion, et se dirigea vers la maison d'Amphiria, la voisine.

Basile voyageait beaucoup. Pendant ces absences répétées, il livrait son hôtel particulier d'Athènes à des nuées d'ouvriers et de décorateurs, car en cette matière il n'était jamais satisfait. Les palais gouvernementaux et les somptueuses demeures privées qu'il fréquentait au cours de ses déplacements à l'étranger lui inspiraient sans cesse de nouvelles idées qu'il faisait exécuter sans tarder. Ainsi, son pied-à-terre athénien était continuellement en travaux.

— Tiens, ce salon victorien était bien en Louis XIII français, lors de mon dernier passage ? lui demanda Périclès en balayant la pièce d'un regard amusé.

— C'est exact, répondit Basile. Mais, ajouta-t-il en riant, il a été de style Empire entre-temps ! Et puis les meubles à colonnes, les abeilles, je m'en suis vite lassé ! J'ai bazardé tout ça pour ces Chesterfields et ces tentures à l'anglaise... C'est mieux, non ?

— Ce n'est pas pire, en tout cas ! Tu dépenses chaque année plusieurs fortunes pour transformer un lieu dans lequel tu ne fais que passer.

Basile eut un geste négligent.

— Je gagne des fortunes, je dépense des fortunes ! Tu as raison, j'ai dû poser mon séant trois ou quatre fois sur les sièges Louis XIII que j'avais fait venir de France... Mais qu'importe ! C'est précisément parce que je passe peu de temps ici que rien n'y est jamais terminé. Je n'ai jamais le temps de m'installer, de m'y sentir vraiment chez moi. J'ai toujours l'impression d'être en visite ! Alors je m'efforce de décorer et de meubler cet endroit à mon goût, et comme mon goût change entre deux séjours...

— Il te manque une femme !

— Une femme ? Tu parles ! Une femme chamboulerait tout encore plus souvent que moi.

— Elle changerait les tentures, mais elle s'attacherait aux choses, aux meubles ! Sérieusement, tu ne songes pas à te marier ?

Basile porta son verre de xérès à ses lèvres.

— Tu sais, j'ai toutes les femmes que je veux, à Paris, à Londres, à Moscou... D'ailleurs, de ton côté, tu ne mènes pas particulièrement une vie de moine, en Afrique !

— Non, pas particulièrement, répondit Périclès avec un sourire. Une vie de marin, plutôt, de marin au long cours. En expédition, je peux rester chaste pendant des semaines. Bien sûr, dès que j'arrive en ville... Mais parlons de choses plus sérieuses. Comment va Démosthène ? Où en est l'enquête à propos de Diane ? Tu ne m'en as dit que quelques mots à la gare.

— Tu verras Démosthène ce soir. Il va mieux. Il y a quelques semaines, il buvait comme un trou, il se laissait aller. Tu ne l'aurais pas reconnu : jaune, bouffi, déprimé, à faire peur. Je l'ai pris en mains. Je me suis abouché avec son ami Bousphoron, que tu connais. Nous allons lui faire remonter la pente ! Je l'ai d'abord envoyé se retaper en Argolide, sur la côte. Repos, sobriété, un peu de yachting et d'équitation, la surveillance vigilante de Bousphoron. Ils viennent de rentrer. Démosthène est redevenu présentable. Et puis... j'avais conseillé à Bousphoron de lui jeter dans les bras la première caillette qui lui tomberait sous la main. La fidélité spirituelle ne souffre pas de défaillance, la fidélité charnelle, c'est autre chose... Il fallait ramener Démosthène à la vie ; rien de tel qu'une jolie femme pour réveiller un mort.

— Et alors ? Le remède a agi ?

— A merveille ! Bousphoron lui a présenté une certaine Hélène Papastrassou. Bonne famille, bonne éducation, et... esprit libre ! Ce qui m'ennuie un peu, c'est qu'elle l'a suivi à Athènes. Une prolongation du traitement n'est peut-être pas inutile, mais il ne faudrait pas qu'elle s'accroche. Nous nous acheminons vers la reconquête du pouvoir. Démosthène est resté trop longtemps éloigné des affaires. Il a perdu beaucoup de ses appuis. Mascoulis ne veut plus entendre parler de lui, et les anciens déliyannistes n'ont pas trop bonne presse ces temps-ci... Il faut tout recommencer à zéro et par la filière traditionnelle, cette fois. Les urnes. La rue. Le clientélisme... La bonne vieille politique à la grecque ! Mais j'ai confiance. Avec mon argent, l'aide de Ghélissa Tricoupis et celle de Bousphoron, nous le remettrons en selle.

Périclès dévisagea son ami avec une lueur d'inquiétude dans les yeux.

— Te rends-tu compte de la manière dont tu parles de lui ? Nous avons fait cela, nous allons faire ceci... On dirait qu'il n'existe plus par lui-même, qu'il n'a plus de libre arbitre ! Tu agis avec lui comme avec un mannequin... Serais-tu en train d'en faire ton homme de paille ?

— Périclès, la vie est surprenante et demain Démosthène, redevenu parlementaire ou ministre, me rendra alors quelques services... Mais tu ne te rends pas compte de l'état dans lequel il était. Il coulait à pic. Je l'ai rattrapé par les cheveux. Il n'y a que deux choses qui comptent pour lui, sa carrière politique et Diane. Sa carrière brisée, Diane disparue, il ne lui restait qu'à se détruire. Il a choisi l'alcool, il s'y est mis très fort. Je lui ai évité de justesse les premiers accidents graves. Le delirium, ce n'est pas drôle...

— Dans ses raisons de vivre, tu as oublié son œuvre poétique.

Basile fixa Périclès droit dans les yeux.

— Parlons franc : Démosthène est un merveilleux technicien. Un beau poème, un discours politique ronflant, une conférence éblouissante, il sait tout faire. Mais ce n'est pas un grand écrivain. Parce qu'il y a place dans sa vie pour d'autres passions, comme la politique, justement. Les vrais poètes ne vivent pas sur la même planète que nous. Ma planète à moi est vulgaire, brutale. Pour s'y sentir à l'aise, il faut une âme de voyou. Et Démosthène aussi est un voyou ! Je me bats comme un chien pour gagner de l'argent, c'est pour ça que je bande et que je mords ! Démosthène, lui, est ivre de pouvoir. Il est fait pour ça. Les intrigues, les combines, et surtout cette odeur particulière des lieux où tout se décide, où l'on est au cœur des choses, voilà ce qui l'enivre !

— Tu disais « la même planète que nous »... Je serais un voyou, moi aussi ?

Basile posa sa main sur le bras de Périclès, dans un geste d'amitié sincère.

— Non, toi, c'est autre chose... Toi, à ta manière, tu es un poète !

— Pourtant, je me fais souvent l'effet d'un pillard... Je creuse la terre, je la laboure, et ce n'est pas pour y planter des fleurs ! Les diamants, ce n'est pas si différent de l'argent ou du pouvoir.

Basile secoua la tête.

— Ton rapport vital, c'est avec la terre, avec le monde physique qu'il se joue. Le pouvoir, l'argent, ce sont des abstractions, ça n'existe que dans l'imagination malsaine des hommes. Toi, ta passion est concrète. Il y a des merveilles sous la terre, tu creuses pour les amener au jour, comme les poètes se creusent la cervelle pour exprimer ce qu'il y a de plus beau dans l'homme... Bah ! Assez philosophé ! La volonté de bâtir une œuvre littéraire n'est pas suffisamment ancrée en Démosthène pour lui permettre de survivre quoi qu'il arrive. Si on ne remet pas sa carrière politique sur les rails, il mourra. Ce serait un terrible gâchis, car il est assez doué pour devenir Premier ministre !

— Et Diane, dans tout cela ? L'enquête...

Basile se leva pour emplir les verres de xérès.

— L'enquête officielle n'a rien donné. Celle que je mène par l'entremise d'un détective privé commence à porter ses fruits... On a retrouvé la trace de Diane dans la région de Lépante. Elle est passée par là peu de temps après la débâcle, il y a donc un peu moins de un an. Elle voyageait avec un gamin d'une dizaine d'années, et elle était malade.

— Malade ! s'exclama Périclès. Est-ce qu'on sait...

Basile le coupa.

— On ne sait pas. Cette guerre, et surtout la retraite de notre armée, se sont accompagnées de l'habituel cortège de maladies infectieuses. Ça pouvait être n'importe quoi : dysenterie ou simple grippe, variole, typhus, choléra... Diane est peut-être morte dans un quelconque lazaret, ou au bord d'une route, ou sur une plage. Mais je te jure que nous le saurons, et si elle a survécu, je te jure que je la retrouverai !

Sur ces mots, cet homme ordinairement si dur eut un bref, un très bref instant de faiblesse. Ses yeux s'humectèrent malgré lui. Tournant le dos à Périclès, il feignit de s'intéresser à une des gravures de chasse qui ornaient le mur du salon. Périclès, lui-même bouleversé par l'hypothèse de la mort de Diane, respecta le silence de son ami.

— Bon ! dit enfin Basile d'une voix à peine altérée, nous dînons ce soir chez un proche collaborateur du président du Conseil. A la demande de Ghélissa, Démosthène est invité lui aussi... J'espère qu'il fera bonne figure !

Vers 7 heures, les deux hommes en habits de soirée descendirent dans la cour de l'hôtel où les attendait la voiture.

— Le conseiller Philippidès possède une superbe villa près du Pirée, dit Basile. Il était déjà député avant la guerre, dans la mouvance de Théotokis. En 96, à la mort de Tricoupis, Théotokis a pris la tête du parti, et il est devenu président du Conseil après le bref épisode Rhallys. Son accession au pouvoir a entraîné l'ascension de Philippidès.

— Qu'est devenu Mykriamnos, ce préfet d'Athènes qui cherchait des poux dans la tête de Démosthène ?

— Il aurait été nommé ministre de l'Intérieur un jour ou l'autre si Déliyannis était resté au pouvoir. Sous Théotokis, il serre les dents et s'accroche à son fauteuil.

— Tiens, je ne vois pas Renzo, ton garde du corps... Il n'est plus à ton service ? Je me promettais de l'affronter au bras de fer. Ce type a de ces muscles !

— Avait. Ça ne l'a pas empêché de mourir.

— Renzo est mort ?

— A Zurich. Une sale histoire ! La mère Maüsenfeldt m'avait envoyé des tueurs à gages. J'ai bien failli y passer !...

— Ton associée ?

— Mon « associée », comme tu dis... Mais je lui réserve un chien de ma chienne. J'ai dû engager un autre garde du corps. Tu vas avoir une surprise ! Le voilà...

Périclès se tourna vers le nouvel arrivant, un petit bonhomme sec aux traits accusés, aux tempes grisonnantes.

— C'est ça, ton garde du corps ? Mais c'est un avorton ! souffla Périclès entre ses dents avant que l'homme ne fût à portée de voix.

— Cet avorton est capable de dépecer un homme au couteau pendant que tu comptes jusqu'à trois. Et si tu vas jusqu'à six, il a le temps de nettoyer les os et de les ranger par ordre de taille, de la phalangette au fémur ! Mais ce n'est pas ça la surprise... Regarde-le attentivement.

— Attends... Je l'ai déjà vu, mais où ?

— Salonique. Le palais de Bohumil. Tu n'as fait que l'apercevoir, ce soir-là !

— C'est le type qui a tué Moussad ! Il a été arrêté chez Bohumil, en même temps que Démosthène et moi ! Comment l'as-tu retrouvé ?

— Le hasard. A Zurich, il était chargé de me trancher la gorge... Nous nous sommes reconnus, et du coup il m'a sauvé la vie. Je l'ai engagé...

Eliaki les avait rejoints devant la voiture.

— Tu reconnais Périclès, Eliaki ?

Eliaki dévisagea Périclès. Un mince sourire flotta un instant sur ses lèvres.

— Je me souviens. C'était dans le palais du frère du pacha... Vous étiez un enfant, alors.

— Monte à côté du cocher, lui dit Basile. Nous allons au Pirée.

Dans la voiture, Périclès se tourna vers son ami.

— Dis-moi la vérité... Pourquoi Diane s'est-elle enfuie ?

Basile hésita.

— Ces choses-là... Les femmes, finalement, c'est très compliqué !

Périclès haussa les épaules.

— Diane ne serait pas partie sur un simple coup de tête. Il a dû se passer quelque chose de grave. Vraiment, tu ne sais rien ?

— Oh, Démosthène m'a fait quelques confidences... C'est à cause de l'enfant, je crois.

— Quel enfant ?

— L'enfant qu'ils ne peuvent pas avoir. Diane ne l'a pas supporté.

— Mais de là à s'enfuir...

— Les femmes sont compliquées, et Diane est la plus compliquée de toutes. Et puis est-ce qu'on sait ?... Certains mariages se révèlent être des erreurs.

La nature de Périclès différait considérablement de celle de ses deux amis. La recherche forcenée de la gloire pour Démosthène et de l'exercice du pouvoir pour Basile mobilisait l'essentiel de leur énergie, laissant peu de place à l'amitié ou à l'amour. Périclès, lui, considérait chaque être humain comme un frère, un égal au droit d'être traité avec dignité. Le serment de fidélité qui le liait à jamais à ses deux amis d'enfance n'empêchait pas son remarquable esprit d'analyse de réviser à la baisse l'estime qu'il leur portait.

Les explications simplistes jusqu'à l'indifférence que proposait Basile pour la disparition de Diane l'indignaient. Depuis l'enfance, chacun d'entre eux aimait Diane à sa manière, mais seul Périclès la préférait heureuse avant tout, fût-ce dans les bras d'un autre.

Lequel d'entre eux aurait pu imaginer les véritables raisons de la disparition de Diane ?

Périclès soupira.

— Diane aimera toujours Démosthène, assura-t-il à Basile comme une profession de foi.

Basile lui répondit avec une douceur surprenante :

— Réveille-toi, poète... Toutes les amours sont-elles éternelles ?

Les deux hommes restèrent un moment silencieux. Le cœur de Périclès s'était mis à battre. Un espoir fou s'éveillait en lui. Depuis le mariage de Diane, il avait tout fait pour oublier l'amour qu'il nourrissait pour elle. Il s'était soûlé de voyages, de travail, d'aventures sans lendemain. Il avait trouvé auprès de sa compagne africaine la paix du corps, sinon celle de l'âme. Mais si Diane quittait Démosthène, peut-être son rêve aurait-il quelque chance de se réaliser !

Il observa son ami. Dans la pénombre, les yeux de Basile luisaient, tels ceux d'un fauve à l'affût. Périclès en eut la certitude : Si Diane quittait Démosthène, il faudrait compter avec Basile. Lui aussi aimait Diane depuis Salonique. Et s'ils s'affrontaient, il serait un rival redoutable.

— N'y pensons plus, tout finira par s'arranger entre eux, dit Basile avec un sourire de carnassier qui démentait ses paroles.

— Espérons-le, souffla Périclès.

Puis il se mordit les lèvres. Il détestait mentir.

Cette soirée marquait la réapparition de Démosthène dans le monde après de longs mois d'absence. Les plus empressés à lui faire la cour du temps de sa puissance avaient été les plus prompts à l'abandonner. Sur son passage, les mauvaises langues allaient leur train. « Tiens, un revenant ! » Il avait d'ailleurs plutôt bonne mine, pour un fantôme... On le disait perdu d'alcool ! Il avait dû s'acheter une conduite. Et sa femme ? Toujours pas rentrée ? Les bruits les plus contradictoires avaient couru au sujet de Diane. Les uns soutenaient qu'elle s'était enfuie pour filer le parfait amour avec un galant. Certains prétendaient même le connaître. D'autres la disaient morte, ou défigurée par une grave affection de la peau. Seuls quelques-uns savaient qu'elle s'était engagée comme infirmière bénévole au début du conflit. Mais la vérité exerce moins de fascination sur les esprits que les rumeurs malveillantes. Et d'ailleurs, on imaginait mal l'élégantissime Diane Sophronikou en uniforme d'infirmière, occupée à vider les bassins et à panser les gangrènes des soldats.

Démosthène avait conscience des commentaires fielleux qu'il suscitait. Il les affrontait avec sérénité. Il méprisait ces gens. Il les avait connus à ses pieds, à l'époque où tout lui réussissait, où il était le plus jeune ministre de Grèce. Il savait à présent ce que valaient leurs sourires et leurs démonstrations d'amitié. Il en avait pris son parti. L'humanité est ainsi. Depuis son séjour en Argolide, il était parvenu à un détachement qui faisait de lui un somnambule social. Tant que Diane ne lui serait pas rendue, rien n'avait véritablement d'importance à ses yeux. Mais il était plus confortable de se laisser diriger par Bousphoron et Basile que de s'abandonner au désespoir et à l'alcool, comme il l'avait fait si longtemps. Il gardait de ces mois de dépression un souvenir terrifié. Il n'était plus qu'une larve, alors. Grâce à ses amis, il avait échappé au cycle infernal des beuveries solitaires. En apparence, il avait retrouvé son équilibre. Mais le ressort était brisé.

Il se fit servir un jus de fruits au buffet, et se tourna vers Georges Bousphoron.

— Nous ne passons pas inaperçus ! remarqua-t-il.

— Tant mieux ! dit Bousphoron. Demain, il ne sera question que de toi. On dissertera sur ta bonne mine, et on se perdra en conjectures sur la raison de ta présence chez un homme aussi influent que Philippidès... Il serait bon que vous conversiez ensemble un moment, au vu de tout le monde.

— Quelle comédie !

— C'est la comédie du pouvoir. Tu connais le texte par cœur. Voilà Ghélissa ! Elle va nous arranger ça...

Les deux hommes se frayèrent un chemin à travers la foule. Ghélissa les reconnut, et un sourire s'épanouit sur son visage.

— Démosthène ! Georges ! s'exclama-t-elle en s'avançant vers eux. Vous êtes beaux, hâlés comme des pêcheurs ! Basile et Périclès sont là ? Je viens juste d'arriver.

— Ils ne devraient pas tarder, dit Démosthène. Mes félicitations, ma chérie, tu es très en beauté !

— C'est ma robe qui est en beauté. C'est bien le moins, avec ce qu'elle m'a coûté... J'applique une vieille règle commerciale : plus la marchandise est quelconque, plus l'emballage doit être luxueux ! Pour l'instant, le truc est efficace ; je trouve encore preneur de temps en temps... Dites-moi, Georges, nous n'avons pas encore eu l'occasion de coucher ensemble, n'est-ce pas ?

Bousphoron connaissait Ghélissa de longue date. C'était la femme la plus excentrique d'Athènes.

— Hélas, non !

— Il me semblait bien. Vous êtes très beau, dans cette queue-de-pie ! Il faudra que nous songions à réparer cette lacune.

— Ma chère, il ne tient qu'à vous !

Démosthène secoua la tête avec indulgence. Selon les critères traditionnels, Ghélissa menait une vie dissolue, mais nul ne lui en tenait rigueur. On admettait d'elle ce qu'on n'aurait toléré d'aucune autre : elle était l'enfant terrible de la bonne société athénienne.

— Démosthène souhaiterait saluer notre hôte, reprit Bousphoron.

— Bien entendu, dit Ghélissa. J'ai déjà préparé le terrain. Il est temps que Démosthène sorte de sa réserve... Les théotokistes ont conscience de l'étroitesse de leur majorité. Ils sont disposés à accueillir d'anciens déliyannistes pas trop marqués à droite. Attendons qu'il y ait plus de monde. Philippidès m'a promis de s'entretenir ostensiblement avec toi, Démosthène. Il veut donner à cette rencontre le caractère d'une réconciliation publique :

— Entendu, fais-moi signe le moment venu... Mais regardez qui voilà !

Basile et Périclès venaient de faire leur entrée dans le salon. Si Périclès était peu connu du petit monde politico-financier d'Athène, Basile y était devenu célèbre. On le savait riche et puissant, et chacun avait en mémoire son affrontement victorieux avec Lambdallos. Un brouhaha de commentaires s'éleva, qu'il ignora superbement, fendant la foule de sa démarche assurée, avec ce port de tête qui le faisait paraître presque aussi grand que Périclès.

Les deux hommes se dirigèrent vers le groupe constitué par Ghélissa, Démosthène et Bousphoron, et les initiés échangèrent des mimiques entendues : la petite bande de Salonique était ainsi au complet — hormis Diane. Mais celle-là, Dieu seul savait où elle pouvait être en cet instant. On épiait le mari, pour tenter de lire quelque indice sur son visage. Son teint florissant, sa mine reposée, sa sérénité signifiaient-ils qu'il avait reçu des nouvelles ?

Quand on passa à table, on constata qu'il y avait anguille sous roche, car Démosthène s'était vu attribuer une place de faveur, non loin du conseiller Philippidès. Basile Apostolidès aussi était bien placé. Pour qui connaissait le monde, rien de tout cela n'était gratuit. Ceux qui étaient à proximité écoutèrent de toutes leurs oreilles. Quelque chose s'amorçait, mais quoi ? S'agissait-il du retour en grâce de Sophronikou, ou du signe annonciateur d'une prochaine alliance entre les théotokistes au pouvoir et une certaine frange déliyanniste ? Et Apostolidès, le marchand de canons, que venait-il faire là-dedans ? On connaissait son amitié pour Sophronikou, mais un homme comme lui n'oubliait jamais son propre intérêt... Pour ceux qui étaient trop éloignés, la conversation paraissait enjouée, détendue, presque familière.

Dès le lendemain, le statut de Démosthène avait changé. Il avait de nouveau un avenir, et des gens qui ne le saluaient plus depuis des mois cessèrent de penser à lui comme un cadavre politique. Quelques-uns reprirent sans attendre le chemin de la grande villa du Lycabète. Ils y reçurent le meilleur accueil de la part du maître de maison et de son ami et secrétaire particulier, Georges Bousphoron, et en repartirent confortés dans leur impression. On avait vendu la peau de l'ours avant de l'avoir tué. Sophronikou bouillonnait d'idées neuves et de projets. Il reconstituait son réseau de relations, et avait jeté son dévolu sur un quartier populaire d'Athènes en prévision des prochaines élections ; on allait voir ce qu'on allait voir !

En réalité, Démosthène ne tenait debout que par la volonté de ses amis. Ses visiteurs avaient à peine tourné le dos qu'il s'affalait sur un sofa. Qu'ils aillent au diable ! S'il ne se soûlait pas à mort pour oublier cette comédie dérisoire, c'était grâce à la vigilance de Bousphoron qui avait banni tout alcool de la maison, allant jusqu'à faire installer sur la porte de la cave un verrou dont il conservait la clé sur lui. Les jours de réception, il jouait lui-même les cavistes. Pour convaincre Démosthène d'assumer son rôle d'homme politique repartant à la conquête du pouvoir, le fidèle Georges alternait prières et menaces. Sur les conseils de Basile, quand Démosthène renâclait trop ouvertement, il faisait miroiter à ses yeux la perspective du retour de Diane, insistait sur la nécessité d'offrir à la jeune femme l'image d'un homme dynamique et actif, et non celle d'une épave empestant le cognac. Alors, les larmes aux yeux, Démosthène s'arrachait à sa lassitude infinie, forçait son âme morte à mimer les gestes de la vie et remettait son masque de lutteur.

Le voyage de Leucade à Patras fut sinistre. Vélakion, accablé de chagrin, s'était enfermé dans le silence. La mort de Lysias lui avait porté un coup terrible. A quoi bon vivre et travailler, désormais ? Il n'avait plus personne à qui léguer son cabinet. Il le vendrait à un inconnu. Ce qui aurait été un don, une transmission de maître à élève, ne serait qu'une transaction commerciale sans âme et cette idée aggravait encore la tristesse du vieil homme.

Diane respectait son silence. Elle se sentait coupable, même si l'on pouvait considérer que Lysias était en quelque sorte voué à une telle fin, en raison de sa personnalité tourmentée, du déséquilibre profond né de son infirmité. Lysias avait été en danger dès le premier instant où il avait rencontré Diane.

En arrivant à Patras, Vélakion conduisit Diane et Alexandre chez les Hexakis, avant de regagner seul le petit appartement qu'il occupait au-dessus de son cabinet. A l'instant de le quitter, Diane tenta de le réconforter. Il l'arrêta d'un geste.

— Ne dites rien, Diane. C'était son destin. S'il y a un coupable dans cette histoire, c'est moi. Vous êtes trop belle ! Je n'aurais jamais dû vous emmener chez lui ! Au revoir, mon enfant. Si vous repassez par Patras, venez me voir avec le petit. Le temps efface tout...

— Au revoir, docteur. Et merci, merci pour tout !

Le médecin hocha la tête, et fit une dernière caresse au

bébé qui somnolait dans son couffin. Puis il salua les Hexakis et s'en alla à pas lents, le dos voûté.

Bien qu'attristés par la nouvelle de la mort de Lysias, Nicomède et Maria Hexakis accueillirent Diane et l'enfant avec joie. Quant au petit Niko, il dévorait Alexandre des yeux.

— Qu'il est beau, ton bébé, Diane ! Mais son nom est impressionnant...

— C'est vrai, admit Diane en riant. Et un peu austère, pour un bout de chou comme ça. Appelons-le Alex, c'est plus mignon.

Elle se pencha sur le couffin. Le bébé ouvrit les yeux. Son petit visage s'épanouit, et il fit son premier sourire. Ravie, Diane le prit dans ses bras, tandis que Niko battait des mains.

— T'as vu ça ? Il est d'accord, ça lui plaît ! Alex ! Alex !

— Eh bien, va pour Alex, dit Diane.

Elle passa trois jours à La Poule Rousse. Niko ne voulait pas la laisser partir. Cependant, Diane ne pensait plus qu'à Athènes et à Démosthène. Il lui tardait d'effacer cette parenthèse tragique de sa vie et de renouer avec son vrai destin. Elle avait hâte, aussi, de régler les détails matériels de l'existence d'Alex — puisque tel était désormais son nom.

Le jour de son départ, Niko pleura beaucoup. Elle lui promit de revenir le voir à la première occasion, et se détourna pour cacher son émotion. Elle embrassa Nicomède et Maria, et monta vite dans le tortillard qui devait la ramener enfin à Athènes, via Corinthe et Mégara.

A son arrivée dans la capitale, elle loua tout d'abord une chambre dans un hôtel discret, à la périphérie de la ville, non loin du Lycabète, dans un quartier que Démosthène n'avait aucune raison de fréquenter. Elle comptait n'y séjourner que quelques jours, le temps de trouver une nourrice pour s'occuper d'Alex.

Elle avait quitté Athènes avec une somme d'argent confortable, dont une partie seulement avait suffi à les nourrir jusqu'à Patras, Niko et elle, lors de la débâcle. D'autre part, elle avait touché des gages à La Poule Rousse et chez Lysias. Elle pouvait payer sa chambre et verser une avance à la nourrice sans passer à sa banque. Cette banque appartenant à son oncle Démétrios Mascoulis, la nouvelle de son retour eût couru comme une traînée de poudre du guichet au bureau du directeur, et de là à l'hôtel particulier de Démétrios et à la villa du Lycabète. Elle avait besoin de quelques jours d'incognito pour régler le problème d'Alexandre.

Elle réunit bientôt une douzaine d'adresses de nourrices, qu'elle rencontrerait successivement avant de fixer son choix. Mais il y avait une personne à Athènes qu'elle voulait voir avant toute autre : Ghélissa Tricoupis, sa seule véritable amie. Diane était sûre que Ghélissa l'accueillerait à bras ouverts quelles que soient les circonstances, et qu'elle l'écouterait sans la condamner. N'avait-elle pas gardé la petite fille qu'elle avait eue d'Hélianthios Coïmbras hors mariage ?

Le soir même, Diane lui écrivit un mot. Elle aurait aimé se rendre chez son amie, mais l'hôtel particulier de Ghélissa Tricoupis était un endroit trop fréquenté. On y rencontrait à toute heure une foule de gens, hommes politiques, artistes, hommes d'affaires — car Ghélissa était elle-même une femme d'affaires avisée —, dont la majorité connaissait Diane. Il était donc plus prudent de lui fixer un rendez-vous. Elle cacheta le pli avec soin, et le fit porter à sa destinataire par le fils de la maison.

Il était tard. Ghélissa était au lit. Elle détestait coucher seule, et elle n'en faisait pas mystère. Un des passe-temps mondains de la société athénienne consistait à établir la liste de ceux qui avaient été ou n'avaient pas été ses amants. L'élu du moment était Georges Bousphoron, le secrétaire et l'ami de Démosthène après avoir été celui d'Hélianthios, le grand amour de Ghélissa, autrefois.

Ghélissa était enchantée de Bousphoron. Elle aimait deux choses chez les hommes : l'esprit, et Bousphoron n'en manquait pas, et... la chair — et Bousphoron était un amant robuste et attentif. Quant à lui, il n'était pas mécontent de l'aubaine. Sans être une reine de beauté, Ghélissa faisait preuve, au lit, d'une fougue et d'une imagination rares.

Ils paressaient dans le fouillis des draps quand la

femme de chambre de Ghélissa frappa timidement à la porte. Madame n'aimait pas être dérangée dans ces moments-là, mais le petit messager avait précisé qu'il s'agissait d'une lettre importante.

Ghélissa se leva, et nue, roulant sans fausse pudeur ses hanches et ses seins de Junon devant son amant provisoirement anéanti, elle se dirigea vers la porte qu'elle entrouvrit.

— C'est toi, Maroussia ? Que se passe-t-il ?

— Que Madame m'excuse... Une lettre vient d'arriver.

— A cette heure-ci ?

— Oui, Madame. Justement j'ai pensé...

— Bon, donne.

Ghélissa referma la porte. Elle examina l'enveloppe avec curiosité. En reconnaissant l'écriture, son cœur se mit à battre.

— Ghélissa ! Qu'est-ce que c'est ? lui demanda Bousphoron du fond du lit.

Elle faillit lui dire qu'il s'agissait d'une lettre de Diane, mais, mue par un obscur pressentiment, elle s'en abstint.

Elle déchira l'enveloppe, et en tira la lettre qu'elle inclina sous la lampe pour lire plus commodément.

Ses yeux s'embuèrent. Diane était vivante, elle en avait enfin la preuve, après ces longs mois d'incertitude et d'angoisse ! Étrange chose que l'amitié ! Ghélissa aurait pu envier à Diane sa beauté souveraine... Au contraire, cette grâce unanimement reconnue la lui rendait plus précieuse, comme si, loin de la jalouser, elle l'avait plainte d'être si belle. Confusément, elle considérait Diane comme sa cadette : une petite sœur si éclatante et délicate à la fois que le monde, en l'effleurant, ne pouvait que la menacer, l'abîmer... Elle essuya ses yeux, et lut :

Ma chère Ghélissa,

Je suis à Athènes et je brûle de te voir. Pour des raisons que je t'expliquerai de vive voix, je préfère que la nouvelle de mon retour reste secrète quelques jours encore. Peux-tu venir à mon hôtel demain matin ? Il m'est arrivé des tas de choses terribles et magnifiques que je ne veux raconter qu'à toi !

Je t'embrasse tendrement,

Diane

Suivait l'adresse de l'hôtel, situé dans un quartier très populaire. Ghélissa plia la lettre et la rangea dans le tiroir de la console. Elle enfila un peignoir.

Bousphoron s'était redressé, et, appuyé sur les coudes, il l'observait avec attention. Il avait dû deviner l'émotion qu'avait suscitée en elle la lecture de la lettre.

— Ce n'est pas une mauvaise nouvelle, au moins ?

— Non. Au contraire !... Je ne peux rien te dire. Il faut que je sorte.

Ghélissa déposa Bousphoron devant chez lui et donna à son cocher l'adresse de l'hôtel où Diane était descendue.

Elle n'avait pas la patience d'attendre jusqu'au lendemain. Si Diane était à Athènes, il fallait qu'elle la voie tout de suite. Il était une heure du matin, mais elle s'en moquait.

Devant l'hôtel, elle ordonna au cocher de l'attendre. Tout était fermé. Elle frappa à la porte sans vergogne jusqu'à ce que le patron vînt lui ouvrir. Ghélissa apaisa sa mauvaise humeur au moyen d'un pourboire confortable et se fit indiquer la chambre de Diane. Elle s'engagea d'un pas vif dans l'escalier.

Malgré l'heure, Diane ne dormait pas. Après avoir envoyé le billet à Ghélissa, elle s'était assise devant le miroir du cabinet de toilette de sa chambre, et elle s'était examinée d'un œil critique. Elle était toujours aussi belle, mais une autre femme.

Trois coups à la porte la tirèrent de sa rêverie.

— Qui est là ?

— C'est toi, Diane ? Ouvre, c'est Ghélissa !

Le cœur de Diane se mit à battre. Ghélissa ! Elle courut sur la pointe des pieds jusqu'à la porte.

— Chut ! Ne fais pas de bruit, le bébé dort...

Diane ouvrit la porte, et les deux jeunes femmes tombèrent dans les bras l'une de l'autre.

— Diane, te voilà enfin ! Si tu savais comme j'étais

inquiète ! En lisant ta lettre je n'ai pas résisté, il a fallu que je vienne tout de suite !

— Tu as bien fait !

— Depuis quand es-tu à Athènes ?

— Depuis ce matin.

— Et tu n'a encore prévenu personne ?

— Toi seule. Je t'expliquerai... Mais parlons bas, dit Diane en montrant le couffin posé sur son lit.

— Qu'est-ce que c'est que ce bébé ? Te voilà bonne d'enfants, à présent ?

Diane rougit.

— Non... c'est Alex.

— Alex. Pourquoi pas ? Et alors ? Qu'est-ce qu'il fait là ?

— Alexandre... un prince... une merveille...

— Ne me dis pas...

— Si. C'est mon fils.

Ghélissa était d'un naturel très expansif. Elle faillit rugir de joie à cette nouvelle : Diane avait un enfant ! Son amie la fit taire.

— Chut ! Je t'en prie, tu vas le réveiller !

— Excuse-moi... C'est ton fils ? Ça alors ! Et Démosthène n'est pas au courant ?

Le visage de Diane s'assombrit.

— Non. Et il ne le saura jamais.

Ghélissa demeura un instant silencieuse.

— Je comprends, dit-elle enfin. C'est ton fils, mais ce n'est pas le sien.

— C'est ça, soupira Diane.

— Eh bien, peu importe. C'est ton fils, c'est tout ce qui compte ! Mais il faut que je le voie de près !

Ghélissa se pencha sur le bébé endormi.

— Il est magnifique !... Il a tes yeux, ton front... Mais dis-moi, comment est son père ? Brun ? Il a la peau mate.

— Son père est un soldat turc de dix-huit ans à peine. Il a dû retrouver son Anatolie natale, ou bien une quelconque garnison sur le Bosphore...

Ghélissa se redressa vivement.

— Un Turc ! Mais comment...?

— Un viol. Collectif. Pendant la débâcle.

— Ma pauvre Diane ! Ils auraient pu te tuer !

— Ils ont bien failli le faire. Le père d'Alexandre en a tué deux, pour me sauver la vie.

De saisissement, Ghélissa s'assit sur le bord du lit.

— Mais c'est horrible ! Et tu l'as gardé ? Tu aurais pu...

Diane secoua la tête.

— J'y ai pensé. Je n'ai pas pu m'y résoudre. C'est mon enfant, ma chair ! Et puis le plus jeune, celui qui m'a sauvé la vie... il ne voulait pas. D'une certaine façon, pour lui aussi, ça a été un viol. Mais pardonne-moi, je n'ai pas envie d'en parler.

— Je comprends ! Alors tout ça s'est passé il y a presque un an ? Qu'as-tu fait ensuite ? Où étais-tu ?

— J'ai été malade. Puis j'ai travaillé pour gagner ma vie.

— Toi, Diane, tu as travaillé !

— Je te raconterai tout, mais parle-moi de Démosthène. Comment va-t-il ? Comment a-t-il réagi à ma fuite ?

— Il va mieux... Basile et Bousphoron l'ont pris sous leur houlette. Il s'était laissé couler. Sans toi, c'était un homme fini, une épave. Il s'était mis à boire.

Le cœur de Diane se serra.

— Que vas-tu faire ? reprit Ghélissa. Je connais Démosthène... L'enfant d'un autre, et d'un Turc, par-dessus le marché !

— Il ne saura rien. Je vais élever Alex toute seule, comme tu l'as fait avec ta fille.

Ghélissa réfléchit un instant.

— Je crois que tu n'as rien de mieux à faire. Mais ta situation est compliquée. Y as-tu pensé ? Tu es mariée. Il faudra mentir... Toujours.

Diane acquiesça.

— J'y suis décidée, dit-elle d'une voix ferme.

Les deux femmes poursuivirent leur conversation jusqu'à une heure avancée de la nuit. Quand Diane lui eut raconté ses aventures, Ghélissa se préoccupa d'Alex, dont elle s'était instituée la marraine de sa propre autorité.

— J'ai recueilli des adresses de nourrices, dit Diane. Le quartier n'est pas très éloigné du Lycabète, c'est un point essentiel. Je pourrai le voir souvent. Je ne verrai pas Démosthène avant d'avoir réglé ce problème.

— As-tu besoin d'argent ?

— Non, je te remercie, j'en ai... Il m'en restait, et j'en ai gagné en travaillant.

— Qu'est-ce qu'on gagne en travaillant ? s'exclama Ghélissa. Des clopinettes, sûrement !

Elle vida sa bourse sur le dessus-de-lit en se traitant de gourde pour n'avoir pas pensé à cela. Elle n'avait rien de plus sur elle, elle était confuse !

Il y avait tout de même cinq cents drachmes en pièces d'or, une petite fortune que Diane refusa en riant. Ghélissa n'avait aucune idée de la valeur des choses. Cette somme, qui n'était pour elle que de l'argent de poche, aurait fait vivre une famille nombreuse pendant des mois.

— Je n'ai besoin que de ton affection, dit Diane.

— Tu l'as ! répondit Ghélissa. Mais avoue que pour moi, c'est un peu frustrant. Regarde-moi ce petit misérable, dans son couffin de quatre sous, avec son bonnet mité ! C'est mon filleul, ça ? Laisse-moi l'habiller de soie.

Au petit matin, épuisée par sa longue nuit, mais heureuse de ces retrouvailles, Ghélissa quitta Diane et trouva son cocher endormi à l'intérieur de la voiture. Avant de la pousser dehors, Diane lui fit promettre de garder le secret sur sa présence à Athènes jusqu'à ce qu'elle ait elle-même décidé de réapparaître au grand jour.

Diane s'attela à la tâche qu'elle s'était fixée en priorité : trouver la meilleure nourrice possible pour Alex. Cette prospection lui prit quatre jours entiers. Elle découvrit ce qu'elle cherchait en la personne de l'opulente Mme Eudora Pomonos. Diane avait déjà fait l'achat d'un trousseau complet qu'elle lui laissa. Il était convenu qu'elle viendrait voir Alex deux fois par semaine.

Quand elle se retrouva seule dans sa chambre d'hôtel ce soir-là, le désarroi de Diane fut grand. Depuis la naissance d'Alex, ils n'avaient encore jamais été séparés. Elle avait vécu plus intimement avec lui qu'avec Démosthène, même durant leur lune de miel. Elle parvint à grand-peine à maîtriser une crise de larmes. Elle devait être forte. Elle allait devoir vivre ainsi des années durant, ne voyant son fils que deux fois par semaine, en cachette. Pourrait-elle même tenir cette périodicité ? Il y aurait des empêchements, des rendez-vous manqués, des peurs, des larmes... Elle ne connaîtrait peut-être jamais un Noël avec son enfant. Qu'il soit bien-portant ou malade, elle ne pourrait faire partager son bonheur ou son angoisse à Démosthène. Il y aurait désormais entre eux ce secret, et les innombrables mensonges qu'il entraînerait immanquablement. En gardant Alex, en l'acceptant comme son fils, totalement, à tout jamais, c'était à cela qu'elle se condamnait. L'enfant pèserait plus lourd et plus longtemps sur sa vie de couple que ne le ferait un amant. Alors il ne fallait pas céder au chagrin dès le premier jour. Il fallait au contraire se préparer à cette double vie, à cet écartèlement incessant entre Démosthène et Alex. Il fallait mener de front les deux existences d'ordinaire confondues, pour elle seule inconciliables, de mère et d'épouse... Et d'abord redevenir la femme et la maîtresse de Démosthène, à présent qu'Alex était en sécurité.

Démosthène était allongé, les yeux au plafond, dans le lit dévasté. Penchée sur lui, Hélène Papastrassou caressait du bout des doigts la cicatrice presque invisible qui courait de son arcade sourcilière jusqu'à la racine des cheveux noirs et drus.

— Qu'est-ce que c'est, ça ? lui demanda-t-elle.

— Un coup de crosse de fusil.

— C'est un Turc, qui t'a fait ça, quand tu étais là-bas, à Salonique ?

— Oui.

Elle déposa un baiser sur la cicatrice, le considéra d'un œil admiratif.

— Je couche avec un héros !

— On n'est pas un héros parce qu'on a pris un coup de crosse sur la tête.

— Non, mais toi tu es un héros. J'ai lu des articles sur toi... Tu étais le chef des résistants, là-bas ! Tu as fait des choses formidables, tu as tué des quantités de Turcs !

Démosthène haussa les épaules.

— J'ai tué un Turc en tout et pour tout, il y a longtemps, dans un café. En 92. Les partisans qui étaient sous mes ordres en ont tué beaucoup, mais pas moi. J'organisais, je coordonnais, c'est tout.

— Quand même ! Qu'as-tu ressenti quand tu as tué ton Turc ?

— Une énorme nausée. Tu crois que c'est excitant de

tuer ? C'est sale. Le sang, ça vient de l'intérieur, comme la pisse et la merde, c'est dégoûtant, ça coule !

Étonnée, Hélène dévisagea Démosthène. Il avait prononcé ces mots avec une violence déconcertante, et ses traits étaient convulsés de dégoût. D'ordinaire, les hommes aimaient évoquer leurs faits de guerre, réels ou imaginaires, devant une femme. Démosthène se révélait différent. Il n'en était que plus fascinant.

Hélène avait vingt-cinq ans. Elle avait failli se marier plusieurs fois, avec de bons bourgeois de Nauplie. Elle-même était issue d'une excellente famille, mais elle avait un tempérament volcanique. Chaque fois, son fiancé informé de ses frasques passées avait renoncé au dernier moment à une aussi périlleuse alliance. Désavouée par sa famille, elle était devenue une sorte d'aventurière, désormais impossible à marier dans son milieu. Elle vivait confortablement grâce à la pension que lui versait son père, humilié, furieux, mais incapable de se résoudre à lui couper les vivres. Sa réputation était devenue telle à Nauplie qu'elle n'avait pas hésité à suivre Démosthène à Athènes, sans lui demander son avis. Il l'avait laissée faire, non sans réticence. Il avait eu la franchise de lui interdire tout espoir. Il était marié. Sa femme était en voyage à l'étranger. Dès son retour, il faudrait tirer un trait sur leur liaison. Elle ne se faisait pas d'illusions. Il ne l'aimait pas, mais elle était belle et provocante. Elle s'accrochait, mais adroitement, sans peser, sans gêner. Elle espérait se rendre indispensable à la longue.

Elle consulta la pendule qui ornait la cheminée de la chambre.

— Démosthène, il est midi ! Tu n'as pas un rendez-vous ?

— Si, à une heure moins le quart, avec le président de la corporation des charretiers... Son appui me vaudrait au moins soixante voix dans cette circonscription...

Il posa la main sur le dos de la jeune femme et la laissa glisser jusqu'à ses reins. C'est vrai qu'elle était bien roulée, cette garce d'Hélène. Moins parfaite que Diane, bien sûr ! Diane était incomparable. Chaque parcelle de son corps semblait faite d'une substance rare et précieuse, appelant des comparaisons poétiques... Mais elle n'avait pas au lit la fougue, l'effronterie, la gourmandise bestiale d'Hélène.

— Si j'avais le temps...

— Non, non, dit-elle d'une voix faussement sévère. Ote ta main ou tu vas perdre soixante voix aux élections. Sois sérieux, pense à ton siège à la boulê !

Il retira sa main.

— Tu as raison. Si je manque ce rendez-vous, Bousphoron va hurler.

Il se leva et commença à s'habiller.

— Tu ne te laves pas ? Tu pues l'amour !

— Pas le temps. Et puis le représentant des charretiers sent le crin de cheval et l'huile d'olive.

— Merci pour la comparaison !

— Tu sens la violette qui s'exhale le matin des pentes de l'Olympe. Ça va comme ça ?

— Ça va mieux.

— Alors passe-moi ma cravate, là, sur la commode.

— Tiens, la voilà... On se voit un de ces jours ?

— Un de ces jours...

Quelques minutes plus tard, Démosthène quittait discrètement l'hôtel d'Hélène. Il tenait à garder cette liaison cachée. Dans sa reconquête d'une audience politique, il devait à tout prix se montrer irréprochable. Un homme de bien, qui affrontait avec une admirable fermeté d'âme l'absence suspecte de son épouse. On pouvait, au choix, plaindre ou moquer son infortune supposée, mais toute trivialité de sa part eût fait basculer l'opinion contre lui. Il enfonça sur son crâne son chapeau à larges bords, et prit le chemin du siège de l'influente corporation des charretiers.

Au même instant, Diane regagnait son hôtel situé à quelques rues de là. Elle s'était levée tôt pour aller s'acheter une robe. Non pas chez un de ses anciens fournisseurs, où elle aurait été immédiatement reconnue, mais chez une couturière de faubourg qui habillait les jeunes femmes de la petite bourgeoisie. Ainsi son incognito serait-il respecté.

La robe qu'elle avait choisie, inspirée d'un modèle parisien mais taillée dans un tissu plus modeste que l'original, était simple et fraîche, d'un bleu tendre qui s'harmonisait avec son teint.

Diane avait également fait l'emplette d'un corsage de soie gris perle, d'une cape d'un bleu un peu plus soutenu, et d'une paire de bottines. C'était dans cette toilette qu'elle se présenterait à Démosthène cet après-midi même.

Comment allait-il réagir ? Lui ferait-il des reproches ? Elle avait confiance. Il l'aimait. Il comprendrait, lui, ce qu'elle comprenait difficilement pour sa part à présent que le temps avait passé : ce mouvement intérieur qui l'avait poussée à s'enfuir, à s'exclure elle-même de la vie de Démosthène puisqu'elle se croyait incapable de lui donner un enfant.

Perdue dans ses pensées, elle marchait sans prendre garde à ce qui l'entourait. Soudain, elle vit un homme sortir d'une maison en enfonçant son chapeau sur son front. Son cœur se mit à battre. Cette silhouette élancée, ces épaules larges sur une taille d'éphèbe, ces vêtements impeccablement coupés, portés très près du corps, à la française, ce ne pouvait être que Démosthène ! Elle faillit l'appeler, se précipiter vers lui, se jeter dans ses bras. Elle se retint. Des retrouvailles dans la cohue, au milieu des passants, des éventaires des marchandes de poisson, ce n'était pas ce qu'elle avait imaginé... Et puis elle n'était pas prête. Elle était pauvrement vêtue et voulait se montrer à lui dans tout son éclat. Elle se contenta donc de marcher derrière lui, le cœur chaviré, incertaine de la conduite à tenir. A propos, que faisait-il dans ce quartier excentrique ? Ce n'était pas la circonscription qu'il convoitait quand elle l'avait quitté. Curieux !

Démosthène porta la main à la poche spéciale qu'il faisait coudre dans toutes ses vestes afin d'y placer son étui à cigares. Non seulement il était lui-même fumeur de cigares, mais encore il avait de nombreuses occasions d'en offrir. Il jura entre ses dents. Il avait oublié l'étui chez Hélène. Or, Firtakis, l'homme avec qui il avait rendez-vous, adorait les cigares — les bons, les chers, ceux de Démosthène. Il eût été de mauvaise politique de décevoir son attente. A quelques pas de l'hôtel d'Hélène se trouvait un marchand de tabac. Démosthène consulta sa montre. Il avait le temps d'y aller.

Il se retourna d'un bloc, sans marquer le moindre temps d'arrêt, en homme pressé. Diane marchait à une dizaine de mètres en arrière, sur le même trottoir. De saisissement, elle lâcha ses paquets et poussa un léger cri. Démosthène, comme foudroyé, s'était arrêté net. Blême, il la contemplait, interdite et tremblante au milieu de ses paquets épars. Ils restèrent ainsi immobiles quelques secondes, puis ils se précipitèrent l'un vers l'autre. Elle se jeta dans ses bras. Il la reçut comme le bien le plus précieux qu'il eût jamais possédé sur la terre, et embrassa son visage en balbutiant.

— Mon amour, ma chérie... C'est un rêve ! Ce n'est pas possible ! Toi, ici ! Mais comment... et ces vêtements ! D'où viens-tu ? Qu'étais-tu devenue ?

Elle posa un doigt sur sa bouche.

— Plus tard... Je te dirai tout...

Son cœur se serra. A l'instant même où elle faisait cette promesse, elle mentait. Elle devrait lui cacher l'essentiel, sous peine de détruire leur amour à jamais.

— Laisse-moi te regarder, reprit-elle. Que tu es beau ! Plus mince. Tu as rajeuni !

— Tu n'aurais pas dit ça il y a un mois. J'ai maigri, je me suis refait une santé, grâce à Basile et à Bousphoron... Mais toi ! Tu es resplendissante ! Vêtue comme une pauvresse, belle comme une déesse...

Dans son trouble, Diane avait totalement oublié ses paquets éparpillés sur le trottoir. Un gamin du quartier les ramassa et les lui tendit.

— Eh, les amoureux ! Vous avez perdu tout ça ! lança-t-il d'une voix gouailleuse.

Démosthène lui lança une piécette et se chargea des paquets.

— Depuis quand es-tu à Athènes ?

— Depuis deux jours, mentit Diane. Le temps de m'apprêter... J'avais tellement peur...

— Mais de quoi ?

— De toi ! Comment allais-tu m'accueillir ? Tu m'en as beaucoup voulu ?

Démosthène secoua la tête.

— Non. Pas un instant, avoua-t-il avec une nuance d'étonnement dans la voix. J'ai été... malheureux, très malheureux ! J'ai fait des bêtises, j'ai bu, j'ai brisé ma carrière, j'ai été tenté de me suicider à plusieurs reprises, mais je ne t'en ai pas voulu...

Elle laissa aller sa tête contre son épaule.

— Tu es bon ! J'étais folle, tu comprends ? Je m'estimais indigne de toi, parce que je ne pouvais pas avoir d'enfants. Mais peut-être que tout n'est pas perdu... J'ai parlé avec un médecin...

Elle hésita. Elle allait devoir mentir à nouveau. Ils s'étaient retrouvés depuis quelques minutes à peine, et elle en était déjà à son troisième mensonge. Et ce serait comme ça toute la vie, désormais !

— Eh bien ?

— Eh bien... Il n'est pas sûr que je sois stérile.

Démosthène se mit sur la défensive. Diane savait-elle qu'il lui avait menti ?

— Pourtant, les médecins que nous avons consultés... Le professeur Wilkinson lui-même.

— Wilkinson est un homme comme les autres. Il a pu se tromper.

— Bien entendu, mais... Quel est ce médecin qui t'a fait espérer ?

— C'est un simple médecin de quartier. Pourtant...

— Tu vois bien ! Diane, ma chérie, sois prudente, ne te berce pas d'espoirs qui pourraient déboucher sur de nouvelles déceptions !

Diane s'était aventurée sur un terrain dangereux. Le seul moyen de convaincre instantanément Démosthène qu'elle pouvait avoir un enfant aurait été de lui avouer qu'elle en avait un.

Elle préféra battre en retraite.

— Tu as peut-être raison. Nous reparlerons de tout ça plus tard. Ramène-moi à la maison, tu veux bien ?

Le visage de Démosthène s'éclaira.

— Si je veux ? Cela fait dix mois que je rêve de cet instant !

Il fit signe à un fiacre en maraude.

— Cocher ! Au Lycabète, au grand galop ! J'avais un rendez-vous, dit-il. Au diable, le président des charretiers... Je lui enverrai Bousphoron, avec une brouettée de cigares !

Il enlaça Diane et pressa ses lèvres sur sa bouche. Elle lui rendit son baiser avec fougue.

— C'est toi ! Tu es là, enfin ! Je n'ose pas y croire... Après tout ce temps... Que t'est-il arrivé après la débâcle ?

— Ah, tu as su que j'avais rejoint le front comme infirmière ?

— Oui. J'ai remué ciel et terre. On a retrouvé ta trace à Pharsale. Et puis il y a eu ce journaliste français...

— Ah oui, le correspondant du *Temps* !... après Pharsale, je suis tombée malade. La typhoïde. J'ai failli mourir.

— Mais pourquoi ne t'es-tu pas adressée aux autorités ? On t'aurait rapatriée, tu aurais eu les meilleurs médecins de Grèce, les meilleurs soins...

— J'ai été très bien soignée, par le meilleur médecin de Patras.

— Ah, c'est celui-là qui...

— Oui, c'est lui, dit Diane sans insister. Ensuite, une longue, très longue convalescence... Et puis j'ai travaillé.

— Diane !

— Il fallait bien. J'ai été serveuse dans une auberge, et ensuite domestique.

— Mon pauvre amour ! Comme ça a dû être dur !

Elle sourit tendrement : elle lui parlait d'une autre planète. Comment aurait-il pu comprendre ?

— Non, pas trop. Bien sûr, je n'étais pas experte, j'ai cassé quelques plats ; mais on s'y fait vite, tu sais.

Démosthène ressentait le profond changement qui s'était opéré en Diane. Malgré les mondanités dont leur vie était faite, Diane n'avait jamais succombé à la vanité, à la vacuité de leur société privilégiée. Mais elle était légère, drôle, spirituelle... Il la retrouvait plus profonde, plus riche. Et cela le décontenançait :

— En tout cas, c'est fini ! Si tu veux t'occuper, tu trouveras mieux que les travaux ménagers. Tu pourrais t'occuper d'œuvres — mieux, ouvrir une galerie d'art !...

— J'y réfléchirai... Nous avons le temps.

— Tu as raison. J'espère bien que tu vas te consacrer surtout à moi, pour commencer.

— J'en ai bien l'intention ! murmura-t-elle. Dis-moi comment va ma mère, et Bohumil ? Que fait mon oncle ?

— Ta mère et Bohumil sont à Corfou... J'ai peu de nouvelles d'eux, de même que de Démétrios. Ta famille m'a rejeté, après ta disparition... Elle m'en a rendu responsable. Si Basile n'avait pas été là, j'aurais été obligé de vendre la villa à Lambdallos, le père d'Evguéni. Vieille carne ! Il tenait sa vengeance... Il m'aurait fait jeter dehors comme un chien ! Heureusement, Basile est intervenu. C'est lui qui a acheté la villa, mais il m'en a laissé la jouissance.

— Cher Basile ! Nous allons le rembourser !

— Avec quoi ? Je n'ai que ma retraite d'ancien ministre. Mes livres ne se vendent plus ! Je suis devenu pauvre... Je vis sur le produit de la vente de la villa... Et j'ai de gros frais : je prépare ma rentrée politique. Ce n'est pas le moment de rembourser Basile.

Un éclair de rage s'alluma dans les yeux de Diane.

— Oncle Démétrios va payer, tu peux me croire ! Le

sale hypocrite ! Ah, ils t'ont tourné le dos ? Eh bien ils vont voir, maintenant que je suis de retour !

Démosthène s'efforça de l'apaiser.

— Il faut les comprendre... Pour eux, je ne suis qu'un petit aventurier, un parvenu ! Et puis j'ai fait des bêtises, après ton départ. Je retournais au ruisseau.

— Ils n'ont pas d'excuses. Et Périclès, que devient-il ?

— Il est à Athènes pour quelques jours. Il loge chez Basile. Tu les verras bientôt tous les deux.

Diane sourit. En trahissant Démosthène, c'était un peu elle-même que sa famille avait trahi, et elle n'était pas près de lui pardonner. Mais le petit clan de Salonique avait fait cause commune et protégé Démosthène. Là était leur vraie famille !

Les rumeurs ont un cheminement mystérieux mais rapide. Dès le lendemain matin, tout le monde savait que la belle Mme Sophronikou était revenue. La femme de chambre de Diane, qui était à l'origine de cette information, n'avait pas la moindre idée de l'endroit où sa maîtresse avait passé tous ces mois. Ce qu'elle avait raconté en fin de matinée à une lingère de Moussa Karvallos, puis à un livreur de chez Lafleur et enfin au concierge de l'hôtel particulier du ministre de l'Agriculture, tenait en peu de mots : Diane était rentrée, et ce retour n'avait donné lieu à aucune scène de ménage, bien au contraire. Les retrouvailles avaient été tendres, et même passionnées. Le désordre du lit conjugal, le lendemain matin, en constituait une preuve éclatante. Lc Tout-Athènes commentait non seulement la réapparition de Diane, mais aussi ce détail révélateur : le lit transformé en champ de bataille amoureuse.

Diane et Démosthène vivaient une seconde lune de miel. Pourtant, à l'instant même où ils s'étreignaient, Diane s'inquiétait. Le petit ne manquait-il de rien ? Elle se mordait les lèvres à l'idée qu'il la réclamait peut-être en pleurant... Elle eut envie de bondir hors du lit et de se ruer chez la nourrice. De son côté, Démosthène se demandait ce qu'il allait faire d'Hélène, ou plutôt comment il allait s'en débarrasser. L'amour sincère que Diane et Démosthène éprouvaient encore l'un pour l'autre semblait menacé par leurs mensonges.

Basile apprit le retour de Diane de la bouche de Bousphoron, qui était passé chez Démosthène à l'heure du déjeuner. Il y avait trouvé les époux en peignoir, en train de prendre une collation. Il ne s'était pas attardé. Il avait grignoté avec eux un pilon de pintade, réorganisé rapidement l'emploi du temps de Démosthène pour les jours suivants et s'était éclipsé pour se rendre tout droit chez Basile.

Un autre que Basile aurait sans doute laissé transparaître son émotion. Mais l'homme était d'acier. Il ne manifesta que la joie légitime d'un vieil ami. En vérité, ses sentiments étaient beaucoup plus complexes. A son soulagement de savoir Diane saine et sauve se mêlait le dépit de ne pas l'avoir retrouvée lui-même, comme il en avait caressé l'espoir. Basile perdait le moyen de faire pression sur Démosthène en lui donnant parcimonieusement des nouvelles de l'enquête. S'il avait mis la main sur Diane le premier, il l'aurait tenue éloignée d'Athènes aussi longtemps que possible et aurait tenté sa chance.

Il n'abandonnait pas tout espoir. Entre Diane et Démosthène, la crise avait été grave. Ils l'avaient apparemment surmontée, mais il y en aurait d'autres. Il patienterait en continuant à être le plus fort, le plus déterminé. Il lui aurait été facile d'ébranler le couple à nouveau. Il connaissait l'existence d'Hélène Papastrassou. Une simple indiscrétion, une lettre anonyme, auraient suffi à révéler à Diane l'infidélité de Démosthène. Diane était trop belle, et trop orgueilleuse, pour admettre qu'on pût la tromper avec une poule comme Hélène. Mais Basile n'était pas un voyou ordinaire. Tant qu'il en avait la possibilité, il évitait les petitesses. En amour comme en affaires, il s'efforçait d'abord de vaincre loyalement. Ce n'était qu'au moment où tous les moyens réguliers avaient échoué qu'il recourait aux coups bas sans scrupules ni remords. Pour l'instant, il ne souhaitait pas tuer Démosthène — moralement au moins — s'il pouvait faire autrement.

Pour sa part, Périclès accueillit la réapparition de Diane avec un soulagement énorme. A la différence de Basile, sa loyauté était totale. Des années auparavant, il se serait jeté au feu sans hésiter s'il y avait eu une chance pour que Diane l'aime au lieu de Démosthène. Mais c'était son ami qu'elle avait épousé, et il avait admis ce choix comme on admet qu'il faut mourir un jour. Puisque Diane ne partageait pas son existence, il s'accommodait de cette constante souffrance en s'étourdissant de travail et d'amours de passage, sillonnant les territoires immenses, les déserts africains, paysages bibliques que les désordres de l'homme n'avaient pas encore altérés.

Quelques jours après son retour, Diane se rendit chez son oncle Démétrios. Le vieil homme, blessé dans sa dignité et son affection, avait attendu que la jeune femme vienne à lui la première.

Dès qu'elle entra, il comprit qu'elle ne venait pas faire amende honorable. Comment avait-il pu s'aveugler à ce point ? Enfant, adolescente ou adulte, Diane n'avait jamais consenti à s'excuser de quoi que ce soit auprès de qui que ce soit. Aujourd'hui, même après une fugue de près de un an, qui avait rempli sa famille de l'inquiétude la plus noire, elle pénétrait dans le bureau de son oncle la tête haute, une lueur de défi au fond des yeux.

Démétrios se retint à grand-peine de la serrer dans ses bras. Elle était impossible, mais il l'aimait comme son enfant, l'enfant que le sort lui avait refusé.

— Il était louable de t'engager pour soigner nos blessés, lui dit-il, mais la guerre est finie depuis longtemps, non ?

— Après la guerre de Troie, Ulysse a mis beaucoup de temps pour rentrer à Ithaque... Il n'en a pas moins été reçu chaleureusement par ses proches.

— Mais... toi aussi ! dit Démétrios en lui ouvrant enfin les bras.

Diane étreignit son oncle avec tendresse. Mais, très vite elle se dégagea, et darda sur le vieil homme un regard flamboyant de rage.

— Pendant mon absence, vous avez abandonné Démosthène. Il a été contraint de vendre la villa, alors qu'un mot de vous aurait apaisé les créanciers !...

Démétrios se racla la gorge.

— C'est vrai. Je lui avais accordé ma confiance, mais il m'a déçu.

— Vous l'avez toujours considéré comme un arriviste !

— Ce n'est pas son arrivisme qui m'offusque. J'aime les arrivistes... s'ils ont les capacités de leurs ambitions.

— Vous aimez ceux de votre caste ! Si Démosthène était né riche, vous l'auriez aidé contre vents et marées. Mais pour vous, il ne sera jamais qu'un petit pauvre.

— Mes préjugés de classe ne m'aveuglent pas à ce point. C'est Basile qu'il fallait aimer. Ils viennent du même ruisseau, et vingt-sept ans plus tard, Démosthène y retourne, tandis que Basile possède le quart d'Athènes. Et il grandira encore, jusqu'à ce que je le brise...

— Laissez Basile de côté ! C'est de Démosthène que je vous parle ! De mon mari ! De l'homme que j'aime !

— Si tu l'aimes tant, pourquoi t'es-tu enfuie ?

Diane rougit. Néanmoins elle bouillonnait de colère et repartit à la charge.

— Je vous le dirai peut-être un jour. Mais aujourd'hui, j'exige que vous marquiez publiquement votre estime à Démosthène ! J'exige que vous restauriez son crédit à la Chambre et à la cour... Et ce n'est pas tout : j'exige que vous remboursiez à Basile le prix de la villa ! Cela sera une avance sur mon héritage.

Abasourdi, Démétrios considérait sa nièce avec un mélange de fureur et d'admiration.

— Qu'est-ce qui te permet de penser que je vais céder ?

— Si vous refusez, je m'expatrierai. Je ne resterai pas dans une ville où mon mari ne serait qu'un paria. Si vous n'aidez pas Démosthène, nous partirons, lui et moi, pour Paris ou pour Londres.

— Sottise ! Vous auriez bientôt mangé l'argent de la villa. Et d'abord, crois-tu que je vais aider à l'ascension d'une créature de mon concurrent ? Basile Apostolidès me fait la guerre sur de nombreux marchés !

— Démosthène reprendra son ascension avec ou sans vous, dit Diane en fronçant les sourcils. Mais il irait beaucoup plus vite avec vous... Et en échange, il vous aiderait à tenir Basile en respect !

Démétrios resta un moment silencieux. Face à la concurrence féroce de Basile, il avait parfois l'impression de perdre pied. Il se vantait de le réduire à merci quand il voudrait, mais il n'était pas si sûr d'y parvenir. Basile pesait de plus en plus lourd. Il rachetait à travers l'Europe entière des usines, des entrepôts, des poudrières, et fort de cette machine productive, il réduisait ses marges, cassait les prix et raflait les marchés. Diane n'avait pas tort. Dans la lutte qui s'amorçait entre son vieil empire et celui, naissant mais terriblement agressif, d'Apostolidès, aucun atout n'était négligeable. Surtout, Démétrios ne voulait pas perdre Diane. Dans son cœur desséché de vieux marchand de mort, il restait une oasis de tendresse réservée à Diane, à celle qu'il croyait être la fille de son frère suicidé, car il ignorait la vérité.

— Je ne te laisserai pas filer à l'étranger avec ce bon à rien. Il pourrait t'arriver Dieu sait quoi ! Tu auras l'argent pour racheter la villa.

— Il faudra aussi lui apporter votre aide dans sa campagne.

Démétrios fit la grimace.

— D'accord, dit-il, d'une voix lasse. Je capitule, pour l'amour de toi ! Et maintenant, parlons d'autre chose... Où étais-tu passée ? Qu'as-tu fait tout ce temps ? Nous étions fous d'inquiétude, ta mère et moi.

Diane élabora au profit de son oncle une version soigneusement expurgée de ses aventures en omettant, entre autres choses, la naissance d'Alexandre.

En quittant l'hôtel particulier de son oncle, Diane héla un fiacre et se fit conduire chez Eudora Pomonos.

Alex, qu'elle revoyait pour la première fois, semblait en pleine forme. Les mains refermées sur le sein de la nourrice, il tétait avec détermination. Diane s'assit et contempla son fils à son aise, tandis que Mme Pomonos lui racontait par le menu les faits et gestes du bébé depuis son arrivée sous son toit.

Au même instant, à quelques rues de là, dans la pénombre d'une chambre d'hôtel, Démosthène se laissait retomber sur la poitrine d'Hélène Papastrassou après un dernier spasme rageur.

Il n'était pas venu dans l'intention de lui faire l'amour. Après trois jours passés au lit avec Diane, il avait même craint de ne pas se montrer très vaillant. A présent, allongé sur Hélène, il maudissait sa propre légèreté.

— C'était bon ! soupira-t-elle à son oreille.

— Oui..

— Tout va bien ?

Il hésita.

— ... Tout va bien.

— Quel effet ça fait ?

— Que veux-tu dire ?

— Une brune après une blonde ?

Il se redressa et la dévisagea. Le regard d'Hélène n'exprimait qu'une légère ironie. Il avait compris : elle savait. C'était pour cela qu'elle l'avait attiré au lit, qu'elle avait déployé toutes les ressources de sa science amoureuse. Il se sentit joué. Jusqu'alors, leur liaison pouvait être mise au compte de la solitude d'un homme abandonné par son épouse. Au sens propre du mot, il venait seulement de tromper Diane pour de bon.

— Comment l'as-tu appris ? Par Bousphoron ?

— On ne parle que de ça en ville : Diane Sophronikou est rentrée à la maison.

— Et alors ?

— Alors quoi ? Rien. Ta femme a daigné revenir, vous n'avez pas mis le nez dehors pendant trois jours, c'était bien compréhensible ! Les gens s'en vont, les gens reviennent... Ils reprennent leur place, c'est la vie.

Démosthène ferma les yeux. Il ne s'était jamais senti à son aise dans de telles situations. Il détestait faire de la peine. Il était lâche, là aussi. Mais il fallait régler ce problème immédiatement. Il aimait Diane depuis toujours. Hélène n'avait été qu'un dérivatif de sa solitude, une maîtresse par intérim. Il fallait qu'elle comprenne. Il ouvrit la bouche. Elle lut ses intentions dans ses yeux Elle posa sa paume sur ses lèvres.

— Ne dis rien !

Il voulut écarter sa main.

— Non, reste comme ça. Tout est tellement plus simple quand on s'abstient de dire les choses. On parle, on se croit libéré, et on se retrouve prisonnier des paroles qu'on a prononcées. Tu sais où j'habite. Tu connais le chemin... Tu peux venir quand tu veux. Si je suis là, tant mieux... Si je n'y suis plus, tant pis ! D'accord ?... Non, réponds-moi d'abord avec les yeux.

Quelle drôle de fille ! Elle savait jouer son va-tout avec une élégance dont bien peu étaient capables. Elle lui épargnait la scène de rupture minable, douloureuse. Ce n'était pas un mince cadeau. Il aurait voulu la remercier, mais comment ? Il n'avait qu'une chose à faire : se montrer à la hauteur. Beau joueur. Bon camarade. Il abaissa par deux fois les paupières. Elle ôta sa main et la porta à ses lèvres pour lui adresser un baiser.

— Ouf ! Champagne !

Il n'y avait pas de champagne, mais du cognac. Elle se leva, se drapa prestement dans un peignoir de soie et emplit un seul verre qu'elle lui tendit. Il hésita. Il ne buvait pratiquement plus. Elle s'avisa de sa bévue.

— Oh, excuse-moi ! J'oubliais... Tu es un miraculé de l'alcool !

Il haussa les épaules. Il n'avait jamais été un buveur pathologique ; il avait bu par désespoir. C'était fini à tout jamais, pensait-il.

— Ce n'est pas grave. Je peux boire un petit verre de cognac avec toi.

— Alors allons-y ! A nos amours !

Il prit le verre et en but la moitié d'un trait.

— A nos amours !

Elle but à son tour, puis se mit à papoter de choses et d'autres avec un parfait naturel. Elle avait vu une robe extraordinaire, ce matin, sur le boulevard. Elle avait demandé l'adresse du couturier à la femme qui la portait. Elles avaient sympathisé et convenu de s'y rendre ensemble dans une heure. N'était-ce pas amusant ? Elles allaient peut-être devenir des amies. Cette femme était très jolie et très élégante... Mais il fallait qu'elle s'habille, si elle ne voulait pas arriver en retard à ce rendez-vous !

Ils furent prêts en même temps. Ils s'embrassèrent dans le couloir, et se séparèrent en bas de l'escalier. Elle sortit par la porte principale, tandis qu'il s'éclipsait par l'entrée de service, comme d'habitude.

Il marchait depuis quelques minutes, enchanté, somme toute, de la façon dont les choses s'étaient déroulées, quand il aperçut Diane. Il faillit courir vers elle. Il se retint, à la fois frappé de la coïncidence — c'était dans cette même rue qu'ils s'étaient retrouvés quelques jours auparavant — et inquiet, s'il l'accostait, de tomber nez à nez avec Hélène au prochain carrefour. Diane ne l'avait pas remarqué. Rien ne l'obligeait donc à se manifester. Il ralentit le pas et suivit sa femme à quelque distance. Elle avançait sans hâte, perdue dans ses pensées. Quand elle s'engagea sur le boulevard, il eut l'occasion de la voir de profil. Se méprenait-il, ou bien pleurait-elle vraiment ? Le cœur de Démosthène se serra. Qu'est-ce qui pouvait l'attrister à ce point ? Il continua à la suivre en réfléchissant. Que faisait-elle encore dans ce quartier ? Voyons, que lui avait-elle dit en le quittant ce matin ? Elle projetait de passer voir Démétrios... Une entrevue importante, la première depuis son retour à Athènes. Elle voulait le convaincre de lui donner l'argent nécessaire au rachat de la villa, et aussi de favoriser à nouveau sa carrière à lui, Démosthène. A en juger par la mine qu'elle affichait, cette démarche n'avait pas dû produire l'effet escompté... A moins que Diane n'eût autre chose en tête. L'hôtel de Démétrios était situé à l'opposé de ce quartier. Et Diane n'avait à la main aucun paquet, aucun carton à chapeau qui pût donner à penser qu'elle revenait de chez sa modiste. Alors ? Démosthène ne s'était jamais montré jaloux vis-à-vis de Diane, parce que la conduite de la jeune femme, avant sa longue fugue, n'avait jamais fourni matière à aucun soupçon. Mais en presque un an, tant d'événements pouvaient s'être déroulés... Ces pensées, à peine formulées, lui parurent dérisoires et mesquines. Il rencontrait sa femme dans un quartier un peu excentrique et aussitôt il se faisait des idées. Un amant, quelle folie ! Mais il sortait lui-même du lit d'une autre femme. Il portait encore son odeur sur son corps... Puisqu'il avait eu une liaison pendant l'absence de Diane, pourquoi n'en aurait-elle pas eu de son côté ? Elle avait tellement changé ! Elle était devenue plus sensuelle, plus exigeante. Il se la représenta dans les bras d'un autre homme, et il serra les poings. Il se morigéna. Diane, le tromper ? Impossible ! Son amour et sa fidélité constituaient une loi de la nature aussi indiscutable que la loi de la gravitation. Diane l'aimait et n'aimait que lui, ne se donnait qu'à lui, ne pouvait connaître le plaisir que dans ses bras. Il se sentit rasséréné, et il haussa les épaules. Son imagination de poète lui jouait des tours...

Diane s'arrêta au bord du trottoir. Il s'immobilisa. Elle leva la main pour faire signe à un fiacre en maraude. Le cocher retint ses chevaux et la voiture vint se ranger devant elle. Démosthène hésita. Il pouvait encore rattraper Diane en quelques enjambées, se jeter dans ses bras et regagner le Lycabète avec elle. Il ne bougea pas. Il laisserait Diane rentrer seule. Il la rejoindrait plus tard, et lui demanderait ce qu'elle avait fait après son entrevue avec Démétrios. Si elle mentionnait son détour par ce quartier, il serait rassuré. Si elle omettait de lui en parler, il saurait qu'elle lui cachait quelque chose... Cette idée même le terrifiait. S'il détenait la preuve que Diane lui mentait, il se trouverait en proie à un doute dévorant, destructeur ! Peut-être valait-il mieux ne pas tendre à Diane ce piège qui pouvait se révéler plus dangereux pour lui-même que pour elle. Il s'élança. Trop tard ! Diane était déjà montée en voiture, le cocher fouettait ses chevaux, le fiacre s'ébranlait. La circulation était faible, à cette heure-là. L'attelage prit rapidement de la vitesse. Démosthène ne put le rattraper. Il s'arrêta, jura, et se remit en route en remâchant sa déconvenue. Ce soir, et bien qu'il eût préféré l'ignorer, il saurait si Diane lui mentait.

Elle se reposait allongée sur son lit lorsque Démosthène la tira de sa somnolence.

— Tu es déjà là ? As-tu vu Ghélissa en sortant de chez Démétrios ?

— Non, elle n'était pas libre aujourd'hui ; je suis rentrée directement... Tu sais, pour la villa, tout est arrangé. Mon oncle s'est fait tirer l'oreille, mais il a bien fallu qu'il en passe par où je voulais...

— Ah oui ?...

Démosthène était ailleurs. Il entendait à peine le récit que lui faisait Diane de son ambassade auprès du vieux Mascoulis. Le sang battait à ses tempes. Diane lui mentait. Elle lui cachait quelque chose, et il n'aurait pas de repos avant d'avoir découvert son secret.

Sans cesser de sillonner l'Europe — son empire — pour y semer ce qu'il appelait en riant la « graine de mort subite », Basile épiait Diane. Il la voyait souvent, en compagnie de Démosthène. La société athénienne s'était vite lassée de cancaner sur la fugue de Diane et le couple avait repris sa vie mondaine. L'ancien ministre de l'Urbanisme était rentré en grâce auprès du tout-puissant Démétrios Mascoulis. Cette faveur renouvelée laissait présager une prochaine élection à la Chambre dans un fauteuil, et peut-être, dans la foulée, un nouveau poste ministériel... Le paria redevenait tout à fait fréquentable. On le recevait, on acceptait ses invitations, on les convoitait même, on se vantait d'être de ses amis. Or, ce n'était vrai que d'un tout petit noyau : les amis d'enfance de Salonique, Basile et Périclès bien sûr, et puis Georges Bousphoron, Ghélissa Tricoupis... Pour les autres, s'il leur souriait, les caressait et les accueillait à sa table, Démosthène n'avait plus que du mépris. Sa traversée du désert lui avait appris la vérité de ce monde-là. Naguère encore, son arrivisme se teintait d'humour. Il savait rire de lui-même. A présent, il ne savait plus que ricaner des autres. Il avait assez fait le singe pour percer à jour les singeries de ses semblables. Parfois, pourtant, en recevant un jeune poète venu lui soumettre ses œuvres, ou en bavardant avec un nouveau venu en politique désireux de s'allier à lui, il se souvenait de ses propres sentiments quelques années plus tôt. Il constatait qu'il avait perdu la fougue naïve de la jeunesse à qui l'on pardonne tout, l'ambition, l'impatience, l'ingratitude même, sans autre raison que la fascination et la nostalgie qu'elle inspire. Il n'avait pas encore trente ans, et il se sentait vieux, usé, rompu. Il avait conscience de s'être abîmé très vite en vivant trop vite.

Basile avait perçu cette lassitude en Démosthène. Bien sûr, il la combattait en travaillant de son mieux au rétablissement politique de son ami, mais en même temps, il discernait en elle les prémices d'un possible bonheur. Il souhaitait que Démosthène gravisse à nouveau les échelons du pouvoir, et, simultanément, il ne pouvait s'empêcher de souhaiter qu'il s'effondre en chemin. Alors seulement, Basile pourrait réaliser son rêve de toujours : faire de Diane sa maîtresse ou sa femme. Seul un reste de loyauté envers leur enfance commune le retenait de donner le coup de grâce à son fragile rival.

Diane aussi avait changé. Mais autant Basile lisait en Démosthène comme dans un livre, autant les transformations qu'il pressentait en Diane lui demeuraient mystérieuses. Quelque chose était arrivé, il en avait la conviction. Elle était à la fois plus mûre, plus sûre d'elle, et paradoxalement plus vulnérable. A certains moments, elle avait des expressions qu'il ne lui connaissait pas, comme au souvenir d'instants impartageables avec Démosthène ni avec aucun de ses amis de toujours. C'était physique. Sensuel. Sexuel, peut-être. Et Basile, qui ne détenait aucun droit d'être jaloux, étouffait de rage à l'idée qu'un homme étranger au quatuor initial ait pu la tenir dans ses bras. Chose étrange, cette idée insupportable lui laissait un espoir. Si vraiment Diane s'était donnée à un autre que Démosthène, pourquoi, un jour, ne se donnerait-elle pas à lui, Basile ? Et l'homme qui ambitionnait de régner sans partage sur le commerce des armes dans le monde, le conquérant cynique, s'abandonnait à des rêveries humiliantes mais délicieuses. Il acceptait l'éventualité qu'un autre homme ait eu Diane, qu'un autre l'ait demain, pourvu que son tour arrive. Il saurait bien, alors, les lui faire tous oublier !

En attendant, puisque son amitié pour Démosthène — devenue quelque peu méprisante en secret — le condamnait au silence, il présentait à Diane un visage rassurant d'homme providentiel. Si elle quittait un jour Démosthène, ou s'il la quittait, il faudrait qu'elle n'imagine pas trouver ailleurs de réconfort et d'amour. Il fut tout à la fois présent et discret, charmeur sans cesser d'être amical, complice et jamais complaisant. Il voulait qu'elle ait toujours l'impression d'être comprise par au moins un homme sur la terre. Mais Diane était fine mouche. Comme dans ces figures de billard où la moindre brutalité compromettait tout, il convenait de jouer en douceur, par la bande. Jamais il ne critiquait Démosthène, Diane ne l'aurait pas toléré. Au contraire, il lui cherchait des excuses, et il en découvrait de si peu fondées, de si outrageusement indulgentes, que Diane devait admettre que seule l'amitié les avait dictées. Du coup, les caprices et les coups de colère de son mari lui apparaissaient dans une lumière plus crue, inexcusables.

Sous une bonne entente apparente, le fossé se creusait entre les deux époux. Depuis qu'il l'avait prise en flagrant délit de mensonge, Démosthène soupçonnait Diane de le tromper. Il ne s'était pas encore résolu à la faire suivre, tant il redoutait d'apprendre la vérité, mais il lui tendait des pièges sournois, s'efforçait de l'amener à se trahir. Au fil des jours, il en eut la confirmation. L'emploi du temps de la jeune femme présentait des zones d'ombre. Au moins deux fois par semaine, elle disparaissait durant plusieurs heures. Jamais le soir — Diane préservait les apparences — mais l'après-midi, de deux heures à cinq ou six heures, et parfois le matin, elle rejoignait son mystérieux amant. Elle utilisait pour cela les prétextes les plus divers : emplettes, réunion de tel cercle d'étude ou de charité, visites à Ghélissa, à sa mère ou à son oncle... Dans ce dernier cas, Démosthène ne pouvait rien vérifier, ses rapports avec Mascoulis étant devenus quasi inexistants en dépit de leur apparente réconciliation.

La première bénéficiaire de ces soupçons et de la rage froide qu'ils entretenaient en Démosthène était Hélène Papastrassou. C'était à cause d'eux, et par une dérisoire vengeance, qu'il n'avait pas rompu avec elle comme il en avait d'abord eu l'intention. Peu de temps après le premier mensonge de sa femme, il avait cessé tout rapport charnel avec elle. L'idée qu'elle pouvait sortir des bras de « l'autre » lui faisait horreur et la lui rendait physiquement odieuse. Ses besoins sexuels étaient grands, et il se défoulait avec Hélène. Il avait toujours été un amant délicat et attentif. Il devint brutal, parfois ordurier, comme s'il avait voulu à travers elle atteindre Diane, la meurtrir, l'humilier. Hélène ne s'en formalisa pas. L'essentiel, à ses yeux, était qu'il continuât à prendre le chemin de sa chambre. Au contraire, elle ne détestait pas cette violence. Elle y prenait goût, et la provoquait au besoin.

Diane, pour sa part, ne savait à quoi attribuer la distance que son mari affichait vis-à-vis d'elle. En d'autres circonstances, elle s'en serait ouverte à lui franchement, mais elle avait conscience d'être en faute, même si sa faute n'avait rien à voir avec ce qu'il imaginait. De crainte d'être amenée à trahir son secret, elle préféra se taire, et le silence, entre eux, poursuivit son œuvre dévastatrice. Diane en vint, elle aussi, à soupçonner Démosthène, d'autant plus qu'il négligeait désormais les précautions élémentaires du mari volage. Bientôt, elle fut persuadée qu'il avait une maîtresse. Le souci d'éviter toute confrontation dangereuse, et le sentiment de culpabilité qu'elle conservait pour l'avoir abandonné si longtemps l'empêchèrent de lui jeter sa colère et sa peine au visage. Trois mois après le retour de Diane à Athènes, ils étaient devenus l'un pour l'autre des étrangers.

Cassandre et Bohumil ne séjournaient jamais longtemps à Athènes, dont le climat ne convenait plus à l'ancien ambassadeur de Turquie. A l'approche de l'été, si étouffant en Attique, le couple gagnait Baden-Baden. Cassandre et son époux avaient proposé à Diane de se joindre à eux. Elle avait accepté.

Entre elle et Démosthène, l'atmosphère était désormais irrespirable, viciée par les soupçons informulés, les rancœurs secrètes, les frustrations grandissantes. Qu'était devenue la passion qui, deux ans plus tôt, les jetait l'un vers l'autre après seulement quelques heures de séparation ? Une suite d'escarmouches sournoises, une guérilla conjugale sordide, entrecoupée de fausses paix, de rabibochages simulés ! Diane ne le supporterait pas. Elle n'était pas faite pour cela. Elle était trop orgueilleuse, trop passionnée pour accepter la fin de l'amour, comme tant de femmes et d'hommes s'y résignent, par peur de la solitude, par habitude ou faiblesse. Pour la première fois, elle envisagea le divorce. Elle ne pouvait supporter de vivre et de vieillir auprès d'un jaloux aigri, qui désertait sa couche et la trompait avec Dieu sait qui.

Ce séjour à Baden-Baden lui donnerait l'occasion de mieux connaître Bohumil, son beau-père pour l'état-civil, son père en réalité. Elle l'avait aimé d'un amour innocemment incestueux, avant d'apprendre quel lien les unissait. Depuis lors, cet amour interdit s'était mué en tendresse. Sans renier un instant la mémoire du premier mari de Cassandre, Kostas Mascoulis, dont elle avait longtemps cru qu'il était son père, elle portait à Bohumil une affection singulière, protectrice en dépit de la différence d'âge. Kostas avait été pour elle un père vénéré, l'image du devoir et du bien, jusqu'à sa fin tragique. Bohumil incarnait un autre type d'homme, une figure paternelle moins vénérable sans doute, mais plus attachante. Amateur d'art, de chevaux, de femmes, il avait brûlé la chandelle par les deux bouts. Il payait aujourd'hui ses excès. Les médecins ne lui donnaient plus très longtemps à vivre.

Le Grand Hôtel des Bains de Baden-Baden était un des établissements les plus luxueux d'Europe, célèbre pour l'action des eaux thermales. Le décor, le confort, le service et la cuisine comptaient au moins autant, aux yeux de sa clientèle cosmopolite, souvent titrée mais toujours nantie. Aussi n'était-elle pas uniquement composée de rhumatisants. On y croisait des jeunes gens et des jeunes filles éclatants de santé, des sportmen accomplis venus s'y délasser. Plusieurs altesses russes et allemandes, des grands d'Espagne, des lords et des pairs anglais, des comédiennes françaises en renom avaient leur pied-à-terre à Baden. Il s'y donnait des réceptions, des concerts et des bals, et l'on en repartait plus fatigué qu'en arrivant.

Bohumil et Cassandre descendaient au Grand Hôtel des Bains depuis des années. Ils y réservaient toujours la même suite, composée d'une chambre spacieuse, d'un salon, d'un petit bureau et d'un cabinet de toilette. La femme de chambre de Cassandre et le factotum-garde du corps de Bohumil, le fidèle Anjar, occupaient de petites chambres sous les combles. Cette année-là, pour loger Diane, Bohumil avait dû exciper de sa qualité de vieux client afin d'obtenir, à la dernière minute, une superbe chambre située au même étage que sa suite.

Pour prendre soin d'Alex, Ghélissa avait « prêté » Antonella à Diane. Antonella était la nurse de sa fille. D'origine roumaine, cette grande femme brune, d'apparence austère, était douée d'une douceur et d'une patience infinies qui faisaient merveille auprès des enfants. Antonella et

Alex logeaient dans une pension modeste mais confortable, à quelques rues de l'hôtel.

L'été s'annonçait magnifique. Depuis son arrivée à Baden-Baden, Diane avait retrouvé le sourire. Chaque jour, elle passait prendre Alex, et, poussant elle-même son landau comme n'importe quelle jeune mère, elle faisait avec lui de longues promenades le long des berges ombragées. Antonella les accompagnait parfois, et Diane apprit à apprécier cette femme discrète et sensible. Si Antonella n'avait pas été au service de Ghélissa, elle l'aurait volontiers engagée pour son compte. Mme Pomonos s'occupait fort bien d'Alex, mais ce n'était pas avec elle que le petit bénéficierait d'une éducation conforme à sa future condition sociale. Malheureusement, Ghélissa ne consentirait sans doute pas à se priver des services d'Antonella, à laquelle sa fille était très attachée.

Le soir, Diane rejoignait Cassandre et Bohumil et partageait avec eux la vie brillante de la station. On jouait au Cercle, on assistait à des concerts, on dansait. La beauté souveraine de Diane lui valait les assiduités de nombre de jeunes — et de moins jeunes — hommes, dont elle repoussait les avances en riant, mais non sans regrets parfois. Elle avait supporté aisément sa longue chasteté avant son retour à Athènes. A présent, celle-ci lui pesait. Diane se sentait disponible. Les soupçons, les rebuffades de Démosthène l'avaient lassée. Seul un reste de loyauté la retenait d'accorder à un séduisant curiste ce qu'il implorait d'elle en vain.

De temps en temps, elle fit avec Bohumil des excursions à cheval dans les environs. Le cavalier montait plus sagement depuis sa crise cardiaque, mais rien n'aurait pu le dissuader de se livrer à ce qui était une véritable passion pour lui.

A cinquante-cinq ans, Bohumil avait les cheveux, la moustache et les favoris d'un blanc de neige. Le contraste avec son visage encore juvénile, aux chairs fermes, était frappant. Bohumil avait toujours été beau. Il le paraissait encore plus aujourd'hui, par la grâce de ce mélange déconcertant. Pour ceux qui connaissaient ses ennuis de santé, cette beauté n'était que plus émouvante. Malgré sa force apparente, Bohumil pouvait s'effondrer d'un instant à l'autre. Il acceptait cette éventualité avec une désinvolture de gentleman. Il avait conscience de vivre ses dernières années, ses derniers mois peut-être, auprès de la femme qu'il avait le plus aimée, Cassandre, et même, par une faveur sans doute imméritée, auprès de sa fille naturelle, Diane. Il s'en irait sans amertume le moment venu. La vie n'avait pas été chiche avec lui.

Au cours d'une de leurs chevauchées dans la campagne, il aborda un sujet qui le préoccupait.

— Vous voilà redevenue souriante, Diane. Il vous aura fallu quelques jours, tout de même... Nous nous inquiétions, Cassandre et moi. Comment Démosthène a-t-il pris la nouvelle de ce séjour en Allemagne ?

— Mal, je le crains. Il n'a rien manifesté ouvertement, mais...

Bohumil hocha la tête.

— Ce garçon... brillant, très brillant, sans aucun doute, m'a toujours paru psychologiquement fragile sous des dehors de jeune loup.

— Peut-être suis-je en partie responsable, soupira Diane. Cette longue absence... Nos rapports se sont dégradés.

— Diane, il ne faut jamais rien regretter. Vous vous étiez enfuie... Pour vous sauver, en un sens. On dit pis que pendre de l'égoïsme... Mais une certaine dose d'égoïsme peut avoir un effet salvateur. Un bon cheval doit se cabrer, dans certaines situations. Vous vous êtes révoltée parce que vous pressentiez un danger. Je peux vous parler de l'égoïsme en connaisseur : j'ai toujours vécu en égoïste, acheva-t-il en riant.

— Vous vous calomniez, Bohumil ! Vous avez vécu... en homme qui aime la vie, voilà tout.

Bohumil lissa de deux doigts sa moustache immaculée.

— C'est peut-être vrai... Et justement, je ne sais quelles sont vos intentions, et je ne voudrais pas en préjuger, comprenez-moi bien. Mais si je peux me permettre de vous donner un conseil — après tout, je suis votre père... — ce serait d'essayer de vivre sur le versant ensoleillé de la vie. Chercher l'harmonie, toujours, quoi qu'il en coûte. C'est ainsi que la vie mérite d'être vécue, c'est comme cela qu'elle est belle et bonne, et qu'elle le demeure, même avec le temps qui passe et la jeunesse qui s'enfuit !

Diane se tourna vers son père, et planta son regard dans le sien.

— Ce qui veut dire ?...

Bohumil toussota.

— Ce qui veut dire... que si Démosthène ne vous apporte plus cette harmonie sans laquelle la vie ne vaut guère plus qu'un mauvais vin, il faut le sacrifier, sans hésiter !

Diane eut un haut-le-corps.

— Mais j'aime Démosthène !

— Vous l'avez aimé. Êtes-vous sûre de l'aimer encore ? Diane, vous êtes belle, vous êtes jeune, vous êtes la vie incarnée. J'ai vu des femmes comme vous s'étioler, se dessécher, mourir, ou pire, vieillir sans joie parce que l'amour les avait quittées. Il ne suffit pas d'être aimé, il faut aimer.

Diane baissa les yeux.

— Je ne sais plus. Parfois je me dis que c'est fini. Et d'autres fois, je me souviens des premières années de notre amour ; tout était lumineux, alors ! Je suis tentée de croire qu'il ne s'agit que d'une mauvaise passe, que tout peut recommencer comme avant... Et j'ai peur de tout perdre.

— C'est là le piège, Diane. Refuser d'aller vers l'avenir au nom du passé. Mais j'ai confiance. La pulsion vitale est trop forte en vous pour cesser de s'exprimer et de vous guider. Je crois qu'il ne peut rien vous arriver. Vous êtes ma fille, vous êtes comme moi, vous avez une étoile au front !

— Une étoile, vraiment ?

Tendrement, Diane se pencha et caressa d'un doigt le front de Bohumil. Il se prêta au jeu.

— Vous ne la sentez pas ? Elle est là, pourtant. Je la sens. Quand je me regarde dans une glace, je la vois briller. Et je vois briller la vôtre, en cet instant.

A son tour, il effleura du bout des doigts le front de Diane.

— Vous êtes marquée, reprit-il. Marquée pour le bonheur. Mais le bonheur n'est pas ce qu'on croit... ça fait mal aussi.

Un instant, elle faillit lui avouer son secret, lui dire qu'elle avait un enfant, qui seul comptait désormais. Mais il aurait fallu révéler les circonstances de sa conception... A moins de mentir encore ! Elle ne voulait ni mentir, ni lui parler d'Alex — son bonheur et aussi sa honte. Elle resta silencieuse. L'heure de l'aveu était passée.

Le drame se produisit le lendemain soir. Diane assistait avec Cassandre et Bohumil à un récital de piano dans la villa d'un riche industriel hongrois. Cassandre et Diane étaient assises au premier rang de l'auditoire. Bohumil, debout, était accoudé à la cheminée. La pianiste Maryse Blanquet jouait le nocturne n° 7 en ut dièse mineur de Chopin. On entendit un profond soupir au fond de la pièce, suivi d'un cri de femme et d'un bruit de chute sur le plancher. Comme mues par un pressentiment, Diane et Cassandre, en se retournant, échangèrent un regard angoissé ; elles avaient toutes les deux pensé à Bohumil. La pianiste s'était interrompue. Des exclamations fusaient du petit groupe qui s'était formé autour d'un corps inanimé. Déjà, Anjar était parti chercher un médecin.

— Madame, dit le maître de maison en s'adressant à Cassandre, c'est votre mari.

— Il a déjà été victime d'un accident cardiaque. Cela peut se produire à n'importe quel moment...

Les invités s'écartèrent pour laisser s'approcher Cassandre et Diane.

Blême, les tempes mouillées de sueur, les maxillaires crispés, Bohumil était allongé sur le dos. Il respirait difficilement et étreignait sa poitrine.

Cassandre éclata en sanglots et s'agenouilla près de lui.

— Mon cher Bohumil !... On va vous secourir, ce ne sera rien, vous verrez.

Il la reconnut et tenta de lui sourire, mais la douleur était trop forte.

— Cassandre... Diane... murmura-t-il. Je n'aurai pas le temps de...

Il n'acheva pas sa phrase. Un spasme le souleva, et tordit affreusement ses traits.

— Portons-le dans une chambre, proposa un jeune homme. Il y sera mieux en attendant l'arrivée du médecin.

— Vous avez raison ! Suivez-moi, dit l'industriel hongrois, je vais vous montrer le chemin.

Plusieurs hommes s'avancèrent et soulevèrent le gisant avec précaution. Quelques instants plus tard, Bohumil reposait à l'étage, sur un grand lit. L'hôte avança des sièges à Diane et à Cassandre.

— Le docteur Zimmermann ne devrait pas tarder, dit-il. Avec votre permission, je vais rejoindre mes invités. Si vous avez besoin de quoi que ce soit, tirez ce cordon.

— Je vous remercie, monsieur, dit Cassandre. Nous sommes désolés d'avoir gâché votre fête.

— Madame, je forme des vœux pour que votre époux se rétablisse au plus vite. C'est mon seul souci.

Il s'inclina et sortit. Restées seules, les deux femmes se penchèrent sur le malade. Il avait perdu conscience et geignait doucement. Cassandre posa sur son front une main tremblante.

— Il est glacé. Je crois qu'il va mourir, murmura-t-elle.

Diane tenta de la réconforter.

— Mais non ! Ce n'est qu'une alerte... Il se remettra. Mais il faudra qu'il prenne garde, désormais : plus de cheval, plus de bals, du repos, rien que du repos...

Cassandre secoua la tête.

— Non, Diane. La première fois le cardiologue ne m'a guère laissé d'espoir. A la première récidive...

Sa voix se brisa.

— Et c'est maintenant ! Maintenant, mon Dieu !

On frappa à la porte. Les deux femmes se levèrent. Diane alla ouvrir. Le docteur Zimmermann, un homme d'une cinquantaine d'années, les salua brièvement, traversa la pièce, et s'approcha de Bohumil. Il lui prit le pouls, l'ausculta attentivement, souleva ses paupières pour examiner ses yeux.

— C'est la seconde crise, n'est-ce pas ?

— Oui, docteur. La première a eu lieu il y a un an et demi.

— Que vous a-t-on dit à l'époque ?

— Qu'il se remettrait, mais qu'un nouvel accident risquait d'être...

Cassandre n'osa pas prononcer le mot « fatal ». Le médecin hocha la tête.

— Il ne peut être transporté pour l'instant. Je vais lui faire une piqûre... S'il passe la nuit, nous pourrons le faire transférer dans une clinique.

Cassandre et Diane baissèrent la tête.

Bohumil mourut peu après minuit, sans avoir repris connaissance. Le maître de maison avait fait préparer une chambre pour les deux femmes. Hébétée, Cassandre accepta de prendre un somnifère et s'écroula comme une masse. Diane refusa cette échappatoire et ne dormit pas de la nuit. Elle sortit tôt, et s'occupa des démarches nécessaires au rapatriement du corps à Athènes. Bohumil souhaitait y être enterré. Sa Turquie natale ne lui était plus rien.

A une heure, Diane déjeuna avec Cassandre et lui rendit compte des dispositions qu'elle avait prises. Pâle, les yeux gonflés, Cassandre l'approuva en tout.

— Merci, ma chérie. Heureusement que tu es là ; je n'aurais pas trouvé le courage de faire face. J'ai déjà connu cela, quand Kostas est mort, mais j'étais plus jeune... Repose-toi à présent, tu es éreintée.

— Je me reposerai ce soir. J'ai encore des choses à faire. Prendre nos billets, télégraphier à Démosthène...

Elle omit de dire à Cassandre qu'elle devait aussi veiller au départ d'Antonella et d'Alex.

En sortant de la gare, Diane se rendit à la pension d'Antonella. Elle la trouva dans le jardin, sous une tonnelle fleurie, en train de lire un roman russe. A ses pieds, sur une natte de raphia, Alex jouait avec le petit chat de la maison. L'aspect de Diane, après l'épreuve qu'elle avait vécue et la nuit blanche qu'elle avait passée, était si saisissant qu'Antonella porta la main à sa bouche en l'apercevant.

— Madame Sophronikou... Qu'est-il arrivé ?

— Un malheur. Mon beau-père est mort cette nuit d'une crise cardiaque.

Alex sourit à Diane, puis il agrippa le chat par une oreille. L'animal griffa légèrement le petit bras nu. Quelques gouttes de sang coulèrent. Alex hurla et lâcha prise. Le chat s'enfuit sans demander son reste. Diane prit son fils dans ses bras. Elle tira de sa poche un mouchoir propre et en tamponna la griffure. Ce n'était rien, deux traits rouges sur la peau blanche. Mais Diane était épuisée. Les larmes lui montèrent aux yeux. Elle serra Alex à l'étouffer, et balbutia des mots sans suite à son oreille.

— Pauvre petit, tu ne sais pas qui est mort cette nuit... Et te voilà blessé, tu saignes, mon chéri, mon petit garçon !

— Eh bien, ainsi tout est clair !

Une voix d'homme avait grondé ces mots. Stupéfaites, Diane et Antonella se retournèrent. Démosthène se tenait à l'entrée de la tonnelle. Pâle, les traits tirés, les vêtements froissés par un long voyage, les yeux injectés de sang d'avoir trop bu et trop fumé.

— Démosthène ! Mais d'où sors-tu ?

— J'arrive de la gare. Je descendais du train quand je t'ai vue au guichet. Je t'ai suivie jusqu'ici... Et j'ai entendu à travers cette cloison tes tendres épanchements ! Eh bien, qui est mort ? Le père de ce bâtard ?

Diane fronça les sourcils. Sa réponse fusa, cinglante :

— Non, pas son père, le mien !

— Le tien ? Allons donc, Kostas est mort depuis vingt ans !

Le moment était mal choisi pour révéler à Démosthène que Bohumil était son véritable père.

— Je veux dire... mon beau-père.

— Bohumil est mort ? C'est dommage, c'était un brave type... Mais ce qui m'importe, c'est ce chiard !

Démosthène pointait un index menaçant en direction d'Alex, terrifié dans les bras de Diane.

— C'est ton fils, tu viens de le dire.

Une lueur de défi s'alluma dans les yeux de Diane.

— Oui, c'est mon fils, et tu lui fais peur, alors change de ton !

— C'est ton fils, reprit Démosthène sans baisser la voix, mais ce n'est pas le mien ! Comment expliques-tu ça ?

Diane soupira. Ainsi, l'instant était venu. Elle ne l'avait pas souhaité, mais puisqu'elle ne pouvait plus s'y soustraire...

Elle tendit l'enfant à Antonella.

— Emmenez-le. Soignez son bras, consolez-le. Je vous verrai tout à l'heure. Je dois avoir une conversation avec... ce monsieur.

Démosthène eut un rire amer.

— C'est ça, emportez le marmot ! Madame doit avoir une conversation avec monsieur son mari !

Démosthène s'était écarté pour laisser passer Antonella et Alex. A présent, les traits durs, campé devant Diane, il la dévisageait avec une expression de mépris.

Diane faillit le gifler. Démosthène n'était plus maître de lui. La fatigue d'un long voyage, l'alcool peut-être... et surtout la colère et l'humiliation devant ce qu'il considérait comme la preuve irréfutable de l'infidélité de sa femme. Il se croyait bafoué, et sa fierté blessée de mâle méditerranéen lui faisait perdre la mesure. Elle parvint à se maîtriser.

— Tu te conduis comme un imbécile, lui dit-elle. Quand tu sauras la vérité, tu auras honte de toi !

— Ah bon ? Parce que c'est moi qui devrais avoir honte ? Tu ne manques pas de souffle ! Je te trouve en train de câliner un petit moricaud, tu l'appelles ton fils, il n'est pas de moi, et je devrais avoir honte ?

Tout en parlant, Démosthène s'échauffait. Sa voix allait crescendo.

Diane s'emporta :

— Tu ferais mieux de m'écouter calmement...

— Mais comment donc ! Nous devrions commander une petite collation, je t'écouterais calmement m'expliquer quand et comment tu t'es fait sauter par un métèque...

— Assez !

Le visage tordu de dégoût, Diane avait hurlé. Son bras se détendit. La gifle claqua sur le visage congestionné de

Démosthène. Abasourdi, il recula d'un pas et porta la main à sa joue. Face à lui, Diane était hors d'elle.

— Assez ! Tu es ignoble ! Oui, cet enfant est turc ! Par son père et par sa mère, figure-toi, car je le suis à demi, moi aussi !

— Toi ?

— Oui, moi, pauvre imbécile ! Bohumil était mon vrai père ! Il vient de mourir et tu choisis ce moment pour me faire ce numéro révoltant de racisme et de xénophobie !

Décontenancé, Démosthène massait sa joue en balbutiant :

— Toi, Turque ? La fille de Bohumil... Ça alors ! Mais cet enfant...

— Cet enfant est le fils d'un soldat turc. J'ai été violée pendant la débâcle de l'armée grecque. Violée ! Tu sais ce que ça veut dire ? Et si tu veux tout savoir, ils étaient trois, tu entends ? Ils sentaient la sueur, l'ail et le raki. J'ai eu beau pleurer, supplier, ils étaient les plus forts.

— Mais pourquoi l'as-tu gardé ? Tu n'avais qu'à...

— Parce que tu crois que c'est facile, parce que tu crois que c'est agréable un avortement ? Une dent qu'on arrache, un grain de beauté qu'on enlève, hop, passez muscade ! Eh bien non, cet enfant a grandi en moi, il a vécu en moi... Et puis j'avais tant souhaité en avoir un, souviens-toi, toutes ces visites, tous les médecins que nous avions consultés, à Athènes, à Paris, à Londres... C'est pour ça que je m'étais enfuie, parce que j'avais honte de ma stérilité... Ce viol, ça a été un cauchemar, mais ensuite, quand j'ai compris que j'étais enceinte, ça a été comme un miracle. J'ai été *heureuse*. Heureuse, tu comprends ? J'ai voulu le garder, le voir bien vivant... Et quand il est né, je n'ai pas pu me résoudre à l'abandonner. C'était impossible, absolument impensable ! Il était là, devant moi, tout petit, si fragile... Ce que j'attendais depuis si longtemps, un petit enfant à moi ! Je l'ai gardé.

Démosthène avait écouté bouche bée ces paroles. A l'évocation de l'enfant, son visage prit une expression de haine.

— Un bâtard ! Une sale petite larve de Turc !

— C'est mon fils ! Ne l'oublie jamais !

Démosthène serra les poings. Ainsi, trois soudards turcs

avaient profané le corps de Diane. Un haut-le-cœur le souleva.

— Pour moi, c'est un chancre, une tumeur... Comme une sale maladie qu'ils t'auraient refilée !

Diane frémit.

— Prends garde ! C'est de mon fils que tu parles !

— Ton fils ! Une vermine, oui !

Diane avait blêmi.

— Une dernière fois, prends garde ! Tu es en train de tout gâcher entre nous... Je ne te pardonnerai pas un mot de plus contre lui !

Démosthène prit conscience de la menace qu'exprimait Diane. Mais c'était plus fort que lui. Il haïssait ce moutard, et plus encore il haïssait Diane de l'aimer, de le considérer comme son enfant, cet enfant qu'il avait été incapable de lui donner. Son humiliation décuplait sa haine.

— Qu'il crève ! cracha-t-il.

Diane était livide, éperdue de rage et de chagrin. Son union avec Démosthène venait de se briser. Un grand froid l'envahit. Elle revit, dans un tourbillon d'images, leur enfance dans les rues de Salonique, les joies et les peines partagées, leurs retrouvailles à vingt ans à Athènes, leur mariage, les premiers temps radieux de leur amour, et elle faillit s'évanouir. Elle se ressaisit. Tout était fini, irrémédiablement.

— Alors, murmura-t-elle, nous n'avons plus rien à nous dire.

— Tu veux divorcer ? Pas question ! Tu vas rentrer à Athènes avec moi. Nous trouverons un pensionnat à l'étranger pour le petit bâtard, puisqu'il est trop tard pour le noyer comme un petit chien... Et nous reprendrons la vie commune, en apparence, du moins. Je dois penser à ma carrière, puisqu'il ne me reste rien d'autre. Un divorce est exclu, ça ferait mauvais effet sur mes électeurs !

— Qui te parle de divorcer ? Je te quitte. Pour de bon, cette fois. Cela ne changera pas grand-chose, nous ne faisons plus l'amour depuis des mois. Tu as une maîtresse, je le sais... Eh bien, tu la gardes, et moi je m'en vais avec mon fils.

— Soyons sérieux, où comptes-tu aller ?

— Ce serait plutôt à moi de te poser la question. La maison du Lycabète m'appartient. Mais tu peux continuer à l'habiter. J'y reviendrai de temps en temps, pour préserver les apparences. Ta carrière l'exige, n'est-ce pas ?

— Où iras-tu ?

— Je verrai. Je voyagerai peut-être avec ma mère. Il va falloir s'occuper d'elle maintenant que Bohumil est mort.

— Je pourrais t'empêcher de partir. Quitter le domicile conjugal est un délit passible de...

— Je l'ai déjà fait, non ? Mais va, porte plainte, couvre-toi de ridicule ; tes électeurs apprécieront !

— Tu te crois la plus forte, hein ?

— Je suis la plus forte ! Je n'ai pas cherché l'affrontement, mais puisque tu l'as voulu, toi, en me suivant jusqu'ici, en m'espionnant, eh bien je m'y résouds. Tu ne peux rien contre moi. Tu as trop peur du scandale.

— Que devrais-je faire ? Me suicider ? C'est ce que tu veux ?

— Oh non ! Je ne veux plus que vivre loin de toi

A cet instant, un mot aurait peut-être tout sauvé. Mais aucun des deux ne voulut le prononcer. La haine de Démosthène pour Alex avait glacé Diane. Chez Démosthène, la blessure d'amour-propre était trop profonde. Il ne pouvait partager la couche d'une femme qui, en l'accueillant, se serait peut-être souvenu d'autres étreintes. Bien qu'elle n'en eût soufflé mot, elle devait avoir compris qu'il avait menti, que la responsabilité de la stérilité de leur couple lui incombait, à lui et non à elle. Et la honte d'avoir menti sur un point aussi grave s'associait à celle de ne pas pouvoir engendrer. Comment continuer à vivre avec une femme devant laquelle il avait perdu la face !

— Comme tu voudras ! Garde ton bâtard !

— J'y compte bien. Il m'aime, lui. Je suis sa mère, sans conditions.

L'étrange retour ! Dans le train qui ramenait en Grèce la dépouille de Bohumil voyagaient Cassandre, Diane et Anjar d'une part, Antonella et Alex d'autre part, et enfin Démosthène, seul. Diane avait décidé de ne pas parler à Cassandre de la présence de son mari, ni de celle de son fils.

Le trajet de Baden-Baden à Athènes prenait quatre jours. Il fallait parcourir une partie de l'Allemagne pour gagner l'Autriche et de là l'Italie par Vérone, puis descendre la botte jusqu'au talon de Brindisi, enfin traverser le détroit d'Otrante avant de toucher la Grèce. C'était interminable, mais cet itinéraire était moins périlleux que celui qui passait par la côte dalmate et les Alpes dinariques.

Diane, Cassandre et Anjar disposaient chacun d'une cabine dans un wagon pullmann. Diane aurait voulu procurer le même confort à Antonella et à Alex, mais ce dernier n'aurait pas manqué de s'élancer vers sa mère en la voyant dans le couloir, et Cassandre aurait aussitôt compris. Ce n'était pas le moment. Cassandre était toute à sa peine. La révélation de l'existence d'Alex, sans l'en détourner, n'aurait abouti qu'à accroître ses soucis. La gouvernante et l'enfant voyagaient donc en couchettes de première classe.

Peu soucieux de rencontrer sa belle-mère dans ces circonstances pénibles, Démosthène avait renoncé au pullmann. Il avait loué pour lui seul un compartiment de première classe dont il ne sortait que rarement. Il se faisait apporter ses repas du wagon-restaurant. Il mangeait peu et buvait beaucoup : cognac et gin. A deux ou trois reprises, durant la première partie du voyage, Diane le croisa dans le couloir. Il feignit de l'ignorer. En dépit de tout ce qu'elle lui reprochait, le cœur de Diane se serra à sa vue. Avec ses yeux injectés de sang, ses joues subitement creusées, son teint bilieux, Démosthène avait une mine épouvantable. Il se négligeait. Le col de sa chemise, d'une couleur douteuse, ses ongles en deuil, ses vêtements froissés et tachés lui donnaient l'air d'un personnage inquiétant en quête d'un mauvais coup. D'ailleurs, le chef de train le surveillait, bien qu'il eût montré patte blanche c'est-à-dire des papiers en règle et un portefeuille bien garni.

Dans cette ambiance contraignante, les heures s'écoulaient lentement. Depuis la mort de Bohumil, Cassandre semblait avoir vieilli de dix ans, Diane passait de longs moments avec elle. Elle la coiffait, lui faisait la lecture, l'accompagnait au wagon-restaurant, où elle s'efforçait de la convaincre de s'alimenter. Cassandre n'avait plus de goût à rien. Diane arrivait à peine à lui faire absorber quelques bouchées de nourriture. Le reste du temps, elle rejoignait Antonella et Alex dans leur wagon. Là, elle s'occupait du petit tout en conversant avec la Roumaine. Les deux femmes s'appréciaient. Elles en étaient venues aux confidences, et Diane avait raconté à Antonella son équipée pendant la guerre. Elle lui avait aussi expliqué la situation, et l'avait mise en garde contre son mari. Démosthène ne devait en aucun cas s'approcher d'Alex.

— Mon Dieu ! dit Antonella alarmée, croyez-vous qu'il puisse lui faire du mal ?

— Je n'en sais rien... Mais il m'effraie. Il n'est plus lui-même.

Diane se souvenait de l'état de déchéance de Lysias, la nuit de son accouchement. Mais elle ne souhaitait pas inquiéter Antonella.

— J'exagère sans doute ! Mais ne quittez pas Alex des yeux...

— Je ne le laisse jamais seul, rassurez-vous.

— Je sais, Antonella, je sais. J'ai toute confiance en

vous, et c'est un grand réconfort pour moi. Si j'osais... Je n'ignore pas que vous êtes très attachée à Ghélissa et à sa fille... J'ai un peu honte de tenter de vous débaucher, mais j'aurais besoin d'une personne comme vous pour prendre soin d'Alex. J'ai l'intention de quitter mon mari, sans retour cette fois. Une nourrice n'est plus nécessaire. Si vous acceptiez d'entrer à mon service, vos conditions seraient les miennes. Peut-être, sachant que c'est pour moi, Ghélissa consentirait-elle à renoncer à vous ?

— Je vous remercie, madame Sophronikou ; je suis flattée de votre offre. Et il est vrai qu'Alex est un bébé adorable... Il faut que je réfléchisse, et cela dépend aussi de Mlle Tricoupis.

— Bien entendu. Nous en reparlerons à Athènes. Mais pensez-y. Je serais rassurée au sujet d'Alex.

Après une nuit passée à Brindisi, les voyageurs prirent le vapeur qui devait les conduire à Patras. Après s'être acquittée des formalités administratives concernant le dédouanement et le transfert du cercueil contenant la dépouille de Bohumil, Diane avait tenté de persuader Démosthène de prendre le bateau suivant.

— Sur un navire, lui avait-elle dit, tu risques de rencontrer ma mère. Comment justifieras-tu ta présence à bord ? Et puis, tu t'es vu ? Tu as l'air d'un clochard.

L'œil torve, puant l'alcool à plein nez, il l'avait rembarrée. Ce voyage de malheur était déjà bien assez long comme ça. Il n'allait pas encore perdre deux jours à Brindisi sous prétexte de ne pas risquer d'indisposer Madame Mère.

— Rassure-toi, je ne quitterai pas ma cabine. Et d'abord, si je la quittais et que je tombais sur Cassandre, quelle importance ? Elle apprendra un jour ou l'autre que nous nous séparons, non ?

— Mais pas dans les circonstances actuelles, répondit Diane. Je voudrais lui épargner toute contrariété.

— Comme c'est gentil ! Et le moment venu, tu lui annonceras avec ménagement qu'elle est la grand-mère d'un bâtard turc.

Diane avait haussé les épaules. Dans l'état où était

Démosthène, elle n'obtiendrait rien de lui, sinon un persiflage amer.

— Tâche au moins de ne pas te montrer sur le pont des premières. Tu peux faire ça, non ?

— Je verrai. Après tout, je paye mon billet. Pourquoi faudrait-il que je me calfeutre dans ma cabine ? Je suis un homme libre, je vais où je veux...

Contenant sa fureur, Diane avait tourné les talons sans plus insister. A l'heure de l'embarquement, elle avait scruté la foule avec appréhension. Démosthène n'allait-il pas apparaître devant Cassandre et se livrer à quelque scandale d'ivrogne ? Il n'en fut rien. Tandis qu'Anjar surveillait le transfert du cercueil, Diane put installer sa mère sans encombre. Cassandre avait toujours été sujette au mal de mer. Diane se prit à espérer qu'elle ne sortirait pas de toute la traversée. Elle alla ensuite vérifier qu'Antonella et Alex étaient bien à bord. Les deux femmes étaient convenues qu'Antonella embarquerait au dernier moment. Décidément, ce voyage était un calvaire !

Diane se fraya un chemin à travers les voyageurs qui attendaient, sur le pont encombré de valises et de colis divers, de pouvoir gagner leurs cabines. En jouant des coudes, elle parvint jusqu'au bastingage. De là, en se penchant, elle distingua Antonella. Le petit dans ses bras, la jeune Roumaine escaladait l'étroite et vertigineuse échelle de coupée. Elle n'était guère rassurée. D'une main, elle serrait Alex contre elle, tandis que de l'autre elle s'agrippait à la corde qui servait de rampe.

Le cœur de Diane se mit à battre plus fort. Un homme montait derrière Antonella et la talonnait d'anormalement près. Elle reconnut Démosthène. Échevelé, les yeux brillants d'une lueur mauvaise, il semblait hors de lui. Il aperçut Diane et un rictus de dément déforma ses traits. Il lui jeta quelques mots incompréhensibles, puis, alors qu'Antonella n'avait plus qu'un mètre à parcourir, il se rua sur elle et lui arracha son précieux fardeau. Antonella et Diane hurlèrent en même temps. La Roumaine voulut récupérer l'enfant, mais Démosthène la repoussa violemment. Elle recula de plusieurs marches, perdit l'équilibre et manqua tomber de l'échelle. Démosthène se tourna vers Diane et, tenant le bébé d'une seule main au-dessus du vide, il fit mine de l'y lâcher.

— Je le tiens, ton bâtard ! éructa-t-il à l'adresse de sa femme. Je vais le balancer à la flotte...

Le visage décomposé, folle de peur et de rage impuissante, Diane essayait d'accéder à l'échelle. Mais autour d'elle, la plupart des voyageurs ne s'étaient rendu compte de rien et lui bloquaient le passage.

— Arrête ! Je t'en supplie, je ferai tout ce que tu voudras, mais arrête !

— Je vais le noyer ! ricana Démosthène.

Diane bouscula un gros homme chargé de valises, indifférente à ses protestations véhémentes. Les yeux exorbités, Démosthène secouait comme une poupée de chiffon le bébé terrorisé. Huit mètres plus bas, entre le bord du quai et la coque du vapeur, clapotait l'eau grise et grasse du port.

Depuis l'embarcadère, Anjar avait assisté à la scène. Après avoir veillé à l'embarquement du cercueil plombé de son maître, le colosse avait dû redescendre faire viser un ultime document au bureau de la capitainerie du port. D'en bas, il n'avait pas reconnu Démosthène. L'eût-il reconnu, d'ailleurs, qu'il eût agi de la même manière. Il n'avait pas exercé pour rien, pendant si longtemps, la profession de garde du corps. C'était un de ces hommes dotés par la nature d'une puissance physique exceptionnelle. A soixante ans, malgré sa stature un peu lourde, il était encore capable d'affronter n'importe quel adversaire. Toute sa vie ou presque, il avait fait de son corps un rempart pour Bohumil. Bohumil, en bon noceur, n'avait pas eu son pareil pour se fourrer dans des situations épineuses. Quand les choses tournaient mal, il appelait Anjar. Anjar s'interposait et fonçait dans le tas : un bon géant, terriblement efficace. Aujourd'hui, Bohumil n'était plus là, mais les muscles d'acier d'Anjar pouvaient encore servir, et l'occasion s'en présentait...

Il s'élança sur l'échelle, écartant avec brutalité les voyageurs qui faisaient obstacle à sa progression, au risque de les précipiter dans le vide. Il dépassa Antonella en larmes, et parvint derrière l'énergumène. Il assura son équilibre en écartant les jambes, puis, profitant de sa haute taille, il saisit fermement de la main droite le vêtement du bébé entre les omoplates, tout en abattant son énorme poing gauche sur la nuque du dément. Assommé, Démosthène s'effondra comme un paquet.

Anjar restitua Alex à Antonella. La jeune femme, au bord de la crise de nerfs, serra convulsivement l'enfant contre elle. Le géant lui adressa quelques mots de réconfort avant de se retourner vers son adversaire. Le corps de Démosthène pendait à demi dans le vide. Anjar parut vouloir achever de l'y faire basculer. Si la scène s'était déroulée sans témoins, il n'aurait pas hésité. En l'occurrence, ce n'était pas possible. La foule serait sans doute restée passive, mais la justice italienne aurait probablement trouvé à y redire. Et il aurait été empêché de prendre le bateau. Il haussa ses monstreuses épaules, et attrapant l'inconnu par les cheveux, il tourna son visage vers lui. Alors seulement il reconnut Démosthène et poussa un grognement de surprise. Il avait assommé le gendre de son défunt maître, le mari de Diane ! Un monsieur ! Ainsi un homme du monde pouvait devenir subitement fou furieux jusqu'à tenter d'assassiner un bébé ! Ces choses-là ne se produisaient en principe que chez des gens du peuple abrutis de kif ou de raki... Toutefois, si l'on se fiait à l'haleine de ce monsieur-là, il fallait convenir qu'il était imbibé d'alcool comme une éponge.

Décontenancé, Anjar ne savait plus que faire. La police du port, alertée par des témoins, vint le tirer de son incertitude. Deux robustes Italiens escaladèrent l'échelle de coupée. Anjar leur désigna Démosthène. Ils hochèrent la tête, et, en guise d'entrée en matière, commencèrent par rouer Démosthène de coups de pied. Puis ils le prirent par les jambes et le traînèrent sans ménagement jusque sur le quai. Un fourgon de police arriva juste à temps pour éviter à Démosthène, inconscient, d'être écharpé par la foule.

Anjar retrouva Diane sur la coupée. Elle couvrait le bébé de baisers. Il fronça les sourcils. Quel rapport pouvait-il y avoir entre elle et cet enfant que son mari avait failli jeter à l'eau ? Il n'était pas au bout de ses surprises. En le voyant, Diane se précipita et lui baisa les mains.

— Comment te remercier, Anjar ? Tu as sauvé Alex ! Sans toi...

— C'était tout naturel, madame Diane... Mais l'homme, c'était...

— C'était mon mari. Je ne peux pas t'expliquer... Surtout, il ne faut rien dire à ma mère. Dans son état, elle ne supporterait pas cette nouvelle épreuve !

— Ne craignez rien. Mais... lui ?

D'un mouvement du menton, Anjar désigna sur le quai le fourgon cellulaire emportant Démosthène, qui s'ébranlait au milieu d'un attroupement de dockers et de marins vociférants.

— Nous ne pouvons rien pour lui dans l'immédiat. Les Italiens vont l'interner... De retour en Grèce, nous ferons intervenir notre consulat. Nous essaierons d'étouffer l'affaire.

— Mais qu'est-ce qui lui a pris ?

— Je ne peux te dire qu'une chose, Anjar, mais elle devrait te suffire : l'enfant est le petit-fils de Bohumil.

Le colosse faillit s'étrangler. Il se pencha sur Alex et le contempla d'un air à la fois incrédule et émerveillé.

— Le petit-fils de mon maître ! Et votre mari le savait ?

— Oui, soupira Diane.

— Alors, j'aurais dû le tuer ! grinça Anjar.

« Cela aurait peut-être mieux valu, en effet », songea Diane en baissant la tête. Son amour pour Démosthène était bien mort. Elle ne ressentait plus pour lui qu'un mélange de pitié et de mépris.

— Jure-moi de garder le secret, reprit-elle.

Anjar porta la main à son cœur.

— Le petit-fils de Bohumil ! Pour moi, il est sacré !

Avec une timidité touchante, il effleura de sa grosse main la joue brune d'Alex.

Le voyage s'acheva sans incident. A Patras, laissant Cassandre à la garde d'Anjar, Diane se rendit avec Antonella et Alex chez les Hexakis. Elle y fut accueillie avec joie par Niko, Nicomède et Maria. Nicomède envoya Niko chercher Vélakion, et il y eut un grand dîner à La

Poule Rousse. Diane, le cœur serré, constata que le médecin avait beaucoup vieilli au cours des derniers mois. La mort de Lysias lui avait porté un coup fatal. Naguère infatigable, il délaissait à présent son cabinet, confia Nicomède à Diane. Le vieil homme se dérida pourtant, et lui montra beaucoup d'affection. Un moment, même, pendant cette soirée, tandis que les musiciens de La Poule Rousse jouaient pour les convives, il parut oublier sa tristesse et fit longuement sauter Alex, ravi, sur ses genoux.

Tard dans la nuit, Diane et Antonella quittèrent la compagnie. Alex dormait dans les bras de la Roumaine.

— Diane, il ne faudra pas tarder à revenir, si vous voulez revoir Vélakion, dit Nicomède en les raccompagnant. Cette soirée lui a fait du bien mais il décline vite...

— Je reviendrai, je vous le promets ! répondit-elle. Niko, vous et Maria, et Vélakion bien sûr, vous faites partie de ma vie ; je ne vous oublierai jamais.

Le lendemain matin, avant de repartir pour Athènes, Diane envoya une série de télégrammes à Basile, à Georges Bousphoron, et à d'autres amis influents de Démosthène. Il s'agissait de le tirer au plus vite de la prison, ou pire, de l'hôpital psychiatrique italien où il devait croupir depuis deux jours. Elle aurait pu faire intervenir directement son oncle Démétrios auprès du gouvernement italien, mais elle n'était pas sûre de l'opportunité de cette démarche, tant Démétrios détestait Démosthène. Basile agirait au mieux. Elle estimait faire son devoir. Elle ne songeait plus qu'à retrouver une totale autonomie vis-à-vis de celui qu'elle ne considérait plus que comme son ex-mari, une page tournée, un moment révolu de son existence.

Dès sa descente du train à Athènes, Alex replongea dans la clandestinité pour quelques jours. Les funérailles de Bohumil avait été ordonnées depuis Baden-Baden. Le cortège funèbre et la foule des amis et connaissances de l'ancien ambassadeur de Turquie attendaient à la gare. Se trouvaient là aussi les proches de Cassandre, dont Démétrios, et les représentants du gouvernement ottoman. Suivant les consignes de Diane, Antonella, poussant le landau d'Alex, se perdit dans le flot des voyageurs anonymes et se glissa discrètement hors de la gare, tandis que les officiers se massaient devant le fourgon d'où le cercueil de Bohumil allait être débarqué. Un corbillard automobile, le premier et le seul en service à Athènes, vint se ranger le long du wagon. On chargea le corps, un délégué du ministère des Affaires étrangères hellène prononça une courte allocution à laquelle répondit le représentant de la Sublime Porte. Un orphéon joua quelques mesures de l'hymne national ottoman, puis, au son de la *Marche funèbre,* le cortège s'ébranla en direction du cimetière. Ainsi s'en fut à sa dernière demeure un des plus gracieux, un des plus intelligents, un des plus sympathiques jouisseurs que la terre ait jamais portés.

Où qu'il se trouvât, à Paris comme à Londres ou Athènes, Basile réunissait chaque matin ses plus proches collaborateurs pour tenir avec eux ce qu'il appelait en riant un « conseil des ministres ». Il exagérait à peine. La main-d'œuvre employée par le consortium, comptait quelques dizaines de milliers de personnes. Si on considérait toutes celles qui travaillaient indirectement pour lui, par le biais de sous-traitances, d'opérations de conditionnement ou de transport, ce chiffre doublait aisément. Si on y ajoutait les soldats de toutes armes et de tous pays qui « consommaient » sa production, on arrivait à plusieurs millions... Et si on prenait en considération la masse d'hommes, de femmes, de vieillards et d'enfants qu'ils étaient en mesure de réduire à l'état de cadavres plus ou moins déchiquetés, il fallait bien reconnaître que la population de l'Europe entière était concernée par les activités de Basile.

Participaient généralement à ces séances, outre Haussermann, l'expert juridique attitré de Basile, le docteur Fallope, de Berne, le Français Abel de Lancray, dont il venait de faire son conseiller technique personnel, et Mortimer Claythorne, un ancien détective de Scotland Yard chargé des problèmes de sécurité dans les diverses unités de production du groupe.

Basile, à vingt-huit ans, était un patron autoritaire, mais cordial, souriant, souvent blagueur. Sous ces dehors de potache attardé, le cerveau le plus délié était en action. Basile pensait vite, juste et loin. Il était capable d'embrasser simultanément une infinité de problèmes, aussi étrangers les uns aux autres que les variations saisonnières du taux horaire de la main-d'œuvre qualifiée en Bohême, la conjoncture politico-économique en Érythrée et son incidence sur la combativité des guérillas yéménites, ou la gravité relative des blessures causées par tel ou tel type de baïonnette.

Souvent, tandis que l'un ou l'autre de ses « ministres » planchait sur un sujet, Basile prenait connaissance de son volumineux courrier sans cesser pour autant de l'écouter. Au moment où on aurait pu le croire tout entier absorbé dans sa lecture, il interrompait l'orateur pour lui demander une précision ou relever une contradiction dans son exposé.

Il ne tolérait autour de lui que des gens compétents. Sur ce point non plus, ses sourires ne trompaient personne. Il fallait être toujours le meilleur dans sa spécialité, sinon c'était la porte.

Ce matin, le conseil ne commença qu'à dix heures, en raison de la nuit passablement agitée que quatre de ses membres avaient passée en compagnie d'une commission d'achat de l'armée suédoise. Basile, Haussermann, Lancray et Fallope avaient bu chacun assez de champagne pour ruiner trois tubes digestifs normalement constitués, car la négociation et la tournée des établissements de nuit qui en avait marqué l'heureux aboutissement avaient eu lieu à Paris.

Si Lancray s'en tirait dans un état de fraîcheur relative mais louable eu égard à sa performance, le Bernois paraissait justiciable d'une hospitalisation d'urgence.

— Mon Dieu, gémit-il, dites à cette secrétaire de ne pas laisser tomber ses trombones... Ça fait un bruit infernal !

— Ces Suédois sont de fiers buveurs, dit Lancray en se massant les tempes. Mon cher Claythorne, vous l'avez échappé belle ! Le grand jeu, fontaine de champagne et petites femmes sur et sous la table...

— Je vois : une horrible corvée ! Mais je veux bien me sacrifier, la prochaine fois.

— Holà ! Ce n'est pas tout de faire la noce, il faut tenir

le rythme, et travailler le lendemain matin comme si on avait dormi ses dix heures.

— Le patron et Haussermann ne sont pas encore là, dit Fallope. Peut-être qu'on va y couper, aujourd'hui ?

— Vous rêvez, Fallope ? Je vous parie qu'avant cinq minutes Basile Apostolidès pousse cette porte et entre, frais comme un gardon, portant le corps inanimé d'Haussermann sur ses épaules. Il le jettera sur une chaise, lui flanquera une paire de gifles pour le ranimer, et lui dira : « Au travail, mon petit Adolf. Nous écoutons votre exposé sur les perspectives de pénétration sur le marché nippon... » Ensuite seulement, il le laissera agoniser en paix !

— Dans quel état était Haussermann quand vous l'avez quitté ?

— Quasi comateux. Il avait beaucoup de peine à soulever un jéroboam de Dom Pérignon pour boire au goulot. Pourtant, le jéroboam était presque vide, et deux des filles de Mme Eugène l'aidaient de leur mieux !

La porte s'ouvrit. Basile fit son entrée dans la salle de conférence sous les regards admiratifs de ses compagnons de noce de la nuit. Rasé de près, le faux col impeccable, l'œil vif et clair, il gagna son siège directorial d'un pas élastique.

— Nom de Dieu, ce type n'est pas humain ! chuchota Lancray à l'oreille de Claythorne.

Le teint brouillé, la mèche triste, le malheureux Haussermann clopinait sur les talons de son patron.

— Messieurs, bonjour ! J'espère que cette nuit vous a divertis, et j'attends de vous un surcroît de cœur à l'ouvrage, dit Basile en passant en revue ses « ministres » au bord de la prostration.

Un murmure inaudible lui répondit. Son œil s'alluma d'une lueur narquoise.

— Haussermann, c'est à vous. Je vous ai demandé il y a une semaine un rapport préliminaire sur les effets de la propagande pacifiste dans nos usines du Brabant.

Tout en parlant, Basile avait pris la liasse de courrier ouvert à l'avance que lui présentait sa secrétaire, Mlle Abakoumova. Haussermann tira de sa serviette un texte manuscrit de deux feuillets qu'il posa devant lui.

— Les agitateurs ne peuvent être achetés. Ils ne cherchent pas à améliorer leurs conditions de vie, mais à paralyser les chaînes en gagnant leurs camarades d'atelier à leurs idées simplettes qui se résument à une seule : il est immoral de fabriquer des armes.

— Eh bien, au moins c'est clair !... Oui ? Qu'y a-t-il, mademoiselle ?

La secrétaire tendit un télégramme à Basile.

— Cela vient d'arriver d'Athènes, monsieur Apostolidès. En lisant la signature, j'ai pensé...

— Vous avez bien fait ! Messieurs, veuillez m'excuser un instant. Claythorne, suivez-moi.

Sous les regards intrigués des autres membres du conseil, Basile et l'Anglais quittèrent la pièce. Le télégramme à la main, Basile entraîna l'ancien policier dans un petit salon. Il s'approcha de la fenêtre pour lire le message à son aise.

De Patras, retransmis d'Athènes à Paris.

Démosthène pris de folie à Brindisi. Violences physiques sur vapeur Brindisi-Patras. Sans doute interné prison municipale ou asile. Te prie intervenir toute urgence. Tendre affection. Diane.

Basile parcourut plusieurs fois la dépêche, puis la rangea dans sa poche. Un long moment, il resta immobile, perdu dans ses pensées. Enfin, il se tourna vers Claythorne.

— Je comptais vous expédier au Brabant, lui dit-il. Mais une affaire plus urgente se présente. Un certain Démosthène Sophronikou est actuellement interné à Brindisi pour voies de fait. Peut-être en prison, peut-être à l'hôpital psychiatrique... Je ne sais que peu de choses pour l'instant.

— Il s'agit de le libérer ?

— Au contraire. Votre mission consiste à vous arranger pour qu'il y reste le plus longtemps possible... Mais attention : il doit bénéficier là-bas du meilleur traitement. Faites-le transférer dans une clinique de luxe... Dans le secret absolu, cet homme a une belle carrière devant lui.

Pas question de la compromettre. Vous emploierez tous les moyens pour écarter la presse.

— Je vois. Et pour le faire enfermer dans un joli placard, de quels moyens disposerai-je ?

— De tout l'argent qu'il vous faudra. Achetez tous les psychiatres de Brindisi s'il le faut. Il doit y demeurer un bon mois, c'est tout ce que je demande. Vous pouvez regagner la salle de conférence. Envoyez-moi Mlle Abakoumova...

Basile dicta à sa secrétaire le télégramme suivant, à l'adresse de Mme Diane Sophronikou :

Chère Diane. Très alarmé par nouvelles Démosthène. Interviens immédiatement auprès correspondants italiens. Me rendrai sur place si nécessaire. Courage. Baisers. Basile.

Cela fait, il rejoignit ses collaborateurs.

— Où en étions-nous ? Ah oui, les pacifistes belges ! Quelle solution envisagez-vous, Haussermann ?

— Je n'en vois qu'une : leur casser la tête, puisque ce sont des idéalistes incorruptibles.

— C'est bien pensé. Vous vous y mettez.

— Mais c'est Claythorne le spécialiste du corps à corps !...

— Il est occupé ailleurs. Vous partez tout à l'heure pour la Belgique.

Diane n'eut qu'un mot à dire. Ghélissa la prit par la main et l'entraîna au troisième étage de son hôtel particulier. Là, elle ouvrit une porte et s'effaça pour laisser entrer son amie.

— Voilà, tu es chez toi. Un grand salon, un petit salon, trois chambres, un cabinet de toilette... Et, voyons, qu'est-ce que c'est que cette pièce-là ? Ah oui, la salle de billard de mon grand-oncle Aristote ! Tu ne joues pas au billard ? Eh bien on va le faire enlever... On mettra un piano à la place. Il doit y avoir trois ou quatre pianos à queue dans cette maison. On en trouvera bien un convenable ! Et on va faire retapisser tout ça. Je ne veux pas t'imposer mes goûts. Je vais convoquer mon décorateur et tu choisiras.

Diane leva les bras au ciel.

— Ghélissa ! Tu es toujours aussi folle ! Je te demande l'hospitalité pour quelques semaines au maximum, et tu parles de retapisser tout un étage !

— La moitié d'un étage seulement ! Et qu'il s'agisse de trois jours ou de trois ans, je ne supporterai pas de te faire vivre dans ces tentures désastreuses !

— J'ai supporté bien pire, crois-moi !

— Ce n'est pas une raison. Je dirai même au contraire !

— Écoute, tu es adorable, mais ne change rien à cet appartement. Tout ira très bien comme ça. Je ne pensais qu'à une chambre, et peut-être un petit salon...

— Eh bien, tu disposeras de six pièces. Et d'un piano.

— Laisse donc ce billard où il est. Je vais être très occupée. Je n'aurai pas le temps de jouer du piano.

— Alors c'est décidé, tu quittes Démosthène pour de bon ?

— Après ce qu'il a fait, je ne supporterais plus de vivre auprès de lui.

— Tu as raison. Mais je ne peux oublier qu'il fut le compagnon d'armes d'Hélianthios. J'ai joint le consul de Grèce à Brindisi... Un vieux tricoupiste. Il devait beaucoup à mon oncle. Il va essayer d'arranger ça.

— Tirer Démosthène de ce mauvais pas est un devoir. Reprendre la vie commune, jamais !

Des larmes humectèrent ses yeux au souvenir des instants atroces qu'elle avait vécus tandis que Démosthène tenait Alex suspendu au-dessus du vide. Ghélissa s'efforça de l'apaiser.

— Là, là, calme-toi ! Il faut te changer les idées... Puisque la question du logement est réglée, sortons toutes les deux ! On laisse Alex et ma fille à Antonella, et on fait la tournée des couturiers. Pour chasser les idées noires, je ne connais que deux remèdes : les chiffons et les hommes ! Les hommes, bon, tu n'as pas la tête à ça en ce moment... Mais les chiffons, ça devrait t'aller. On va s'acheter des tas de corsages et de chapeaux très chers qu'on portera une ou deux fois avant de les donner aux domestiques, on va semer une pagaille du feu de Dieu dans toutes les boutiques de luxe d'Athènes, et puis on ira se bourrer de gâteaux chez le pâtissier français de la place de la Constitution... On va bien s'amuser !

Diane posa sa main sur celle de son amie.

— Sans toi, Ghélissa, le monde serait sinistre !

— Oui, oui... Mais pense à prendre un amant. C'est sain, l'amour physique ! Moi, si je n'ai pas au moins mes deux séances par semaine, je prends du poids... Tiens, entre parenthèses, Bousphoron...

— Georges Bousphoron ? Tu es avec lui ?

— Entre autres ! Enfin, quand Démosthène sera revenu, je pourrai facilement te renseigner sur ses intentions. On ne se méfie jamais assez d'un mari plaqué. Il pourrait te rendre la vie difficile.

— Il n'oserait pas !

— Tu crois ? Mais parlons plutôt d'autre chose !

— C'est ça, parlons d'autre chose ! Tu me disais que Bousphoron...

— Je n'irai pas jusqu'à dire que tu devrais l'essayer, mais c'est quelqu'un comme lui qu'il te faudrait... En intermède. Vois-tu, les hommes, c'est comme les chevaux. Il y a les chevaux de course et les chevaux de labour. Bousphoron, c'est un laboureur.

Diane éclata de rire. Les évocations grivoises de Ghélissa ne la choquaient plus. Serait-elle en train de changer à son insu ? Elle chassa cette pensée inopportune. Elle n'avait aucune envie de prendre un amant, elle avait bien d'autres soucis en tête.

— Viens, dit Ghélissa. On commence par Lafleur. Il a reçu de nouveaux modèles de Paris, des petites choses comme ça, croisées sous les seins, c'est d'un indécent !

Les deux femmes descendirent donner leurs consignes à Antonella. Celle-ci avait accepté la proposition de Diane sous réserve d'un éventuel veto de Ghélissa. Ghélissa ne pouvait rien refuser à Diane. La Roumaine entrerait au service de Diane dès qu'elle aurait trouvé un appartement. En attendant, elle s'occuperait des deux enfants. La fille de Ghélissa, âgée de six ans, ne nécessitait d'ailleurs pas les mêmes soins qu'Alex.

A Brindisi, dans la sombre bâtisse qui abritait le principal commissariat de police de la ville, deux hommes s'entretenaient dans un bureau empuanti de fumée de cigare.

Le commissaire Marchetti referma un dossier récent — la chemise qui le contenait n'était encore maculée que d'un nombre raisonnable de taches de graisse — et retira ses lunettes pour frotter ses paupières rougies par de nombreuses nuits de veille.

— Écoutez, *dottore*, ce Grec, faites-en ce que vous voulez ! Il n'est pas pour moi. C'est un fou, pas un criminel. Il a agressé une jeune femme et menacé son bébé sur la passerelle du vapeur de Patras... Ce ne sont pas des choses à faire, c'est entendu, mais il était ivre, et la jeune femme n'a pas porté plainte. On ne sait même pas son nom. Le bateau partait, elle n'a pas voulu le manquer. Par conséquent, ce Sophor... Sophor-quelque chose, ces Grecs ont de ces noms, je vous jure...

— Sophronikou, monsieur le Commissaire.

— C'est ça. Ce Sophronikou encombre le dépôt depuis cinq jours sans raison valable, aux yeux de la loi en tout cas. Alors de deux choses l'une, ou vous le prenez en observation dans votre clinique ou je le fais conduire *manu militari* à l'embarcadère lors du prochain départ pour Patras. J'ai d'autres chats à fouetter. Que décidez-vous ?

Un mince sourire se dessina sur le visage du *dottore* Parmiglione.

— Son cas m'intéresse. Je le prends.

— Son cas vous intéresse ? Vraiment ? Vous n'avez pas assez d'alcooliques sous la main ?

— Celui-là est particulier. Je l'ai examiné attentivement. Intoxication aiguë, mais non chronique. Il a bu énormément pendant quelques jours, c'est tout.

— Il a pris une cuite effroyable et alors ? Ça n'est pas original, que je sache.

— En soi, non. Mais il y a tout de même eu pulsion homicide, et même infanticide ! La violence de la crise m'incite à penser qu'il risque de perdre la raison. Or, c'est un homme d'un très haut niveau social et culturel, le naufrage de son psychisme n'est pas inéluctable. Mon devoir de médecin m'ordonne de tout tenter pour le tirer de cette mauvaise passe. Bien entendu, il me faut un bon de placement administratif.

— Qu'à cela ne tienne, je vous le signe. Mais Sophro-machin est citoyen étranger. Il vous faut également une décharge de son consulat...

Le psychiatre acquiesça.

— La voici, dit-il en portant la main à sa poche.

— Dans ce cas !... Je vous établis le bon. Dites-moi, il est riche, ce timbré-là ?

— Il jouit d'une belle aisance.

— Je vois. Allez-vous l'interner à l'hôpital ou bien dans votre clinique privée ?

Le *dottore* toussota.

— Il bénéficiera de meilleurs soins dans un établissement privé. Bien entendu, vous toucherez un pourcentage sur la note de mon patient.

— Alors, c'est parfait.

Le commissaire parapha et tamponna le formulaire qu'il venait de remplir et qui livrait Démosthène pieds et poings liés au *dottore* Parmiglione.

En sortant du commissariat, Parmiglione rejoignit un homme qui l'attendait, assis devant un verre de bière à la terrasse d'un café du port. Le psychiatre tira une chaise et commanda un café.

— Eh bien ? lui demanda Claythorne.

— Tout va bien. Votre protégé bénéficiera d'un bon mois de repos dans ma clinique.

Claythorne sortit une enveloppe de sa poche et la tendit à son interlocuteur.

— Vingt mille lires. Pour le séjour de mon ami.

— C'est que le bon de placement administratif m'a coûté cher...

— Combien ?

— Dix mille lires.

— Un commissaire de police italien vaut donc aussi cher qu'un consul de Grèce ! soupira Claythorne en portant la main à sa poche.

Basile ouvrit le télégramme qu'Eliaki lui tendait et lut :

Affaire coûteuse, mais en bonne voie. Sujet en sécurité. Gardera la chambre un mois ou plus. Dois-je rester sur place ?

Basile hésita. Cela l'ennuyait de se priver pendant un mois de la présence de son « ministre de l'Intérieur ». Mais il attachait une grande importance à cette affaire.

Il déchira le télégramme et en jeta les morceaux dans la corbeille à papiers. Puis, d'une plume rapide, il griffonna quelques lignes sur un bloc-notes qu'il remit à Eliaki.

— Pour la secrétaire. A adresser à Claythorne. Et qu'elle lui envoie dix mille lires pour ses frais. Pendant ce temps-là, je me change. On se retrouve dans l'entrée.

Dans la rue, Basile et Eliaki ne marchaient jamais côte à côte. Eliaki suivait Basile à une dizaine de mètres en léger décalage. Il fixait son attention sur les passants venant à leur rencontre ou qui, avançant dans la même direction, faisaient mine de se laisser dépasser. Malgré sa vieille répugnance pour les armes à feu, il avait appris à se servir d'un revolver, et il ne se déplaçait jamais sans un Smith et Wesson. L'ancien tueur n'hésiterait pas une seconde à ouvrir le feu en pleine foule. Dans le commerce des armes, les enjeux sont colossaux, et personne n'est à l'abri d'un attentat. La mort pouvait fondre sur Basile d'une seconde à l'autre. Mais la présence à son côté d'un dur à cuire comme Eliaki l'aidait à affronter cette éventualité avec une relative sérénité.

Il s'arrêta devant l'hôtel particulier de Ghélissa Tricoupis. D'un discret signe de tête, il signifia à Eliaki qu'il était arrivé et il s'engagea sous le porche. Quelques instants plus tard, un maître d'hôtel l'introduisait auprès de la maîtresse de maison. Elle portait une robe dont le décolleté mettait en valeur un de ses rares atouts : sa poitrine ferme et rebondie. Basile n'avait jamais couché avec elle. Pourquoi ne pas essayer, un jour de désœuvrement ? La réputation de Ghélissa dans ce domaine faisait oublier son manque de beauté. Une femme dotée à la fois d'un tempérament de feu et d'un humour ravageur, c'était somme toute assez rare pour mériter un détour.

Mais il n'avait que Diane en tête. Il s'était passé quelque chose de grave entre elle et Démosthène, il l'avait compris dès la lecture de son télégramme. Basile connaissait assez Diane pour savoir qu'elle n'aurait pas abandonné Démosthène seul à l'étranger, aux mains de policiers et de médecins, si leur entente n'avait pas été gravement compromise. Il y avait une faille dans le couple, et le moment était venu de passer à l'action.

Il avait envoyé Claythorne à Brindisi, réglé en catastrophe les affaires en cours, et pris le premier train pour Athènes. Là, les nouvelles glanées auprès de Bousphoron avaient confirmé sa première impression. Diane n'avait fait qu'une brève apparition à la villa du Lycabète. Elle habitait chez Ghélissa, en compagnie d'un enfant en bas âge que Ghélissa présentait comme son « filleul », sans plus de précisions. S'agissait-il de son filleul, ou de celui de Diane ? Nul n'en savait rien.

— Basile ! Quelle bonne surprise ! Je vous croyais à Paris !

— J'y étais il y a peu... Mais les affaires, et aussi l'amitié, m'ont ramené à Athènes. Je venais prendre de vos nouvelles, et de celles de Diane.

— Diane va... aussi bien que possible. Quant à moi, vous pouvez en juger, ça va très bien !

— Vous êtes en beauté !

— Menteur ! Voyez-vous, moi, quand on me dit : « Vous êtes en beauté », je traduis : « Vous avez l'air en bonne santé. » Mais suivez-moi, je vais vous conduire à Diane.

— Pourquoi s'est-elle installée chez vous ?

— Elle vous le dira sans doute. Venez. A cette heure-ci, elle doit soigner son filleul.

Antonella brodait dans le grand salon. Elle se leva à l'entrée de Ghélissa et de Basile.

— Bonjour, Antonella, dit Ghélissa. Mme Sophronikou est-elle visible ? M. Apostolidès est l'un de ses plus vieux amis...

— Mademoiselle...

— Bonjour, monsieur. Madame donne son bain à Alex. Je vais la prévenir.

— Ne la dérangez pas, dit Basile. Montrez-moi le chemin, je veux la surprendre.

Basile entrouvrit la porte du cabinet de toilette. Dans l'atmosphère embuée de la pièce, il aperçut Diane agenouillée devant une bassine d'eau savonneuse. Un bébé d'environ six mois, rondouillard, très brun, aux traits d'une exquise délicatesse, tourna vers lui de grands yeux sombres.

Diane se leva et vint à sa rencontre. Malgré la joie réelle qu'elle témoignait de le revoir, la fatigue et la tristesse se lisaient sur son visage. Ils s'embrassèrent.

— Ma petite Diane... J'étais à Paris quand ton télégramme est arrivé. J'ai déjà pris contact avec les autorités italiennes. Nous allons le tirer de là, ne t'inquiète pas.

— Il faut agir discrètement. Si un journal grec racontait ce qui s'est passé...

— Nous ferons le black-out ! Alors, voilà ton filleul ? Il est beau comme un ange ! Laisse-moi le regarder...

Basile s'approcha de l'enfant toujours assis dans l'eau qui clapotait autour de son petit ventre rond. En voyant Basile se pencher sur lui, il ne put réprimer un geste de recul.

— Je te fais peur, bonhomme ? Il est farouche, dis donc !

— C'est parce qu'il ne te connaît pas.

— Nous avons tout le temps pour faire connaissance. Mais au fait, d'où sort-il ? Tu ne m'as jamais dis avoir un filleul...

Diane revint s'agenouiller près du bambin.

— Comme tu peux voir, je ne l'ai pas depuis longtemps !

— Il a quoi ? Six mois ?

— A peu près.

— Et qui sont ses parents ?

— Des gens... de la famille, du côté de Démétrios.

— Ah ! Et ils te l'ont confié ?

— Oui, ils sont partis en voyage. Mais tu es bien curieux !

— Mets-toi à ma place. Ce filleul qui te tombe du ciel... J'aurais plutôt cru qu'il était de la famille de Bohumil ; il a la peau sombre ! Un vrai petit Turquinet ! Il te ressemble. C'est toi en brun, cet enfant !

Diane sortit Alex du bain et l'enveloppa dans une serviette-éponge.

— Tu trouves ? C'est normal, nous sommes du même sang.

Basile lui lança un regard aigu. Il avait appris quelques mois auparavant la vérité sur l'ascendance de Diane. A Salonique, il avait rencontré une vieille femme, l'ancienne propriétaire de l'hôtel qui avait abrité la brève liaison de Cassandre avec le jeune frère de Dervich pacha. La blondeur de Diane, héritée de Cassandre, avait trompé tout le monde. Elle n'était pas la fille de Kostas Mascoulis. Par délicatesse, Basile s'était gardé de lui dire qu'il avait percé son premier secret. Aujourd'hui, le mensonge de la jeune femme lui en faisait deviner le second. Cet enfant n'avait pas une goutte de sang Mascoulis dans les veines. S'il ressemblait tant à Diane, c'était parce qu'il était son frère... ou son fils !

Alex, le fils de Bohumil et de Cassandre ? Ce n'était guère plausible, en raison de l'âge de Cassandre. Basile se souvint de Démosthène lui avouant sa stérilité. Si Démosthène n'était pas le père, Diane avait, ou avait eu un amant.

— C'est juste ! Comment s'appelle-t-il, déjà ? Alex ? Drôle de nom !

— Alex... Alexandre... répondit-elle un peu embarrassée, en essuyant vigoureusement le bébé.

— Es-tu libre à déjeuner ? reprit Basile. Je visite cet après-midi une maison en vente dans la proche banlieue...

Mais il est encore tôt. Accompagne-moi. Au retour, nous irons dans un bon restaurant, et nous examinerons tranquillement la situation de Démosthène.

— Je suis libre, mais autant te dire la vérité, répondit Diane, la situation de Démosthène m'indiffère.

— Pardon ?

— Tu as bien entendu. Démosthène et moi allons nous séparer.

Le cœur de Basile se mit à battre à grands coups. Le moment qu'il attendait depuis toujours était enfin venu. Mais il fallait être prudent. Un geste un peu trop brutal, un mot malheureux, et Diane lui échappait à tout jamais.

— Tu envisages sérieusement le divorce ? Pardonne-moi, je suis indiscret...

— Il n'est pas question d'indiscrétion entre nous. Ce serait seulement prématuré. Trop de choses sont encore en suspens... Mais ma décision est irrévocable. Le divorce... Je n'y tiens pas. Mais s'il le faut, je m'y résoudrai.

Tout en parlant, Diane achevait de prendre soin d'Alex. Elle le posa sur la table à langer. Devant l'assurance de ses gestes, à la manière qu'elle avait de nouer la pointe et d'épingler la couche, on ne pouvait douter qu'elle avait déjà une longue expérience de la chose. Elle habilla et coiffa l'enfant en un tournemain, puis, après l'avoir embrassé et câliné un instant, elle appela Antonella et le lui confia.

— Peux-tu m'attendre un petit moment ? demanda-t-elle à Basile. Je n'avais pas prévu de déjeuner dehors. Il faut que je m'habille.

— Prends ton temps, dit Basile. Nous irons chez Célesteïon, ça te va ?

— Tout à fait, répondit Diane d'une voix enjouée.

Avant de monter en voiture, Basile donna congé à Eliaki. Parfait garde du corps, il détonnait quelque peu dans les endroits élégants. En outre, Basile tenait à être seul avec Diane.

Il prit les rênes du cabriolet de Diane et dirigea l'attelage avec adresse au milieu de la circulation dense du centre d'Athènes.

— Tu conduis magnifiquement, dit Diane. Ça n'est pas un peu agaçant de tout faire mieux que les autres ?

— Je possède une écurie de courses à Paris. Oh, encore modeste ! Mais mes chevaux vont gagner ! Dès que j'ai un moment de libre, je file à Bagatelle, et je drive ma pouliche favorite.

— Comment s'appelle-t-elle ?

Basile feignit un embarras comique.

— Je ne sais pas si tu vas apprécier...

— Il m'arrive d'avoir de l'humour.

— Elle s'appelle Diane.

— Chien galeux ! s'écria Diane en faisant mine de le frapper. Donner mon nom à une jument !

— A une pouliche. Et si tu la voyais, tu ne m'en voudrais pas. Elle est magnifique !

— Est-ce qu'elle gagne, au moins ?

Soudain songeur, Basile semblait ne pas avoir entendu la question de Diane.

— « Chien galeux » ! C'est ainsi que tu m'appelais à Salonique, dit-il d'une voix émue.

Ils se dévisagèrent en silence, tendrement complices.

— Tu as intérêt à ce qu'elle fasse bonne figure ! reprit Diane.

— Elle gagnera. Il faut absolument que tu la voies. Viens avec moi à Paris...

— Pourquoi pas ? dit Diane rêveusement. Je n'y ai fait que des séjours trop courts... A présent, je suis libre comme l'air...

Diane descendit de la voiture, contempla l'immense demeure à l'abandon, et s'exclama :

— Mais c'est immense !

— Immense, en effet, répondit Basile. Et je compte l'acheter pour... disons une grosse bouchée de pain.

— Dans quel but ? Ton hôtel particulier ne te suffit pas ?

— Je n'ai pas l'intention d'habiter ici. Je ferai rénover la maison et arranger le parc, pour y donner des fêtes de temps en temps. Mais l'intérêt de l'opération est ailleurs. Ce que tu vois ne constitue qu'une partie du domaine. Autour de ce parc sauvage, il y a cent cinquante hectares de terrain d'un seul tenant. De quoi installer l'entrepôt dont j'ai besoin pour mes affaires...

Basile lui sourit.

— C'est une déclaration de guerre à ton oncle Démétrios. Jusqu'ici, je marchais sur ses plates-bandes sur la pointe des pieds. A présent, je vais les piétiner.

Diane devint sérieuse.

— Malgré son âge, mon oncle reste puissant et très agressif. Es-tu obligé de l'affronter ?

— Oui. Il ne s'agit pas seulement de rivalité commerciale. Toute la marchandise destinée au Moyen-Orient transitera par ici avant de gagner Le Pirée. Là-bas, le terrain atteint des prix astronomiques.

— Mais tes usines sont installées en Autriche, en France, en Angleterre... Pourquoi tiens-tu à passer par la Grèce ?

— Parce que j'espère y bénéficier de conditions fiscales avantageuses. De plus, je dois prouver à mes concurrents et à mes clients que je n'ai pas peur de ton oncle. Mais laissons-là les affaires... Allons visiter la maison. Son actuel propriétaire est un riche négociant cypriote. Il n'y met jamais les pieds. Il paraît qu'il s'est passé ici des choses... inimaginables !

— Mais tout est fermé, et il n'y a pas âme qui vive !

— J'ai les clés. L'agent du Cypriote me les a confiées hier. Viens, il commence à pleuvoir. Je sens l'orage.

Le vent s'était levé et ployait les frondaisons des arbres. Une véritable tempête s'annonçait. Diane frissonna et prit la main que Basile lui tendait.

— J'espère que tu ne seras pas choquée... Le propriétaire précédent, un Anglais, avait des goûts d'un ordre très particulier. Il collectionnait des tableaux et des objets d'art dont le thème se rapportait à sa passion...

— Je suis une grande fille, maintenant !

— Je plaisantais... Mais tout de même ; l'agent immobilier m'a dit que certaines pièces étaient très inhabituelles.

— Eh bien, nous découvrirons des horizons nouveaux...

Ils gravirent les marches du perron, et s'arrêtèrent devant une porte massive, en bronze, dont les battants s'ornaient d'une Tentation exécutée dans le goût néogothique anglais. Sur le battant de gauche, une Ève vêtue de sa seule chevelure drapée autour d'elle comme une toge frissonnante, tendait la main vers l'unique pomme de l'arbre de la Connaissance, sculptée sur le battant de droite. Au pied de l'arbre, le Serpent dardait sa langue vers le ventre d'Ève.

— Joli début, n'est-ce pas ? dit Basile en sortant un lourd trousseau de clés de sa poche.

— Il pourrait s'agir d'un portail d'église, répondit Diane... A part certaine complaisance anatomique. Mais ouvre vite, le vent est glacial !

Basile chercha la plus grosse clé, et l'introduisit dans la serrure. Il dut déployer toute sa force pour faire jouer le pêne.

Avec un long grincement, les battants s'ouvrirent.

Basile les écarta plus largement et s'avança de quelques pas, tandis que Diane, oppressée par l'obscurité et l'odeur de renfermé qui régnaient à l'intérieur, demeurait en retrait.

— Viens, lui dit Basile.

Il tira de sa poche un briquet à essence.

— Les lampes à pétrole doivent fonctionner.

Diane le suivit, à demi rassurée.

Dans la pénombre du grand hall, ils distinguèrent une superbe statue de marbre représentant une Vénus callipyge qui offrait aux regards des arrivants la partie charnue de sa personne qui lui valait cette épithète.

— Décidément, dit Basile, l'Anglais était un drôle de zèbre !

— Comptes-tu conserver cette statue, et accueillir ainsi tes invités lors des fêtes ?

— A ton avis ? Imagine la tête des douairières de la cour !

Diane éclata de rire.

Ils traversèrent le hall et s'engagèrent dans l'escalier monumental pour gagner le premier étage. Là, ils découvrirent une enfilade de pièces spacieuses dont le temps n'avait pas altéré la riche décoration. A l'aide de son briquet, Basile alluma les lampes à pétrole dissimulées dans des appliques murales en forme de conques marines.

Toutes les pièces témoignaient de l'obsession érotique de l'ancien propriétaire. Mais sa monomanie se faisait plus présente à mesure qu'on s'éloignait des pièces d'accueil. Insensiblement, on passait du simple thème mythologique à des peintures plus audacieuses, plus crues, de l'acte de chair. L'alibi artistique s'effaçait devant la pure et simple obscénité. Un tableau représentait une femme masquée s'offrant à trois satyres monstrueusement membrés, un autre trois bacchantes se contentant mutuellement, un autre encore une Junon recueillant sur ses lèvres la semence de Zeus.

Devant ce spectacle, Basile, embarrassé, se retourna vers Diane.

— Pardonne-moi, Diane... Je n'imaginais pas...

Diane, dans la clarté vacillante d'une lampe à pétrole, examinait un Silène de bronze manipulant son extravagante virilité. Elle leva les yeux.

— Que devrais-je te pardonner ? Je ne suis pas choquée... Tout cela est déroutant, curieux... et un peu troublant !

Elle se tut, sidérée de son aveu.

— Tu me rassures... Nous n'avons jamais abordé ces sujets.

Basile s'interrompit. Un bruit avait attiré son attention.

— Tu as entendu ?

— Il m'a semblé, oui... Comme s'il y avait quelqu'un dans la pièce à côté...

— Un rat, sans doute !

— Peut-être, dit Diane. Sortons. Cet endroit me met mal à l'aise.

— Tu as raison, l'ambiance est un peu malsaine... Je n'aurais pas dû t'amener ici.

— Oh, ce ne sont pas ces objets, ces tableaux ! Ça, c'est plutôt drôle. Mais la pénombre, l'odeur de moisi.

Soudain, Diane poussa un hurlement. De la pièce voisine, un homme venait de surgir, le bras tendu vers eux. Diane n'eut pas le temps d'en voir plus. D'une vigoureuse poussée, Basile l'avait jetée à terre. Deux coups de feu éclatèrent presque simultanément. Elle entendit un cri, et le choc sourd d'un corps tombant sur l'épais tapis qui recouvrait le sol.

Quand elle se releva, elle aperçut Basile penché sur le corps inanimé de l'inconnu. D'un coup de pied, il envoya l'arme du tueur rouler sous un meuble, puis il se redressa et rangea son propre revolver dans la poche de sa veste.

— Il est hors d'état de nuire, dit-il.

Diane courut se jeter dans ses bras.

— J'ai eu si peur ! Tout est allé si vite !...

Elle s'écarta de lui et s'exclama :

— Basile, tu es blessé !

Il porta la main à son aisselle, et la contempla, tachée de sang, comme s'il se fût agi d'une main étrangère.

— On dirait, oui... Ça ne semble pas trop méchant.

— Enlève ta veste et ta chemise, vite !

Il s'exécuta. Quand elle eut étanché le sang, elle put examiner la plaie. Ellc poussa un soupir de soulagement. La balle n'avait fait qu'effleurcr Basile, causant une longue déchirure peu profonde.

— Alors, docteur ?

— Tu as eu de la chance ! Mais il faut nettoyer la plaie, la panser...

— Plus tard !

Diane lui montra l'homme.

— Il n'est pas mort ?

— Pas encore. Et j'ai bien l'intention de le faire parler !

Tenant sa chemise ensanglantée roulée en boule sous son bras, il s'agenouilla près de l'inconnu qui avait repris conscience et gémissait, les mains crispées sur son ventre.

— Qui t'a envoyé ? lui demanda Basile d'une voix dure.

L'homme détourna les yeux. De sa main libre, Basile le saisit par le col de sa veste et l'obligea à le regarder en face.

— Écoute-moi bien ! Tu es blessé au ventre... C'est ce qu'il y a de pire. Si tu parles, je t'envoie un médecin, on te sauvera peut-être. Si tu te tais, je te laisse crever ici. Tu souffriras longtemps. Choisis !

L'homme hésita un instant, puis finit par hocher la tête.

— Bröcher... Un Autrichien qui traîne à Plaka, dans les bars. Il m'a proposé deux mille drachmes pour vous abattre, dit-il d'une voix hachée.

— Dans quel bar devait-il te payer ?

— Chez Kephalon. Ce soir.

— Il se souviendra de sa soirée !

— Vous avez promis...

— Et je tiendrai parole. Mais tâche de t'économiser, ça peut prendre du temps.

Basile se remit debout, prit Diane par la main et l'entraîna hors de la pièce. Diane, brisée d'émotion, faillit s'évanouir. Bouleversé, indifférent à la douleur qui s'éveillait dans son flanc, Basile la serra contre lui.

— C'est fini... Tout va bien, tout ira bien ! Il... Il ne tient qu'à toi que je sois toujours auprès de toi pour te protéger. Mon amour, tu n'as qu'un mot à dire !

Il couvrait de baisers le visage de Diane. Elle, les yeux clos, se blottissait contre lui.

— J'attends cet instant depuis toujours, murmura-t-il à son oreille. Je t'aime depuis le premier jour, à Salonique ! J'avais accepté de me taire à jamais... Tu avais choisi Démosthène...

Diane l'écoutait, troublée, haletante.

— Personne ne pourra plus nous séparer. Si quelqu'un essayait, je le tuerais sans hésiter !

Elle leva son visage vers lui. Leurs bouches se joignirent. Basile ferma les yeux et but avidement l'haleine de Diane. Elle entrouvrit ses lèvres, et leurs langues se touchèrent, s'épousèrent, se séparant un instant pour se caresser à nouveau. Soudain, les forces de Basile le trahirent. La tête lui tourna, ses genoux fléchirent.

— Viens, dit Diane. Appuie-toi sur moi. Il faut te

soigner... J'ai vu une ferme en arrivant, à environ deux kilomètres d'ici. Tu pourras t'allonger, et nous enverrons chercher un médecin.

— Non. Ouvre la fenêtre, je vais m'allonger sur ce sofa.

Diane obéit. Elle écarta les battants et repoussa les volets. Le jour entra à flots dans la pièce. La pluie tombait dru et les senteurs végétales du parc chassèrent l'odeur de renfermé. Diane respira à pleins poumons et revint vers Basile.

— Tu perds ton sang, Basile. Il faut arrêter cette hémorragie.

— Avec quoi ?

Sans hésiter, Diane ôta son trench-coat et sa robe. Sous les yeux émerveillés de Basile, elle fit glisser sur son corps long et souple sa combinaison de soie et apparut presque nue, vêtue de son seul bustier et d'une adorable culotte longue ornée de guipures de dentelle. D'un geste décidé, elle déchira la combinaison en deux parties, dont elle réduisit la première en charpie.

— Je vais tasser cette charpie sur la plaie et te bander le torse avec l'autre moitié... Il faudra serrer très fort...

— Un pansement de soie !...

— C'est un pansement, voilà tout, dit-elle en s'affairant.

— Cette soie a touché ton corps. Elle est pleine de ton odeur... C'est comme si j'étais déjà guéri !

— Tu es bête !

Allongé sur le sofa, il se laissait faire. Malgré les précautions qu'elle prenait et sa dextérité d'infirmière acquise pendant la guerre, Diane ne pouvait éviter de lui faire mal. Mais la vue des seins ronds et laiteux, comprimés par le bustier, constituait pour Basile un analgésique puissant, comme elle put en juger à certaine raideur inopinée dont il s'excusa avec un sourire.

— Ça doit être un effet secondaire de la soie !

— Tu es impossible ! On te croit à l'agonie, et tu...

— Je me sens bien vivant.

Elle interrompit un instant sa besogne pour le faire taire d'un baiser.

— Soulève-toi.

Il obéit. Elle passa l'étoffe autour de son torse.

— Bien. A présent, je vais serrer au maximum.

Elle scruta son visage tout en ajustant le bandage. S'il souffrait, il n'en laissait rien paraître, sinon par une légère crispation des maxillaires.

— C'est fini. Mes félicitations, tu n'as pas pleuré.

— Oh, je n'avais pas de mérite... Le spectacle que tu m'offres vaut la meilleure morphine.

Elle rougit et porta ses mains à sa poitrine.

— Passe-moi ta veste, dit-elle d'une voix troublée. J'ai froid. Je vais me rhabiller.

Il la saisit par le poignet.

— Viens contre moi. Tu n'auras pas froid, je te le promets !

— ... Pas ici, pas maintenant !

— Ici et maintenant. Nous avons trop attendu.

— Tu es blessé...

— A l'agonie ! dit-il en riant. La vie, c'est toi... Rien ne pourrait m'empêcher de te serrer dans mes bras.

Elle s'abandonna à son baiser. Timidement d'abord, puis avec fougue. Elle mordait sa bouche et ses épaules encore humides de sueur. Attentive à ne pas effleurer sa blessure, elle se hissa sur le sofa et s'agenouilla au-dessus de lui, les genoux disposés de part et d'autre de ses jambes. Après des mois de chasteté auprès de Démosthène, un vent de folie l'emportait.

Elle défit la ceinture de Basile. Fasciné, il la regardait faire. Les mains délicates, aux fines veines bleutées, tremblaient sur la boucle de métal.

Il l'empoigna par la taille, et fit glisser sa culotte de dentelle sur ses hanches. Puis, saisissant les fesses de Diane dans ses mains larges et robustes, il les écarta. D'un mouvement brusque, elle s'empala. Un cri rauque lui échappa. Il l'écartelait. Elle chercha la bouche de Basile, enfonça sa langue avide entre ses lèvres. Il lâcha sa croupe, remonta jusqu'à sa poitrine dans une lente caresse. Tirant sur les balconnets du bustier, il libéra ses seins qu'il pétrit avec force. Alors elle se mit à danser sur lui, oscillant d'avant en arrière, se redressant un instant pour s'empaler à nouveau, sans cesser de gémir et de murmurer des mots sans suite. Lui, infatigable, s'appliquait à la pénétrer davantage, changeant de rythme, la soulevant littéralement comme aurait fait un cheval emballé, puis s'apaisant un court instant avant de la clouer à lui presque furieusement.

La première, elle fut submergée par une vague de plaisir. Elle poussa un cri déchirant et s'abattit sur son épaule, haletante, anéantie.

Ils restèrent ainsi longtemps, immobiles, soudés l'un à l'autre. Elle le sentait en elle, inentamé, toujours aussi dur.

Elle se dégagea et s'allongea tout contre lui, le visage près de son ventre. Avec lui, elle osait tout, naturellement, sans aucune honte.

Le professeur Fardoulis, le meilleur chirurgien de la ville, avait nettoyé la plaie et l'avait proprement recousue.

— Je vous promets une superbe cicatrice, cher ami, lui avait dit le médecin en rangeant ses instruments. Mais ne vous inquiétez pas, cela plaît aux dames !

— Quand nous sommes en position de leur montrer nos cicatrices, c'est que nous leur plaisons déjà un peu, lui avait répondu Basile.

— C'est juste. J'enverrai quelqu'un changer vos pansements tous les jours. Vous êtes dans une forme éblouissante... Votre blessure est sans gravité. Pas d'exercice violent, et tout ira bien. Comptez-vous séjourner quelque temps à Athènes ? J'aimerais vous examiner à nouveau d'ici trois ou quatre jours...

— Je ne bouge pas, professeur.

— Alors, disons jeudi ? Je me sauve. J'ai du travail par-dessus la tête à l'hôpital !

— Merci infiniment, professeur ! M. Fallope va vous raccompagner.

Le chirurgien parti, Diane sortit du salon voisin, dans lequel elle s'était tenue pendant l'intervention.

— J'ai trouvé le temps bien long... Que t'a-t-il dit ?

— Tout ira bien... Il m'a recousu. Je dois t'avouer que je flotte un peu.

— Il faut que tu te reposes. Je vais rentrer chez Ghélissa.

— Pourquoi ne resterais-tu pas ? Bien sûr, la situation

n'est pas encore tout à fait éclaircie, mais mon personnel n'est pas du genre à bavarder. Nous passerons la nuit ensemble. Notre première nuit.

Diane se pencha sur lui et posa un baiser sur sa bouche.

— Je dois rentrer.

— Vraiment ? Pourquoi donc ? Ghélissa se moque que tu découches.

— Ce n'est pas ça... Pardonne-moi, mon amour, je ne peux pas t'expliquer. Pas encore. Mais je dois rentrer.

Basile saisit le poignet de Diane. Il lui parla sur un ton grave, soudain.

— Tu sais... Si tu regrettais ce qui s'est passé, ou si tu estimais que cela ne doit pas se reproduire, que c'était juste comme ça, les circonstances...

Il se tut, comme s'il était incapable de poursuivre.

— Eh bien ? lui demanda-t-elle doucement.

— Eh bien, il faudrait le dire. Je comprendrais. J'en aurais le cœur brisé, mais je l'admettrais. C'était déjà merveilleux, une fois. Ces quelques instants de bonheur suffiraient à éclairer ma vie entière !

— Je t'aime. Moi aussi, j'ai été heureuse, et je veux continuer à l'être. Si je dois te quitter momentanément, cela n'a rien à voir avec toi.

Il plongea son regard dans le sien. Un regard impérieux et tendre à la fois, auquel rien n'échappait.

— C'est l'enfant ?

— Que veux-tu dire ?

— Dis-moi seulement que c'est l'enfant, et je te laisserai partir sans inquiétude. Je ne te demande rien d'autre. Tu me raconteras tout quand tu voudras, quand tu en ressentiras le besoin.

Elle baissa les yeux.

— Oui. C'est l'enfant, dit-elle à voix basse.

Il poussa un soupir de soulagement et caressa le visage de Diane.

— Alors c'est bien. Va. Je vais dormir. Nous nous verrons demain ?

— Demain. Chez Ghélissa. Elle s'absente pour la journée.

— Je voudrais t'aimer au grand jour, mais je sais attendre. Embrasse-moi.

Ils échangèrent un long baiser.
— Va, ou je ne réponds de rien... Eliaki va te reconduire, il rentrera à pied...
— C'est inutile ; l'hôtel de Ghélissa est à deux pas.
A regret, elle s'arracha à ses bras.

Le soir même, à la sortie du bar Képhalon, bouge sordide donnant sur une étroite ruelle, Eliaki eut avec le dénommé Bröcher une conversation un peu rude. Les aveux de l'Autrichien confirmèrent les soupçons de Basile. C'était bien Martha Maüsenfeldt qui avait commandité cette seconde tentative d'assassinat.
— L'insistance de cette femme devient gênante ! dit Basile à Eliaki. Elle a failli réussir. Et que serait-il arrivé à Diane ? Il va falloir prendre des mesures énergiques !
— Je suis prêt, dit Eliaki.
— Non, pas toi ! Je connais quelqu'un qui s'en fera un plaisir, quand je lui dévoilerai un secret. Cette fois Martha Maüsenfeldt a abusé de ma patience !

Trois jours plus tard, Basile signait l'acte d'achat de la propriété. Il fit enlever la collection d'œuvres érotiques et chargea un décorateur du nouvel aménagement des lieux. Mais il lui spécifia qu'il ne devait toucher en aucun cas à un certain salon. La pièce dans laquelle Diane et lui avaient fait l'amour pour la première fois demeurerait à jamais fermée aux futurs visiteurs.
Quand il examina à nouveau le blessé, le professeur Fardoulis fut stupéfait de la rapidité avec laquelle la plaie cicatrisait.
— Vous êtes un véritable phénomène, dit-il à son patient, une force de la nature !
— C'est que j'ai beaucoup à faire, lui répondit Basile. Mon corps le sait et s'arrange pour me causer le moins de tracas possible !
Le chirurgien aurait été encore plus étonné s'il avait su à quelle activité Basile occupait le plus clair de son temps.
Chaque matin, après avoir expédié des tâches de chef d'entreprise et donné ses consignes au décorateur et à l'architecte, il rejoignait Diane chez Ghélissa, ou bien dans un hôtel discret. Leur liaison avait pris d'emblée un

caractère de frénésie sensuelle. Ils s'aimaient de toute leur âme et de tout leur corps. Entre les bras de Basile, Diane avait connu une véritable révélation. Le plaisir que lui avait procuré Démosthène était confortable et tendre. Avec Basile, c'était autre chose : un cyclone, un tremblement de terre, un délicieux cataclysme qui la laissait pantelante, exténuée, glorifiée par l'étreinte de l'homme. Avec lui, l'acte sexuel n'était pas le prolongement physique d'un amour cérébral, mais l'exploration commune d'un labyrinthe de sensations. Ils se contemplaient, se touchaient, s'offraient l'un à l'autre avec une totale impudeur, comme s'ils avaient été enfin rendus à l'innocence originelle. Libérée, transformée, Diane s'ouvrait pour Basile comme une fleur tropicale avide de l'orage. Ils osaient toutes les caresses, toutes les folies. Elle le provoquait, éveillait son désir de cent façons qu'elle aurait, hier encore, jugées dégradantes et dignes seulement de courtisanes avilies. Et lui, tour à tour impérieux et docile, toujours ardent, toujours complice, devançait ses désirs et ses curiosités.

Un jour, après l'amour, elle lui raconta quelle épreuve elle avait subi sur la route de Pharsale. Bouleversé, il lui fit tout raconter dans les moindres détails. Puis, comme pour effacer ce souvenir de sa mémoire et de sa chair, il l'aima longuement, lentement, avec une douceur patiente qu'il n'avait encore jamais employée avec elle. Après avoir joui, elle pleura dans ses bras, telle un malade guéri pleure de joie. Elle avait conscience, tout à coup, d'avoir vécu depuis cet épisode sous le coup du traumatisme. Mais à présent c'était fini. La vie recommençait. Sa confession l'avait délivrée à jamais.

Ils parlèrent d'Alex. Elle avait retardé cet instant autant qu'elle l'avait pu. C'était le point d'achoppement possible de leur amour. Si Basile n'acceptait pas l'existence de l'enfant, leur passion en souffrirait. Mais Basile avait compris que le lien qui existait entre Diane et son fils était intangible et sacré. Il apaisa ses craintes. Diane et Alex étaient inséparables. Quel que soit l'arrangement choisi pour l'organisation de leur vie commune, l'enfant y aurait sa juste place.

Alors Diane fut heureuse.

Au mois de juillet 1898, un fait divers défraya la chronique de la ville de Vienne. Le financier Andreas Meyer, l'un des actionnaires de la compagnie d'armements Maüsenfeldt, fut abattu de plusieurs coups de revolver alors qu'il sortait de son domicile. Il était très tôt. Les habitudes matinales d'Andreas Meyer étaient bien connues de son entourage. Tous les jours à la même heure, il sortait son chien, un schnauzer de quatre ans, pour une courte promenade hygiénique. Le meurtre n'eut aucun témoin. Quand le concierge de Meyer, alerté par les coups de feu, se hasarda au-dehors, il trouva l'homme d'affaires allongé sur le dos dans le caniveau, le visage réduit en une bouillie sanglante. Comme le montra l'autopsie, Meyer avait été tué de quatre balles de calibre 44 en pleine face. Son chien n'avait eu droit qu'à un projectile.

S'il y eut au sein des services de police criminelle de Vienne un enquêteur pour rapprocher cet attentat d'une affaire vieille de plusieurs années, et à propos de laquelle le financier avait été entendu à deux ou trois reprises, il ne poussa pas longtemps ses investigations. En dépit de la qualité de la victime et de sa position sociale, le dossier de l'affaire Andreas Meyer fut rapidement classé, comme l'avait été, en son temps, celui de l'affaire Hunzinger.

Sissi Hunzinger était une petite danseuse de l'opéra de Vienne qu'on avait trouvée morte chez elle, nue sur son lit, la gorge lacérée, un coupe-papier planté dans le cœur. Elle avait entretenu avec Andreas Meyer une liaison longue et orageuse, car elle se montrait volage, raison pour laquelle les soupçons s'étaient un moment portés sur lui. Cependant il disposait d'un alibi solide. A l'heure où la petite danseuse expirait sous les coups du meurtrier, il dînait en petit comité chez Mme Martha Maüsenfeldt, la veuve de Gert Maüsenfeldt, le fondateur de la firme. Assistait à ce dîner M. Gunnart von Hasenbow, le directeur général. Tous deux témoignèrent qu'Andreas Meyer avait passé la soirée en leur compagnie, ce qui le mettait hors de cause. L'inspecteur Norbert Hunzinger, le frère de la victime, avait longtemps cherché — en vain — à détruire cet alibi. Mais aucun juge ne le suivit.

L'inspecteur avait pris depuis un an une retraite anticipée. Il la consacrait, croyait-on, à la pêche à la truite. Mais le retraité encore jeune voyageait beaucoup. Il avait effectué récemment plusieurs aller et retour entre Linz et Vienne, où il était descendu dans un hôtel sous un nom d'emprunt. En outre, son avant-dernier séjour à Vienne avait coïncidé avec un cambriolage audacieux, perpétré dans la résidence campagnarde de Mme Martha Maüsenfeldt. Enfin, il ne se trouvait plus en Autriche trois jours après la mort d'Andreas Meyer, mais à Athènes, où, dès son arrivée, il se rendit chez Basile Apostolidès.

Là, il fut d'abord reçu par Adolf Haussermann, l'un des actionnaires rebelles des armements Maüsenfeldt qui avaient permis au Grec de prendre le contrôle de la firme. Pour prix de ses services, le jeune homme était devenu le bras droit de Basile. Basile contactait Norbert Hunzinger pour faire de lui le chef de sa police privée. Hunzinger avait subi avec succès la première épreuve de sélection. Avant de prendre place parmi les « ministres » de Basile, il lui restait à affronter la seconde.

Haussermann accueillit chaleureusement son compatriote, et l'introduisit dans le bureau personnel de Basile.

— Monsieur Hunzinger ! Je suis ravi de vous voir. Avez-vous fait bon voyage ?

— Excellent, excellent ! dit Hunzinger.

Les deux hommes se serrèrent la main, tandis qu'Haussermann s'éclipsait.

Basile fit asseoir son visiteur.

— J'ai reçu hier les journaux de Vienne, dit-il en

montrant du doigt une liasse de quotidiens. Tout s'est bien passé, semble-t-il ?

— Tout s'est passé au mieux. J'aurais aimé m'acquitter de ma tâche en une seule fois. Malheureusement, les deux autres personnes étaient absentes de Vienne... Mais ce n'est que partie remise !

Basile hocha la tête.

— Je connais l'endroit où vous pourrez les joindre très bientôt.

Un sourire de satisfaction se dessina sur les traits de l'Autrichien.

— Bien, bien...

— Les renseignements que je vous avais fournis se sont-ils révélés exacts ?

Hunzinger acquiesça et sortit de sa poche une enveloppe qu'il tendit à son interlocuteur.

— Ce document était dans un petit coffre mural de la chambre à coucher de Mme Maüsenfeldt. Il contient les aveux d'Andreas Meyer. C'était le prix de son alibi. Ainsi, Martha Maüsenfeldt pouvait compter sur sa docilité en toute circonstance.

Basile ouvrit l'enveloppe et lut rapidement la lettre qu'elle renfermait.

— Je conserve ce document, si vous n'y voyez pas d'inconvénient. Il m'a coûté assez cher. Pourquoi avez-vous décidé d'agir vous-même ? Vous auriez pu communiquer cette lettre à la justice. C'en était fait d'Andreas Meyer, de Martha et de son gigolo, von Hasenbow ; faux témoignage dans une affaire de meurtre, ce n'est pas rien.

Hunzinger eut une grimace désabusée.

— Je suis un vieux policier, monsieur Apostolidès. Je connais le pouvoir de l'argent. Meyer et Maüsenfeldt sont richissimes. Ils auraient pris les meilleurs avocats, les choses auraient traîné... J'ai choisi une solution plus expéditive... Et puis, on n'est jamais si bien servi que par soi-même. Sissi était... Oh ! Ce n'était qu'une petite grue ! poursuivit-il en baissant la voix, mais c'était ma sœur. Elle avait joué sur mes genoux. Elle était la gaieté sur terre. Elle n'a jamais su faire que rire et danser... Et puis elle a rencontré Meyer, elle l'a trompé et il l'a tuée...

Il se tut, visiblement ému.

— Une chose m'a étonné, reprit Basile. Le chien. Pourquoi avez-vous tué le chien ? Il vous menaçait ?

— Meyer aimait beaucoup son chien. J'ai tué le chien d'abord, sous ses yeux. C'était aussi cela ma vengeance, son expression quand il l'a vu mort sur le trottoir. Les quatre balles que je lui ai ensuite tirées dans la tête, c'était pour solde de tout compte.

Malgré lui, Basile frémit. Cet homme était implacable. Un brave type, pourtant. Basile savait tout de lui. Hunzinger avait été un flic sérieux et honnête... Mais voilà, il avait beaucoup aimé sa petite sœur. Il n'avait pas apprécié qu'on la tue à l'aide d'un coupe-papier.

— Martha Maüsenfeldt et Gunnart von Hasenbow seront au Grand Hôtel de Monaco du 17 au 25. Avez-vous besoin d'argent ?

Hunzinger secoua la tête.

— Non. Et ne vous méprenez pas : je ne suis pas un tueur à gages.

— Je sais. Quand vous aurez achevé votre tâche, revenez me voir. J'aurai du travail pour vous.

Hunzinger marqua un temps d'hésitation.

— S'il s'agit d'un travail honnête, pourquoi pas ?

— Je contrôle de nombreuses entreprises, dans différents pays d'Europe. Il me faudrait... une sorte de chef de police. Vous gagneriez mieux votre vie que vous ne le faisiez dans la police viennoise.

— Une question : Meyer était votre associé, tout comme l'est Martha Maüsenfeldt... Vous me lancez contre eux comme un chien de guerre. Pourquoi ? Ils vous gênent, ou bien vous vous vengez vous aussi ?

— Il s'agit de ma peau. Martha Maüsenfeldt a tenté de me faire assassiner il y a quelques semaines. C'est une personne très déterminée. Elle recommencera, et si je n'y mets pas bon ordre, il se pourrait bien qu'elle réussisse.

Hunzinger parut soulagé. Assassin, d'accord, mais policier dans l'âme.

— J'aime mieux ça, avoua-t-il. Je réfléchirai à votre proposition.

Tout en s'entretenant de l'état de la route avec le portier de l'hôtel, Gunnart von Hasenbow ne pouvait s'empêcher de caresser sa nouvelle voiture du coin de l'œil. Martha la lui avait offerte pour son trente-cinquième anniversaire. C'était une 6 CV Panhard-Levassor. Le célèbre Mayade avait remporté en 1896 l'épreuve Paris-Marseille-Paris à la moyenne de vingt-cinq kilomètres à l'heure avec la réplique exacte de cette voiture. Il était entré la veille en possession de ce bolide, et il brûlait de l'essayer entre Monte-Carlo et Menton.

— Soyez prudent, lui dit le portier. La corniche est périlleuse !

Gunnart accueillit cette recommandation avec l'assurance d'un conducteur chevronné, confiant, de surcroît, dans les qualités de son véhicule.

— Ne vous inquiétez pas, mon brave, j'ai quelque expérience des automobiles : avant cela, j'avais une Peugeot à moteur Daimler 3 CV 3/4... Une belle machine ! Mais j'ai hâte de voir ce que celle-ci a dans le ventre.

— Ah, ça doit filer, un engin pareil, monsieur von Hasenbow ! Voilà madame Maüsenfeldt... Le panier-repas que vous avez commandé est dans le coffre.

— C'est bien. Le chablis est au frais ?

— Dans son bac à glace, monsieur von Hasenbow.

— Parfait ! Voici pour vous.

— Merci, monsieur von Hasenbow.

Gunnart aida Martha Maüsenfeldt à monter en voiture.

Dans sa tenue d'automobiliste, avec la voilette de gaze qui protégerait son visage des outrages supposés de la vitesse, Martha pouvait faire illusion. Gunnart la jugeait presque supportable aujourd'hui. Elle n'avait plus une peau de pêche, mais les femmes à peau de pêche offraient rarement des Panhard-Levassor à leur amant.

Elle s'installa sur le siège de cuir, et posa son sac à l'arrière de la voiture.

— Sois prudent, surtout, Gunnart ! La femme de chambre m'a dit que la route était dangereuse.

Gunnart secoua la tête d'un air agacé.

— Le portier aussi me l'a dit.

— Tu vois bien !

Gunnart se pencha sur le moteur et empoigna la manivelle.

— Ces domestiques n'ont aucune idée de la fiabilité des voitures modernes. Cette Panhard est une véritable merveille.

Le reste se perdit dans le fracas du moteur. La Panhard-Levassor avait répondu à la première sollicitation. Un sourire triomphant éclaira le visage de Gunnart.

— C'est tout de même quelque chose ! dit-il en prenant place à son tour.

— Tu es heureux, grand gosse ?

Pour toute réponse, il effleura le poignet de Martha d'une tendre caresse accompagnée d'un regard reconnaissant. Puis il abaissa sur ses yeux ses lunettes à monture de caoutchouc et enfonça sa casquette à visière. Il desserra le frein et enclencha la première vitesse. La voiture s'ébranla, et dans un bruit grisant, roula sur le gravier de l'allée en direction du portail grand ouvert.

— En route pour Menton !

Sur le perron de l'hôtel et le long de l'allée, de nombreux employés s'étaient attroupés pour assister au départ de la Panhard. Même dans cet établissement fréquenté par la meilleure société, on ne voyait pas tous les jours d'aussi belles automobiles. Gunnart ne put s'empêcher de saluer ce public d'un large geste de la main. Il faillit manquer le virage du porche.

— Diable, dit-il en se tournant vers Martha, elle est nerveuse ! Elle ne demande qu'à s'envoler !

Ils firent halte au Cap Martin, et déjeunèrent de blancs de volaille, d'aspics de saumon et de chablis. Gunnart était enchanté. La Panhard-Levassor marchait à la perfection. Martha, qui était encore sous le coup de la nouvelle de la mort d'Andreas Meyer, se dérida un peu. Cependant, elle revint à son obsession à la fin du repas qu'ils avaient pris au bord de la route, à l'ombre des tamaris, face à la mer.

— C'est lui. Je te dis que c'est lui, ce salaud de métèque !

— Ma chérie, nous en avons parlé des nuits entières ! Je n'y crois pas, tu le sais ! Apostolidès est prêt à tout, mais pas jusqu'au crime...

— Et pourquoi pas ? J'ai bien osé, moi ! Peut-être a-t-il fait parler cet imbécile de Meulen avant de le tuer ?

— Dans ce cas... Mais nous n'en avons pas la certitude. Andreas était un passionné. Souviens-toi de cette sale histoire avec la petite Hunzinger... Moi, je verrais bien un mari trompé.

— Un cocu n'aurait pas agi avec cette détermination. Il se serait fait prendre... Et il n'aurait sûrement pas tué le chien.

— Et pourquoi ça ?

— Je ne sais pas. Je le sens comme ça. En tout cas, il faut en finir avec Apostolidès. Dès notre retour à Vienne, j'aviserai. J'engagerai des gens sérieux, cette fois !

— Meulen était un professionnel.

— Il est mort tout de même. Apostolidès est coriace. J'y mettrai le prix qu'il faudra !

— Je suis d'accord avec toi. Mais en attendant, je t'en prie, détends-toi. Regarde, cet endroit est sublime... La mer, le ciel, le soleil... Cette auto magnifique, ce chablis ! Jouissons un peu de la vie !... L'endroit est désert. J'ai envie de toi...

— Ici ? Au bord de la route ? Tu es fou !

— Il y a un petit bois là, derrière nous.

Martha, troublée, examina les lieux.

— Si quelqu'un venait ?

— Penses-tu! Il passe une auto toutes les heures, une carriole tous les quarts d'heure. Et puis nous entendrions des pas, des voix... Viens !

— Dehors, comme ça...

Gunnart éclata de rire.

Ainsi, dans sa grande et aveugle bonté, le sort permit à Gunnart von Hasenbow et à Martha Maüsenfeldt de goûter une dernière fois aux joies de la chair. Car une demi-heure plus tard, alors qu'ils reprenaient leur route vers Menton à bord de leur Panhard-Levassor flambant neuve, l'ange exterminateur les frappa.

L'ange exterminateur chevauchait un tricycle à moteur de Dion-Bouton, remarquable machine dont les inventeurs n'avaient cessé d'améliorer les performances. Celui-là était pourvu d'un moteur d'1 CV 3/4, ce qui lui permit de rattraper sans peine la Panhard de von Hasenbow, sur cette portion de route dont la sinuosité interdisait à l'Autrichien de rouler à pleine vitesse.

L'ange exterminateur déboîta du côté de la montagne et corna furieusement pour manifester à l'automobiliste son désir de le dépasser. Gunnart, se retournant à demi, lui lança un regard méprisant.

— Il veut me dépasser, ma parole ! grommela-t-il. Et il s'imagine que je vais le laisser faire ! Quel culot !

— Prends garde ! dit Martha. C'est un excité, un fou peut-être !

— Ne crains rien, je ne bougerai pas d'un pouce ! S'il veut dépasser, qu'il passe par la droite... Ou par-dessus !

L'autre s'obstinait et cornait sans discontinuer. Gunnart se retourna à nouveau pour mieux l'examiner. L'homme portait une casquette et des lunettes, lui aussi. Il était vêtu d'une longue lévite brune dont les pans voletaient autour de ses cuisses.

— Gunnart ! Regarde devant toi, je t'en supplie !

— Oui, oui...

Les deux véhicules, presque roue dans roue, dévalaient une longue pente à quelque quarante kilomètres à l'heure. Au bas de cette descente s'amorçait une courte montée, juste avant un virage qui s'annonçait redoutable. Gunnart estima la distance qu'il lui restait pour tenter de décoller l'importun, et il accéléra. Martha s'accrocha à son bras. Il la repoussa doucement, mais fermement.

— Attends. Je vais le lâcher...

Mais, à sa grande surprise, le tricycle soutenait parfaitement l'allure. Il déboîta à nouveau, accéléra encore, et s'engagea audacieusement entre la muraille et la Panhard.

Hors de lui, Gunnart lui tendit le poing et l'abreuva d'injures. Le chauffeur, énigmatique sous ses lunettes qui lui donnaient des airs de dieu barbare, les considéra quelques instants avec attention, puis plongea sa main droite dans la poche de sa lévite.

— Gunnart !

Martha avait hurlé en voyant le revolver brandi par le conducteur du tricycle. L'ingénieur jura, et voulut manœuvrer le frein. Il n'en eut pas le temps. La première balle lui fit sauter la moitié du crâne. La seconde lui perça la gorge. Il fut rejeté violemment en arrière, rebondit contre le dossier de cuir rembourré et s'affala sur le volant. Son sang avait jailli jusque sur la voilette de Martha. L'ange exterminateur corrigea sa trajectoire d'un coup de guidon et ralentit pour se maintenir à la hauteur de la Panhard folle. Martha Maüsenfeldt, les yeux agrandis d'horreur, le vit se tourner vers elle, lever son arme, viser, tirer... La balle lui fracassa l'épaule et la projeta hors de la voiture, dans le vide qui béait sur la droite. Le véhicule avait déjà avalé la montée et amorçait le début du virage. Abandonné à lui-même, il poursuivit tout droit sa route et quitta la chaussée, décrivant dans l'air bleu une courbe vertigineuse.

L'ange exterminateur franchit le virage de justesse, freina et fit demi-tour. Il remonta ses lunettes sur son front et descendit de sa machine. S'approchant du bord, il scruta l'abîme. Sur sa droite, une centaine de mètres plus bas, les débris de la Panhard s'étaient dispersés tout le long des contreforts de la falaise. Le moteur et le gros du châssis flambaient. Tout près gisait ce qu'il restait de Gunnart von Hasenbow. L'ange de la mort fit quelques pas et regarda vers la gauche. Un sourire de satisfaction éclaira son masque de dieu-poisson quand il repéra la silhouette désarticulée de Martha Maüsenfeldt au pied de la muraille. Il ferma alors les yeux et se recueillit quelques instants, non sur les dépouilles de ses deux victimes, mais en mémoire d'une petite écervelée qui riait avec tant de gaieté !

Il revint à sa machine, observa les environs, ne nota

rien de suspect, et se remit en selle. Il serait en Italie dans moins d'une heure. Il abandonnerait son véhicule dans un endroit désert, et prendrait le train pour Gênes, Rome, Brindisi, et de là le bateau pour la Grèce. Il avait accompli son devoir. Il pouvait songer à la proposition de Basile Apostolidès.

Martha Maüsenfeldt n'avait pas d'héritiers directs. Son immense fortune, dont sa part du capital des armements ne constituait qu'un des fleurons, revint à sa petite-nièce, Grete Apfelbaum. Bien que jouissant d'une relative aisance — elle était l'épouse d'un prospère commerçant de Graz —, Grete Apfelbaum faisait figure de parente pauvre dans cette famille de grands bourgeois. Le fabuleux héritage de Martha l'effraya presque autant qu'il la réjouit. Lors de sa première apparition au conseil d'administration des armements Maüsenfeldt, elle se fit accompagner d'un expert financier, tant elle redoutait de rencontrer l'homme qu'on lui avait dépeint comme un impitoyable requin. A sa grande surprise, elle se trouva en présence d'un parfait gentleman. Soucieux de se concilier l'héritière des 32 % de parts de Martha, Basile se mit en frais. A la fin de la séance, Martha était persuadée qu'un homme doté d'aussi beaux yeux, qui se conduisait avec une telle courtoisie et s'habillait avec une élégance aussi raffinée, ne pouvait être l'implacable aventurier contre lequel on l'avait prévenue. Grete Apfelbaum n'était cependant pas une idiote. A l'excellente impression que lui faisait Basile correspondait celle, non moins excellente, que son conseiller financier retirait de l'examen du bilan présenté par le directeur général de Lancray. Non seulement Basile Apostolidès était beau comme un dieu, mais encore il faisait rentrer l'argent à flots dans les caisses de l'entreprise. Sous son impulsion, l'on enregistrait des résultats inespérés au vu des précédents exercices, et l'expansion paraissait sans limites. Les gros dividendes — ajoutés au charme fou de Basile — firent approuver par Grete Apfelbaum l'ensemble des propositions qui lui furent soumises. Le délicieux dîner privé que lui offrit Basile le soir même acheva de la lui gagner. Comme d'autre part il avait racheté en sous-main à sa veuve, le portefeuille d'actions du défunt Andreas Meyer, la période des guerres intestines au sein du conseil d'administration était terminée. Enfin majoritaire, Basile pouvait désormais manœuvrer sans crainte la lourde mais puissante machine qu'était devenu le consortium des armements Maüsenfeldt.

La pièce était petite, mais convenablement meublée : un vrai lit flanqué d'une table de nuit, un fauteuil de cuir, un petit bureau qui servait de table à l'heure des repas. Dans le mur du fond s'ouvrait une alcôve abritant un minuscule cabinet de toilette. Après l'inconfort radical et la saleté repoussante de la cellule du dépôt de police et la promiscuité de l'hôpital psychiatrique de Brindisi, Démosthène avait accueilli avec soulagement ce nouveau transfert. Mais une prison, même confortable, demeure une prison. Un épais grillage condamnait la fenêtre de sa chambre, et un verrou de bonne taille en fermait la porte. Démosthène dormait à présent sur un matelas de laine exempt de vermine, on lui servait à volonté une nourriture saine et satisfaisante, il pouvait lire et réfléchir à sa guise, mais il restait un prisonnier. Chaque jour, après la brève promenade qu'on lui accordait dans la cour de la clinique du *dottore* Parmiglione, il regagnait sa cellule sous bonne garde.

Parmiglione traitait son prétendu patient avec une exquise urbanité. Il lui parlait d'une voix douce, courtoise, presque amicale, sans la moindre nuance de condescendance : un geôlier de bonne compagnie. Démosthène le détestait cordialement. A ses questions, à ses prières, à ses injonctions furibondes, Parmiglione était expert en réponses évasives. Cela durait depuis des jours et Démosthène rêvait de lui envoyer sauvagement son pied dans le bas-ventre.

Un matin, en s'éveillant, Démosthène prit sa décision. Il se fit le serment d'être dehors le soir même. Il n'avait aucune illusion sur les intentions de Parmiglione. Le médecin était fermement décidé, pour des raisons obscures, à le garder ici aussi longtemps qu'il le voudrait. C'est vrai, Démosthène avait fait une brève crise de folie éthylique. Ses nerfs avaient lâché, sa raison avait vacillé. Mais en tenant compte des jours qu'il avait passés au commissariat et aux admissions de l'asile public, cet épisode remontait déjà à plusieurs semaines. Sevré d'alcool, il était vite sorti de son état de confusion mentale. Il se sentait à présent en possession de tous ses moyens.

La chambre de Démosthène était située à l'étage d'un petit pavillon, à l'écart du corps de bâtiment principal. Parmiglione lui rendait visite en fin de journée. Le reste du temps, Paolo, un infirmier, s'occupait de Démosthène, lui apportait ses repas, faisait son lit et vidait son seau. Démosthène avait d'abord pensé tenter une évasion lors de sa promenade quotidienne, mais pour l'occasion Paolo se faisait accompagner d'un second infirmier, et les deux hommes ne quittaient pas leur client d'une semelle. Il était préférable de neutraliser Paolo à l'intérieur même de la chambre. Ensuite, Démosthène irait se cacher dans un réduit, près du grand portail par lequel l'intendant pénétrait tous les matins avec sa carriole pleine de provisions. Là, tout se jouerait en quelques secondes. Si Démosthène parvenait à franchir le seuil, il se perdrait dans la banlieue de Brindisi. On lui avait confisqué tout son argent, mais on lui avait laissé ses vêtements. Bien mieux, on les avait lavés et repassés. Rien ne signalerait l'évadé à l'attention des passants ou de la police. Une fois dehors, il s'agissait de quitter l'Italie. Démosthène ne pouvait compter sur le consul de Grèce à Brindisi, qui avait signé, Dieu sait pourquoi, la décharge le livrant aux mains du psychiatre. Sans argent, sans amis dans une ville inconnue, Démosthène ne serait pas encore tiré d'affaire. Mais il n'avait pas le choix. D'ailleurs, ne s'était-il pas sorti naguère de situations beaucoup plus périlleuses, à Salonique, quand il dirigeait la résistance grecque ?

Le lendemain, Démosthène se leva plus tôt que d'habitude. Il fit sa toilette, s'habilla avec soin, et mit dans ses poches les quelques objets personnels qu'on lui avait permis de garder. Puis il entreprit de déchirer ses draps en longues bandes qui lui serviraient à ligoter Paolo après l'avoir assommé. Quand cette besogne fut accomplie, il dissimula ces liens improvisés dans le cabinet de toilette. Il revint au bureau, empoigna la chaise, qui était en chêne massif et la souleva à bout de bras. Elle irait. Il la reposa, alla jusqu'au lit et en disposa les couvertures de façon à dissimuler l'absence des draps. Bientôt il entendit dans le couloir les pas de Paolo. Il alla s'asseoir devant le bureau et feignit de s'absorber dans la lecture du journal de la veille.

La clé joua dans la serrure, la porte s'ouvrit.

L'infirmier entra et referma la porte derrière lui.

— *Buongiorno, signore Sophronikou !* Avez-vous bien dormi cette nuit ?

— Très bien, merci Paolo... Le *dottore* Parmiglione ne vous a rien dit ce matin ? Ce n'est pas encore aujourd'hui qu'il me libère ?

— Je ne crois pas, monsieur... Mais ne perdez pas espoir, votre état s'améliore. On ne devrait plus vous garder très longtemps. Quelques semaines...

— C'est long, Paolo, c'est long !

— Je sais bien... Allons, courage ! Tout finira par s'arranger.

« Si je prends les choses en main, peut-être ! » se dit Démosthène. La réponse vague de Paolo renforçait sa détermination. Il répugnait à frapper l'infirmier, qui s'était toujours montré cordial avec lui. Mais il le fallait.

— J'espère bien !

En disant ces mots, Démosthène se leva et s'effaça pour que Paolo puisse poser sur le bureau le plateau du petit déjeuner.

— Voilà... Bon appétit, *signore Apostolidès !*

— Merci Paolo. Et... pardonne-moi !

D'un seul mouvement, Démosthène saisit la chaise, la souleva et l'abattit sur la nuque de Paolo. L'infirmier poussa un cri, vacilla, faillit s'effondrer, mais se retint au bureau.

Démosthène jura. Il n'avait pas frappé assez fort. Paolo tenait toujours debout. S'il appelait à l'aide, tout était perdu. Non seulement Démosthène aurait manqué son évasion, mais il se retrouverait en cellule capitonnée. Il brandit à nouveau la chaise. A demi assommé par le premier coup, Paolo esquissa un geste de défense dérisoire. Démosthène frappa à deux reprises. Paolo s'écroula lourdement.

Démosthène lâcha la chaise et souleva le corps inanimé pour l'allonger sur le lit. Le front et la nuque de Paolo ruisselaient de sang. Inquiet, Démosthène lui prit le pouls. Il le trouva anormalement faible, même dans ces circonstances. Il écouta son cœur. Le battement, irrégulier et lointain, allait en s'amenuisant.

— Paolo ! Nom de Dieu, Paolo, ne fais pas le con !...

La panique s'empara de Démosthène. Il n'était pas médecin, mais il avait déjà vu mourir des hommes. Et Paolo était en train de mourir... Dans quelques minutes, Démosthène ne serait plus un patient tentant de fausser compagnie à son médecin, mais un assassin.

— Paolo ! Je t'en supplie, ne meurs pas, idiot... Ne meurs pas, tu m'entends ? Reviens à toi !

Les yeux à demi ouverts de l'infirmier semblaient dévisager son meurtrier. Ses paupières cillèrent à plusieurs reprises, il ouvrit la bouche pour marmonner une malédiction inaudible, puis il se raidit. Il était mort. Démosthène essuya d'une main tremblante la sueur qui perlait sur son front.

— Je suis fichu.

Il demeura un moment prostré sur le corps de sa victime, incapable de réfléchir, d'analyser la situation avec un minimum de lucidité. Puis il se reprit. Il lui fallait fuir à toutes jambes, le plus loin possible de la clinique, de Brindisi, de l'Italie ! Il dissimula le corps de Paolo sous les couvertures. A travers le judas, on croirait voir Démosthène endormi...

Le trousseau de clés était sur la porte. Démosthène ouvrit sans bruit et tendit l'oreille. Tout paraissait calme. Le couloir était désert. La pendulette posée sur le bureau indiquait 8 h 35. L'intendant rentrait généralement du marché vers 10 h 30. Deux heures d'attente, s'il parvenait à gagner le réduit et à s'y cacher... Si personne ne découvrait le cadavre de Paolo, si on ne donnait pas l'alerte, si une foule de policiers et d'infirmiers fous de rage ne fouillait pas la clinique de fond en comble... Il ferma les yeux. Une fois de plus, il devenait un homme traqué. Il serra les dents et s'engagea dans le couloir à pas feutrés.

Après le terrible coup de malchance qu'avait constitué la mort de Paolo, le sort fit un geste en faveur de Démosthène. Il avait atteint le réduit et s'y était caché sans être vu. Dix minutes après, le concierge ouvrait le portail pour laisser entrer un fourgon sanitaire. Le cocher engagea la voiture dans la cour, et descendit afin de faire signer son bon de décharge au secrétariat des admissions. Pour le salut de Démosthène, il se trouva que la malade enfermée dans le fourgon était une femme encore jeune et belle. Elle s'agrippa aux barreaux de la lucarne arrière et se mit à proférer à pleine voix un flot d'obscénités, éveillant la curiosité lubrique du concierge. Négligeant de refermer immédiatement le portail, il vint se poster devant la malheureuse et lui donna la réplique à voix basse. Il tournait ainsi le dos au réduit et à la rue.

Démosthène entrouvrit la porte branlante et fila vers la sortie. Vingt mètres à peine le séparaient de la liberté. Cependant, il suffisait que le concierge se retourne pour que tous ses espoirs soient réduits à néant. Il s'interdit de courir. Le bruit de ses pas sur le pavé aurait alerté le cerbère. Plus que dix mètres, plus que cinq... Son cœur battait la chamade. Plus que deux mètres... Il atteignit le trottoir. Sauvé ! Il était à présent invisible de la cour. La dernière réplique de la malheureuse folle résonnait dans ses oreilles. De quels malheurs le destin l'avait-il accablée pour la réduire à cet état ?

Il pressa le pas. La rue était presque déserte. Il croisa quelques passants. Aucun ne prit garde à lui. Mais il n'était pas encore tiré d'affaire. Il était dans la banlieue de Brindisi, sans un sou en poche, à quelle distance du centre et du port il n'en avait aucune idée. Il hésitait à demander son chemin. Sa connaissance de la langue italienne était très approximative, et son accent ne manquerait pas d'intriguer. Or, on pouvait découvrir le corps de Paolo et se lancer à la poursuite de son meurtrier d'un instant à l'autre. Il se força à ralentir.

Il marcha longtemps, empruntant les artères les plus fréquentées, afin de se perdre dans la foule en cas de poursuite, et parce qu'elles le conduiraient sûrement au port. Là, il découvrirait bien un quai désert, un entrepôt où se cacher pour se reposer et réfléchir à son aise. Il était las, et il avait faim.

En début d'après-midi, il atteignit le port. Il rôda à la recherche d'un abri, et finit par se réfugier sous un hangar plein de barils de goudron. Il avait chapardé quelques fruits secs en traversant un autre hangar. Blotti entre deux barils, il dévora son butin, puis s'endormit, rompu de fatigue.

Il s'éveilla à la tombée de la nuit. La faim le tourmenta à nouveau. A présent, la police devait être à ses trousses. Il ne pouvait escompter aucune aide de la colonie grecque à Brindisi. Une seule solution s'offrait à lui s'il voulait revoir un jour sa patrie : monter clandestinement à bord d'un bateau en partance pour Patras. Avec la complicité d'un marin, cela eût été facile, mais il n'avait pas de quoi acheter cette complicité.

Il s'aventura hors de sa cachette pour aller voler un peu de nourriture dans les hangars voisins. Sa situation était à peine moins périlleuse qu'à Salonique, six ans plus tôt, quand il se cachait pour échapper aux sbires de Buleyt bey. Il n'encourait pas la mort, puisqu'il était considéré comme dément, mais il risquait l'internement à vie dans un asile de fous, ce qui était pire. Et puis, du temps de Salonique il avait de l'argent, des amis, il luttait pour la liberté de son peuple — même s'il avait trahi pour sauver sa peau. Ici, il n'avait aucune monnaie d'échange. Il était seul face à la police, à la justice et aux psychiatres.

Il passa la journée du lendemain allongé dans la pénombre entre les barils de goudron, à penser à Diane et à l'aveu qu'elle lui avait fait à Baden-Baden. N'étant plus sous l'emprise de l'alcool, sa colère était retombée. Il examinait les faits lucidement et il reconnaissait sa faute. Il ne pouvait aimer l'enfant né d'un viol collectif. La simple idée de cette profanation le mettait encore hors de lui. Mais puisqu'il s'agissait d'un viol, la responsabilité de Diane n'était pas engagée. Pourrait-il pardonner, s'il parvenait à regagner la Grèce ? Pardonner ! Quelle générosité ! C'était à lui de se faire pardonner. Il avait insulté Diane, il l'avait heurtée dans ce qu'elle avait de plus cher désormais, l'enfant, ce maudit bâtard turc ! Dans son esprit, la beauté de Diane se confondait avec celle de sa vie passée, cette vie qu'il craignit de ne jamais retrouver. Les yeux de Diane et l'éclat des lustres aux fêtes royales, à l'instant ou le colonel Hadji-Petro, dans son uniforme de cérémonie bardé de décorations, donnait le signal du quadrille. La chevelure de Diane et l'or qui roulait dans ses mains au temps de sa puissance. La voix de Diane et l'intonation respectueuse des huissiers annonçant M. le Ministre de l'Urbanisme. Le corps de Diane et toute la douceur de vivre, tout le bonheur du monde ! Cette nuit-là, sous son hangar, disputant sa place aux rats, Démosthène pleura comme un enfant.

Malgré les épreuves traversées, malgré l'alcool, les déceptions et l'amertume, il conservait un dernier atout : il était resté beau comme un dieu. Ce qui le sauva.

Le deuxième soir, chassé de sa tanière par la faim et l'angoisse, il rencontra un homosexuel qui rôdait sur les quais. A la lueur sordide d'un bec de gaz, l'homme lui fit des propositions sans équivoque. Démosthène feignit d'accepter et suivit l'homme à l'écart des lumières. Là, il l'assomma et lui vola tout l'argent qu'il avait sur lui : quelques centaines de lires. Ce n'était pas encore le salut, mais le moyen de retarder la déchéance, de garder figure humaine en achetant dans un petit bazar de quoi se laver et se raser, de faire un vrai repas dans un bistrot, de prendre une chambre dans un hôtel modeste. Fort de ce succès, Démosthène redevint audacieux. Si on l'arrêtait, tant pis, il se suiciderait, ou il s'abandonnerait à son destin. Mais en aucun cas il ne retournerait dans le hangar aux barils de goudron affronter la meute affamée des rats.

Il lui restait de l'argent. Le troisième jour, il fit une

toilette soignée, défroissa de son mieux son costume quelque peu défraîchi et partit à l'aventure. La chance lui sourit à nouveau. Il rencontra Monica dans un bal populaire, à quelques rues de l'hôtel de ville. Qu'est-ce qui avait poussé Démosthène à se risquer dans cet endroit public et donc dangereux ? Un défi désespéré, en même temps qu'un calcul. Un assassin en fuite ne pouvait aller au bal. Nul ne prit garde à lui sauf Monica et pour des raisons qui n'avaient rien à voir avec celles de la police.

Monica approchait de la cinquantaine. Elle était veuve et elle aimait les hommes. Elle courait les fêtes, les cabarets, les bals. Et elle n'avait jamais longtemps à attendre pour rencontrer des mâles disposés à céder à ses charmes épanouis. Il y avait les petits jeunes qui se font les dents et qui sautent sur tout ce qui porte un jupon, les désœuvrés, les érotomanes, les hommes d'expérience qui pressentaient en elle la femme de plaisir... Monica rentrait rarement bredouille. Mais elle n'avait jamais eu l'occasion d'accrocher à son tableau de chasse un spécimen aussi remarquable que Démosthène Sophronikou, ancien ministre de Sa Majesté Georges de Grèce, gibier d'asile de fous, assassin en fuite et homme du monde.

Elle le vit entrer dans la salle de bal de sa démarche souple, sûr de lui, ses cheveux noirs et bouclés encadrant son visage de statue, vêtu d'un complet fatigué mais d'excellente coupe. Aussitôt elle se sentit fondre. Il serait dans son lit avant la fin de la nuit. Sans perdre un instant en vains travaux d'approche, elle marcha droit vers lui. Le sourire qu'elle lui lança était si engageant qu'il l'invita aussitôt à danser. Démosthène crut tout d'abord avoir affaire à une professionnelle. Mais ce n'était qu'une femelle en chaleur et après des semaines d'abstinence, il avait de l'énergie à revendre ! Elle n'était ni belle ni distinguée, mais il émanait d'elle une sensualité presque sauvage. Et puis, elle pouvait devenir une alliée, puisqu'il disposait de la monnaie dans laquelle elle souhaitait être payée...

— C'est bien, ici, dit-il dans son italien hésitant. Un endroit sympathique... Il y a un peu trop de monde. On n'est pas à son aise pour danser...

— C'est ce que je me disais, ça manque d'intimité.

— On pourrait aller ailleurs.

— Pourquoi pas ? Mais où ?

— Je ne sais pas, je viens de débarquer à Brindisi... On doit pouvoir trouver un endroit calme pour faire connaissance.

— Vous êtes étranger ?

Il choisit de mentir :

— Oui... Français. J'arrive de Paris.

Il parlait assez bien le français pour soutenir son imposture si par hasard elle le parlait aussi.

— Ah, un Français ! Les Français sont de grands amoureux, à ce qu'il paraît.

Démosthène prit un air modeste.

— Oh, nous nous défendons...

Monica craqua une allumette et alluma une lampe à pétrole posée sur la table de nuit dont elle ouvrit le tiroir. Elle en sortit une boîte de cigares bon marché.

— Tiens. Ça ira ?

Démosthène examina l'étiquette. C'étaient des cigares italiens. Il en huma un, en trouva l'odeur quelconque, mais l'alluma tout de même avec satisfaction.

— Ça ira !

— Dis-moi, Jacques...

C'était le premier prénom français qui était venu à l'esprit de Démosthène.

— C'était bon ? Tu ne m'as pas dit grand-chose...

— C'était merveilleux !

Elle soupira d'aise.

— Tant mieux. Pour moi aussi, tu sais, c'était merveilleux !

Elle laissa glisser sa main le long de sa cuisse et saisit son sexe. Mais à cet instant précis, l'objet, trop sollicité, était en berne.

— Qu'est-ce que tu fais à Brindisi ? Du commerce ? Du tourisme ?

Il hésita. Pouvait-il se fier à elle ? Accepterait-elle seulement de l'héberger. Elle vivait seule, apparemment. Mais elle avait peut-être un ami régulier... Celui qui avait oublié ses cigares, qui sait ?

— Je suis ici en touriste.

— Ah bon, tu as des loisirs, alors. Tu es descendu à quel hôtel ?

Il ne put se souvenir d'aucun nom d'hôtel.

— Je ne suis pas à l'hôtel, mais chez des compatriotes...

— Et c'est quoi, ton métier ?... Tu dois me trouver trop curieuse !

— Non, pourquoi ? Je suis écrivain, dit-il, heureux de ne pas mentir pour une fois.

— C'est passionnant ! Des romans d'amour ?

— Bien entendu. Des romans pleins de passions dévorantes.

— Quel dommage que je ne sache pas le français !

— Tu serais peut-être déçue.

— Sûrement pas ! Tu sais de quoi tu parles, j'en ai eu la preuve !

Elle se redressa, se pencha sur lui, et effleura ses lèvres du bout des doigts.

— C'est excitant comme tout ! J'ai couché avec un écrivain français. Ça me donne envie de recommencer... Tu as du temps devant toi, non ?

Démosthène sentit la petite flamme de l'espoir se rallumer en lui.

— J'ai tout mon temps, dit-il.

Au prix d'une activité sexuelle intense, Démosthène avait trouvé un refuge. Monica demeurait dans une petite maison isolée au fond d'un jardin, au bout d'une rue peu fréquentée. Il maintint d'abord la fiction de son hébergement chez des amis français, mais au bout de quelques jours il fut tacitement établi qu'il habitait chez Monica. Il avait tout fait pour qu'elle tombe amoureuse de lui, et il y était parvenu sans peine. Il était jeune, il était beau et il était apte à la combler physiquement... Ou à peu près, car elle était insatiable. A toute heure de la nuit ou du jour, il fallait qu'il s'exécute. Ce n'était pas vraiment une corvée. Le corps dru de Monica, à peine marqué par l'âge, éveillait le désir, même chez un homme blasé comme l'était Démosthène. De taille moyenne, forte de hanches et de poitrine, elle avait la chair fondante et odorante des brunes musquées. Quant à la technique amoureuse, elle aurait pu en remontrer à Hélène. Hélène était vicieuse et compliquée. Monica était le contraire d'une cérébrale. Simple et goulue, elle ne rechignait devant aucune des fantaisies auxquelles Démosthène avait recours pour ranimer une ardeur parfois défaillante. Elle y apportait alors sa fougue naturelle et une dextérité née de sa longue expérience.

Démosthène, ingrat comme la plupart des mâles, avait quelquefois honte à l'idée que ses amis d'Athènes puissent apprendre un jour son aventure. Réduit en esclavage sexuel, jour après jour, il payait son billet de logement. Patiemment, il s'efforçait d'obtenir de Monica qu'elle lui donne la somme d'argent nécessaire à la seconde phase de son évasion : quitter l'Italie en achetant la complicité d'un marin.

Monica n'était pas pingre. Les quelques centaines de lires que Démosthène avait volées avaient fondu comme neige au soleil. C'était elle, à présent, qui subvenait aux besoins de son amant. Elle le nourrissait, elle payait les cigares, les journaux, le cognac. Démosthène avait recommencé à boire, modérément. Mais il la sentait réticente quand il était question d'une somme relativement importante, c'est-à-dire des deux mille lires dont il avait besoin. Il ne lui avait pas dit à quel usage il les destinait, mais elle n'était pas idiote et elle pressentait que ce prêt — il présentait toujours la chose ainsi — lui servirait à quitter l'Italie. Elle ne tenait pas à payer pour le perdre. Connaissait-elle sa véritable identité ? Elle pouvait être au courant du meurtre de la clinique. Si tel était le cas, elle n'en laissait rien paraître. Elle l'avait dans la peau, tout simplement.

Trois semaines s'écoulèrent ainsi. De guerre lasse, le commissaire Marchetti avait classé le dossier. Mais un homme continuait à enquêter. Un homme expérimenté et patient, qui disposait de moyens financiers illimités. C'était Claythorne. Prévenu très vite de l'évasion de Démosthène par le docteur Parmiglione, il avait cablé la nouvelle à Basile. Les instructions lui intimaient de rester sur place et de se tenir prêt à aider Périclès dès son arrivée.

Car Périclès était en route pour l'Italie. Débarquant à

Athènes pour une réunion du conseil d'administration de Sonnenfontein avec les Karvallos, ses principaux actionnaires, il avait appris le drame de Brindisi. Et il avait aussitôt décidé de venir en aide à Démosthène. Sa loyauté vis-à-vis de ses amis d'enfance était totale. S'il le fallait, il prendrait d'assaut la clinique du docteur Parmiglione pour délivrer Démosthène ! Inquiet de la façon dont les choses risquaient de tourner au cas où cette tornade humaine s'en mêlait, Basile avait télégraphié à Claythorne de ne s'opposer en rien aux initiatives de Périclès. D'ailleurs, s'il avait fait en sorte que Démosthène soit retenu quelque temps à Brindisi, de façon à lui laisser les mains libres auprès de Diane, il avait conscience que cette situation ne pouvait durer plus longtemps. Il aurait fait libérer lui-même son ami interné, mais la nouvelle de l'évasion et de la mort d'un infirmier lui parvint. Dès lors, une seule chose comptait : retrouver Démosthène et le faire sortir d'Italie au plus vite.

A son arrivée, informé par Claythorne des derniers événements, Périclès arrêta son plan d'action. Il ne croyait pas que Démosthène ait réussi à quitter Brindisi. Il l'imaginait, couché en lieu sûr, attendant que l'émotion soulevée par l'affaire soit retombée pour prendre le large. Mais un homme seul, sans argent, n'échappe jamais longtemps à des recherches méthodiquement menées. Démosthène devait avoir trouvé un allié. Ou une alliée. Périclès, qui connaissait son Démosthène sur le bout des doigts, pensa à une femme. Il fallait chercher la femme.

Inlassablement, Périclès poursuivait ses recherches. Dans le port, tout d'abord, avec ses enfilades de hangars et d'entrepôts, mais aussi dans les hôtels de passage, les bouis-bouis crasseux où dockers et marins allaient manger, les cabarets où ils s'étourdissaient le soir venu. Il engageait la conversation avec les patrons et leur montrait un daguerréotype de Démosthène. Puis il sortait de sa veste une liasse de billets de banque, l'agitait un instant, avant de l'escamoter. Enfin, il tendait sa carte : on pouvait le joindre, ou laisser un message à l'adresse indiquée. Il vidait son verre et prenait congé avec un bon sourire.

Un soir, une femme vint à son hôtel. Elle demanda à examiner le portrait. Quand elle l'eut en main, elle le scruta attentivement.

— Je l'ai vu, dit-elle enfin. Il y a trois semaines à peu près, au bal de la via Gabrielle... Je servais au bar... C'est mon métier, serveuse. Alors je connais tout le monde, forcément... Il est grand, brun, avec des cheveux bouclés... Bien habillé, et beau surtout ! Quand on voit un type comme ça, on ne l'oublie pas.

Périclès, les yeux mi-clos derrière les volutes de fumée de son cigare, considérait placidement son informatrice.

— Continuez.

— Eh ben... Il est pas resté longtemps. Une danse, pas plus, et il a embarqué sa cavalière. Normal, beau comme il était, moi non plus, je me serais pas fait prier !

— Et alors, cette cavalière ?

— Et alors, c'est là qu'on paye si on veut savoir son nom et son adresse.

Monica se dégagea des bras de Démosthène, et enfila une robe de chambre en maudissant l'importun.

— Je vais voir qui c'est. Mais je ne te tiens pas quitte pour autant, dit-elle en lui pinçant la cuisse.

Elle quitta la chambre en traînant les pieds dans ses mules avachies.

Démosthène se leva, et, nu comme un ver, alla jusqu'à la fenêtre. A travers les mimosas du jardin, il entr'aperçut une haute silhouette, campée devant la grille de fer, seule, et en civil. C'était déjà ça. Il entendit la porte du bas s'ouvrir, et il vit Monica traverser le jardin. De la façon dont elle s'arrêta pour dévisager l'homme tout en lui parlant, il déduisit qu'elle ne le connaissait pas. C'était inquiétant. Il revint vers le lit et s'habilla en hâte. Il sortit à son tour de la chambre, dévala l'escalier et gagna le jardin par la porte de derrière. En longeant le mur de droite, il devait arriver sans être vu assez près pour entendre la conversation entre l'inconnu et Monica.

Il se mit à plat ventre dans l'herbe, à l'angle de la maison, et tendit l'oreille.

— Je ne connais pas cet homme, disait Monica, je vous assure...

Démosthène avait fini par avouer sa situation à Monica afin de la mettre en garde contre tout inconnu qui le demanderait ou qui rôderait autour de la maison. Il lui avait avoué qu'il était recherché par la police à propos d'une affaire dans laquelle les apparences étaient contre lui. Elle avait accueilli cette révélation avec placidité. De le savoir traqué, et donc dépendant d'elle, la rassurait. Le bel oiseau était en cage pour elle seule. A son âge, elle ne se faisait guère d'illusions sur la fidélité d'un homme comme lui s'il avait été libre de ses mouvements.

— Pardonnez-moi, *signora,* dit l'homme, mais j'ai de bonnes raisons de penser le contraire... Ne vous méprenez pas, je ne lui veux aucun mal ! Je viens en ami... De la part d'un excellent ami à lui, très exactement.

Le cœur de Démosthène fit un bond dans sa poitrine. Cette voix, il l'aurait reconnue entre mille. Grave, courtoise, un peu lente, avec, sous l'italien incertain, les accents chantants d'un Grec de Salonique. C'était Périclès !

Démosthène s'avança.

— Périclès, mon vieux ! Toi ici !

Le visage de Périclès s'éclaira. Il était au bout de sa quête.

— Ah, te voilà ! Eh bien, ce n'est pas trop tôt !

— Qu'est-ce que je devrais dire ! s'exclama Démosthène en grec. Je commençais à croire que j'allais finir mes jours ici ! Comment m'as-tu retrouvé ?

Périclès haussa les épaules.

— J'ai cherché, voilà tout !

Les deux hommes s'étreignirent avec émotion.

— Ne crains rien, dit Démosthène en se tournant vers Monica, c'est un ami !

— Je vois, dit-elle d'un air sombre. Tu vas partir, n'est-ce pas ?

Il baissa la tête. Elle se mordit les lèvres.

En quelques jours, tout fut réglé par Claythorne. Moyennant une somme substantielle, un patron pêcheur de Brindisi accepta de prendre à son bord trois touristes.

Quatre jours après l'apparition de Périclès, Démosthène fit ses adieux à Monica. Elle avait préparé un repas plus soigné qu'à l'ordinaire, qu'ils arrosèrent de champagne. Mais son humeur n'était pas à la joie. Elle pleura de l'entrée au dessert, malgré la promesse qu'elle s'était faite de ne pas gâcher leur dernière soirée. Puis elle lui reprocha de l'abandonner. L'affaire tournait à la scène de ménage, quand Démosthène fit remarquer à Monica qu'ils n'avaient plus que quelques heures à passer ensemble et qu'ils feraient mieux de les occuper à autre chose qu'à de vaines disputes. L'argument porta. Monica sécha ses larmes et ôta sa robe. Il lui présenta les armes avec une ardeur non feinte, à laquelle se mêlait un sentiment de gratitude. Sans elle il aurait peut-être croupi dans la cellule d'un asile, sans plus d'espoir de liberté. Elle avait refusé avec hauteur tout dédommagement financier.

— Je suis une garce, pas une pute ! lui avait-elle lancé.

Quand Périclès sonna à la grille, ils étaient encore mêlés l'un à l'autre. Démosthène baisa ses tempes humides de sueur et se dégagea. Debout dans l'ombre au pied du lit sur lequel elle reposait, exténuée, encore offerte, il s'habilla en hâte.

Il la contempla, la gorge serrée.

— Adieu, Monica, dit-il seulement.

Il sortit précipitamment, partagé entre le remords de planter là cette femme qui lui avait sauvé la vie, et la crainte enfantine de trouver l'impasse déserte, comme si Périclès, impatienté de son retard, avait pu s'en aller sans lui. Périclès était là. Les deux hommes se dirigèrent d'un pas rapide vers la voiture qui les attendait à la sortie de l'impasse.

— Dépêchons-nous, dit Périclès, Claythorne est déjà au port. Dans quelques heures, nous verrons le soleil se lever sur la mer. Tout ce que tu as vécu ici ne sera plus qu'un mauvais souvenir.

— Je le souhaite... J'ai hâte de sentir le pont d'un bateau sous mes pieds !

Le vent se levait et gonflait les voiles de la tartane sur laquelle ils avaient embarqué. Démosthène jouissait de la liberté retrouvée. Il était d'abord resté caché dans la cale. Quand Périclès vint lui dire qu'ils étaient en mer et que tout danger était écarté, il se rua sur le pont. Le ciel commençait à s'éclaircir. Démosthène se campa face au large, et aspira l'air marin à pleins poumons. « Mon Dieu, peut-être existez-vous après tout. » Il souriait.

Le lendemain, au large de Paxos, une des plus petites îles Ioniennes située à la verticale de Corfou, la tartane croisa la route d'un superbe yacht battant pavillon hellène.

Périclès braqua ses jumelles sur le bâtiment. Une expression de satisfaction se peignit sur ses traits.

— Voilà la correspondance ! dit-il en se tournant vers Démosthène et en lui tendant les jumelles. Regarde, tu ne reconnais personne sur le pont ?

Démosthène s'empara de l'instrument et le porta à ses yeux. Quand il eut réglé les objectifs, il identifia l'homme en tenue de yachtman, qui, jumelles au poing lui aussi, scrutait le pont de la tartane.

— Basile ! s'écria-t-il d'une voix émue.

Les deux bateaux firent halte à quelques encablures l'un de l'autre. La mer était calme. Le transbordement se déroula sans difficulté. Démosthène, Périclès et Claythorne prirent place à bord d'un youyou manœuvré par deux rameurs. Quelques minutes plus tard, ils s'amarraient au flanc de l'*Étoile de Salonique*, que Basile avait acheté depuis peu.

— Il est plus grand que le précédent... dit Basile en faisant à ses amis les honneurs du navire. Salle à manger, Grand salon, petit salon, fumoir, bureau, huit cabines particulières... Si j'avais le temps de mettre les pieds à bord, j'en serais sans doute très satisfait, ajouta-t-il en riant. Suivez-moi, je vais vous montrer vos cabines.

Le yacht de Basile était un petit palace flottant. Où qu'on posât les yeux, ce n'étaient que boiseries aux tons chauds, tableaux de maîtres, mobilier sorti des mains des meilleurs ébénistes du passé.

— Tu es chez toi, dit Basile en introduisant Démosthène dans une vaste et luxueuse cabine. Nous dînerons à 8 heures. Tenue de soirée exigée ! Il y a des chaussures, un smoking et des chemises à ta taille dans la penderie.

— Tu es formidable ! soupira Démosthène. Je ne sais comment vous remercier, Périclès et toi...

— Pas de ça entre nous ! Tu aurais fait la même chose à ma place, non ?

— Bien sûr...

— Alors n'en parlons plus !

— Attends !

Démosthène le retint par le bras.

— Tu as vu Diane, à Athènes ?

Basile hésita un instant.

— Oui, dit-il enfin.

— Et... elle t'a parlé ?

— Un peu.

— T'a-t-elle dit qu'elle voulait divorcer ?

— Oui, elle me l'a dit.

— Et qu'en penses-tu ?

Basile détourna son regard.

— J'en suis désolé. Pour vous deux.

Démosthène lâcha le bras de Basile et serra les poings.

— Jamais je ne la laisserai faire ! J'ai eu le temps de réfléchir. Diane est à moi. Elle est ce que je possède de plus précieux au monde. Si elle devait me quitter à jamais, ce serait... ce serait comme si on me disait que toi et Périclès vous n'êtes plus mes amis. Ce serait le monde à l'envers, une absurdité totale... Je ne pourrais pas le vivre.

Dès mon retour à Athènes, je vais la reconquérir. Je me jetterai à ses pieds, j'accepterai même son bâtard... Elle t'a dit qu'elle avait un enfant ? Un bâtard turc, le fruit pourri d'un viol...

— Elle m'en a parlé.

— Par amour pour Diane, je ferai tout pour l'aimer. Je l'adopterai et il deviendra comme mon propre fils... Et Diane me reviendra.

— Et si elle refuse ?

— Je la tuerai !

De retour à Athènes, Démosthène s'assura les services des meilleurs avocats internationaux. Son affaire était grave. Il était accusé d'homicide volontaire par la justice italienne, mais il redoutait davantage un scandale qui aurait compromis son élection à l'Assemblée. Les protections conjuguées de Basile et de Démétrios, ainsi que son rapprochement avec le parti au pouvoir, lui avaient permis d'obtenir une dispense d'âge. Par tous les moyens, il veilla à ce que rien ne transpire dans la presse.

Le meurtre de Paolo Vincenzo devait demeurer à jamais impuni.

Prévenue par Basile des dispositions d'esprit de Démosthène, Diane s'était provisoirement installée à Képhissia, un des faubourgs de la capitale, dans une villa de location. Là, entre Alex et Antonella, elle coulait des jours paisibles à lire, à peindre, à s'occuper des fleurs du jardin... Mais si ses jours étaient paisibles, ses nuits l'étaient moins. Chaque soir ou presque, Basile la rejoignait.

Il aurait dû quitter Athènes depuis longtemps. Ses affaires l'appelaient partout en Europe. Mais il ne parvenait pas à s'arracher des bras de Diane. Haussermann et Fallope ne le reconnaissaient plus. Lui qui d'ordinaire ne passait jamais plus de quelques jours au même endroit, repoussait sans cesse le moment de reprendre la route de Paris, de Vienne ou de Londres. Haussermann, qui avait réussi à obtenir la reprise du travail dans les usines du Brabant, était de retour. Mais il avait beau insister sur le fait que ce résultat n'était que provisoire et que les troubles recommenceraient tôt ou tard si on n'y mettait pas bon ordre de la façon la plus radicale, pour la première fois, Basile répugnait à employer la violence.

— Cette mansuétude n'est pas dans son caractère, dit Fallope à Haussermann. C'est l'amour qui a transformé ce lion en agneau !

— En agneau, c'est vite dit ! Cet agneau-là est quand même en train de doubler la capacité de production de nos poudreries en Autriche-Hongrie.

— C'est vrai, mais il m'inquiète ! Tout ça pour une femme. Est-elle jolie, au moins ? Vous la connaissez, Hunzinger ? dit-il en se tournant vers l'ancien policier.

Hunzinger acquiesça. Il s'était rendu un matin à Képhissia pour régler un problème urgent avec Basile, et il y avait vu Diane.

— Jolie n'est pas le mot. C'est une beauté bouleversante ! Nous autres, nous couchons avec ce qui nous tombe sous la main en espérant rencontrer la femme idéale que nous portons en nous, n'est-ce pas ? Eh bien, le patron, cette femme idéale, il l'a dans son lit chaque nuit à Képhissia... Étonnez-vous qu'il reste là-bas !

Hunzinger avait assez bien résumé la situation. Basile et Diane vivaient l'âge d'or de leur amour. Toute la journée, dans son cabinet de travail, Basile dictait des télégrammes, écoutait des rapports, étudiait les moindres fluctuations de la situation internationale et dirigeait ses affaires.

Aux yeux d'un observateur étranger, son cerveau supérieurement organisé fonctionnait comme par le passé, avec une efficacité et une régularité de machine de haute précision... En réalité, il vivait comme un véritable schizophrène. Une part de lui-même gérait l'empire Apostolidès. Une autre, la seule importante à ses yeux, rêvait à Diane, à ses yeux, à sa bouche, à ses bras, à ses seins... Alors même qu'il paraissait n'avoir à l'esprit que d'austères problèmes de conquêtes de marchés, il revivait les folies de la nuit précédente et anticipait sur celles de la prochaine. On lui présentait des diagrammes et des graphiques, et il voyait les courbes du corps de Diane. Il respirait sur ses mains une enivrante *odore di femina.* Pour en finir plus vite avec son travail colossal de chevalier d'industrie, il houspillait son monde, pressait sa secrétaire, brusquait Fallope ou Haussermann. Et puis soudain, n'en pouvant plus, il appelait Eliaki et lui ordonnait d'atteler sa voiture. Il estimait en avoir assez fait, et il congédiait tout son monde. Il enfilait sa pelisse, raflait trois havanes sur son bureau, et partait en lâchant des rafales de recommandations. Il serait là demain à la première heure, on savait où le joindre en cas d'urgence, qu'Haussermann n'oublie pas de télégraphier en Suède pour la commande d'aciers spéciaux, que Fallope se débrouille pour les brevets français, qu'Hunzinger règle les histoires de chapardage d'outils dans les filiales anglaises !...

Il filait en claquant la porte. Épuisés, les membres de son équipe se laissaient tomber sur leurs fauteuils et soufflaient un grand coup.

— Il est déchaîné, aujourd'hui... Qu'est-ce qu'elle va prendre ! lançait Hunzinger à haute voix, pour le plaisir de faire rougir la secrétaire.

En chemin, malgré son impatience, Basile s'arrêtait chez un traiteur et achetait du caviar, des langoustes, des vins fins... Puis, à bride abattue, la voiture gagnait Képhissia.

— Il faudra que tu apprennes à conduire une automobile, Eliaki ! On se traîne. Demain j'en achète une... Non, deux ! Ces machines-là tombent souvent en panne. Nous engagerons un mécanicien.

— Vous feriez mieux : je ne sais pas reconnaître un boulon d'un écrou !

Ce jour-là, Basile trouva Ghélissa auprès de Diane en larmes. Démosthène s'était rendu chez Ghélissa dans l'espoir d'y surprendre Diane. Furieux de ne pas la trouver, il s'était répandu en malédictions et en menaces. Si Diane ne regagnait pas bientôt le domicile conjugal, il ferait enlever Alex. Ghélissa avait tenté de l'apaiser. En vain. Elle avait fini par le mettre dehors. Inquiète, elle était venue prévenir son amie.

— Ne vous tourmentez pas, chère Ghélissa. Je suis là, dit Basile. Nous prendrons nos précautions.

— Si vous lui parliez, si vous lui disiez que vous avez l'intention d'épouser Diane ? Il finirait bien par comprendre...

Basile secoua la tête.

— J'y ai pensé. J'ai tourné et retourné la question. Ce serait la pire des erreurs ! Diane, Démosthène et moi sommes liés depuis toujours... Avec l'irremplaçable Périclès... Il ressentirait cela comme une double trahison. Diane est de mon avis, il finira par comprendre, mais cela prendra beaucoup de temps !

— Comment Diane pourra-t-elle supporter cette menace suspendue au-dessus de la tête de son fils ?

— Je vais m'en occuper, dit Basile en caressant la tempe de Diane. Merci d'être venue, Ghélissa, votre amitié nous est infiniment précieuse !

— Sachez que j'ai autant d'amitié pour Démosthène... Mais il est en train de devenir fou. Il se détruit, et il détruit tout autour de lui !

Basile raccompagna Ghélissa à sa voiture, puis rejoignit Diane.

— Que va-t-on faire ? demanda-t-elle d'une voix lasse. Il me persécutera sans cesse. Il ne supportera jamais que je sois heureuse loin de lui !

Basile prit une profonde inspiration.

— Si ce n'était pas lui, je le briserais sans hésiter... Quand mon père est mort égorgé par les voyous de la tour du Sang, Démosthène et Périclès ont veillé sur moi pendant des jours. Je ne peux l'oublier.

— Je sais, dit-elle. Moi aussi, je me souviens... Il a été mon mari, je l'ai aimé. Mais s'il touche à Alex, je le tuerai !

— Il ne fera pas de mal à ton fils. Parce que nous allons partir.

— Il nous suivra !

— Non, puisqu'il ignore que nous sommes ensemble, et n'a aucune raison de le supposer. Ghélissa ne lui dira rien. D'autre part, il est bloqué à Athènes par l'approche des élections. Il n'est fou que vis-à-vis de toi... Pour le reste, il demeure tout à fait lucide... J'ai vu Bousphoron hier. Démosthène n'a pas renoncé à sa carrière. Je continuerai à l'aider. Pour lui, c'est le meilleur dérivatif possible. Quand il sera repris par les jeux et les délices du pouvoir, il pensera moins à se venger de toi. Et peu à peu tout rentrera dans l'ordre, il finira par accepter que tu sois à un autre... à moi !

Il l'attira contre lui. Elle s'abandonna. Leurs lèvres se joignirent en un long baiser.

— Je dois être affreuse, dit-elle. J'ai pleuré, mes yeux sont gonflés...

— Tu es la plus belle, même comme ça ! dit-il en riant.

Basile se trouvait à l'égard de Démosthène dans une situation très inconfortable. Non seulement parce qu'il était l'amant de Diane et qu'il la voulait pour femme aux yeux du monde entier, mais encore parce qu'il avait beaucoup investi sur le retour de Démosthène aux affaires. Dans sa lutte contre Démétrios Mascoulis pour le contrôle du commerce des armes dans les Balkans, Démosthène constituait un atout majeur. Un moment, le marchand de canons fut tenté d'abandonner son projet.

Démosthène n'était pas le seul homme politique susceptible de servir ses ambitions. Cependant, Démosthène avait deux avantages sur tous les autres. Il était à la fois celui que Basile pouvait manipuler le plus facilement, et le plus brillant, en dépit de ses défauts. Il buvait, il passait par des phases de dépression, il n'était pas absolument fiable, mais il avait la stature, le charisme d'un vrai, d'un grand tribun populaire. Dans les réunions de quartiers, quand il montait à la tribune et prenait la parole, un souffle épique passait sur l'assistance. On se souvenait de l'équipée de 92 en Turquie d'Europe et de l'engagement de Démosthène en Crète alors qu'il était ministre et parlementaire, et ces évocations lui conféraient l'aura héroïque qui bouleverse les foules. Mais l'ami Bousphoron, en présentant l'orateur, prenait soin de rappeler ses exhortations à la prudence à l'approche du désastreux affrontement gréco-turc de 97, et sa dénonciation du manque de préparation de l'armée. Du coup, après les va-t-en-guerre et les romantiques, c'était au tour des esprits réfléchis et circonspects d'applaudir le même homme. La voix mâle et les talents oratoires de Démosthène faisaient le reste. Il prenait son auditoire au ventre et ne le lâchait plus. Il ne débitait ni plus ni moins de sornettes et de grands mots creux que la plupart des hommes politiques de toutes les époques, mais il le faisait à la perfection. Il y avait longtemps qu'il ne croyait plus une seule syllabe de ses discours, mais il les assenait avec la conviction d'un acteur de haute volée. Même Bousphoron, même Basile subissaient alors son charme. Démosthène était sympathique. Démosthène était chaleureux. Démosthène était humain. Il incarnait pour chacun le frère, l'ami, le compagnon d'armes, et pour les plus âgés le fils ou le gendre idéal... Tout cela n'était qu'un faux-semblant, il avait livré son ami Hélianthios aux Turcs, il avait trahi sa patrie, il avait bafoué sa femme, il avait assassiné un malheureux infirmier à Brindisi, mais nul n'en savait rien, et l'imprudent qui se serait levé pour dire la vérité se serait fait écharper par la foule. Il n'y avait pas de meilleur candidat que Démosthène. Si rien ne venait entraver son ascension, il serait élu triomphalement à la boulê et il entrerait bientôt au gouvernement.

Basile décida de continuer à l'épauler. C'était condamner à la clandestinité sa liaison avec Diane.

Une élection partielle devait avoir lieu à la fin du mois dans la circonscription convoitée par Démosthène. Avant de quitter Athènes, Basile tint un dernier conseil de guerre avec Démosthène et Bousphoron. Il ouvrit largement son escarcelle pour contribuer au financement de l'ultime campagne. Après la réunion, Basile raccompagna son ami jusque chez lui.

— Inch Allah ! dit Démosthène. Dans un mois, nous verrons le résultat de nos efforts. En cas d'échec, je renonce à la politique.

— Écoute tes agents électoraux ! Tu vas l'emporter haut la main. Ton adversaire est un tocard ; il ne rassemblera même pas sur son nom la totalité de l'ancien électorat tricoupiste, tandis que tu peux compter sur les ex-déliyannistes, sur les rhallistes, sur les théotokistes, sur les anciens combattants, sur...

— Assez, Basile, assez. Heureusement qu'il me reste la politique...

— Tu penses toujours à Diane ?

Démosthène baissa la tête.

— Plus que jamais. Si je la perdais, ce serait comme si mon enfance, comme si ma mémoire me quittaient... C'est impossible, impensable !

Basile tenta de l'apaiser.

— Écoute, il faut voir les choses en face... Chacun est maître de sa vie. Toi-même, tu vis plus ou moins avec Hélène depuis ton retour d'Italie, non ?

— Hélène ne compte pas ! Elle est là pour distraire ma solitude. Oh, je vois clair dans son jeu. Elle croit me tenir par les sens. Tu parles ! Monica aussi croyait ça et je l'ai laissée sans états d'âme !

— Mais imagine que Diane ait rencontré un autre homme, qu'elle en soit vraiment amoureuse...

Démosthène dévisagea Basile d'un air soupçonneux.

— Pourquoi dis-tu ça ? Tu as appris quelque chose ?

— Non, je me pose seulement la question. Après tout, ça pourrait arriver, et il faudrait bien que tu en prennes ton parti.

— Jamais ! déclara Démosthène d'une voix soudain changée, brisée.

Basile regarda son ami et vit qu'il pleurait silencieusement. Le cœur du marchand de canons se serra. Démosthène avait perdu. Il serait sans doute ministre à nouveau. Il détiendrait le pouvoir, la richesse, il pourrait crouler sous les honneurs, mais il avait perdu l'essentiel, l'amour de Diane.

— Tu le crois toi aussi, hein, Basile ? demanda Démosthène d'une voix de petit garçon. Tu sais bien, toi, qu'elle m'aime depuis Salonique, et pour toujours.

Basile lui toucha l'épaule.

— Bien sûr, je le sais.

Démosthène sortit un mouchoir de sa poche et essuya ses larmes en s'excusant.

— Je suis bête, hein ? Une vraie midinette. C'est la fatigue, Brindisi, et puis la campagne électorale...

— Arrête-toi, Eliaki, c'est là, dit Basile.

Eliaki retint les chevaux. La voiture stoppa devant la grille de la villa.

Démosthène sauta à terre.

— Alors tu repars pour Vienne ? demanda-t-il à Basile penché à la portière.

— Pas directement. Je vais d'abord à Paris... Des affaires à régler. J'apprendrai ton succès par l'ambassade. Dans un mois tu es député, et dans deux mois ministre... Et le lendemain de ta nomination, je débarque dans ton bureau avec une grosse commande d'artillerie de marine. Il y aura juste une croix à l'endroit où il faudra signer.

Démosthène éclata de rire.

— Adieu, vieille fripouille cynique ! Adieu, mon frère !

— Adieu, mon frère !

Quand Démosthène eut franchi le portail, Basile lança à Eliaki un ordre bref.

— A Képhissia. Fais vite !

Trois quarts d'heure plus tard, il entrait sans bruit dans la chambre de Diane. Dormait-elle ? Dans l'obscurité, on n'entendait qu'un souffle léger. Il se déshabilla et se coucha auprès d'elle, cherchant la chaleur de son corps lové dans la soie des draps qui crissait imperceptiblement à chacun de ses mouvements.

Démétrios Mascoulis humecta à peine ses lèvres et reposa précautionneusement la minuscule tasse à café sur sa soucoupe.

— Satsouma, dit-il en la montrant à son interlocuteur. Ce service à café est tardif... On reconnaît les dorures des marchandises de la Compagnie des Indes. A l'époque, c'était de la camelote destinée au marché européen. Les satsouma plus anciens ont un décor beaucoup plus sobre. Mais l'essentiel demeure, même en cette phase de décadence : les tons crémeux de ces faïences poreuses...

— C'est frappant, en effet... Êtes-vous amateur de faïences ?

Le vieil homme haussa les épaules.

— Amateur, c'est beaucoup dire ! J'aime les belles choses. Et puis à mon âge, on regarde les objets, à défaut de regarder les femmes... Donc Apostolidès repart pour Vienne demain matin ?...

— Oui, monsieur. Il a affrété un train privé. Trois wagons pullman, une locomotive, un tender... Il est pressé.

— Pourquoi trois wagons ? Le « cirque Apostolidès » n'en nécessite pas tant d'habitude.

— C'est ainsi : un wagon-restaurant — la restauration sera assurée par son cuisinier personnel —, un wagon couchettes et salon pour nous, ses collaborateurs, et un wagon pour lui-même, je suppose !

— La folie des grandeurs ! ricana Démétrios. Ces fantaisies lui passeront avant qu'elles me reprennent ! Quel sera l'itinéraire du convoi ?

— Comme toujours : Skopje, Belgrade, Zagreb, Zurich, Paris. Il a des affaires à régler en France. Il regagnera Vienne dans cinq semaines, pour l'assemblée générale du groupe.

— Bien...

Le vieillard se racla discrètement la gorge.

— Mon cher Fallope, je connais votre réputation de juriste... Qu'est-ce qu'un homme de votre valeur fait auprès d'Apostolidès ? Il est audacieux, malin, et la chance lui a souri jusqu'ici. Mais.. la chance tourne vite. Je ne saurais trop vous conseiller de changer de monture... Ou de train !

— De train ?

Démétrios ouvrit un tiroir de son bureau et en sortit une carte des Balkans qu'il consulta avant de répondre :

— Descendez avant Skopje.

Le docteur Fallope sursauta.

— Dois-je comprendre...

— Descendez avant Skopje... Je sais apprécier les hommes de confiance. Combien gagnez-vous chez Apostolidès ?

Ce fut au tour de Fallope de se racler la gorge. Cet expert détestait parler d'argent quand il s'agissait de lui-même. Il saisit un crayon et un bristol sur le bureau et inscrivit un chiffre. Il le fit glisser en direction de Démétrios qui le lut et resta impassible.

— Vous méritez mieux que cela... Le double, pour être exact. Et une gratification substantielle...

Fallope s'inclina.

— Alors c'est entendu, reprit Démétrios. Vous entrerez en fonction dès votre retour à Athènes. Vous verrez, une maison solide, forte de ses traditions bientôt séculaires, c'est bien plus élégant.

Le docteur Fallope quitta le palais Mascoulis par une sortie discrète. Il faisait nuit. Il se rendit à pied au restaurant où Basile avait convié ses amis à fêter son prochain départ. Fallope lui donnerait ce soir le baiser de Judas, sans l'ombre d'un remords. Il n'avait pas besoin de raisons personnelles pour trahir. L'appât du gain lui suffisait amplement. Il n'avait pas d'états d'âme, tout simplement parce qu'il n'avait pas d'âme.

Les hommes de main attitrés de Démétrios Mascoulis étaient deux Bulgares, les frères Ianka et Voris Korleza. Vrais jumeaux, ils étaient nés à quelques minutes d'intervalle, vingt-huit ans plus tôt, dans le petit port de Neseber, sur la mer Noire. Non content d'être de parfaits jumeaux, ils avaient une particularité supplémentaire : aux yeux de l'état civil, ils n'étaient qu'un : Ianka Korleza. Voris n'existait pas, il était officiellement décédé. Quand les choses avaient commencé à se gâter pour eux dans leur Neseber natal — ils commettaient méfait sur méfait depuis l'enfance —, un de leurs cousins, employé à l'état civil, avait eu cette idée pour les tirer d'affaire. Il avait forgé de toutes pièces un certificat de décès de Voris, censé avoir accompli tous les actes délictueux reprochés aux deux frères. Puis il lui avait fourni une réplique exacte des pièces d'identité de Ianka. Celui-ci existait donc en deux exemplaires qu'il était impossible de distinguer l'un de l'autre. Depuis les temps héroïques de Neseber, les Korleza avaient roulé leur bosse d'un bout à l'autre des Balkans avant de s'installer à Athènes et d'entrer au service de Démétrios. On imagine l'atout que représentait cette situation dans la conduite d'une carrière criminelle. Quoi qu'il fasse, Ianka Korleza avait toujours un alibi. Il était toujours ici et ailleurs en même temps. Le tout était de ne pas se faire pincer ensemble. Mais au fil des années, les jumeaux avaient porté leur stratagème à la perfection. Ils menaient deux vies parallèles et habitaient deux appartements distincts. Ils communiquaient au moyen de messages déposés en des lieux et des heures convenus à l'avance.

Ce jour-là, Voris-Ianka trouva un message de Ianka-Voris derrière une grosse canalisation d'eau, dans le couloir d'un immeuble vétuste. Il s'en empara et le déchiffra. Ianka-Voris lui donnait rendez-vous à leur base, le lendemain à 5 heures du soir. Ils appelaient ainsi un troisième appartement dont ils se servaient pour y entreposer du matériel, mettre au point leurs opérations, ou se cacher si le besoin s'en faisait sentir. Voris-Ianka tira de sa poche une vieille pièce de monnaie bulgare en argent et la mit derrière le conduit à la place du message. C'était son accusé de réception. Ianka-Voris en avait une autre, en cuivre, destinée au même usage. Cela fait, Voris-Ianka s'en alla paisiblement déjeuner dans un petit restaurant où il avait ses habitudes. Ianka-Voris en fréquentait un autre du même genre, à l'autre bout de la ville.

Le lendemain, Voris s'arrêta devant une petite maison située sous l'Acropole. Il s'assura que tout était paisible, puis sortit une clé et ouvrit la porte qu'il boucla derrière lui. Son frère était déjà là. Ils se donnèrent l'accolade. Les frères Korleza s'aimaient tendrement. Dans leur cas, l'amour fraternel n'était qu'une variante de l'égoïsme.

— Alors, demanda Voris, de quoi s'agit-il ?

— Un train, répondit Ianka. Il part ce soir pour Paris, via Zagreb et Zurich. Train spécial, trois wagons seulement. Il doit sauter quelque part entre Skopje et Leskovac.

De la main, il désigna trois paquets posés sur la table, enveloppés de toile goudronnée. Voris en prit un, le soupesa avec précaution et l'approcha de son oreille.

— Les réveils ne sont pas encore remontés, dit son frère, le train partira à 22 h 30. Je réglerai les mécanismes dans les toilettes de la gare, de façon à ce que les trois explosions se produisent en même temps. Onze heures et cinquante-cinq minutes plus tard très exactement. Dommage, on ne pourra pas se régaler à ce spectacle. Ça devrait faire un beau feu d'artifice !

— La mise en place ?

— Notre objectif est méfiant. Son garde du corps fouille systématiquement les wagons avant chaque départ. Tu fixeras les bombes sous les wagons.

Ianka fit quelques pas et sortit d'un placard un bleu de mécanicien maculé de taches, une casquette fatiguée, un foulard rouge et une grosse paire de gants de cuir.

— Enfile ça. Ainsi déguisé, tu te glisseras sous le train quelques minutes avant le départ. Une inspection de routine...

— Il y aura un vrai graisseur...

— Il sera déjà passé. Mais s'il traîne, je m'en occuperai.

— Ça va... Au fait, qui est-ce qu'on tue ?

Ianka haussa les épaules.

— Je ne sais pas... Mais c'est du beau linge : un train spécial ! Et on ne regarde pas à la dépense ; avec ces trois paquets de dynamite, on peut faire sauter l'Acropole.

Voris acquiesça.

— On part d'ici à quelle heure ?

— Onze heures, ça suffira. Je me suis procuré un manuel d'entretien, dit Ianka en tendant à son frère un gros registre relié en toile. Étudie-le et choisis le meilleur moyen pour attacher les charges. Il faut que ça soit du solide : ces machins-là vont vibrer pendant douze heures avant d'exploser... Il faut aussi que ça soit discret. Des graisseurs feront sans doute une inspection en route.

Il était 7 heures du matin. Le train avait roulé toute la nuit à bonne allure et approchait de Skopje. Une brume légère s'exhalait des eaux du Vardar, dont la voie ferrée longeait le cours depuis des heures.

Haussermann avait réglé sa pendulette de voyage de manière à s'éveiller tôt. Il avait passé la nuit dans la cabine de Mlle Abakoumova, qui était sa maîtresse depuis des semaines. Tout le monde était au courant, mais la secrétaire s'évertuait à sauver des apparences dont personne ne se souciait. Haussermann la rejoignait tard dans la nuit et la quittait à l'aube pour réintégrer sa cabine personnelle.

Il interrompit la sonnerie grêle et se leva. Après avoir fait l'amour, pour dormir plus commodément, ils avaient dégagé de son logement la couchette supérieure. Il s'y était installé, tandis que Mlle Abakoumova occupait celle du bas. Dans le petit jour gris, elle entrouvrit les yeux et lui sourit. Il se pencha et lui effleura les lèvres d'un baiser.

— Ne bouge pas, reste au chaud... Je m'habille et je file !

— Je déteste ces voyages ! A Athènes, au moins, on peut paresser au lit ensemble...

— Je sais. Mais il faut que je regagne ma cabine. Veux-tu que j'abaisse le store ?

— Non, laisse, j'aime bien regarder le paysage... Va, mon Adolf ! A tout à l'heure.

— A tout à l'heure, ma chérie.

Il s'habilla, fourra la pendulette dans sa poche et sortit de la cabine. Il faillit y rentrer aussitôt. Debout devant la fenêtre à l'autre bout de l'étroit couloir qui desservait le wagon, le docteur Fallope contemplait les eaux boueuses du Vardar. Après un instant d'hésitation, Haussermann jugea qu'il était inutile de faire marche arrière. Fallope s'était retourné et l'avait aperçu. De plus, Haussermann ressentait une forte envie d'uriner. Il se voyait mal danser d'un pied sur l'autre devant sa maîtresse en attendant que Fallope veuille bien dégager le plancher.

Fallope se tenait près des toilettes. Haussermann s'avança dans le couloir.

— Bonjour, Fallope ! Vous êtes bien matinal... Auriez-vous mal dormi ?

— ... Oui, assez mal. Ça doit être le ris de veau. Bref, j'ai passé une nuit pénible.

— Nous serons bientôt à Skopje. Consultez un médecin...

— Ce n'est pas nécessaire ! Une simple indisposition, je suppose. D'ailleurs, ça va déjà beaucoup mieux.

— Tant mieux ! Pardonnez-moi, je...

Haussermann n'acheva pas sa phrase, mais eut un geste significatif en direction des toilettes.

— Oh, excusez-moi ! dit Fallope en s'effaçant.

— Merci.

Le jeune homme disparu, Fallope se tourna à nouveau vers la vitre. S'il avait à peine fermé l'œil de la nuit, l'excellent ris de veau du cuisinier français de Basile n'y était pour rien. Fallope crevait de peur. Il n'avait aucun doute sur les intentions de Démétrios. Le train n'atteindrait jamais sa destination. Démétrios avait probablement fait placer une bombe à bord et les cahots qui secouaient le convoi depuis une dizaine d'heures pouvaient la faire exploser inopinément. C'est dire s'il tardait à Fallope d'arriver à Skopje. Pour abandonner le train condamné sans éveiller la méfiance de ses compagnons, il avait imaginé un stratagème simple, mais efficace. Quelques instants avant le départ d'Athènes, il s'était adressé à lui-même, en gare de Skopje, un télégramme ainsi rédigé :

Werner Fallope en villégiature à Corinthe victime fièvre maligne. État désespéré. Présence indispensable. Prière prendre toutes dispositions dans les meilleurs délais.

Dr Panaghinis

Fallope avait bien un frère, qui coulait des jours paisibles au bord du lac Léman. Mais Basile n'en savait rien. Fallope pourrait brandir ce télégramme et en révéler la teneur d'une voix brisée par l'émotion. Basile l'autoriserait à se rendre au chevet de son frère mourant, et le train poursuivrait sans lui sa course à l'abîme. Cependant, il fallait que la bombe explose *après* Skopje, sans quoi l'ingénieux docteur Fallope serait lui aussi réduit en charpie.

Fallope en était là de ses réflexions moroses quand Haussermann réapparut.

— Je prendrais bien une tasse de thé accompagnée de quelques toasts beurrés, dit-il. Voulez-vous m'accompagner ? Une boisson chaude vous ferait du bien.

— Vous avez raison. Allons-y.

Les deux hommes gagnèrent le wagon-restaurant où un serveur s'affairait à dresser les tables. Ils passèrent commande et s'installèrent devant une nappe immaculée sur laquelle le serveur disposa des pièces d'argenterie frappées au monogramme de Basile.

— C'est curieux, non, ces manières de potentat que développe notre vénéré patron ? dit Fallope. Il se déplace avec armes et bagages : son cuisinier, son linge de table, son argenterie...

— Plaignons-nous ! Après tout, nous en profitons !

— Ce n'était pas une critique. Une simple observation.

— C'est bien ainsi que je l'entendais...

Haussermann se tut, et s'éclaircit la gorge avant de poursuivre :

— Ah, je voulais vous demander...

— Quoi donc, cher ami ?

— La discrétion, pour ce matin. Vous voyez ce que je veux dire...

Fallope eut un sourire complice.

— Mon cher, cela va de soi. Chacun passe la nuit dans la cabine de son choix, n'est-ce pas ?

— Je n'en attendais pas moins de vous, dit Haussermann. En ce qui nous concerne, cela n'a pas d'importance, mais les femmes sont si sensibles là-dessus...

Fallope acquiesça.

Le serveur leur apporta un somptueux petit déjeuner. On n'entendit plus, un instant, que le bruit distingué de l'Earl Grey coulant dans les tasses en Wedgwood, puis le cliquetis des cuillères d'argent massif.

— Notez, reprit Haussermann, je ne suis pas le seul à bord du train à conjuguer les plaisirs du voyage et ceux de la chair. L'accès au troisième wagon nous est interdit. Basile ne nous reçoit plus dans sa cabine comme il le fait d'habitude...

Fallope avala une gorgée de thé brûlant.

— Je l'ai remarqué. Une femme, n'est-ce pas ?

— Pas une femme, mon cher : *la* femme ! De ma vie, je n'ai vu une pareille beauté ! Et tenez-vous bien, ce n'est rien de moins que la nièce chérie de notre principal concurrent !

De saisissement, Fallope faillit renverser le contenu de sa tasse sur son plastron.

— Diane Sophronikou ?

— Eh oui ! Nous voyageons avec Mme Diane Sophronikou, née Mascoulis, la nièce de Démétrios Mascoulis, le marchand de canons auquel nous allons bientôt disputer le marché balkanique ! Je ne devrais pas vous le dire, mais nous sommes entre gentlemen, n'est-ce pas ? Quel homme, cet Apostolidès ! Il pourrait séduire la reine Victoria, s'il le voulait.

Le sang lui battait les tempes. Fallope n'écoutait plus le bavardage d'Haussermann. La nièce de Démétrios Mascoulis était à bord du train ! Elle occupait le wagon de Basile, celui que Mascoulis avait sans doute ordonné de détruire en priorité. Elle n'avait aucune chance de s'en sortir. Mascoulis aimait sa nièce. Haussermann l'avait confirmé. La carrière de Fallope s'arrêtait en cet ultime voyage. Et peut-être son espérance de survie. Les Grecs ont un sens aigu de la famille et un fort penchant à la vengeance.

— Que se passe-t-il, mon cher Fallope ? Vous êtes tout pâle.

— Je ne me sens pas très bien. Excusez-moi, je vais aller m'étendre un moment.

Haussermann se leva pour aider Fallope.

— Je vais vous accompagner... Prenez mon bras.

— Ne vous dérangez pas... Terminez votre petit déjeuner en paix.

— Vous êtes sûr ?

— Oui, un simple étourdissement. C'est déjà passé. Je vais me reposer et ça ira mieux.

— Je viendrai prendre de vos nouvelles à Skopje.

— Merci, mais tout ira bien.

Fallope quitta le wagon sous le regard inquiet d'Haussermann. Il gagna sa cabine et se laissa tomber comme une masse sur sa couchette. De grosses gouttes de sueur coulaient sur son front. Si au moins il avait su où se trouvait la charge explosive, il aurait pu tenter de la désamorcer. Mais il l'ignorait. Il vivait un cauchemar. Qu'il abandonne ou non le train, il était fichu. S'il restait, il périrait avec les autres. S'il descendait, Démétrios Mascoulis le tiendrait pour responsable de la mort de sa nièce et le poursuivrait jusqu'au bout du monde pour la venger. Le docteur Fallope, brillant juriste et Judas malchanceux, se mit à sangloter comme un enfant.

A Skopje, Fallope descendit du train comme un automate. Une demi-heure d'arrêt était prévue. Le temps pour le mécanicien de faire de l'eau et du charbon, et pour le cuisinier d'embarquer des œufs, du lait et de la viande fraîche, tandis que Basile examinerait les télégrammes arrivés à son intention et dicterait sa réponse aux plus urgents d'entre eux. Le temps pour tout le monde de se dégourdir les jambes.

Du dernier wagon, celui de Basile, Fallope vit descendre deux jeunes femmes. La plus élégamment vêtue portait une voilette qui dissimulait son visage. Sûrement la nièce de Mascoulis. L'autre, vêtue d'un uniforme de nurse, tenait dans ses bras un bébé auquel elle fit prendre l'air en arpentant le quai à pas lents. Étonné, Fallope interrogea

Haussermann qui l'avait rejoint devant le bâtiment du télégraphe.

— Qu'est-ce que c'est que cet enfant ?

Haussermann regarda dans la direction de la nurse.

— Voilà du nouveau ! Je n'en ai aucune idée. Basile serait-il le père ?

— Abstenons-nous de tout commentaire ! Comment vous sentez-vous à présent ?

— Beaucoup mieux.

Haussermann dévisagea le juriste et lui trouva une mine épouvantable.

— Mon vieux, on ne le dirait pas. Il y a peut-être un médecin à deux pas. Vous devriez...

Fallope haussa les épaules.

— Non, je ne retarderai pas le train pour si peu. Allons plutôt au courrier.

— Comme vous voudrez.

Les deux hommes entrèrent dans la baraque du télégraphe.

Sur le quai, Eliaki et Hunzinger observaient le va-et-vient des employés de la gare et la foule des voyageurs massés sur le quai voisin dans l'attente d'un autre train. Chargés de la sécurité de Basile, ils n'aimaient pas ces haltes dans des gares grouillantes de monde, propices à leur goût à une tentative d'assassinat. Mais pour l'instant, Basile achevait sa toilette dans son wagon. Il ne mettrait sans doute pas le nez dehors.

Un homme en bleu de travail apparut à l'autre bout du train et se glissa sous le tender de la locomotive.

Eliaki le désigna à Hunzinger au moment où il disparaissait entre les roues.

— Ce type...

— Un graisseur. Mais je suis de ton avis ; un de ces gars-là pourrait fixer une bombe sous les bogies... Il n'y a pas de sécurité absolue ! A moins d'engager notre propre équipe d'entretien ! soupira Hunzinger.

Eliaki hocha la tête.

— Eh bien, je vais aller inspecter son travail, dit-il.

— Bonne idée. Fais attention à ne pas te salir trop ! lui lança Hunzinger.

Eliaki s'éloigna de sa démarche en canard. L'ancien policier s'y connaissait en hommes. Celui-là valait de l'or. Taciturne, peu commode, mais fiable. Il lui en aurait fallu deux ou trois de cette trempe.

Au bureau du télégraphe, Haussermann prenait possession du courrier : une quinzaine de dépêches en provenance de toute l'Europe. Il fallait les dépouiller avec Basile et répondre aux plus urgentes avant le départ du train.

— Tiens, il y en a une pour vous, dit-il à Fallope.

Fallope pâlit.

— Pour moi ? Vous êtes sûr ?

— Absolument ! Rien de grave, j'espère...

Fallope prit le pli qu'Haussermann lui tendait et l'ouvrit d'une main tremblante.

— Mon Dieu !

— Que se passe-t-il ?

— Lisez vous-même ! Mon frère... C'est affreux !

Haussermann déchiffra rapidement le télégramme.

— Je suis désolé, dit-il enfin. Mais cette fièvre n'est peut-être pas mortelle, Votre frère survivra, j'en suis sûr.

— Dieu vous entende ! En tout cas, il faut que j'aille à Corinthe.

Haussermann acquiesça.

— Télégraphiez pour prévenir de votre arrivée... Moi, je vais mettre Basile au courant.

Haussermann parti, Fallope sortit de sa poche le texte du télégramme destiné à Démétrios Mascoulis, rédigé d'avance dans sa cabine. Il y ajouta quelques mots et le donna à l'opérateur. Il en régla le prix, puis demanda l'heure du prochain train pour Athènes, puisqu'il n'existait pas de service direct entre Skopje et Corinthe. Il s'apprêtait à rejoindre le wagon de Basile quand Eliaki jaillit de sous les bogies du wagon de queue, jurant comme un charretier et tenant avec précaution un colis enrobé de toile goudronnée.

— Qu'est-ce que c'est que ça ?

— Une bombe, sacré nom de Dieu ! Une bombe ! On a dû la fixer sous le wagon à Athènes, il y a déjà onze heures !

— Mais alors...

— Eh oui ! Écoutez, dit Eliaki en approchant le paquet de l'oreille de Fallope qui entendit distinctement le tic-tac d'un réveil.

— C'est un mécanisme d'horlogerie, reprit Eliaki. Elle peut exploser d'une seconde à l'autre...

Hunzinger avait vu Eliaki émerger de dessous le wagon. Il s'élançait dans sa direction quand Basile descendit de son wagon, rasé de près et fleurant l'eau de toilette. Il emboîta le pas de Hunzinger. Les deux hommes rejoignirent Eliaki et Fallope et comprirent aussitôt la situation.

— Débarrassons-nous de cette saloperie, dit Hunzinger. Elle va éclater. Peut-être dans cinquante minutes peut-être tout de suite !

— On ne peut pas la désamorcer ? demanda Eliaki.

— Ce serait du suicide. Il y a un terrain vague de l'autre côté de la voie... Donne-moi ça !

Eliaki ne bougea pas d'un pouce.

— C'est moi qui l'ai trouvée, dit-il en serrant la bombe contre lui.

Hunzinger haussa les épaules. Ce type avait des nerfs d'acier !

— Bon, allons-y ensemble... Monsieur Apostolidès, ne restez pas si près.

Basile fronça les sourcils.

— Pour qui me prenez-vous, Hunzinger ? Je me suis trouvé dans des situations bien plus périlleuses !

— Eh bien, allons-y ensemble, ça nous dégourdira les jambes ! soupira Hunzinger.

— J'y vais tout seul, dit Eliaki. Pas la peine de nous faire hacher tous les trois.

— Mon petit vieux, dit Hunzinger, il se trouve que j'ai très envie de pisser... Et je déteste les toilettes de gare ! Messieurs, nous perdons du temps, dit Basile. Finissons-en !

Flanc à flanc, ils longèrent le quai et s'éloignèrent de la gare. Ils marchaient en silence, sans hâte excessive. Hunzinger avait du cran, mais le temps lui parut long. A en juger par le volume du paquet, il pouvait contenir six ou sept bâtons de dynamite. De quoi creuser un cratère de bonnes dimensions dans la terre ocre de Skopje. Si la bombe explosait, il ne resterait rien d'eux. Pas même un lambeau de chair, pas même un fragment d'os. Volatilisés ! Évaporés ! Du moins ne souffriraient-ils pas. Il jeta un coup d'œil à chacun de ses compagnons. Les mains d'Eliaki ne tremblaient pas sur le paquet. Basile, lui, paraissait s'amuser. S'amuser ! Cet homme-là payait des gardes du corps pour assurer sa sécurité, et le cas échéant pour mourir à sa place. Mais devant le danger il restait avec eux et partageait leur sort. Bravade ? Solidarité humaine ? Réflexe de meneur d'hommes ? Tout cela à la fois, sans doute.

Ils parvinrent à l'entrée du terrain vague. C'était une étendue de mauvaise terre caillouteuse, où poussait une herbe rase et maigre. Les pluies l'avaient transformée en bourbier. Basile voulait bien mourir, mais il aurait été peiné de gâter ses mocassins, œuvre d'un bottier de génie. Il ordonna à ses compagnons de s'arrêter.

— N'allons pas plus loin... Pas une âme à l'horizon.

Un vieux wagon achevait de pourrir sur une voie de garage.

— Abritons-nous là. Eliaki, donne-moi ce truc.

Eliaki obéit. D'eux trois, Basile était le plus athlétique. Il saisit la bombe.

— Nous allons bien voir... Messieurs, attention !

Il fléchit le bras, cala la bombe sous son menton dans la posture du lanceur de poids, prit son élan, et projeta le paquet en un mouvement parfaitement harmonieux.

A l'instant précis où il plongeait à couvert, une effroyable déflagration ébranla le wagon et faillit le renverser sur les trois hommes. Un geyser de feu et de boue s'éleva dans le ciel gris. A demi assourdis, ils entendirent à peine la pluie de terre et de pierres s'abattre sur le toit de leur abri.

— Je l'ai lancée aussi loin que j'ai pu, déclara Basile aux deux autres. Mais à quelques mètres près, nous étions rayés de ce monde cruel...

Les trois hommes se regardèrent en souriant, s'époussetèrent et s'avancèrent sur le terrain vague.

A trente mètres du wagon, une fumée âcre s'exhalait d'un profond cratère.

— Ce Nobel, quel talent ! murmura Basile.

A M. Démétrios Mascoulis, Athènes, de Skopje.

Quitte convoi à Skopje pour affaire famille. Mme Diane Sophronikou à bord. Enfant bas âge voyage avec elle. Très inquiet mais impuissant.

Fallope

Partagé entre l'incrédulité et l'horreur, Démétrios relut plusieurs fois le télégramme. Puis il le laissa tomber sur son bureau, et se prit la tête entre les mains. Ce télégramme résumait la faillite de toute une vie. Diane se trouvait à bord du train dont il avait ordonné la destruction. Elle allait mourir, par sa faute, de sa main. Or, dans le cœur desséché du vieux marchand de canons, il n'y avait de tendresse que pour elle, pour la fille de son frère Kostas dont, vingt ans auparavant, il avait provoqué la mort, par sa dureté, par son âpreté en affaires. A ce souvenir, un sanglot lui déchira la poitrine. Il était donc maudit, pour causer ainsi le malheur de ceux qu'il aimait ? Les flots de sang versés à cause des armes vendues au monde entier retombaient sur la tête de ses proches. Il n'avait vécu que pour le pouvoir et pour l'argent. Tout au long de sa vie, dans son pays et ailleurs, il avait fait et défait des ministères, acheté des hommes politiques, corrompu des fonctionnaires, infléchi la politique des grandes puissances. Il avait amassé des fortunes, prélevé lors du dernier affrontement gréco-turc sa dîme sur chaque balle, sur chaque obus tiré par les deux camps. Chaque soldat tué ou estropié lui avait rapporté quelque chose. Il était un des vrais maîtres du monde, de ceux qui décident en secret de la vie et de la mort de millions d'hommes. Mais aujourd'hui il n'était plus qu'un vieillard désespéré. Son existence n'avait été qu'un terrible et pitoyable gâchis.

Il ouvrit un tiroir de son bureau, et en sortit un revolver. Jamais une arme plus parfaite n'était sortie des armureries Mascoulis. Elle était exceptionnelle. Un outil à tuer de haute précision. Les balles elles-mêmes avaient été fondues et serties une à une par un vieil ouvrier chevronné, chargé des clients les plus exigeants.

Démétrios chargea le revolver et le rangea dans le tiroir après avoir mis le cran d'arrêt. Il n'avait plus qu'à attendre. Quand il aurait la certitude que Diane était morte, il se tirerait une balle dans la tête. En dehors de l'immense dégoût qu'il ressentait envers sa misérable personne, il n'y avait place dans son esprit que pour un sentiment de curiosité : qui pouvait bien être l'enfant dont Fallope parlait dans son message ? Diane avait consulté les meilleurs gynécologues d'Europe. Elle ne pouvait pas avoir d'enfants...

Sur le quai de la gare de Skopje régnait une formidable confusion. La bombe avait explosé à moins de cent cinquante mètres du train. La déflagration avait fait trembler le sol et brisé les vitres des bâtiments les plus proches. Des gens s'étaient jetés à terre, d'autres hurlaient. Certains avaient été blessés par des éclats de verre. Diane soupira de soulagement : Alex n'avait rien. Il pleurait dans les bras de sa gouvernante. Rassurée, Diane chercha Basile. Elle aperçut Haussermann et l'interrogea. Pâle, le jeune homme contemplait la colonne de fumée qui s'élevait derrière le toit du dernier wagon.

— Que s'est-il passé, monsieur Haussermann ?

— Une bombe... M. Apostolidès est parti de ce côté en compagnie d'Hunzinger et d'Eliaki...

— Mon Dieu !

Diane saisit à deux mains les pans de sa robe et s'élança en direction du lieu de l'explosion. Haussermann lui emboîta le pas. Dans sa hâte, il bouscula Fallope. Le visage décomposé, le juriste chancela et s'étala sur le quai jonché de chapeaux, de cannes et de parapluies abandonnés. D'autres passagers, des employés du chemin de fer couraient à présent vers le terrain vague. Lorsque Diane vit apparaître Basile, flanqué de ses deux compagnons, elle se précipita dans ses bras.

— Tout va bien, ma chérie, tout va bien... Et Alex ?

— Il n'a rien. Que s'est-il passé ?

— Une bombe. Eliaki nous a sauvés !

— Qui a pu...

Basile posa ses doigts sur la bouche de Diane.

— Un concurrent... Je crois savoir qui.

Diane pâlit.

— Mon oncle ?

Basile eut un geste évasif.

— Pourquoi pas ? Il ignorait que tu étais à bord...

Un quart d'heure plus tard, à Athènes, Démétrios reçut une seconde dépêche. Le vieil homme attendit que le majordome ait quitté la pièce pour la lire.

A M. Démétrios Mascoulis, Athènes, de Skopje.

Engin explosif découvert à bord. Heureuse issue. Engin neutralisé. Train va reprendre sa route.

Fallope

Démétrios bondit. Le pli ne parlait que d'une seule bombe. Les deux autres exploseraient dans moins d'une demi-heure. Peut-être était-il encore temps d'agir, au moins pour éloigner les passagers, et surtout Diane et ce mystérieux enfant.

Démétrios sonna son secrétaire et lui dicta un télégramme.

A M. Fallope, en gare de Skopje, d'Athènes.

Danger non écarté. Évacuation totale et immédiate du train. Rendez compte dès que possible.

D.M.

— Faites-le partir en priorité absolue ! Question de vie ou de mort !

Le secrétaire sortit en courant. Resté seul, Démétrios revint s'asseoir à son bureau. Il imagina le trajet qu'allait accomplir son message. L'hôtel Mascoulis était relié directement au central télégraphique d'Athènes, et son nom était assez connu pour qu'il passât en priorité. Mais chaque seconde comptait. Il n'existait aucun moyen de communiquer avec le train. C'était un train spécial. Il ne s'arrêterait ni à Kumanovo, ni à Presovo ni à Dzep, pourtant pourvus de stations télégraphiques. Sa prochaine étape serait Belgrade. Mais s'il quittait Skopje, il n'y parviendrait jamais. Démétrios se mordit les lèvres. Il pouvait tenter quelque chose à Kumanovo, distant de Skopje d'une trentaine de kilomètres. Démétrios consulta sa montre. Il était 9 h 47. Les bombes exploseraient à 10 h 25 précises. Si le télégramme touchait Fallope trop tard pour qu'il empêche le départ du train, combien de temps mettrait-il pour atteindre Kumanovo ? Une demi-heure ? Un peu plus ? C'était encore jouable... Il fallait alerter la station de Kumanovo ! Démétrios sonna le secrétaire qui accourut encore tout essoufflé de sa première course.

— Monsieur ?

— Télégramme. Prenez note, vite !

A station télégraphique gare de Kumanovo, d'Athènes.

Prenez toutes dispositions pour arrêter train spécial en provenance Athènes par Skopje. Renseignements officieux font état bombes à bord. Évacuation en urgence indispensable. Rendez compte à expéditeur.

D.M.

— Voilà... Ajoutez notre adresse télégraphique. Dépêchez-vous !

Démétrios prit un havane dans une boîte posée sur son bureau et se laissa aller sur son siège de cuir. « Le dernier cigare, peut-être », se dit-il.

Posément, il trancha l'extrémité du cigare. Puis il l'humecta et le chauffa lentement, selon les règles, avant de l'allumer.

Basile tendit la main à Fallope.

— Dès que votre frère sera rétabli, télégraphiez au siège de Vienne. On vous dira où me rejoindre... Au revoir, mon ami. Ne perdez jamais confiance.

— Merci, monsieur.

Un coup de sifflet donna le signal du départ.

— Est-il bien prudent de repartir immédiatement ? s'inquiéta Fallope.

Basile eut un geste apaisant.

— La charge découverte sous mon wagon était suffisante pour le pulvériser et pour faire dérailler le reste du convoi. Nous sommes tranquilles... pour cette fois. Ne vous tracassez pas, mon heure n'est pas encore venue !

Le train s'ébranla. Basile monta sur le marchepied. A l'autre extrémité du wagon, Eliaki l'imita. Il y eut un nouveau coup de sifflet, et le convoi prit de la vitesse. Fallope souleva son chapeau et l'agita en direction de l'homme qu'il avait trahi et dont il avait failli causer la mort. Basile répondit de la main, puis rentra dans le wagon.

Juste à ce moment, l'employé du télégraphe sortit en courant de sa baraque.

— Stoppez ce train, pour l'amour de Dieu !

— Qu'est-ce qui se passe ?

— Tenez, lisez !

L'homme tendit à Fallope le télégramme qu'il venait de recevoir à son intention.

— Mon Dieu ! s'écria Fallope. Trop tard !...

Le train s'engageait dans la courbe que dessinait la voie à la sortie de Skopje. Fallope demanda au télégraphiste :

— Quelle est la gare suivante ?

— Kumanovo. Trente kilomètres. Ils y seront dans un peu plus d'une demi-heure. Il y a un bureau télégraphique...

— Appelez-les immédiatement. Il faut qu'ils arrêtent le train, c'est notre dernière chance d'éviter la catastrophe !

— J'y vais.

Fallope resta immobile sur le quai, les bras ballants. Il n'avait plus guère d'espoir. Le train avait quitté Athènes onze heures et trente minutes plus tôt. Le tour du cadran était presque accompli. Si les tueurs de Démétrios avaient réglé les mécanismes juste avant le départ, il ne restait que vingt minutes avant l'explosion. Fallope relut le message de Démétrios. *Rendre compte...* Il fallait rendre compte... Fallope rejoignit le télégraphiste.

— Alors ?

— C'est fait. Ils avaient déjà reçu d'Athènes un message semblable. Ils vont disposer le signal d'arrêt d'urgence. Tout n'est peut-être pas perdu.

— Espérons-le ! Expédiez ça à M. Mascoulis, à Athènes...

Il dicta :

A M. Démétrios Mascoulis, de Skopje, 10 h 02.

Message arrivé trop tard. Train en route. Ai averti gare Kumanovo. Dernière chance.

Fallope

Le train roulait depuis une dizaine de minutes à mi-flanc de la vallée du Vardar. Dans le wagon-salon, Basile, Hunzinger, Haussermann et Eliaki tenaient conseil de guerre devant une bouteille de Roederer brut. Malgré l'heure matinale, ils avaient bien mérité un petit remontant.

— C'est un coup de Démétrios, déclara Basile. Cette fois, c'est la guerre !

— On va lui rendre la monnaie de sa pièce, renchérit Eliaki. Avec les intérêts...

— Doucement, doucement ! dit Basile en emplissant les coupes à la ronde. Je me trouve avec Démétrios dans une situation très inconfortable ! Pour des raisons d'ordre personnel, je ne peux entrer en conflit avec lui. Messieurs, buvons à notre bonne étoile !

Les quatre hommes levèrent leur coupe. Haussermann et Eliaki vidèrent la leur d'un trait. Hunzinger semblait préoccupé.

— Qu'est-ce qui ne va pas, Hunzinger ? lui demanda Basile.

Hunzinger eut un sourire forcé.

— L'heure.

— Comment ça, l'heure ?

— Il est 10 h 13, dit-il en consultant sa montre. La bombe découverte par Eliaki était réglée par un mécanisme d'horlogerie. Un simple réveil de précision, sans doute... Un tour de cadran compte douze heures, n'est-ce pas ? Nous sommes partis à 22 h 30 d'Athènes. Je ne me sentirai tout à fait à mon aise qu'après 10 h 30 !

Du regard, Basile l'incita à poursuivre.

— Si l'on a placé d'autres bombes à bord, nous le saurons d'ici seize minutes, c'est tout.

— Nom de Dieu, Hunzinger ! explosa Basile, vous ne pouviez pas le dire plus tôt ?

Basile se rua sur le signal d'alarme et en tira vigoureusement la poignée.

— Je suis un imbécile ! Il fallait vérifier le convoi entier. Prévenez Mlle Abakoumova de descendre dès l'arrêt du train. Hunzinger, occupez-vous du cuisinier et des domestiques. Eliaki, rassemble les dossiers dans une sacoche et tiens-toi prêt à évacuer. Je me charge de Diane et de l'enfant.

Dans un crissement d'acier, le train ralentit. Basile gagna en toute hâte son wagon personnel. Diane faisait une réussite. Sur le divan, Antonella berçait Alex maintenant remis de sa frayeur.

— Que se passe-t-il ? Nous nous arrêtons ? demanda Diane.

— Lève-toi, chérie, et tiens-toi prête à descendre le plus rapidement possible. Une fois à terre, cours droit devant toi pendant une centaine de mètres.

Diane porta sa main à ses lèvres.

— Il y a une autre bombe ?

— Ce n'est pas impossible.

Basile se tourna vers Antonella.

— Hâtez-vous, mademoiselle. Donnez-moi le petit, je le porterai.

Antonella lui tendit le bébé.

— Viens dans les bras de tonton Basile, n'aie pas peur !

Le train s'immobilisa. De sa main libre, Basile ouvrit la portière.

— Diane, Antonella, allez-y !

Les deux femmes obéirent. Sur le ballast, elles restèrent un instant indécises. A cet endroit, la vallée était très étroite. La voie n'était éloignée que d'une trentaine de mètres du fleuve, dont la berge n'offrait aucun abri. De l'autre côté, une pente abrupte et rocailleuse, semée d'éboulis, montait jusqu'à la crête.

— De quel côté ?

Basile jura entre ses dents. C'était le pire endroit possible ! Jamais les femmes ne parviendraient à escalader cette muraille.

— Droit devant ! Longez le train vers l'avant, dépassez la motrice, vite !

Alex blotti contre sa poitrine, il sauta à terre en entraînant Diane.

— Vite, vite !

A la hauteur de la cabine, il héla les chauffeurs qui se penchaient à la fenêtre.

— Fichez le camp d'ici, ça va sauter !

Les deux hommes ne se le firent pas dire deux fois.

Contraint de régler sa foulée sur celle des deux femmes, Basile fut bientôt rejoint par Hunzinger. Eliaki suivait à quelque distance. Derrière venaient le cuisinier et les serveurs. Haussermann et la secrétaire fermaient la marche.

— Peut-être faisons-nous tout ça pour rien ! lança-t-il à Hunzinger.

Sans ralentir, l'Autrichien consulta sa montre.

— 10 h 23, répondit-il. Dans le doute, je préfère courir !

Basile regarda en arrière.

— Prenez le bébé et foncez. Haussermann et Mlle Abakoumova se sont arrêtés. Je vais voir ce qui se passe.

Alex changea de mains, et Hunzinger, son précieux colis sous le bras, força encore l'allure.

Basile encouragea Diane et revint sur ses pas. En croisant Eliaki, il lui cria d'aider la jeune femme. Sur les talons d'Eliaki, arrivait le chef de cuisine. Incrédule, Basile vit qu'il portait un lourd cabas plein de victuailles et de bouteilles raflées à la hâte avant de quitter le train.

— Mais vous êtes fou, Jean !

— Eh, rétorqua le cuisinier en français, si ça explose et qu'on ne meurt pas, il faudra bien manger !

— Bon, accélérez, sinon...

Basile parvint à quelques mètres d'Haussermann et de la secrétaire. Elle s'était tordu la cheville. Les larmes aux yeux, elle boitillait au bras de son amant.

— Mais dépêchez-vous, malheureux ! dit Basile en la soulevant à demi du sol. Si ça saute maintenant...

Il n'eut pas le temps d'achever sa phrase. Une formidable déflagration les jeta tous les trois au sol. Une seconde explosion se produisit, pulvérisant les wagons dont les morceaux retombèrent non loin du petit groupe dans un épouvantable fracas. Une pluie de débris de toutes sortes, poutrelles métalliques, fragments de cloisons, traverses de bois arrachées à la voie, s'abattit tout autour de la locomotive renversée. Les voyageurs, terrifiés, attendaient la mort.

A M. Démétrios Mascoulis, à Athènes. De Kumanovo, 10 h 30.

Deux fortes déflagrations à 10 h 25 direction Skopje. Envoyons colonne de secours.

Opérateur

Démétrios rangea le télégramme à côté des précédents.

Il sortit le revolver du tiroir et le posa devant lui. Puis il sonna son secrétaire et lui dicta son testament.

Quand ils parvinrent sur les lieux de la catastrophe, les sauveteurs n'en crurent pas leurs yeux. Ils s'attendaient à une vision d'épouvante. Ils tombèrent sur un pique-nique au cœur de l'apocalypse. A l'aide de caisses et de planches sauvées des décombres, les rescapés avaient improvisé une table. Le cuisinier français avait étalé une nappe et disposé dessus des couverts en argent et des victuailles. Des volailles rôtissaient sur le brasier ronflant d'un pan de wagon en flammes. On avait débouché de bonnes bouteilles. Il avait été impossible de réunir un nombre suffisant de verres intacts, mais dans ces circonstances particulières les convives s'en passaient fort bien et buvaient Château-Yquem et Haut-Brion au goulot.

Abasourdis, les gens de Kumanovo quittèrent la crête d'où ils avaient découvert le spectacle, et entreprirent de rejoindre ceux qu'ils étaient censés secourir. La descente était périlleuse, car la terre du coteau était détrempée par des pluies récentes. Plus d'un glissa et acheva le parcours sur son fond de pantalon.

Un homme d'une trentaine d'années, large d'épaules, de belle mine, impeccablement vêtu d'un complet d'alpaga, les accueillit avec une amicale ironie.

— Messieurs, vous venez nous sauver, je suppose ? Soyez les bienvenus !

Et s'adressant au cuisinier en toque blanche qui officiait à la rôtisserie de fortune :

— Jean, lui cria-t-il, donnez à boire à ces messieurs : ils doivent avoir soif !

A 13 h 57, le bureau télégraphique de Kumanovo informa M. Démétrios Mascoulis que le train avait bel et bien explosé, mais qu'il n'y avait aucune victime à déplorer et que sa nièce se portait comme un charme. Il poussa un soupir et brûla le testament dont l'encre n'était pas encore sèche, et qui faisait de sa belle-sœur Cassandre Mascoulis-Dervich sa légataire universelle. Il remercia le ciel de lui avoir donné un adversaire de la qualité de Basile Apostolidès, puis il considéra un instant le revolver posé sur son bureau. Il le rangea avec un haussement d'épaules. Apostolidès disposait désormais d'un atout maître : Diane. La guerre — la guerre ouverte, en tout cas — était terminée. Démétrios ne courrait pas le risque d'atteindre Diane en tentant d'éliminer Basile. Contre son gré, il allait devoir trouver un terrain d'entente avec son rival.

La rencontre entre les deux hommes eut lieu quinze jours plus tard dans un salon feutré de l'Hôtel Ritz. La rage au cœur, Démétrios avait parcouru trois mille kilomètres pour s'entretenir avec un homme qu'il détestait cordialement.

Une femme de chambre le débarrassa de sa pelisse.

— M. Apostolidès vous attend, monsieur. Si vous voulez bien me suivre...

Agacé, Démétrios leva les yeux au ciel. Il se souvint du pauvre diable dont il avait naguère payé les études pour complaire à sa nièce. Il serra les poings. Mais sa force était de savoir avaler sans broncher n'importe quelle couleuvre et d'attendre son heure. Un jour, cette humiliation se paierait. Au prix du sang.

Basile s'avança à la rencontre de son invité.

— Mon cher Démétrios, je suis heureux de vous voir... Avez-vous fait bon voyage ?

— Athènes-Paris, c'est décidément interminable !

— C'est vrai... S'il n'y avait parfois de menus incidents pour nous distraire, on s'ennuierait à périr.

Démétrios se mordit les lèvres. Basile avait prononcé ces mots avec ironie. C'était évidemment une allusion à son propre voyage mouvementé, deux semaines plus tôt.

— On m'a fait le récit de votre aventure, dit le vieil homme. Vous avez eu beaucoup de chance !

— Beaucoup, en effet... Mais je vous en prie, prenez place !

De la main, Basile montra à Démétrios la table dressée près de la fenêtre.

— Merci, dit Démétrios en s'asseyant. Comment va Diane ?

— Très bien ! Elle ne déjeunera pas avec nous. Notre conversation risquerait de l'ennuyer. Mais elle a l'intention de passer l'après-midi en votre compagnie. Elle nous rejoindra pour le café.

Le visage de Démétrios s'éclaira.

— Voilà enfin une bonne nouvelle...

Basile s'assit à son tour et sonna le maître d'hôtel.

— Un peu de xérès, Démétrios ? Non ? Vous avez raison, on s'attendrit avec ces alcools. Évitons ces pièges. Déjeunons... Vous connaissez la carte ?

Démétrios hocha la tête.

— Apportez-moi un bol de caviar d'Iran, avec du citron, des olives de Kalamata et un verre de meursault bien frais, un 94, si c'est possible... Je ne supporte plus la vodka, dit-il en se tournant vers Basile.

Basile commanda à son tour :

— Buisson d'écrevisses et chapon à la crème. Donnez-moi le même vin que M. Mascoulis, et ensuite Chambolle-Musigny les amoureuses 96, avec le chapon. Merci.

Le maître d'hôtel s'inclina et sortit.

— Eh bien, mon cher Démétrios, dit Basile, observons-nous le rite des banalités pendant le premier tiers du repas, ou entrons-nous tout de suite dans le vif du sujet ?

Démétrios se servit un verre d'eau dans lequel il dilua le contenu d'un petit sachet de papier. Il agita le mélange à l'aide d'une cuillère en argent et l'avala d'un trait.

— Pouah, que c'est mauvais !... Je vous hais, Apostolidès.

— Quand vous avez fait dynamiter mon train, cette vérité m'est soudain apparue...

— Si ce n'était pour Diane, je recommencerais autant de fois qu'il le faudrait et je finirais bien par avoir votre peau ! Croyez-vous qu'il me soit agréable de manger à votre table ? Le caviar va me rester en travers de la gorge !

— J'apprécie votre franchise, dit Basile en riant. Je n'ai rien contre vous personnellement. J'ai simplement décidé de vous concurrencer sur vos marchés. Après les méthodes que vous avez employées contre moi, je n'aurai aucun scrupule à vous faire empoisonner ou revolvériser, si je ne craignais de peiner Diane et de perdre son amour.

— Parce qu'elle vous aime ? Première nouvelle ! Je la croyais amoureuse de Démosthène... Qui est votre ami d'enfance, si je ne me trompe !

— Démosthène, c'est terminé — c'est moi qu'elle aime. Ne vous en plaignez pas ! Si elle n'était pas votre nièce, je vous aurais déjà fait payer l'affaire de Skopje...

A l'entrée du maître d'hôtel, les deux hommes se turent et restèrent silencieux tandis qu'il disposait les plats. Après son départ, ils reprirent leur conversation.

— Nous nous trouvons tous les deux dans la même situation, dit Démétrios. Nous sommes contraints de refréner nos coups à cause d'elle. Dans ces conditions, que proposez-vous ? La paix ?

— Non, pas la paix, répondit Basile, mais une guerre tempérée. Affrontons-nous sur le seul terrain commercial, comme d'honnêtes commerçants que nous ne sommes pas ! Je promets de ne pas attenter à votre vie si vous prenez le même engagement à mon égard. Pour le reste, que le meilleur gagne ; je suis bien décidé à vous attaquer sur tous les fronts. Qu'en pensez-vous ?

Sans répondre, Démétrios plongea sa cuillère dans le bol de caviar placé devant lui. Il la porta à sa bouche, en goûta le contenu avec application, puis il hocha la tête.

— Avec un trait de citron, ce sera parfait ! dit-il enfin. Donc, vous ne renoncez pas à intervenir dans les Balkans ?

— Ce serait irréaliste de ma part. Une grande guerre balkanique se prépare. Le dernier conflit gréco-turc n'en était qu'un des prologues. La guerre est mon gagne-pain comme elle est le vôtre. Mes usines doivent tourner. Je dois payer mon personnel, mes fournisseurs, mes bureaux d'étude, et mes actionnaires...

— Mais j'étais là avant vous !

Basile eut un petit rire sardonique.

— Démétrios ! Nous sommes entre prédateurs. J'ai toujours faim et vous n'avez plus grand appétit.

Démétrios écrasa son demi-citron au-dessus du bol de caviar.

— Une question... Qui est cet enfant dont Diane ne se sépare jamais ?

Un sourire de carnassier s'inscrivit sur le visage de Basile.

— Alex ? C'est votre petit-neveu.

Démétrios faillit s'étrangler. Il saisit une serviette et se tamponna les lèvres et le menton, puis, d'une voix rauque :

— Mon petit-neveu ?

— Assurément, puisque Diane est votre nièce !

Le vieil homme avait pâli. Malgré lui, ses yeux brillaient d'excitation. Un petit-neveu. Un héritier mâle, enfin.

— Qui est son père ? Vous ou Démosthène ?

— Ni l'un ni l'autre.

Démétrios poussa un soupir de soulagement. Il les détestait autant l'un que l'autre. Pour lui, ils n'étaient que de la racaille, la vermine de Salonique qui avait ensorcelé Diane depuis son enfance.

— Qui alors ?

— Diane vous le dira, si elle le désire.

— Bon, bon... Eh bien... je crois que je vais accepter votre proposition. Une guerre tempérée, soit ! Mais une guerre, même tempérée, peut être implacable ! Notre affrontement restera économique. Mais ne vous attendez à aucun ménagement de ma part.

— Rassurez-vous, je n'en attends pas !

— Une dernière chose, Apostolidès : malgré mon âge, ma fortune, la puissance de mon empire, j'ai faim, comme au premier jour.

Furieux, Basile écoutait le rapport d'Hunzinger sur l'attentat de Kumanovo.

— Aucun doute, affirma le policier. Fallope est mouillé jusqu'au cou ! Il tarde à nous rejoindre. N'est-ce pas une preuve de plus ?

— L'état de son frère pourrait expliquer...

— Il est faux que son frère ait été souffrant. J'ai vérifié. Ce télégramme n'était qu'un prétexte pour nous quitter à Skopje et sauver sa peau.

Les traits de Basile se durcirent. La clémence n'était pas son fort. Fallope serait châtié. Mais son sang bouillait dans ses veines à l'idée de ce qui aurait pu arriver à Diane et à Alex.

— Pensez-vous qu'il ait placé lui-même les charges ?

— Non. Il n'a aucun courage. Mais il a renseigné Démétrios, j'en suis certain.

Basile fulminait.

— Comment ai-je pu me tromper à ce point ! Appelez-moi Eliaki.

— Vous ne voulez pas que je me charge de cette affaire ?

Basile dévisagea Hunzinger. Une lueur amusée flottait dans ses yeux.

— Non, Hunzinger. Chacun son métier. Vous êtes le chef de ma police. Mon bourreau, c'est Eliaki.

— Dommage. Pour cette ordure, j'aurais bien fait une exception...

Huit jours plus tard, Fallope vint s'asseoir à la terrasse de son café favori pour y boire, comme chaque soir, un verre de vin doux avant de passer à table. Il en but même plusieurs, dans l'espoir d'apaiser l'angoisse qui le taraudait depuis l'échec de l'attentat contre Basile. Voilà des semaines qu'il hésitait sur la conduite à tenir. Devait-il gagner Paris, comme son employeur le lui demandait par télégramme ou rejoindre Démétrios Mascoulis à Athènes et se mettre à son service ? Hélas ! Il lui avait déjà adressé plusieurs messages restés sans réponse. Mascoulis le laissait tomber. La seule chose à faire était fuir, ne compter que sur lui-même pour échapper à la vengeance de Basile. Mais fuir, c'était plonger dans l'inconnu, et cette perspective l'épouvantait. Tous les traîtres ne sont pas des aventuriers. Fallope était habitué au luxe, au confort, à la sécurité. Il pouvait puiser dans les quelques comptes ouverts dans des banques suisses. Mais il devrait partir très loin, disparaître, se terrer au bout du monde comme un misérable gibier traqué par un chasseur impitoyable.

Il poussa un soupir et vida son second verre de muscat. Il avait trahi une fois de trop. Il commanda un troisième verre et le but lentement, en s'apitoyant sur lui-même. Il avait trahi Basile et ce n'était pas la première fois qu'il mordait ainsi la main qui le nourrissait. Mais qui l'avait jamais aimé, lui ? Personne ! Il se fit servir un quatrième verre de vin, décida de passer la soirée au bordel. Mais avant, il irait manger dans un excellent restaurant. Et demain, demain à l'aube, il quitterait la Grèce, et même l'Europe ! Il changerait d'identité, il commencerait une nouvelle vie...

Il jeta quelques pièces de monnaie sur la table, se leva et se dirigea d'un pas chancelant vers La Louche d'Argent où il avait ses habitudes. Là, il se gava de calmars et de ragoût de lièvre, qu'il arrosa largement de robola de Céphalonie et de mavro de Nemea. Après souper, il avala encore un peu d'arak et prit enfin le chemin de la principale maison de tolérance de la ville. Il avait envie d'une brune piquante, une certaine Sophia, maigre et anguleuse, musquée, nerveuse, dont les yeux noirs promettaient des merveilles.

Les rues étaient désertes. Corinthe n'était pas très sûre la nuit, avec ses ouvriers saisonniers et le vin qui y coulait à flots, mais il n'en avait cure. Il était complètement ivre, et la vie était belle, puisqu'il avait en poche de quoi se payer les services de Sophia jusqu'au matin.

A quelque distance du bordel, dans une sombre ruelle, une silhouette qui le suivait depuis sa sortie du restaurant accéléra le pas et arriva à sa hauteur. Tout alla très vite. Fallope sentit une poigne de fer le saisir à la gorge tandis qu'une douleur intense, insupportable, lui vrillait le bas de la colonne vertébrale. Au même instant ses jambes se dérobèrent sous lui et il glissa à terre, incapable de se redresser ou d'esquisser le moindre geste. Son agresseur se pencha et essuya la lame de son couteau sur le revers de sa veste.

— Tu ne mourras pas, Fallope ! Je t'ai administré une de mes spécialités... A toi de juger si c'est une chance !

— Eliaki, c'est toi ? Qu'est-ce que tu m'as fait ?

— Juste une petite incision entre deux vertèbres... Si tu t'en sors, tu n'es pas près de marcher, ni de bander... Salut, Fallope !

Eliaki se redressa et disparut dans la nuit.

Le docteur Fallope fut secouru un peu plus tard par une ronde de police. Il vécut encore de très longues années, dans un fauteuil roulant, dans une clinique de luxe de Genève. Comme Eliaki le lui avait prédit, il était désormais incapable de marcher ni d'espérer la moindre érection. Ni de contrôler ses sphincters.

Dans la lutte qui s'engagea entre les armements Maüsenfeldt, contrôlés par Basile, et les arsenaux Mascoulis, ce fut Démétrios qui marqua le premier point. Démosthène venait d'être élu triomphalement à l'Assemblée nationale grecque. Basile avait été le principal artisan de ce succès, et il espérait en tirer profit. Soucieux de renouveler son gouvernement en y attirant des personnalités populaires, le président du Conseil fit appel à Démosthène et lui confia non pas le ministère de la Défense comme l'aurait souhaité Basile, mais celui de l'Intérieur. Démosthène devenait ainsi, à vingt-neuf ans, un des hommes les plus puissants du pays. Quelques voix s'étaient élevées contre sa nomination à un tel poste, alors que les bruits les plus fâcheux avaient couru sur lui par le passé. Mais le seul Grec qui avait le pouvoir de changer ces rumeurs en certitudes — le préfet de police Ossip Mykriamnos — ne pouvait que se taire. Basile détenait contre lui des dossiers brûlants dont la divulgation l'aurait perdu à jamais. Et le destin capricieux attribuait à Démosthène le ministère de l'Intérieur, fonction à laquelle Mykriamnos, par sa compétence, espérait être appelé.

Basile l'apprit un peu plus tard, la nomination de Démosthène au ministère de l'Intérieur était l'œuvre de Démétrios. Le sachant acquis à son ami d'enfance et disposé à faire de lui le principal fournisseur de l'armée grecque, l'oncle de Diane avait mis tout son poids dans la balance afin d'obtenir l'attribution du portefeuille de la Défense à l'une de ses créatures.

Basile était à Vienne quand la nouvelle lui parvint. Il apprécia en connaisseur cette manœuvre qui représentait un sérieux manque à gagner et réduisait à néant beaucoup d'efforts. Ministre de l'Intérieur, Démosthène ne lui servait à rien dans l'immédiat. Mais il n'était pas homme à renoncer si facilement. Ce qui avait été fait pouvait toujours se défaire. Ce n'était finalement qu'une question d'argent, d'influence, de patience. Basile organisa aussitôt une cabale contre le nouveau ministre de la Défense. En même temps, histoire de rendre à Démétrios la monnaie de sa pièce, il accéléra son implantation dans la région d'Athènes en faisant modifier le tracé d'un tronçon du chemin de fer, de façon à desservir ses nouveaux entrepôts.

Tout en gérant son empire industriel et financier et en poursuivant sa guerre contre Démétrios, Basile vivait avec Diane une passion qui aurait amplement suffi à occuper n'importe quel autre homme. Il l'emmenait à Vienne, à Londres, à Moscou, partout où l'appelaient ses affaires. Pour garder leur liaison secrète vis-à-vis de Démosthène, elle voyageait sous un nom d'emprunt, Bérénice de Parnay, sa parfaite connaissance de la langue française lui permettant d'assumer sans peine cette identité. Ils se déplaçaient désormais séparément. En compagnie d'Antonella et d'Alex, Diane descendait dans les mêmes palaces que Basile, mais ils louaient deux suites, ne se saluaient pas quand ils se croisaient, et ne se retrouvaient qu'à la nuit, dans la chambre de Basile. Alors, ils s'aimaient avec une avidité décuplée.

L'huissier s'effaça pour laisser entrer les deux hommes. Démosthène embrassa l'immense pièce d'un regard froid. Cet instant aurait dû être celui de son triomphe. Ignominieusement chassé du gouvernement deux ans plus tôt, il avait effectué le plus rapide et le plus brillant rétablissement politique de l'histoire de son pays. Son précédent poste de ministre de l'Urbanisme n'était rien à côté de celui auquel il accédait aujourd'hui et à moins de trente ans. L'Intérieur ! C'était là que le pouvoir prenait toute sa réalité. A sa place, quel homme n'aurait pas senti sa poitrine se gonfler d'orgueil ? Quelques semaines auparavant, à Brindisi, il n'était qu'un paria traqué par la police. A présent il était un des maîtres de la Grèce. Seuls le roi et le président du Conseil régnaient au-dessus de lui. Et d'une certaine manière, dépendaient de lui. Pourtant, il ne ressentait aucune joie particulière, aucune exaltation.

— Quelque chose ne va pas, monsieur le Ministre ?

Bousphoron, le principal artisan de la résurrection politique de Démosthène, se tenait en retrait. Il serait désormais son chef de cabinet.

Démosthène se tourna vers lui.

— Tout va bien, lui dit-il. Laisse-moi un instant, veux-tu ? Et puis... épargne-moi le protocole quand nous sommes seuls.

Bousphoron s'inclina en souriant.

— Compte sur moi... ! Mon prédécesseur m'attend à côté pour me transmettre les dossiers. Tes audiences sont notées sur ton agenda. Les dossiers les concernant sont classés dans le tiroir de droite. Appelle-moi quand tu voudras...

Démosthène hocha la tête. Bousphoron traversa la pièce et ouvrit la porte qui donnait sur son propre cabinet de travail.

— Me voilà, monsieur Pallankis ! Où en étions-nous ?

La lourde porte capitonnée se referma sur Bousphoron. Dans le silence revenu, Démosthène gagna son bureau et se laissa tomber sur son siège.

Devant lui, le plateau recouvert de cuir du bureau ne supportait qu'un agenda ouvert à la page du jour, un encrier de bronze, un précieux coffret en marqueterie et un sulfure aux couleurs chatoyantes. Il tendit la main et saisit la lourde boule de verre pour la reposer aussitôt. Le sulfure lui sembla le symbole de ce pouvoir tant désiré. Il perdait tout attrait à ses yeux à l'instant où il le détenait enfin. Il haussa les épaules. Pour revoir Diane, la serrer dans ses bras, il aurait tout sacrifié sans hésiter. Il se mordit les lèvres au souvenir de sa crise de folie sur le quai de Brindisi. Une femme peut tout pardonner, mais lever la main sur son enfant !... Ce jour-là, il avait perdu l'amour de Diane à jamais. A jamais ? Il ne pouvait supporter cette idée.

Un discret toussotement vint le tirer de ses pensées. Il leva la tête. Pocandoulos, l'huissier, se tenait devant lui.

— Monsieur le Préfet de police est dans l'antichambre, monsieur le Ministre.

— Ah oui... Faites entrer.

Ossip Mykriamnos pénétra dans la pièce.

C'était un homme entre deux âges, chauve, au visage puissant, aux yeux perçants. Démosthène répondit à son salut d'un bref mouvement de tête. Il ne l'aimait pas, et pour cause !

Mykriamnos savait que Démosthène avait naguère livré Hélianthios aux Turcs en échange de sa vie, mais il n'en détenait pas la preuve formelle. Seule l'intervention de Basile, qui pouvait prouver que Mykriamnos avait autrefois détourné des fonds destinés à la résistance crétoise, pouvait servir Démosthène. On était arrivé à un accord secret : chacun garderait le silence. Aujourd'hui, la situation avait changé. Démosthène était devenu ministre de l'Intérieur. A quoi bon ressortir une vieille affaire pour réduire son vieil ennemi à néant ? Il lui suffisait de le destituer. Mais un réflexe de prudence le retenait d'agir avec précipitation. Ossip Mykriamnos n'était pas un adversaire négligeable. Ce redoutable joueur conservait toujours quelques atouts dans sa manche.

— Prenez place, monsieur le Préfet, dit Démosthène en montrant un siège à son visiteur. Vous avez demandé à me voir... Votre requête a été exaucée sans délai : ma première audience est pour vous !

— J'en suis très honoré, monsieur le Ministre. Il m'a semblé urgent de vous communiquer certains dossiers disons... sensibles...

Mykriamnos se pencha, et déposa devant Démosthène trois chemises en carton. Démosthène observa qu'il en conservait une quatrième par-devers lui. Pour la bonne bouche, sans doute !

— De quoi s'agit-il ?

— D'affaires qui peuvent à tout moment éclater et créer des situations embarrassantes. La première concerne votre successeur au ministère de l'Urbanisme...

— Panourghis ? Qu'est-ce qu'il a fait, celui-là ?

— Il a touché, monsieur le Ministre.

— Beaucoup ?

— Beaucoup trop. De tous les côtés. Et le pire, c'est qu'il a beaucoup redistribué... Bref ! Une bonne partie du personnel politique est impliquée. Vilain dossier ! S'il sort, le gouvernement saute.

Démosthène fit la grimace.

— Ça commence bien ! Y a-t-il une chance pour qu'il sorte ?

— En intimidant quelques journalistes d'opposition, en arrosant les autres, le front devrait rester calme.

Démosthène poussa un soupir de soulagement.

— Eh bien, continuez à arroser, nous débarquerons

Panourghis à la première occasion, sans faire de vagues... Ensuite ?

— Permettez, monsieur le Ministre, chacun son métier. Moi, je tiens en respect. C'est Panourghis, qui arrose.

— Bon, bon... Ensuite ?

— Le deuxième dossier concerne des soirées organisées par un membre de l'entourage de la famille royale. Cette personne a des goûts... disons : inhabituels.

— Hum ! C'est grave ?

— Cela pourrait le devenir ; une jeune femme est morte dans des conditions douteuses. Un scandale pourrait éclabousser le trône.

— Je vois... Travaillons ensemble à l'exiler quelque temps. S'il le faut, je vous y aiderai.

— Bonne idée, monsieur le Ministre. Le troisième dossier met en cause plusieurs personnalités de l'opposition. Il y a de quoi les calmer si la passion les entraînait à des excès.

— Nous n'aurons jamais assez de munitions... Ceci ?

Démosthène désignait du doigt la chemise restée entre les mains de Mykriamnos.

— Ce dossier est un peu particulier, dit le préfet avec un mince sourire. Il me vient de l'étranger. C'est une marque de bienvenue, en quelque sorte.

Mykriamnos se tut. Démosthène le dévisagea avec curiosité.

— Vous voici soudain étonnamment discret...

— Permettez-moi de m'en tenir là. Prenez-le simplement comme un gage de ma loyauté à votre égard.

Les lèvres pincées, Démosthène tendit la main vers la chemise que Mykriamnos avait lentement poussée vers lui. Démosthène l'ouvrit. Elle contenait un seul document, qu'il lut rapidement. Quand il eut terminé, il hocha la tête et referma le dossier. Il attendit que les battements de son cœur se soient apaisés pour parler.

— Vous êtes un homme redoutable, monsieur le Préfet... Vous pouvez aussi être infiniment précieux ! En prenant mes fonctions, je me suis interrogé : fallait-il vous maintenir à votre poste... ? Nos dissensions passées m'en dissuadaient. Mais un homme de votre trempe peut rendre de grands services ! Considérons donc cette question comme réglée : vous demeurez préfet d'Athènes, monsieur Mykriamnos !

Mykriamnos s'inclina.

— Je vous remercie, monsieur le Ministre. J'aime mon métier et je m'efforcerai de continuer à l'exercer au mieux des intérêts supérieurs de l'État.

Après le départ de Mykriamnos, Démosthène relut le document contenu dans la quatrième chemise. Il était rédigé en turc, langue qu'il parlait et lisait couramment pour avoir passé son enfance à Salonique, capitale de la Turquie d'Europe. Il s'agissait du protocole d'un accord secret entre Buleyt bey, le chef des services secrets ottomans, et le ministre des Affaires étrangères du sultan, Dervich pacha, d'une part, et leurs homologues bulgares d'autre part. En échange d'un million de livres turques, Buleyt bey et Dervich pacha s'engageaient à faciliter au jeune royaume bulgare la prise de contrôle effective de deux cantons de la Roumélie orientale pourtant rétrocédés à la Turquie après leur annexion en septembre 1885. C'était purement et simplement de la haute trahison, et ce protocole était de nature à valoir le supplice du pal à ses deux signataires ottomans si le sultan Abdul-Hamid en avait jamais connaissance. Mais pour Démosthène, il signifiait au contraire la délivrance, la fin du cauchemar qu'il vivait depuis sa capture par les Turcs six ans auparavant. Désormais, Buleyt bey ne pouvait plus rien contre lui ; si le Turc s'avisait de le faire chanter à nouveau en le menaçant de révéler aux autorités grecques les circonstances de la capture et de la mort d'Hélianthios, il suffirait à Démosthène d'une allusion à ce protocole pour le faire rentrer sous terre.

De joie, il frappa dans ses mains, et sonna Pocandoulos.

Il lui demanda d'apporter du champagne puis il alla chercher Bousphoron dans le bureau voisin.

— Du champagne, à cette heure-ci ? dit le nouveau chef de cabinet en apercevant la bouteille.

— Et pourquoi pas ? La vie est belle, Georges ! Il faut la célébrer aussi souvent que possible, de peur qu'elle nous refuse ses meilleurs moments.

— Toi, tu as reçu une bonne nouvelle !

— Peut-être, mais tu n'en sauras rien, répondit Démosthène en débouchant la bouteille.

— Oh, ce n'est pas bien difficile à deviner... C'est Diane, non ?

Démosthène pâlit.

— Rien à voir avec Diane, hélas ! Et toi, tu n'as rien pu tirer de Ghélissa ?

— Tu penses que je te l'aurais dit ! Je suis sûr que Ghélissa sait où est Diane, mais elle se tait. Elle a beau être bavarde comme une pie, elle ne dit jamais que ce qu'elle veut bien dire.

Démosthène fit sauter le bouchon et emplit deux coupes. Il vida la sienne d'un trait. Ses yeux brillaient, trahissant une excitation soudaine. Décidément, il fallait qu'il ait reçu une nouvelle importante pour passer de son abattement coutumier à cette joie presque enfantine.

— C'est une femme, et une femme amoureuse ! Baise-la, mon vieux, baise-la encore et encore, et elle finira par te dire ce que tu veux savoir !

Bousphoron secoua la tête.

— Tu dis des bêtises, monsieur le Ministre. Ce n'est pas n'importe quelle femme, c'est Ghélissa Tricoupis, et si j'insiste un peu trop au sujet de Diane elle m'enverra promener.

Démosthène posa sa coupe et serra les poings.

— Pour qui se prend-elle ? Diane est ma femme ! Elle oublie que je suis ministre de l'Intérieur ! Un ordre et elle est sous surveillance vingt-quatre heures sur vingt-quatre ! Mais tiens, c'est une idée, ça, nous allons la faire suivre, ouvrir son courrier...

Bousphoron s'efforça d'apaiser son ami.

— Franchement, je te le déconseille. Tu n'arriverais qu'à la monter contre toi. Et tu sais qu'elle a le bras au moins aussi long qu'un ministre de l'Intérieur. Un mot d'elle à sa Majesté, et tu seras rappelé à l'ordre par le président Théotokis...

En un instant, la belle humeur de Démosthène s'évanouit. Il marchait de long en large devant Bousphoron en se tordant les mains.

— Montre-toi patient, dit Bousphoron. Tente de fléchir Diane, plutôt que de la faire rechercher par tes flics comme une poule en cavale !

— La fléchir ? Mais comment ?

— Et si tu lui écrivais ? Ghélissa ne nous dira jamais où elle est, mais je suis certain qu'elle lui transmettra un message si je le lui demande. Réfléchis à cette idée... Tu es le troisième personnage du pays, mais aussi son plus grand écrivain, non ? Use de ton art pour la convaincre de te revenir !

— Tu crois ?

Démosthène ne pouvait cacher l'émotion qui l'envahissait.

— Oui, lui écrire. T'humilier devant elle, s'il le faut. Te mettre à nu, lui ouvrir ton cœur et ton âme... C'est ta dernière chance, à mon avis, dit Bousphoron en remplissant à nouveau la coupe de Démosthène et en la lui tendant.

— Tiens, monsieur le Ministre, buvons ! reprit-il. Et puis travaillons. Pallankis m'attend à côté, et tu as encore une dizaine de personnes à voir ce matin.

Démosthène prit la coupe et la porta à ses lèvres. Mais il n'en but qu'une gorgée.

En regagnant la villa du Lycabète, Démosthène tentait d'imaginer les premiers mots de la lettre. Il avait composé une demi-douzaine de volumes et d'essais qui avaient fait de lui une personnalité littéraire de premier plan, on admirait son style, tous s'efforçaient de l'imiter, mais aujourd'hui les mots se dérobaient à lui. Il ne s'agissait plus de charmer ou d'étonner des lecteurs inconnus, mais d'émouvoir la femme de sa vie, de lui rappeler le bonheur qu'ils avaient partagé, de la convaincre de la profondeur de son amour, par-delà les malentendus et les maladresses qui les avaient séparés. Et devant cette tâche il se sentait gauche et désarmé comme un écolier.

De retour chez lui, il se fit apporter une collation à laquelle il toucha à peine. La lettre l'obsédait. Il s'enferma dans son bureau et commença à écrire raturant sans cesse. A présent les mots affluaient, mais il les jugeait insignifiants et dérisoires. Il était en train d'écrire une lettre d'amour pour roman de gare. Une telle lettre, s'il l'envoyait, ne pourrait avoir sur Diane que l'effet contraire à celui qu'il recherchait. Inlassablement, rageusement, il chiffonnait ces feuillets couverts de phrases creuses, de sentiments convenus. La nuit tomba. Il alluma les lampes et s'obstina. Dût-il y passer la nuit, il parviendrait à exprimer ce qui faisait battre son cœur quand il évoquait le visage de Diane, quand il prononçait son nom dans la solitude de son cabinet. Il pesa toute son œuvre passée à la balance de cette lettre vitale et il prit enfin la mesure de sa médiocrité : un conférencier pour beaux quartiers, un poète pour journaux et banquets patriotards, voilà ce qu'il avait été ! S'il venait à bout de cette lettre, et si grâce à elle Diane lui revenait, alors il serait un vrai poète, parce qu'il aurait mis sa vie en jeu à travers les mots, au moins une fois dans sa vie.

Ce fut une nuit de fièvre, d'espoirs fous et de déceptions alternés. D'heure en heure, il se faisait apporter du café chaud et le cendrier posé sur la table débordait de mégots de cigares mâchouillés, presque déchiquetés. Autour de la corbeille pleine à ras bord, d'innombrables brouillons chiffonnés étaient éparpillés.

Aux premières lueurs de l'aube, il acheva la lettre et la relut. Quand il eut terminé, il la chiffonna comme les autres et resta longtemps prostré, un ultime mégot aux lèvres, le dos rond, épuisé et amer. Il avait perdu. Il haussa les épaules et tendit la main vers sa dernière tasse de café à moitié vide. Le breuvage froid, écœurant, ne fit qu'irriter ses papilles brûlées par le tabac. Tant de mots pour ne rien dire de vrai ! Il se leva, vida la corbeille de lettres d'amour avortées dans la cheminée, puis, à genoux, il entreprit d'y jeter une à une toutes celles qui en avaient débordé. Enfin, il gratta une allumette et regarda s'enflammer l'amas de papier ainsi constitué.

Il se redressa et alla ouvrir les rideaux. Le jour entra à flots dans la pièce et soudain la lumière inonda son esprit. Il comprit pourquoi tous ses efforts avaient été vains. Son cœur était plein de ténèbres, et il n'avait pas su les chasser. Il fallait lui apparaître en pleine lumière. Il avait tenté d'écrire une lettre d'amour, alors que seule une confession pouvait la convaincre.

Il revint à sa table de travail et tira à lui une nouvelle rame de papier. Cette fois-ci, les mots accoururent docilement à son appel. Tout lui était facile : il ne disait que la vérité. Et à mesure qu'il écrivait, le poids qui oppressait sa poitrine depuis six ans s'allégeait. En avouant son crime, il prouvait son amour. Pour l'amour de Diane il avait livré Hélianthios à ses bourreaux turcs, il était devenu un traître à ses amis, à sa patrie, à ses idées. Sans grand remords. Diane lui tenait lieu de tout. S'il l'avait fallu, il aurait recommencé aujourd'hui sans hésiter. Il ne regrettait rien que de lui avoir menti au sujet de sa prétendue stérilité et de l'avoir perdue par orgueil et par maladresse.

Par ces aveux, il se livrait à elle pieds et poings liés, alors même que le dossier que lui avait communiqué Mykriamnos le mettait enfin à l'abri du chantage de Buleyt bey. Désormais, d'un mot, elle pouvait briser sa carrière et sa vie, elle pouvait l'envoyer à la mort. Il l'accepterait sans une plainte. Il ne voulait pas d'autre juge.

Il couvrit trois feuillets d'une traite, puis, sans les relire, il se jeta sur un divan et sombra dans le sommeil.

Diane reposa le menu sur la somptueuse nappe damassée et éclata de rire.

— Basile, c'est affreux, je n'ai plus faim !

Ils venaient de prendre place à l'une des tables de L'Ermitage, l'hôtel de grand luxe qui venait d'ouvrir ses portes à Monaco, L'Hôtel de Paris ne suffisant plus à accueillir les richissimes étrangers qui se pressaient dans La Mecque des jeux de hasard.

Dans la foule élégante des convives, se trouvaient le roi de Suède, le prince Réza d'Iran, l'Aga Khan, le grand-duc Serge de Russie, le duc et la duchesse de Marlborough, pêle-mêle avec la fine fleur de la haute finance américaine.

Cette fin de siècle marquait pour Monaco le début de l'âge d'or. Ritt, le gouverneur général de la principauté, venait de prolonger de cinquante années la concession du monopole des jeux à la Société des Bains de Mer. Son directeur, Camille Blanc, avait versé au trésor monégasque dix millions de francs, plus cinq pour l'aménagement du port. Quinze autres millions s'y ajouteraient en 1913, sans compter la subvention destinée à financer la coûteuse saison théâtrale et les redevances annuelles par lesquelles la Société acquittait la plupart des charges des services publics.

Diane était habituée au luxe, mais l'atmosphère de Monte-Carlo était propre à étonner n'importe qui. L'argent coulait à flots, avec une insolence inouïe. Des vraies altesses et des cocottes, c'était à qui exhiberait les plus beaux bijoux, parfois offerts par le même homme.

— Ma chérie, sais-tu qu'on a refusé hier l'accès du casino à Lord Salisbury ? Il était trop simplement vêtu. On l'a pris pour un pauvre ! N'est-ce pas amusant ? Tandis que si l'on enquêtait d'un peu plus près sur ces fringants dîneurs en queue-de-pie, on découvrirait que certains d'entre eux ne possèdent que ce qu'ils ont sur le dos. C'est justement ce qui me plaît ici, ce mélange de réalité et d'illusion, un parfum d'argent facilement gagné, facilement perdu, qui tourne toutes les têtes.

— Serais-tu joueur ?

— Bien sûr que je le suis ! Jouer, c'est un résumé saisissant de toutes les émotions de la vie... Mais rassure-toi, je suis un joueur d'une sorte très particulière.

— Ah bon, et laquelle ?

— Je suis un joueur qui gagne.

Diane dévisagea Basile. Il avait énoncé ces mots tranquillement, sans aucune trace de forfanterie, comme une simple évidence.

— Mais aucune martingale ne permet de gagner à coup sûr.

— C'est vrai, les martingales ne servent qu'à ruiner scientifiquement ceux qui les utilisent. Aussi n'en ai-je pas !

— Alors tu as de la chance ?

— Je suis la chance... Même quand je perds, je gagne. Je gagne du plaisir, de la peur, de la joie, des frissons, des battements de cœur. Beaucoup de joueurs oublient de ramasser ces gains-là en quittant la table, alors bien sûr, ils ont l'impression d'avoir été floués ! Ce soir nous irons au casino. Je veux que tu joues gros jeu.

— Pourquoi ?

— Parce que l'excitation du jeu avive la beauté des femmes déjà belles, et enlaidit encore les laides. Tu seras sublime !

Après le café, ils firent une promenade le long de la mer. Une légère brise maritime leur caressait le visage.

— Dans le nouveau gouvernement, Démosthène vient d'être nommé ministre de l'Intérieur.

— Tant mieux pour lui, répondit Diane d'une voix indifférente.

— Et tant pis pour nous, ajouta Basile. Non seulement j'avais intrigué pour lui faire obtenir la Défense, où il m'aurait été plus utile, mais il dispose à présent des services spéciaux... Il peut te faire rechercher à travers toute l'Europe. Il nous faudra être encore plus discrets à l'avenir.

Diane baissa la tête.

— Quand donc pourrons-nous nous aimer à la face du monde comme n'importe quel couple ?

Basile effleura sa main.

— C'est impossible pour le moment, dit-il tristement. Ce n'est pas la position de Démosthène qui m'arrête. Je n'hésiterais pas à le braver s'il n'y avait pas Alex. C'est là que nous sommes vulnérables. Nous attendrons que Démosthène renonce définitivement à toi. J'enrage mais je ne peux rien contre lui... Il a été mon ami, il l'est encore malgré tout ! Sinon...

Il se tut. Si Démosthène n'avait pas été son ami d'enfance, il l'aurait éliminé sans hésiter.

Un instant, pourtant, cette tentation faillit l'emporter. Il recula comme devant un gouffre, et parvint à la chasser. Était-il donc devenu un assassin, un monstre, un homme prêt à tout pour assouvir ses désirs, d'autant plus dangereux qu'il jouissait des pouvoirs presque illimités que lui conférait sa fortune ? S'il franchissait ce pas, s'il exerçait contre un des membres sacrés du petit clan d'autrefois la violence qui l'habitait depuis la mort de son père sous ses yeux, dans la prison turque de Kanly-Koula, alors oui, il ne serait plus qu'un fauve. Il serra les poings. Il lui fallait au contraire maîtriser cette agressivité toujours prête à se mobiliser, à tout détruire et l'utiliser positivement. C'est ainsi qu'il avait bâti son empire et séduit la femme qu'il aimait depuis toujours.

— Basile, qu'est-ce que tu as ?

— Rien, ma chérie, tout va bien puisque nous sommes ensemble... Viens, allons jouer à la roulette. Tu joueras follement, je jouerai sagement, et nous verrons qui de nous deux l'emporte.

Ce jour-là, le sort voulut que ce soit la folie qui

l'emporte. La folie ou bien l'innocence, car Diane, qui n'avait encore jamais joué, eut une chance insolente et gagna six mille francs, tandis que Basile, qui était pourtant un joueur chevronné, en perdait presque autant.

Tard dans la nuit, Diane regagna L'Ermitage où elle était descendue en compagnie d'Antonella et d'Alex, sous le nom de Bérénice de Parnay afin de préserver les apparences. Basile avait loué deux suites à L'Hôtel de Paris pour lui-même et ses collaborateurs.

Il ôta son frac, passa une robe de chambre et convoqua tout son monde. A l'heure où les derniers fêtards se glissaient dans leurs draps, il n'était pas question pour lui de dormir avant d'avoir travaillé encore une heure ou deux. Pendant qu'il s'amusait en compagnie de Diane, le monde n'était pas resté en repos. Des guerres lointaines avaient éclaté, d'autres s'étaient apaisées, des hommes politiques avaient avancé leurs pions sur le grand échiquier des nations. Il fallait qu'il en soit informé afin d'adapter sa politique commerciale à ces fluctuations.

Tandis qu'il examinait les dépêches de la journée avec Haussermann et Abel de Lancray, Eliaki pénétra dans la pièce et posa une liasse de courrier près de lui. Tout en écoutant un rapport d'Haussermann sur les conséquences d'un changement ministériel au Japon sur la politique d'armement, Basile passa ces lettres en revue avant de les ouvrir. Les bureaux de Basile à Athènes centralisaient tout le courrier en provenance de Grèce et le lui faisaient suivre à L'Hôtel de Paris. C'était donc lui qui transmettait à Diane les lettres de Ghélissa. Soudain, il tressaillit : sur une des missives, au-dessus du nom de Bérénice de Parnay inscrit de la main de Ghélissa Mascoulis, il avait reconnu celui de Diane Sophronikou. Et ce nom hâtivement barré par Ghélissa était de l'écriture très particulière de Démosthène.

Il mit la lettre dans sa poche, dépouilla rapidement les autres et écourta la réunion.

Seul dans sa suite, Basile hésita longtemps avant d'ouvrir la lettre.

Cependant, une curiosité teintée d'inquiétude le tenaillait. C'était la première lettre que Démosthène envoyait à Diane depuis l'affaire de Brindisi.

Démosthène n'avait pas cessé d'aimer Diane. Il pressait Ghélissa et Cassandre de questions à son sujet. Basile n'avait aucune raison de douter de la constance de la jeune femme. Mais Démosthène avait été le premier amour de Diane, son premier amant, son initiateur. Le souvenir d'années de vie commune, dont plusieurs avaient été heureuses, ne s'était pas effacé comme par enchantement, sans laisser la moindre trace dans l'esprit de Diane ni dans sa chair. Et Démosthène restait un grand poète. Cette lettre était peut-être écrite pour émouvoir celle qui était toujours son épouse devant Dieu. A la fin, la curiosité fut la plus forte. Armé d'une théière d'eau bouillante, Basile soumit l'enveloppe à l'action de la vapeur.

La lettre comptait quatre feuillets, de l'écriture de Démosthène, d'ordinaire déliée et élégante, mais aujourd'hui tremblée, altérée comme une voix sous l'empire de l'émotion. Plusieurs fois, au cours de cette lecture, Basile fut bouleversé. Dans ces quatre feuillets, un homme, son ami d'enfance, s'était mis à nu. Il ne s'agissait pas simplement d'un plaidoyer d'amoureux en disgrâce, mais d'un examen de conscience, d'une confession. Avec une sincérité qui forçait le respect, Démosthène se livrait littéralement à Diane : Sa lettre pouvait briser définitivement sa carrière d'homme public, et même l'envoyer à la mort si elle avait été divulguée. Démosthène y avouait qu'il avait trahi Hélianthios Coïmbras en 92, à Salonique, pour sauver sa propre vie, et qu'il avait ensuite communiqué aux services secrets turcs de nombreux renseignements à l'époque où il siégeait au dernier gouvernement Déliyannis.

D'abord incrédule, Basile dut relire plusieurs fois cette missive pour se convaincre qu'il n'était pas l'objet d'une hallucination. Mais aucun doute ne lui semblait permis !

« *J'éprouve en cet instant le besoin irrésistible d'apparaître enfin devant toi tel que je suis, et non sous le masque trompeur du héros de Salonique. Ma vie n'est que mensonge et elle me fait horreur ! Je ne suis pas un héros. Je n'ai pas échappé par miracle aux griffes de la police militaire turque, comme je l'ai prétendu à mon retour. J'ai payé ma vie et ma liberté au prix le plus élevé : la vie de mes amis et la perte de mon honneur. C'est moi qui ai indiqué aux zaptiés la cachette d'Hélianthios. C'est à cause de moi qu'il fut fusillé, avec l'homme qui lui avait donné asile, parmi les vingt et un martyrs du Vardar. Te souviens-tu des nuits où je m'éveillais en hurlant, dans les premiers temps de notre mariage ? Tu mettais ces cauchemars sur le compte de la tension nerveuse que j'avais connue là-bas, tu épongeais mon front et mes tempes, tu me serrais contre toi pour me bercer comme un enfant. Ce qui m'éveillait, j'éprouve une honte et un soulagement également indicibles à te l'avouer enfin, c'était la vision d'Hélianthios déchiqueté par les balles du peloton d'exécution ! Je l'ai vu ! J'y étais, le visage couvert de la cagoule des traîtres.*

Comme tu dois me mépriser en lisant cette lettre ! Mais ce que j'ai fait là-bas, c'était pour toi, pour te revoir, pour ne pas mourir sans t'avoir tenue dans mes bras. Lâcheté ? Non ! C'était du courage au contraire ; tu valais bien plus pour moi que la patrie, que l'honneur, que tous les idéaux dont les hommes s'enivrent. Je n'avais plus qu'une cause, toi ! Je t'ai aimée assez pour tout te sacrifier, y compris l'estime de moi-même. Et mon amour n'a pas changé. C'est en son nom que je te livre aujourd'hui ce que je devrais cacher au plus profond de mon âme. Je n'ai plus que cela à t'offrir : la vérité... Je ne suis pas un héros, ni un poète, ni un politicien ! Je ne suis qu'un homme qui t'aime. Sur un mot de toi, je renoncerais aujourd'hui à mon siège de ministre comme j'ai renoncé naguère à mon honneur, car rien d'autre ne compte à mes yeux que toi, Diane, mon amour !...

Je me suis conduit comme un misérable en te mentant au sujet de ta prétendue stérilité. Mon stupide orgueil m'interdisait de reconnaître ma propre incapacité à procréer. Tu désirais ardemment un enfant et je craignais que tu ne te détaches de moi en apprenant que j'étais incapable de t'en donner un. Je doute que tu puisses jamais me pardonner la scène affreuse de Brindisi, mais si tu y parvenais, je te jure que je chérirais ton enfant comme si c'était le mien, puisqu'il est ta chair, puisqu'il est toi. Les circonstances de sa conception importent peu. C'est toi qui lui a donné la vie et j'ai été fou de l'oublier. Songe seulement que sa vue m'était une torture, dans l'état d'esprit où je me trouvais. Mais j'ai compris ma folie, et je n'ai plus d'autre désir que de le rendre heureux, et de te rendre heureuse à travers lui... »

Basile posa la lettre sur ses genoux et resta songeur.

Dans ces pages à la fois désespérées et pourtant hantées d'un espoir fou, Démosthène avait joué son va-tout. La fin de la lettre était sans équivoque : pieds et poings liés, Démosthène attendait l'arrêt qui scellerait son destin. Basile relut les dernières lignes à mi-voix :

« *Mon amour, ma chérie, aujourd'hui comme depuis toujours je n'attends que de toi une raison de vivre. Si tu crois encore que personne ne t'aimera jamais autant que moi, alors, où que tu sois, avec qui que tu sois, abandonne tout et reviens-moi avec l'enfant. Je ne te poserai aucune question. Cette séparation n'aura été qu'un mauvais rêve et nous l'oublierons. Tu verras comme la vie sera belle !*

Car je suis libre aujourd'hui. Les Turcs qui me tenaient n'ont plus aucun moyen de me faire chanter. Tu seras ma rédemption, et je consacrerai chacun de mes jours à vous rendre heureux, Alexandre et toi.

Si, pour mon malheur éternel, cette lettre n'éveillait aucun écho dans ton cœur, alors ne m'écris pas. Oublie-moi et sois heureuse. Je consommerai ma chute. Jusqu'au bout, ton souvenir l'éclairera. Je n'aurai pas vécu en vain, quoi qu'il arrive, puisque tu m'auras aimé quelque temps au moins.

Démosthène. »

Basile prit un havane, en sectionna le bout d'un coup de dents et l'alluma nerveusement.

Il avait peur.

Une femme ordinaire aurait sans doute été émue par les aveux de Démosthène. Elle aurait versé quelques larmes en la lisant, elle se serait émerveillée d'avoir été aimée aussi profondément. Cependant la révélation de la trahison de Démosthène, le souvenir de ses crises d'ivrognerie et du drame de Brindisi l'auraient à coup sûr dissuadée de le rejoindre. Mais Diane n'était pas une femme ordinaire. Sa qualité d'âme la rendait imprévisible. Au fond, la légende héroïque de Démosthène lui avait été indifférente. Elle l'avait aimé pour lui-même et non pour ses prétendus exploits d'agitateur et de chef d'orchestre de la résistance grecque à Salonique. L'aveu de Démosthène, paradoxale et bouleversante preuve d'amour, pouvait entraîner chez elle un revirement qui eût brisé le bonheur de Basile. Pourquoi courir ce risque ? Éliminer Démosthène devenait nécessaire. Cette lettre imprudente lui en donnait l'occasion. Il n'irait pas jusqu'au meurtre. Il lui suffirait de briser la carrière de Démosthène et à faire de lui un exilé et un paria. Démosthène, lui, n'avait trahi que sa patrie et un compagnon d'armes. En révélant son secret, Basile trahirait le pacte sacré des quatre enfants de Salonique, ce qu'il avait de plus précieux au monde... C'était le prix à payer pour conserver Diane, Basile était prêt à le payer, comme Démosthène naguère dans la prison de Kanly-Koula. Le destin avait durement éprouvé Basile dans l'horrible bagne où il avait été lui-même emprisonné enfant, où son père était mort égorgé sous ses yeux par la lie des proxénètes et des voleurs de Salonique. Basile serra les poings. L'image de ce lieu maudit n'avait jamais cessé de le hanter. Il la chassa avec rage, reprit la lettre et la rangea dans un tiroir de son bureau. Sa décision était prise. Il réfléchit un moment puis sonna Hunzinger qui apparut aussitôt.

— Vous m'avez appelé, monsieur Apostolidès ?

— Oui. J'ai quelques documents à photographier.

— A cette heure-ci, cela me semble impossible monsieur Apostolidès...

— J'attendrai demain matin. A la première heure je veux disposer d'un studio photographique et d'un technicien pour m'assister.

Hunzinger s'inclina.

— Je m'en occuperai monsieur Apostolidès. Rien d'autre ?

— Rien d'autre.

Hunzinger prit congé. Basile se coucha. Il n'eut aucune difficulté à trouver le sommeil.

Dans l'immense salle à manger de la villa du Lycabète, les convives n'étaient que trois autour d'une petite table dressée dans un coin de la pièce. Périclès devait s'embarquer le lendemain matin au Pirée pour le long voyage qui le ramènerait à Kimberley, et Démosthène l'avait invité à prendre en sa compagnie son dernier repas grec avant longtemps. Bousphoron s'était joint à eux, car l'examen d'un important dossier de politique intérieure dont Démosthène devait rendre compte en conseil des ministres avait été plus long que prévu et le chef de cabinet se trouvait encore là à l'instant de passer à table.

La conversation, détendue, roulait sur les mœurs culinaires africaines avec lesquelles Périclès allait renouer.

— Enfin, s'exclama Bousphoron, avez-vous oui ou non mangé de la cervelle de singe à la petite cuillère, à même le crâne de l'animal encore vivant ?

— Il m'est arrivé de manger de la cervelle de singe, répondit Périclès en souriant, mais elle était servie dans une assiette comme une vulgaire cervelle d'agneau et je l'ai dégustée à la fourchette. Après cette confession, suis-je encore fréquentable ?

— Tout juste ! dit Bousphoron avec une grimace dégoûtée.

— Mon cher, on dit souvent que les Noirs sont de grands enfants. Ce qualificatif pourrait aussi bien s'appliquer aux Blancs. Les Blancs adorent se donner le frisson, comme des enfants. Quand le singe est mort et sa cervelle nettoyée, cuite, et décemment présentée, pouvez-vous me dire ce qu'il y a d'horrible à la manger ?

Bousphoron s'indigna :

— Le singe est l'animal qui nous ressemble le plus ! Qu'en pense monsieur le Ministre ? dit-il en se tournant vers Démosthène.

— Le singe est sans doute l'animal qui ressemble le plus à un ministre, répondit Démosthène sur le ton le plus sérieux. Mais la ressemblance n'est qu'extérieure, car l'efficacité d'un cerveau de ministre est très inférieure à celle d'un cerveau de macaque, si j'en juge par la fréquentation de mes confrères, acheva-t-il.

Tout en riant de bon cœur, Périclès dévisagea son ami. Démosthène lui sembla en assez bonne forme. Son récent retour aux affaires y était pour beaucoup. C'était la première fois depuis Brindisi qu'il le voyait si gai, comme libéré d'un fardeau intérieur.

— Je suis heureux de te voir comme ça, lui dit-il. Je repars tranquillisé pour l'Afrique !

— Que veux-tu, les hommes politiques sont de grands enfants, eux aussi : tu leur donnes un misérable portefeuille ministériel et ils battent des mains...

Une fugitive expression de tristesse s'inscrivit sur son visage.

Bousphoron et Périclès échangèrent un regard de connivence. Périclès savait par Bousphoron que Ghélissa avait accepté de transmettre une lettre de Démosthène à Diane.

A cet instant, le maître d'hôtel entra et annonça à Démosthène qu'un visiteur venait d'arriver.

— A cette heure-ci ? s'étonna le maître de maison.

— C'est le préfet de Police, monsieur. M. Ossip Mykriamnos.

Démosthène se tourna vers son chef de cabinet.

— Mykriamnos ? Alors ça doit être grave ! Dis-moi, on ne s'attendait à aucune émeute à Athènes ces jours-ci ?

— Tout est calme, répondit Bousphoron.

— Peut-être un problème à la cour ? Enfin, j'y vais. Excusez-moi, mes amis, et poursuivez ce repas sans moi... J'espère vous rejoindre d'ici peu !

— Bonsoir, monsieur le Préfet.

— Mes respects, monsieur le Ministre.

Les deux hommes prirent place face à face, dans les fauteuils d'un petit salon.

— Je vous écoute.

En dépit de cette invite, Ossip Mykriamnos resta d'abord silencieux, les yeux mi-clos, comme s'il avait cherché ses mots, tandis que Démosthène le considérait avec inquiétude.

Enfin, le préfet sortit de sa poche une enveloppe qu'il tendit à son hôte.

Démosthène l'ouvrit. Elle contenait un seul document, un fac-similé photographique. Il blêmit. C'était un montage des passages les plus compromettants de sa lettre à Diane, ceux dans lesquels il avouait avoir dénoncé Hélianthios aux Turcs, et leur avoir ensuite communiqué des renseignements. Toute considération personnelle et toute référence à Diane avaient été supprimées. Ne restait qu'une suite d'aveux accablants.

— C'est un faux grossier, bien entendu ! parvint-il à articuler d'une voix altérée.

Mykriamnos secoua la tête.

— Non, monsieur le Ministre. Ce document est un montage, et son auteur n'a même pas essayé de le dissimuler, mais ce n'est pas un faux. Les experts en graphologie auxquels je l'ai soumis sont formels. La comparaison avec d'autres textes de votre main ne laisse planer aucun doute à ce sujet.

Démosthène avait pris l'expression d'une bête traquée. Alors que dans son esprit s'ébauchait un système de défense, il était prêt à capituler, sa volonté annihilée par une seule question : comment ces morceaux choisis de sa confession avaient-ils pu aboutir entre les mains de Mykriamnos ? La lettre avait été confiée à Ghélissa pour qu'elle la transmette à Diane. Démosthène ne pouvait concevoir que l'une d'elles l'ait trahi. A moins que... A moins que Ghélissa n'ait lu la lettre ? Dans ce cas, il n'était pas impossible qu'elle ait saisi cette occasion de venger la mort d'Hélianthios, le grand amour de sa vie, et dont elle avait eu une fille. Démosthène avait hésité avant d'utiliser Ghélissa comme intermédiaire. Mais il n'y avait pas d'autre solution et la missive était cachetée avec soin. Une femme de la qualité de Ghélissa n'aurait jamais commis une pareille indiscrétion... Mais alors, qui était responsable de ce montage ? Diane ? Au simple énoncé de cette hypothèse, il lui semblait qu'une griffe d'acier lui fouillait la poitrine et lui arrachait le cœur ! Face à lui, Mykriamnos l'observait en silence.

— C'est un faux ! répéta Démosthène d'une voix faible. Je le prouverai.

— J'en doute, soupira le préfet. Et même si vous y arrivez, le mal est fait. Des copies de ce document sont parvenues aux principaux journaux d'Athènes. Nos alliés garderont le silence mais quel cadeau pour les journaux d'opposition ! Ils concoctent la sauce à laquelle ils vont vous dévorer. Vous êtes un homme fini, monsieur le Ministre. La seule question est de savoir si votre chute entraînera celle du gouvernement tout entier.

Mykriamnos se pencha vers Démosthène par-dessus la table qui les séparait.

— Je viens d'avoir une entrevue avec M. le Président du Conseil, poursuivit-il en baissant la voix. Il a pris connaissance de ce fac-similé. Il estime que le scandale, s'il éclate, emportera tout sur son passage. L'opinion publique va se déchaîner. Le ministre de l'Intérieur, un héros national, un espion, un traître ! Le trône lui-même pourrait être menacé... Nous risquons la révolution à cause de vous ! Vous comprendrez qu'il ne faut vous attendre à aucune solidarité. Au contraire, c'est à vous d'en faire preuve !...

— Ils veulent ma démission, c'est ça ?

Mykriamnos prit une longue inspiration avant de répondre :

— Votre démission ne suffira pas.

— Que voulez-vous dire ?

— Vous avez failli à l'honneur... Vous mettez en danger le gouvernement et le trône... Il n'y a qu'un moyen de vous racheter : en vous sacrifiant dans l'intérêt supérieur de l'État, dit Mykriamnos en sortant de sa poche un revolver qu'il posa devant son interlocuteur.

Fasciné, Démosthène contempla l'arme.

— Les foules sont oublieuses, monsieur le Ministre. Si vous disparaissez ainsi, il est fort possible que nos adversaires renoncent à ameuter l'opinion... Votre nom resterait sans tache.

— Et si je refuse ?

— Alors tant pis pour vous. Le gouvernement ouvrira une enquête afin de prouver que les aveux sont bien de votre main. On ressortira le dossier que j'avais constitué il y a deux ans. Ce sera l'inculpation, la prison, la presse déchaînée, triviale, le procès et pour finir la peine capitale. A votre place, je n'hésiterai pas.

Malgré lui, Démosthène tendit la main et s'empara de l'arme.

— Un dernier mot, monsieur le Ministre, dit Mykriamnos en lui posant la main sur l'épaule. Sachez que je ne vous juge pas.

Démosthène se dégagea sans violence.

— Votre opinion ne m'intéresse pas, monsieur le Préfet, pas plus que l'opinion publique, celle du Premier ministre ou celle du roi ! dit-il d'une voix lasse. Je me ferai peut-être sauter la cervelle, mais ce ne sera pas pour sauver le gouvernement, ni pour éviter les désagréments d'un procès en haute cour. Ce sera... très personnel... Allez-vous-en, s'il vous plaît.

Le préfet hocha la tête et se leva.

— Adieu, monsieur le Ministre.

Après le départ de Mykriamnos, Démosthène resta un long moment prostré dans son fauteuil, le revolver à la main. Dans son esprit, une seule pensée cohérente subsistait. Il fallait qu'il en ait le cœur net. De Ghélissa ou de Diane, qui avait envoyé ces fac-similés à la presse et à la chancellerie ? Sa carrière d'homme public était brisée de toute façon mais si c'était par la faute de Ghélissa, l'essentiel était sauf à ses yeux, il pouvait conserver l'espoir de reconquérir Diane. Si au contraire c'était Diane qui avait agi, il n'avait plus de salut. La mort lui serait douce après tant de tourments.

Il sortit de son apathie, ouvrit le tiroir d'un meuble, y enferma à clé le revolver et le cliché, puis il sonna le maître d'hôtel.

— Monsieur ?

— Demandez à Siméon de seller un cheval immédiatement, je vous prie.

Le domestique s'inclina et s'en fut.

Démosthène regagna la salle à manger.

Décontenancé par la durée de son entretien avec le préfet de Police, Périclès et Bousphoron l'attendaient en évoquant les hypothèses les plus fantaisistes.

— Ah, te voilà enfin ! Alors ? C'est la guerre ? L'émeute ?

— Ou pire, une scène de ménage au palais ?

La gravité de son expression et la lueur de folie qui

brillait dans ses yeux persuadèrent ses amis que l'heure n'était pas à la plaisanterie.

— Qu'est-ce qu'il y a ? dit Périclès.

— C'est personnel, répondit sèchement Démosthène. Ne m'en veuillez pas, je ne peux rien vous dire. Je dois m'absenter... Ne m'attendez pas : finissez de dîner tranquillement et rentrez chez vous.

Sur ces mots, Démosthène tourna les talons et quitta la pièce à grands pas.

Il couvrit au galop la distance qui séparait le Lycabète du centre d'Athènes, où se dressait l'hôtel particulier de Ghélissa.

Le portail de l'orgueilleuse demeure était fermé, mais Démosthène en cogna si fort le marteau qu'un domestique effaré ne tarda pas à venir lui ouvrir. Le jeune homme lui lança la bride de son cheval.

— Mademoiselle Tricoupis est là ?

— Oui, mais...

— Je dois la voir immédiatement... Occupez-vous de ma monture !

En habitué des lieux, Démosthène gagna le premier étage au pas de charge. C'était là, dans un petit salon tendu de soie verte, qu'il avait le plus de chance de trouver Ghélissa à cette heure.

Elle s'y tenait effectivement. Alertée par la cavalcade dans l'escalier, elle sortit sur le palier, un des volumes de *Child Harold* à la main.

— Démosthène, mon Dieu ! Qu'est-ce qui t'arrive ?

— Ghélissa !...

Le cœur battant, il s'immobilisa à quelques marches d'elle, scrutant avidement son visage pour y lire la vérité sur son propre destin. Une expression de mépris ou de haine aurait signifié qu'elle avait lu la lettre, et que Diane était innocente. Mais la surprise que lui causait cette visite impromptue mise à part, Ghélissa lui faisait bonne figure. Elle devint inquiète quand l'éventualité d'un malheur lui traversa l'esprit.

— Quelqu'un est-il mort ? Eh bien parle !

— Non, non, personne n'est mort... Enfin, pas encore ! balbutia-t-il.

— Que dis-tu ? Pas encore ?

— Ghélissa, es-tu toujours mon amie ?

— Quelle drôle de question ! Bien sûr que je suis ton amie ! T'ai-je donné des raisons d'en douter ?

— Tu es mon amie et tu as transmis la lettre à Diane ?

— Aussitôt que Georges me l'a confiée. Mais ne compte pas sur moi pour te dire où est Diane. Je lui ai promis le secret. Et elle est mon amie, elle aussi !

Accablé, Démosthène secoua la tête.

— Peu m'importe où elle est, désormais !

— Ah bon ? Georges me persécute depuis des semaines sur ton ordre pour que je lui dise où elle est et d'un seul coup ça ne t'intéresse plus ? Mais tu es en train de perdre la tête, mon pauvre Démo !

— Sans doute... Oh, j'ai déjà tout perdu, tout, alors !...

Inquiète, Ghélissa descendit deux marches pour se rapprocher de lui.

— Toi, ça ne va pas ! Tu es dans un état épouvantable ! Viens donc, nous allons boire un brandy en bavardant...

Elle tendait la main vers lui mais il recula précipitamment.

— Ne me touche pas, Ghélissa ! Tu devrais avoir horreur de moi ! Et bientôt, demain peut-être, je te ferai vraiment horreur !

— Qu'est-ce que tu racontes ?

— Adieu ! Et pardonne-moi si tu le peux...

— Mais... Démosthène, attends ! Arrête !

Il lui avait tourné le dos et il dévalait l'escalier. Dans la cour, il arracha des mains du portier la bride de son cheval et il sauta en selle.

— Ouvrez ce portail ! Vite !

En franchissant la grille entrouverte, le cavalier faillit renverser l'homme. Furieux, celui-ci se répandit en malédictions.

— Est-ce ainsi qu'on traite les gens ? Espèce de fou, allez au diable !

— J'y vais ! lança Démosthène d'une voix amère en cravachant sa monture.

Sous les coups, la bête se rua dans la nuit.

En rentrant chez lui, il se rendit dans le salon où il avait reçu Ossip Mykriamnos. La maison était silencieuse.

Bousphoron et Périclès n'avaient pas dû s'attarder longtemps après son départ. Tant mieux. Le dernier acte de sa vie devait se jouer dans la solitude.

Il négligea d'allumer les lumières et se contenta d'une petite lampe à pétrole. Dans la demi-pénombre, il sortit du tiroir le revolver et le fac-similé. La réaction de Ghélissa à sa visite était sans équivoque. Elle n'avait pas lu la lettre, puisqu'elle lui avait conservé son amitié. Les larmes lui montèrent aux yeux à la pensée que Diane avait livré au monde entier le secret dont il lui avait fait offrande. Elle le haïssait donc ? Oh, il avait été fou d'espérer ! Il sécha ses yeux au revers de sa manche. Il n'était plus temps de pleurer. La trahison de Diane sonnait le glas de toute espérance. Il ne restait qu'à mourir le plus vite possible. Il n'aspirait plus qu'au néant.

Il s'assura que le revolver était chargé, l'arma et en appliqua le canon derrière son oreille. Il ferma les yeux. Une image lui traversa l'esprit : dans une ruelle ensoleillée, une petite fille aux yeux rieurs courait vers lui. Diane enfant. C'était elle qu'il allait rejoindre à l'instant où la balle fracasserait son crâne. Il n'avait plus peur. Sa vie, depuis les jours heureux de Salonique, n'avait été qu'un mauvais rêve dont il allait enfin s'éveiller. Son doigt se crispa sur la détente.

— Non !

Une main de fer saisit son poignet et détourna le canon de l'arme. Le coup partit, assourdissant dans l'exiguïté de la pièce. Démosthène poussa un cri de désespoir. Son poing se ferma et il frappa rageusement son sauveur. L'homme jura, recula et frappa à son tour. Sa force était prodigieuse. Démosthène fut projeté contre une bibliothèque dont il défonça la porte vitrée avant de s'affaler au pied d'un canapé.

Quand il reprit ses esprits, il vit qu'on l'avait allongé sur le canapé. Quelqu'un avait allumé l'éclairage au gaz.

Démosthène reconnut l'homme qui se tenait sur le seuil en compagnie du maître d'hôtel.

— Périclès ! Sois maudit !

Sans cesser de masser sa mâchoire endolorie, Périclès haussa les épaules.

— Pour un désespéré, tu as gardé une sacrée droite !

— Pourquoi as-tu fait ça ? Pourquoi ? gémit Démosthène. Si tu n'étais pas intervenu, tous mes malheurs seraient terminés...

Périclès congédia le domestique et vint s'asseoir auprès de son ami, au bord du canapé. Il tenait à la main une compresse humide qu'il appliqua avec des gestes d'une douceur étonnante chez un tel colosse, sur l'œuf de pigeon qui se formait sur le visage de Démosthène.

— J'ai lu cette confession, dit-il à voix basse en montrant le fac-similé. C'est vraiment toi qui l'as écrite ?

— J'ai écrit une lettre... On en a extrait certains passages...

— Mais sur le fond ? C'est vrai ? Tu as trahi Hélianthios ? Tu as renseigné les Turcs ?

— C'est vrai, reconnut Démosthène d'une voix accablée. Tout est vrai ! Le Premier ministre et la presse sont en possession d'autres copies. Le scandale va éclater... Mais le pire...

Il se tut, bouleversé, incapable de continuer.

— Le pire ?

— Le pire, reprit Démosthène au prix d'un indicible effort, c'est que cette lettre était adressée à Diane ! C'est elle qui m'a livré. Tu comprends ? Je n'ai plus qu'à mourir.

— Je ne te crois pas. Diane ne ferait jamais ça !

— Pourquoi pas ? Elle me méprise. Elle me hait. Si tu es mon ami, rends-moi le revolver et va-t'en !

Jusqu'à l'aube, Périclès plaida contre un Démosthène entêté à mourir. Il usa de tous les arguments imaginables et finit par l'emporter, au moins provisoirement. Démosthène accepta de surseoir à son suicide et de s'embarquer à la place de Périclès sur le bateau à destination de l'Afrique. Il descendrait à la première escale et se réfugierait dans une retraite isolée, où, à l'abri des poursuites ordonnées par le gouvernement grec, il réfléchirait à loisir sur sa vie et sur la suite — ou la conclusion — à lui donner. Périclès n'était pas certain d'avoir détourné Démosthène de la mort, mais il avait gagné du temps.

Aux premières lueurs du jour, les deux hommes atteignirent Le Pirée. C'était un petit matin brumeux et froid. Blême, les traits tirés, Démosthène était resté silencieux pendant tout le trajet. Il laissa errer son regard sur les entrepôts encore noyés d'ombre, sur les quais où flottaient, comme d'immenses algues grises, des écharpes de brume. Avec un sourire amer, il se remémora sa première arrivée en ce lieu. Il y avait débarqué huit ans plus tôt, pauvre, mais déjà auréolé de sa légende de jeune poète révolté. Il croyait à son destin et l'espoir gonflait sa poitrine. En l'espace de huit années seulement, il avait conquis la gloire littéraire, le pouvoir politique et l'amour, il s'était hissé au plus haut de la pyramide sociale... Et il venait d'en dégringoler à jamais. La merveilleuse et cruelle aventure d'un petit rimailleur ambitieux s'achevait dans le malheur et la honte. Il n'était plus rien qu'un traître en fuite, un proscrit. Il haussa les épaules. Tout cela n'aurait pas compté à ses yeux et il se serait relancé sans hésiter à l'assaut des forteresses du monde, s'il n'avait perdu aussi l'amour de Diane. Mais sans elle, à quoi bon ?...

La voix de Périclès le tira de sa rêverie morose.

— Tiens, tu vas avoir besoin d'argent, dit Périclès en lui tendant une bourse.

— Je ne veux pas...

— Ne fais pas l'idiot ! Cet argent était destiné à couvrir les frais de mon voyage, mais c'est toi qui pars... Prends ça aussi.

Cette fois, il s'agissait d'un petit sachet de cuir. Démosthène en dénoua les cordons et en fit glisser le contenu dans sa paume. A la lueur du lumignon qui éclairait l'intérieur de la voiture, sept diamants de belle taille scintillaient dans l'ombre.

— Tu es fou !

— Ne discute donc pas ! Dans quelques heures tes biens seront placés sous séquestre. Le pain de l'exil est une nourriture amère. Si en plus il n'y a pas de pain du tout...

Sur les indications de Périclès, le cocher arrêta l'attelage sur un quai désert, près d'un magnifique *shooner*. Périclès ouvrit sa portière et encouragea Démosthène du regard.

— Allons, mon vieux, c'est le moment... Tout ira bien. Le capitaine ne me connaît pas. Il te prendra pour moi. Dans moins d'une heure, tu vogueras vers Suez.

— Comment te remercier ? Quoi qu'il arrive, j'aurai eu de la chance d'avoir des amis comme toi et Basile ! dit Démosthène.

Périclès le fit taire d'une bourrade.

— Fais-nous savoir au plus tôt où tu auras trouvé asile. Nous te communiquerons des nouvelles de ton affaire et nous te ferons parvenir de l'argent. Il t'en faudra pour te bâtir une nouvelle vie.

Démosthène hocha tristement la tête.

— Une nouvelle vie !... Je ne sais si j'en aurai le courage. Je suis si las !...

Ils firent quelques pas côte à côte, avant de s'immobiliser au pied de l'échelle de coupée.

Le jour se levait lentement sur les quais. Un soleil pâle et lointain peinait à dissiper les brumes.

— On dirait que le soleil se demande si ça vaut bien la peine d'éclairer une fois de plus la terre et de réchauffer le vieux cœur absurde de l'humanité ! dit Démosthène.

Périclès se tourna vers lui et l'embrassa fraternellement.

— Il hésite comme tu hésites à revivre... Mais ne perds pas confiance, il finira bien par briller à nouveau. Adieu, Démosthène !

Démosthène lui rendit son baiser d'amitié.

— Adieu Périclès, et merci d'exister !

Quelques heures plus tard, les premiers entrefilets annonciateurs de l'énorme scandale qui allait ébranler le gouvernement Théotokis parurent dans la presse athénienne. Ce n'étaient encore que des insinuations mettant en cause le passé d'une importante personnalité politique et littéraire. Les journaux d'opposition ne voulaient pas brûler d'un seul coup toutes leurs munitions. Ils durent pourtant les tirer plus tôt qu'ils ne l'avaient prévu, car la nouvelle de la disparition de Démosthène ne tarda pas à se répandre. Le surlendemain, le fac-similé de la confession du traître paraissait en première page des quotidiens hostiles au gouvernement.

En découvrant la vérité sur la mort d'Hélianthios et sur le rôle qu'y avait joué Démosthène, Ghélissa Tricoupis s'évanouit. Quand elle reprit conscience, elle interdit à jamais à ses proches de prononcer le nom de Démosthène devant elle.

Judicieusement conseillé par le préfet Mykriamnos, le président du Conseil répliqua à la campagne de presse en levant l'immunité du ministre de l'Intérieur et en lançant contre lui un mandat d'amener. Cette promptitude eut pour effet de couper l'herbe sous le pied de ceux qui espéraient que la chute de Démosthène Sophronikou entraînerait celle des théotokistes, et peut-être celle du trône.

Le mal était circonscrit, le coupable dénoncé et voué à l'exécration par ceux-là mêmes qui l'avaient appelé au pouvoir quelques semaines plus tôt. Ossip Mykriamnos fut nommé ministre à la place de Démosthène et mit sa tête à prix. Pendant quelques jours, il ne fut question que de cette affaire. Puis on s'en lassa et on finit par parler d'autre chose. Le nom de Sophronikou demeura dans les mémoires comme le symbole de la félonie. On avait brûlé ses livres en public et débaptisé les places et les rues qui portaient son nom pour leur donner celui de l'homme qu'il avait naguère livré aux bourreaux turcs : Hélianthios Coïmbras.

Les dorures du théâtre de Monte-Carlo, œuvre de Charles Garnier, l'architecte du grand Opéra de Paris, luisaient sous le feu des lustres. On n'avait pas lésiné. Sous le dôme bulbeux qui en couronnait le faîte, la décoration intérieure de l'édifice pseudo-gothique n'était qu'ors et dorures : fresques d'or, écussons dorés, géantes dorées, enfants nus dorés, statues dorées d'esclaves nubiens brandissant de lourds candélabres d'or...

Indifférent à ce clinquant, Périclès, armé d'une paire de jumelles de théâtre, scrutait chacun des occupants des cinq cent quarante fauteuils d'orchestre et des six loges d'honneur. Il était arrivé dans la principauté le matin même. Quelques heures après avoir accompagné Démosthène au Pirée, alors que le scandale n'avait pas encore éclaté, il avait rendu visite à Ghélissa. Sans lui parler des rapports de Diane avec Basile, et à la condition qu'il n'en dise rien à Démosthène, la jeune femme lui avait révélé qu'elle séjournait à Monte-Carlo sous le nom de Béatrice de Parnay. Périclès avait alors sauté dans le premier train pour la France, et de là pour Monaco. Une rapide enquête dans les meilleurs hôtels de Monaco lui avait appris que Mme de Parnay était descendue à L'Ermitage. Il l'y avait manquée de peu, mais selon l'homme aux clés d'or, elle devait assister ce soir à une représentation au théâtre dont la ville venait de se doter.

La contrariété se lisait sur le visage de Périclès. On n'allait pas tarder à frapper les trois coups et celle qu'il attendait n'était pas encore apparue. Il avait beau balayer de ses jumelles les rangées de fauteuils et s'arrêter sur chaque silhouette féminine, il ne la voyait nulle part. Son manège n'était d'ailleurs pas passé inaperçu, car son allure virile et sa haute stature attiraient l'œil des femmes. Il n'y prenait pas garde, tout entier absorbé par sa quête. Enfin les trois coups retentirent et les lumières s'éteignirent graduellement. Il replia ses jumelles avec nervosité, et quitta sa place. Il ne connaissait que quelques mots de français et n'avait aucunement l'intention de subir une représentation de *Phèdre* dans cette langue sans doute admirable, mais qui perdait beaucoup de son charme quand on n'y comprenait à peu près rien. Il alla se poster à la buvette du théâtre, d'où l'on surplombait le grand hall d'entrée, pour y guetter l'éventuelle arrivée de Diane. Il s'installa devant un verre de curaçao et alluma un long havane. Il avait beau se dire qu'il venait de parcourir trois mille kilomètres d'une traite pour voir Diane et qu'il pouvait bien attendre jusqu'au lendemain, il se consumait littéralement d'impatience. Diane détestait désormais Démosthène autant qu'elle l'avait aimé naguère, Périclès en était convaincu. Démosthène lui avait menti, il l'avait déçue, il s'était montré indigne de l'amour qu'elle lui portait. Un amour semblable à elle-même, entier et exigeant. Pire encore, il l'avait blessée dans ce qu'elle avait de plus cher au monde : son fils. Mais Diane trahissant à son tour son époux déchu, rendant publique sa confession ne cadrait pas avec ce que Périclès savait d'elle, avec ce qu'il chérissait en elle, cette qualité d'âme si rare, semblable à l'eau d'un diamant. Dénoncer Démosthène, briser sa carrière et sa vie, c'eût été la vengeance d'une femme ordinaire. Or Diane n'était pas une femme à se venger des êtres qui la décevaient. Elle les oubliait, tout simplement, comme on chasse de sa mémoire un paysage laid, une scène choquante ou un mauvais souvenir. Diane pouvait mépriser Démosthène et le fuir, sans rompre le pacte initial qui la liait à ses amis d'enfance, à son enfance elle-même. Qu'ils s'aiment ou qu'ils se haïssent, qu'ils se caressent ou qu'ils se déchirent, rien de mesquin, rien de sordide n'était envisageable entre eux. En dépit de tout, Démosthène lui-même avait respecté le pacte. Il s'était mis à la merci de Diane en lui avouant ses fautes passées. Périclès refusait d'admettre qu'elle n'ait pas été à la hauteur de ce sacrifice. Il fallait qu'il en ait le cœur net et il s'était mis en route pour dissiper cette inquiétude. Celle qu'il aimait depuis toujours en secret s'était-elle abaissée jusqu'à communiquer à la presse les aveux d'un homme qui n'avait plus d'espoir qu'en elle ? Si cela était, Démosthène se sentirait lui aussi trompé, floué par la vie. Son amour que rien, ni le temps, ni la distance, n'avait été capable d'entamer, tomberait en cendre à ses pieds.

Soudain, un pas léger sonna sur les dalles de marbre du hall désert et une voix argentine, qu'il aurait reconnue entre mille, monta jusqu'à lui.

— Mon Dieu, la représentation est commencée !

De saisissement, Périclès faillit renverser son verre de curaçao. Le cœur battant, il se leva et se pencha par-dessus la balustrade de marbre. Diane ! Il la vit, blonde et mince dans une robe du soir bleu nuit. Il reconnut dans ses yeux la flamme d'innocence et de courage joyeux qui l'avait séduit dès le premier jour, là-bas, à Salonique, dans la cité lumineuse où tout avait commencé. Il s'élança vers l'escalier pour la rejoindre et éclaircir avec elle le malentendu dont Démosthène avait failli mourir, quand un homme en queue-de-pie apparut à son tour.

— Ne t'avais-je pas dit qu'il fallait se hâter, ma chérie ?...

Il sembla à Périclès qu'une main de glace se refermait sur sa poitrine. Basile ! C'était bien lui, qui s'approchait de Diane, qui lui prenait la taille avec la tendre familiarité d'un amant ! Ils étaient seuls dans le hall, elle effleura ses lèvres d'un baiser rapide et fit mine de s'indigner à mi-voix :

— Voyou ! Si tu n'avais pas insisté pour...

— Chut ! Voilà quelqu'un !...

Une ouvreuse venait à leur rencontre, en effet.

— C'est commencé ? lui demanda Basile en lui tendant deux billets.

— Cela commence à l'instant, répondit la femme. Vous n'aurez manqué que les premières répliques.

Elle s'empara des billets et entraîna les retardataires vers la salle.

Là-haut, Périclès avait pâli. Il en avait vu et entendu assez. Il était clair qu'il y avait désormais entre Diane et Basile autre chose que de l'amitié. Et cette découverte donnait à Périclès la clé de l'énigme : ce n'était pas Diane, mais Basile qui avait divulgué, à l'insu de Diane, des passages de la lettre de Démosthène. Cette lettre, sans doute ne l'avait-elle même pas lue. Elle n'aurait pas eu cette expression de bonheur sur le visage. Il serra les poings. Ainsi, Basile, pour garder Diane, n'avait pas hésité à bafouer l'honneur et l'amitié !... Périclès se traita d'imbécile. Il avait été aveugle et niais, voilà tout ! Qu'est-ce que l'honneur, qu'est-ce que l'amitié, pour Basile, négociant en armes, marchand de mort ! !...

Périclès régla sa consommation, coiffa son haut-de-forme et descendit l'escalier à pas lents. Il n'avait plus rien à faire ici. Il n'avait aucune preuve de la trahison de Basile qui avait dû soigneusement dissimuler son forfait. D'ailleurs, Diane était amoureuse de lui. Elle repousserait avec mépris les accusations de Périclès. Lui-même se sentait d'ailleurs écartelé entre deux loyautés contradictoires. Celle qu'il devait à Démosthène et celle, désabusée, qu'il ne pouvait s'empêcher de nourrir encore vis-à-vis de Basile. Sans parler de son amour pour Diane, meurtri par la révélation de sa liaison avec Basile. Décidément, il n'était pas fait pour ces jeux trop subtils, trop féroces. Sa place n'était pas ici, mais dans les solitudes qu'il n'aurait jamais dû quitter. Il décida d'y retourner panser ses plaies le plus tôt possible et tenter d'oublier ses déceptions auprès d'Anoka, l'énigmatique beauté noire de Kimberley.

Dehors la nuit était tiède. Une brise légère soufflait sur la cité des plaisirs. C'eût été une nuit de rêve, si... Il haussa les épaules, jeta son cigare, et s'en alla droit devant lui, au hasard des rues.

Il marcha toute la nuit. L'aube le trouva dans les jardins du casino, face à la mer. C'était l'heure où les derniers joueurs se dispersent sans un mot, fourbus, les yeux cernés, avec la démarche hésitante de rêveurs mal éveillés Au détour d'une allée, il aperçut un vieil homme assis seul sur un banc. Taillés dans une étoffe de qualité, d'une coupe élégante, ses vêtements respiraient la richesse. En s'approchant, Périclès constata que la prospérité de l'inconnu n'était qu'un souvenir. Le cuir des bottines avait beau être ciré avec soin, il n'en était pas moins usé et craquelé. Le pantalon fatigué survivait par son pli impeccable et le col de la chemise de soie, jauni et élimé, avouait sa fatigue avec dignité. Au-dessus de cette noble misère, régnait un visage surprenant : nez fort, bouche mince, joues creuses, et surtout, un regard incroyablement bleu, plein d'impertinence, de malice et de cynisme amusé. Même au milieu d'une foule, le propriétaire de ce regard-là ne pouvait passer inaperçu.

— Bonjour ! lança-t-il à Périclès en français, d'une voix grave et bien timbrée.

Périclès lui rendit son salut et s'immobilisa à quelques pas du banc.

— Je devine à votre accent que vous n'êtes pas français, reprit l'homme. Serait-il indiscret de vous demander quelle est votre nationalité ?

Périclès se présenta en anglais :

— Périclès Hespéra, citoyen turc, en principe, mais grec de sang, de cœur et de culture... Géologue et prospecteur.

— Enchanté ! dit l'homme. Je m'appelle Gaspard de Guymar, poursuivit-il. Homme du monde et joueur décavé... Ainsi vous êtes prospecteur ? Vous avez du flair : il y a de l'or, ici. Tenez, si vous prospectez dans les caisses du casino, vous y trouverez le mien !

— Vous avez beaucoup perdu ?

— Tout. Je suis un malade, un infirme... Je joue depuis mon adolescence, avec une persévérance, qui, dans n'importe quelle autre activité, aurait fait de moi un grand homme. J'ai joué, perdu, regagné, reperdu, des immeubles entiers, les filatures que mon père avait bâties à la sueur de son front, des pâturages, des bois et des étangs, des fermes avec tous leurs animaux, jusqu'à la dernière poule, jusqu'au dernier œuf. J'ai joué des bijoux, des tableaux de maîtres, une écurie de course, des meubles de haute époque et une cave centenaire... J'ai joué la croix de ma mère sur le 27 et mon alliance sur le zéro. Tout ce qui passe par mes mains aboutit sur un tapis vert... Alors, monsieur, passez votre chemin. Si vous vous intéressez à moi une seconde de trop, j'en profiterai pour vous emprunter de l'argent !

Abasourdi par ce discours prononcé avec la plus exquise urbanité, Périclès ne peut s'empêcher d'éclater de rire.

— Et pourquoi pas ?

— Comment ? Vous accepteriez ?... Mais alors, il existe encore des hommes de cœur sur cette terre ? Mais parlons clair : il s'agit d'un prêt d'honneur. Vous serez remboursé rubis sur l'ongle... Si je gagne, vous gagnez ! Que diriez-vous de... voyons... 25 % de mes gains ? Il m'est arrivé de gagner 200 000 francs-or en une soirée ! Cela vous ferait 50 000 francs... et sans impôts ! Ah, je sens que nous allons accomplir de grandes choses. C'est le destin qui a arrangé notre rencontre. Vous allez me porter chance !

— Cela, n'y comptez pas, dit Périclès. Je fournis l'argent. Pour la chance, débrouillez-vous, car je n'en ai guère.

— Vous êtes joueur, vous aussi ?

Périclès secoua la tête.

— Je ne joue jamais... Mais j'ai perdu plus que la fortune.

— Je vois. Une femme ?... Elle vous a déçu ?

— Elle ne me décevra jamais. Non, ce n'est pas elle, c'est le destin qui ne me sourit pas. Nous étions trois galopins de Salonique qui aimions la même petite fille. Nous nous étions juré fidélité pour la vie. A vingt ans, elle en a choisi un et ce n'était pas moi. Elle vient de le quitter pour le deuxième larron. J'ai parcouru trois mille kilomètres pour découvrir qu'il ne la mérite pas, et je ne peux rien faire, rien dire contre lui. Elle ne me croirait pas ! Elle me verrait en traître de comédie, elle me mépriserait, et je perdrais ce que j'ai de plus cher au monde à défaut de son amour : son estime. Avouez que la vie est mal faite !

— Mon pauvre ami ! C'est terrible, en effet... Mais parlons chiffres. Quelle somme envisagez-vous de me confier ?

Périclès haussa les épaules. Portant la main à sa poche,

il en tira un diamant de belle taille, à peine dégrossi. Cela vous suffira-t-il ?

Gaspard de Guymar s'empara de la pierre et l'examina en connaisseur.

— Hum ! Jolie pièce... Dommage qu'elle ne soit pas taillée ! Mais je sais où la négocier... Venez !

Périclès déclina l'offre.

— Non. Je dois préparer mon départ. Voyons-nous plus tard. Voici l'adresse de mon hôtel.

Il lui tendit une carte.

Incrédule, le vieux joueur tournait et retournait entre ses mains la carte et le diamant.

— Vous avez confiance en moi ?

— C'est imprudent ?

— C'est... inhabituel. Vous êtes décidément un drôle de type. Je perdrai peut-être ce soir une fois de plus... Mais je connais un secret. Il pourrait vous être utile.

Il se tut.

Périclès le fixa intensément : son expression de jouisseur impénitent avait disparu de son visage dévoré par les passions.

D'une voix grave, le vieil homme conclut :

— Il y a toujours une autre partie...

FIN DE LA DEUXIÈME PARTIE

Cet ouvrage a été composé par Nord Compo à Villeneuve-d'Ascq (Nord)
et imprimé par la Société S.E.P.C. à Saint-Amand-Montrond (Cher)
pour le compte des Éditions Olivier Orban
14, rue Duphot, 75001 Paris

Achevé d'imprimer en mars 1989

N° d'édition : 552 — N° d'impression : 843
Dépôt légal : mars 1989

Imprimé en France